第一章　緒　論

第一節　研究動機與目的

　　古典小說裡的韻文是中國敘事文學的特色。然而，除了極少數的作品如《紅樓夢》之外，皆受到詩學研究和小說研究的雙重忽略。[1]放眼中國文學史的長河，小說與詩歌的關係，就現存文獻觀之，最早可溯源至《尚書》，相當於敘事文學作品的《尚書》對於兩者的關係，表現方式有二：其一，意在傳詩，以〈金縢〉為代表；其二，詩歌作為小說人物表情達意的手段，以〈皋陶謨〉為代表。這和《史記》中劉邦的〈大風歌〉、項羽的〈垓下歌〉，以及荊軻的〈易水歌〉皆有異曲同工之妙──以詩歌作為小說人物傳情達意的形式。[2]中國古典小說到了唐傳奇，更是植入大量的詩、詞、曲等韻文。這條文學史的長河流至明代，詩歌和小說的關係未見鬆動，反倒更形緊密，《金瓶梅》即以韻文作為小說敘事的開卷和結束──以詩詞開篇並以詩詞收束。然而，明清小說並非都有回首詩詞，《三國演義》僅第一回有詞作，其餘各回並無回首詩詞。《水滸傳》除九十一回到一百回外，餘同《金瓶梅》每回都有回首詩詞。《西遊記》亦不見每回規律呈現回首詩詞的形式。[3]《紅樓夢》詩作極為豐富、典雅，雖每回都有回目卻無回首詩詞。《金瓶梅》則充滿韻文，並且回回皆有回目和回首詩詞，其中所表示的意義不容輕忽。

　　中國古典詩歌自《詩經》、《楚辭》以及「古詩十九首」以降的各式新詩體，發展到唐代，詩的精華幾乎為王維（詩佛）、李白（詩仙）、杜甫（詩聖）等大家發揮殆盡，他們將詩的藝術推至峰頂。到了晚唐「花間鼻祖」溫庭筠專力於詞的創作，其作品成為由詩過渡到詞的重要橋樑。而詞繼承了前代樂府的傳統，傳唱於歌樓妓館、市井民間，到

1　董國炎：〈論小說韻文的價值與類別〉，《明清小說研究》（2005 年第 3 期，總第 77 期），頁 4-15。

2　牛貴琥：《古代小說與詩詞》（太原：山西人民文學出版社，2005 年），頁 9-12。

3　《西遊記》有回首詩詞者，為第 1、7、8、9、11、12、13、14、20、23、26、29、31、35、38、41、44、50、53、56、59、62、65、68、71、74、78、87、91、93、96 回，共三十一回。見〔明〕吳承恩（著），陳先行、包於飛（校點）：《李卓吾評點西遊記》（上海：上海古籍出版社，1994 年）。

北宋蘇東坡才擴大並深化詞的意境，將詩的精神融入詞體中。就文學的成分而言，詞的抒情作用比詩嫵媚含蓄、柔美婉轉。散曲則起源於民間，最早傳唱於歌女、伶工之口，因而散曲的語言較為通俗、口語化，是盛行於元代的一種新詩體。故一般認為詩莊；詞媚；曲白。是以，唐詩、宋詞、元曲不僅在歷史上發光發熱，更是中國詩歌史上最為絢麗的樂章。從文學的角度看，詩是一種文體；詞是一種文體；小說也是一種文體。各種文體並存於文學的大花園中。依照文學發展的規律，各種文體在長期發展的過程中，總是互相影響、借鑒並互為滲透。自明代以後，基於市場考量，為迎合讀者，文人那種被高度濃縮、情感凝煉的詩詞，進入小說中則須以「暢曉明白」的形式登場，文人詩詞原有的高雅必須加以俗化，方能為廣大讀者所接受。[4]而抒情詩歌則比其他文類更重視意象經營，因此相對於唐宋詩詞而言，章回小說的詩詞普遍較不受重視。既然《金瓶梅》回首詩詞的意義不容小覷，那麼該如何闡釋它們之於文本的意義呢？然因問題意識涉及版本問題，本書在此暫時按下，先說明《金瓶梅》版本，再回頭來進一步釐清研究動機。

《金瓶梅》的版本，大體上可分為兩大系統，三種類型。[5]一是詞話本系統，即《新

4　林辰：《古代小說與詩詞》（瀋陽：遼寧教育出版社，1993 年），頁 27-30。

5　據孫楷第所言《金瓶梅》有三種版本：存日本內閣文庫藏明本。封面題「新刻繡像批評原本《金瓶梅》」。圖百葉。正文半葉十一行，行二十八字。首東吳弄珠客序，廿公跋。日本長澤規矩也藏本，與內閣藏本同。北京市圖書館藏明本。題「新刻繡像《金瓶梅》」。圖五十葉（每回省去一面）。行款同上。序失去，無評語。北京大學圖書館藏明刊本。大型。正文半頁十行，行二十二字。字旁加圈點。每回前有精圖一葉，前後兩面寫一回事。板心上題「金瓶梅」。有眉評、旁評。首弄珠客序。以上諸本皆無欣欣子序，蓋皆崇禎本。以校詞話原本，原本開首數回演武松事刪去，易以西門慶事；諸回中念唱詞語一概刪去，白文亦有刪去者。每回前附詩多不同。是為說散本《金瓶梅》。張竹坡評本《金瓶梅》自此本出。參見孫楷第：《中國通俗小說書目》卷四〈明清小說部部乙〉「金瓶梅一百回」條（臺北：木鐸出版社，1983 年），頁 132。目前學界一般傾向兩個系統、三種版本之說，亦即張竹坡評本歸屬於「崇禎本」系統，所持理由為：「張竹坡評本」系評點自「崇禎本」而來。此外，「詞話本」與「崇禎本」主要差異有五項：一為「回目」，「詞話本」每回兩句，既不對偶，字數亦不整；「崇禎本」則較為齊整。二為詩詞曲，「詞話本」植入大量的詩詞曲，勸誡色彩濃厚且較俚俗，偶見大篇幅的寶卷故事；「崇禎本」詩與詞曲的比重約莫各半，淡化勸誡色彩且較文雅，引寶卷通常僅止於起頭。三為「看官聽說」，「詞話本」往往藉「看官聽說」發表議論；「崇禎本」作者議論的發揮則較為自制。四為「陋儒補以入刻」，「詞話本」五十三回至五十五回情節敘事混亂矛盾，漏洞百出；反觀「崇禎本」則敘事連貫且精細。五為情節結構，「詞話本」第一回「景陽崗武松打虎，潘金蓮嫌夫賣風月」明顯襲自《水滸傳》，第八十四回「吳月娘大鬧碧霞宮，宋公明義釋清風寨」，從回目便知作者有意與《水滸傳》情節作接合；反觀「崇禎本」第一回「西門慶熱結十弟兄，武二郎冷遇親哥嫂」，作者從西門慶義結金蘭談起，刻意淡化與《水滸傳》的聯繫，並且刪去了宋江解救吳月娘一段，改由「普靜師化緣雪澗洞」，意在與第一百回回目「普靜師幻度孝哥兒」作扣合。見胡衍南專書第四章「兩部《金瓶梅》，兩種世情書寫」，收入胡衍南：《金瓶梅到紅樓夢——明清長篇世情小說研究》（臺北：里仁書局，2009 年），頁 137-177。「陋

刻金瓶梅詞話》，現存三部完整刻本及一部二十三回殘本（北京圖書館藏本、日本日光山輪王寺慈眼堂藏本、日本德山毛利氏棲息堂藏本及日本京都大學附屬圖書館殘本）。二是崇禎本系統，即《新刻繡像批評金瓶梅》，現存約十五部（包括殘本、抄本、混合本）。第三種類型是張評本，即《張竹坡批評第一奇書金瓶梅》，屬崇禎本系統，又與崇禎本不同。[6]《新刻金瓶梅詞話》俗稱「詞話本」，明萬曆年間刊行，一百回，首有〈欣欣子序〉、〈東吳弄珠客序〉、〈廿公跋〉；《新刻繡像批評金瓶梅》俗稱「崇禎本」[7]、「繡像本」、「說散本」，「評改本」，明末崇禎、天啟年間刊行，這種刻本避明崇禎帝朱由檢諱，一百回，首有〈東吳弄珠客序〉、〈廿公跋〉、無〈欣欣子序〉，並且有繡像貳百幀；《張竹坡批評第一奇書金瓶梅》俗稱「張評本」，清康熙年間刊行屬崇禎本系統改作，為清季通行之本子。關於《金瓶梅》「詞話本」與「崇禎本」，本書以「兩大版本系統」概括稱之。

　　承上述，《金瓶梅》主要為兩大版本系統——「詞話本」和「崇禎本」。回到本書研究動機，兩大版本系統各自徵引風格迥異的回首詩詞，倘將《金瓶梅》這些回首詩詞刪去，似乎不影響小說敘事的連貫性，也幾乎不會造成閱讀的障礙。然而，這些詩詞韻文是作者沿襲文人創作的軌跡行進？還是小說作者賣弄個人文采的風花雪月？或者，只不過是依附於文本中的作品呢？若這些回首詩詞只不過是依附文本的創作，那麼一個值得深思的問題——《金瓶梅》兩大版本系統的回首詩詞何以歧異甚大？倘是有意為之，那麼更多必須深入探究的問題——它們之間的差異，代表什麼含意？小說裡詩詞的介入之於文本都是有意義的，除了渲染敘事氛圍外，各詩詞又蘊藏著什麼意義呢？作者想傳遞什麼訊息？「崇禎本」回首詩詞的功能何在？其中又蘊含多少「世情」呢？又該如何

儒補以入刻」為沈德符所云：「然原本實少五十三回至五十七回，遍尋不得，有陋儒補以入刻。無論膚淺鄙俚，時作吳語，即前後血脈亦絕不貫串，一見知其贗作矣。」〔明〕沈德符：《萬曆野獲編》卷二十五〔詞曲〕「金瓶梅」條（北京：中華書局，2007 年），頁 652。為求行文簡潔，以下凡《新刻金瓶梅詞話》、《新刻繡像批評金瓶梅》分別以「詞話本」、「崇禎本」簡便稱之。〔明〕蘭陵笑笑生（著），梅節（校訂），陳詔、黃霖（注釋）：《金瓶梅詞話》（臺北：里仁書局，2009年）。

6　引自王汝梅《新刻繡像批評金瓶梅·前言》，收入〔明〕蘭陵笑笑生（著），閻昭典、王汝梅、孫言誠、趙炳南（校點）：《新刻繡像批評金瓶梅》（香港：三聯書店，2009 年），頁 1-2。

7　目前學界指稱「崇禎本」之說起自鄭振鐸，他認為附插圖的明末版《金瓶梅》，比第一奇書高明得多，第一奇書由彼而出，刊行的時代，當為崇禎間，且《金瓶梅詞話》比崇禎本《金瓶梅》多了一篇欣欣子序。詳見鄭振鐸：〈談《金瓶梅詞話》〉（原載《文學》創刊號，北京生活書店，1933年），收入周鈞韜（編）：《金瓶梅資料續編（1919-1949）》（北京：北京大學出版社，1992年，頁 74-90），頁 86。

詮釋它們與「世情小說」《金瓶梅》的關係呢？

關於《金瓶梅》的「世情」成分，清人劉廷璣給予高度評價，他說：「若深切人情世務，無如《金瓶梅》，真稱奇書。欲要止淫，以淫說法；欲要破迷，引迷入悟。其中家常日用，應酬世務，奸詐貪狡，諸惡皆作，果報昭然。而文心細如牛毛繭絲，凡寫一人，始終口吻酷肖到底，掩卷讀之，但道數語，便能默會為何人。結構鋪張，針線縝密，一字不漏，又豈尋常筆墨可到者哉！」[8]他盛讚《金瓶梅》乃「深切人情世務」之「奇書」。而魯迅則明白揭示《金瓶梅》為「人情小說」、「世情書」的說法：「描摹世態，見其炎涼，故或亦謂之『世情書』也。諸『世情書』中，《金瓶梅》最有名。」[9]而「世情書」一詞，應當是沿用清初評點家張竹坡在〈竹坡閒話〉的說法。張竹坡謂「恨不自撰一部世情書，以排遣悶懷。」[10]本書以「世情小說」稱之，蓋原因如陳翠英所言：「雖然諸說意涵相去不遠，然而衡量『人情』、『世情』二詞，著一『世』字，似更能點出『俗世』、『現世』此一生活場景的現實意味，乃是直指當下人間，凡俗庶民俯仰其中的生命舞台，既非遙遙遠古，亦非殊方異域；『世情』一詞，亦能切合此類作品描摹世態百相、人情萬端的豐富內涵。」[11]著此「世」字，即已明白點出凡人皆無法脫離世態人情的糾葛。胡衍南更為「世情小說」下一明確定義：「它指的是『以家族（家庭）生活為背景』所寫成的『家庭－社會』型的世情小說。它表面上寫一人、一家、一族於日常生活的婚戀性愛倫常關係，實際上卻意在反映社會整體及眾生群相。」[12]重心於焉聚焦於「反映社會整體及眾生群相」。這部偉大的「世情小說」行經四個多世紀，至今仍鮮活於現代社會，《金瓶梅》依舊如此貼近現實人生，田曉菲說的極是，她說：「我以為《金瓶梅》裡面的男男女女是存在於任何時代的。」[13]他們不僅存在古代和現代，更生活於東方和西方。作為「世情小說」的《金瓶梅》，既意在「反映社會整體及眾生群相」，本書將從《金瓶梅》的「世情」切入，探討「崇禎本」回首詩詞所蘊涵的意義。

兩大版本系統寫定的作意基本不同，因此詩詞運用之於文本意義的構成自有其不可

8　〔清〕劉廷璣（撰），張守謙（校點）：《在園雜志》卷二，第一〇七條〔歷朝小說〕（北京：中華書局，2007 年），頁 84。

9　魯迅：《中國小說史略》第十九篇〈明之人情小說〉（上）（臺北：五南圖書公司，2009 年），頁 282。

10　〈竹坡閒話〉收入〔清〕張竹坡：《皋鶴堂批評明代第一奇書金瓶梅讀法》（臺北：廣文書局，1981年），頁 5。

11　陳翠英：《世情小說之價值觀探論——以婚姻為定位的考察》（臺北：國立臺灣大學中國文學研究所博士論文，1995 年），頁 6-7。

12　胡衍南：《金瓶梅到紅樓夢——明清長篇世情小說研究》，頁 9。

13　田曉菲：《秋水堂論金瓶梅》（天津：天津人民出版社，2008 年），頁 13。

輕忽的作用。是以，本書聚焦於回首詩詞，並重新檢視《金瓶梅》回首詩詞，發現「詞話本」和「崇禎本」存在極大的差異：[14]一為，回首的詩、詞比例：「詞話本」回首詩（含回首格言詩三首）高達九十六首，僅四首回首詞，詩、詞比例懸殊；「崇禎本」回首詩五十四首，回首詞四十八首，詩、詞比例較均勻。二為，回首的抒情詩詞之比例：「詞話本」回首抒情詩詞三十二首；「崇禎本」回首抒情詞則高達七十一首。三為，回首抒情詩詞與正文之關係：「詞話本」回首抒情詩詞與正文相涉者一十三首，無涉正文者一十九首；「崇禎本」回首抒情詩詞與正文相涉者五十六首，無涉正文者只有一十五首。四為，回首詩詞與回目的關係：「詞話本」回首詩詞與回目相應者二十七首，不相應者七十三首；「崇禎本」回首詩詞與回目相應者七十九首，不相應者二十三首。五為，回首詩詞指涉正文之關係：「詞話本」明確指涉正文者二十首，指涉不明確者八十首；「崇禎本」明確指涉正文者七十三首，指涉不明確者二十九首。

表格一、「詞話本」與「崇禎本」之回首詩詞統計表

詩詞／版本	《金瓶梅詞話》		《新刻繡像批評金瓶梅》	
回首詩	五言詩 6 首	96 首	五言詩 23 首	54 首
	七言詩 87 首		七言詩 31 首	
	格言詩 3 首			
回首詞	4 首		48 首	
回首詩詞	100 首		102 首	

表格二、回首抒情詩詞與正文之關係統計表

詩詞／版本	《金瓶梅詞話》		《新刻繡像批評金瓶梅》	
回首抒情詩詞	抒情詩 29 首	32 首	抒情詩 29 首	71 首
	抒情詞 3 首		抒情詞 42 首	
回首抒情詩詞與正文之關係	相涉者	13 首	相涉者	56 首
	無涉者	19 首	無涉者	15 首

---

14 請參照表格一、二、三。然而必須強調，一首詩詞，萬般表述，詩詞的詮釋往往因人而異，而「抒情詩詞」更是難以界定，在此借用胡衍南「抽象的情詩——包括思婦、閨怨、以及對女子神韻體態的泛寫」之說義界之。本書簡單將「非勸世詩詞」歸為「抒情詩詞」。胡衍南：《金瓶梅到紅樓夢——明清長篇世情小說研究》，頁160。

表格三、回首詩詞與回目、正文關係統計表

詩詞／版本	《金瓶梅詞話》		《新刻繡像批評金瓶梅》	
回首詩詞 與回目	相應者	27 首	相應者	79 首
	不相應者	73 首	不相應者	23 首
回首詩詞 與正文關係	指涉明確者	20 首	指涉明確者	73 首
	指涉不明確者	80 首	指涉不明確者	29 首

　　按表格一、二、三統計顯示，「詞話本」與「崇禎本」對於回首詩詞呈現兩種截然不同的創作態度：第一，由「詞話本」回首之詩和詞極其懸殊的比例，與「崇禎本」配置均勻的比例觀之，顯然出於作者的有意佈局。第二，「崇禎本」回首的抒情詩詞為「詞話本」的兩倍強，表示作者挹注更多抒情元素於「崇禎本」；第三，「詞話本」意在勸誡世人，相對而言「崇禎本」則著重女性心境的表達。[15]第四，「崇禎本」回首詩詞與回目的相應性提高，幾乎達到八成，顯見作者的有心安排。原因在於，「詞話本」回首詩詞與當回回目不相應，甚至與正文無涉者比比皆是。從統計表格看來，「崇禎本」強調回首詩詞與回目的相對應性、回首詩詞與正文之間的連結關係，顯然是「崇禎本」刻意經營所為。

　　明代小說中女性的地位極其微弱，僅觀「四大奇書」其三的《三國演義》、《水滸傳》、《西遊記》便知，不僅女性人物不多且少有正面形象者。然而到了《金瓶梅》，它創造了豐富的女性世界，女性雖豐滿了整部小說，卻背負著淫婦形象的刻版印象，可她們的處境確實堪憐。《金瓶梅》不只是一部小說，而是一部具社會意義的小說，更是聚焦於與社會相關的議題上。然而，過去的研究不曾針對崇禎本《金瓶梅》回首詩詞指涉小說人物做全面性的探討。因此，被進一步探討的問題是：「崇禎本」回首詩詞功能何在？呈現什麼線索？這些回首詩詞指涉女性人物，蘊涵什麼社會意義？女性所面對的生命困境，應是社會所關注的課題，而非僅止於個人問題。此外，另一個須要追問的課題──「崇禎本」無涉正本的回首詩詞又該如何解釋呢？是作者的疏忽？或者是作者別具深心的安排？若是有意安排，作者何以做此佈局？如此佈局對文本的再詮釋會產生什麼作用？

　　本書將剖析「崇禎本」作者的創作態度，證實他藉一連串的回首詩詞以觀照女性命運的意圖，藉以印證「崇禎本」作者的作意。「崇禎本」回首詩詞反映於小說中所呈顯的面向及其所透顯的女性觀，以體現中國古典小說的美學原則。同時析論正文情節與回

15　詳見胡衍南：《金瓶梅到紅樓夢──明清長篇世情小說研究》，頁 154-162。本章第二節「文獻回
　　顧」中將會有更詳盡的說明。

首詩詞的交互作用，突顯回首詩詞如何參與文本的敘事，達到與正文互滲，並內化於小說中而成一文本整體。

本研究之目的，將論證「崇禎本」回首詩詞並非僅止於作為強化小說的文學性而存在，實則為作者別具深心的創作意圖——關注女性議題和詩歌的評點意義。「崇禎本」作者提高抒情詩詞的比重，企圖導引讀者走向詩歌所營造的閱讀氛圍，以提醒讀者關注女性的處境。崇禎本《金瓶梅》的回首詩詞，並非可有可無的朦朧詩篇，而是具體肩負觀照女性困境的使命者，這使命是作者所賦予，足見回首詩詞是作者有意識的創新。這於明代是進步的女性觀，既是有意為之，那麼某種程度其實也具備了小說評點的意義。

本研究的意義與價值，在於關注的焦點能回應社會脈動，正如前文所言「反映社會整體及眾生群相」。而四百多年前的中國社會，女性議題仍在一片荒漠之中，「崇禎本」的作者藉著一首首的回首詩詞，觀照女性的處境、命運和生存方式。在明代，這個觀念是前衛的，思想是進步的，且這些回首詩詞是真切反映「世情」，期使本書能提供「金學」研究不同的參考面向。

第二節　文獻回顧

《金瓶梅》相關研究文獻汗牛充棟，不勝枚舉。由於本書將研究崇禎本《金瓶梅》回首詩詞及其指涉，然而「崇禎本」回首詩詞所指涉者大多為女性。有些學者認為，回首詩詞不僅止於談論詩詞韻文，更與小說中的人物息息相關，而女性人物又涉及婚姻制度等。此外，筆者以為「崇禎本」回首詩詞具評點意義。是以，本書從《金瓶梅》的韻文出發，進而爬梳人物研究，以及小說評點相關文獻，將文獻探討分為三大類：第一類，《金瓶梅》韻文研究；第二類，人物相關研究；第三類，小說評點研究。本書綜合專書論著、期刊論文、學位論文，先按出版或發表年分順序個別說明，最後再分類統整評論。相關研究文獻回溯如下：

一、《金瓶梅》韻文研究

本書旨在探討崇禎本《金瓶梅》回首詩詞的功能，故有必要回溯詩詞與小說的關係。又，本書問題意識已點明《金瓶梅》兩大版本系統回首詩詞的歧異，對文本意義的建構有其影響作用。因此，更應掌握「詞話本」和「崇禎本」詩詞相關研究成果。茲類分為詩詞與小說關係、「詞話本」相關韻文、「崇禎本」相關韻文三部分。

(一)詩詞與小說關係

林辰《古代小說與詩詞》認為小說詩詞是小說藝術的有機組成部分，小說詩詞具備

了不能脫離作品而獨立存在的從屬性，進而發揮詩詞既能抒情又能敘事的特點，藉由詩詞表現出多層次的意境和隱現的情節。明代以後，基於市場考量，小說詩詞有通俗化的現象。他將詩詞在小說裡的作用，分為開篇題回詩、結構情節詩、肖像刻畫詩、預言伏筆詩、作者評議詩、人物自抒詩、閒情逞才詩、盈聯酒迷詩、總結全書詩等十種表現方法。[16]全書詳實論述了詩歌的功能，主要強調詩詞於小說中的敘事作用。

周進芳〈詩詞韻語在古典小說中的多維敘事功能〉指出古典小說大量使用詩詞韻語是作家敘事策略的體現，也是為了實現作者預設的真實性目的。詩詞韻語，成為小說敘事之中推動情節和刻劃人物的重要組成部分。以詩詞韻語「開頭」，又以詩詞韻語「結尾」，已成為古典小說敘事中普遍採用的一種模式，四大奇書皆然。[17]韻文確有其敘事作用，然而以詩詞韻語「開頭」和「結尾」，並非四大奇書皆然，前文開頭已述。

牛貴琥《古代小說與詩詞》全面梳理中國古典小說和詩歌之間的聯繫，他認為詩詞在古代小說裡的主要功能為寫景、狀物、狀事、寫人、表意、表心曲。其聯繫中可能存在的問題：陳陳相因、隨意徵引、缺乏特色、各行其是、詩詞平庸、詩詞重複小說內容、詩詞游離於小說敘事之外等問題。[18]其中與本書相關性較高者乃詩詞在小說中的敘事作用，詩歌可代小說表現散文敘事中無法表達的內容。他特別提到明末清初以降的文人對小說的改編和整理，往往從詩詞著手，或刪或改或換。《金瓶梅》的「崇禎本」就對「詞話本」中的詩詞刪去或換掉了很多。此外，牛貴琥〈略談古代通俗小說中詩詞之弊端〉文中雖列舉中國通俗小說裡引用詩詞之弊，但仍認為小說中所夾帶的大量詩詞，確有其積極的敘事作用。[19]大抵不脫上書所論——詩詞於小說敘事的功能。

董國炎〈論小說韻文的價值與類別〉以為小說韻文是中國敘事文學的特色，然而除了《紅樓夢》之外，都受到詩學研究和小說研究的雙重忽略。由於詩歌在中國文學史的地位頗高，小說中出現韻文，可增強小說的文學性。此外，小說韻文可代故事中的人物言志、抒情，代言韻文若使用得當，對表現人物思想性格、塑造人物形象，營造氣氛、增強感染力，打動讀者。[20]文中強調詩歌在敘事文學中的特色和功能。

韓希明〈明清市井題材小說中的詩詞與文人心態〉認為明清市井題材小說是表現市

16 林辰：《古代小說與詩詞》。
17 周進芳：〈詩詞韻語在古典小說中的多維敘事功能〉，《明清小說研究》（2003 年第 3 期，總第 69 期），頁 26-37。
18 牛貴琥：《古代小說與詩詞》（太原：山西人民文學出版社，2005 年）。
19 牛貴琥：〈略談古代通俗小說中詩詞之弊端〉，《廈門教育學院學報》第 8 卷第 2 期（2005 年 6 月），頁 8-14、23。
20 董國炎：〈論小說韻文的價值與類別〉，《明清小說研究》（2005 年第 3 期，總第 77 期），頁 4-15。

井人物的「俗文學」，然而明清時期的作者卻慣於以素有「雅文學」之稱的詩詞為小說開篇或作結，用詩詞表情達意。[21]論文主要著墨於文人心態，並且中肯表示詩詞具備表情達意的作用。

李志艷《中國古典小說敘事話語的詩性特徵——以四大名著敘事話語中的詩歌為例》立論於詩歌成為敘事話語的形式，將詩歌意象融入詩歌語式來完成人物對話，體現中國古典小說在表情達意上的美學機制。[22]如此研究近來頗受重視，但其中未論及《金瓶梅》。然而，書中某些觀點倘放入《金瓶梅》則未必成立。例如：「敘事話語的詩性特徵」放在《金瓶梅》的敘事語境中並不貼切，因為主角西門慶是個暴發戶，他的妻妾或同他往來者，大多是市井人物，市井小民的世俗生活，大都欠缺對靈性詩美的追求，更少了文人的風雅味。故，「敘事話語的詩性特徵」並非一體適用。

在以上學者中，最早注意到詩詞與中國古典小說關係密切的學者當屬林辰，林辰所論述的詩詞，並非唐宋詩詞，而是在中國古典小說裡作為表現方法和描寫手段的詩詞。周進芳、牛貴琥、董國炎大抵同林辰，基本強調詩歌在中國古典小說中的敘事作用，亦肯定詩歌於小說敘事確有其一定的審美理想和文學價值。然而，本書除認同詩歌於中國古典小說中的敘事作用、文學價值，及其所體現的審美理想外，更關注詩詞的敘事策略是否導引讀者走向不同的閱讀態度，以及詩詞於小說中是否具備文學批評的功能，可惜相關文獻都欠缺這部分的論述。於此，本書將進一步補充相關論點。

（二）「詞話本」相關韻文

孟昭連《金瓶梅詩詞解析》輯錄了「詞話本」的詩、詞、曲、賦等韻文計五百多首，按回做規律性的排列、解析。[23]是目前首部針對《金瓶梅詞話》中的詩詞韻曲做全面性鑒賞的專書，並於詩詞之後注釋及解析。然非孤立地對詩歌進行賞析，而是融入作者個人對小說文本的主旨、人物、情節、創作態度等看法。「釋詞」部分，則考查了部分韻文的用典出處，極具參考價值。

舟揮帆《譯注評析金瓶梅詩選》選評了《金瓶梅詞話》裡的部分詩歌，對原詩下標題、譯詩、注釋、情節提示，並提出評析與原詩互為對照。[24]全書以「詞話本」為文本，是詩選，並非全選。主要特色為譯詩，針對所選的詩作，作者都自創一首類似詩歌的作

---

21 韓希明：〈明清市井題材小說中的詩詞與文人心態〉，《南通大學學報·社會科學版》第 22 卷第 6 期雙月刊（2006 年），頁 61-65。

22 李志艷：《中國古典小說敘事話語的詩性特徵——以四大名著敘事話語中的詩歌為例》（成都：巴蜀書社，2009 年）。

23 孟昭連：《金瓶梅詩詞解析》（長春：吉林文史出版社，1991 年）。

24 舟揮帆：《譯注評析金瓶梅詩選》（長沙：湖南文藝出版社，1992 年）。

品來「翻譯」，以現代的眼光看來，有些像「八股文」。此外，作者對選詩所下的詩題，皆根據小說情節和原詩作的關係而定，頗為中肯、貼切。

陳東有《金瓶梅詩詞文化鑒析》立論於「詞話本」詩詞與文化關係的研究和鑒析，完整收錄「詞話本」的詩詞韻曲。[25]研究認為「詞話本」以議論詩占大多數。書中的「注釋」充分掌握了該詩詞的典故及其來源，頗具參考價值，主要針對小說人物與情節內容來鑒賞並評析詩詞，同時不忘從晚明社會、文化等面向予以較多的剖析。作者賞評詩詞，除了對應小說人物和情節敘事之外，特別就整部小說文本中的所有韻文與人物、情節之間彼此相互參照評析，或就文本中的韻文兩相對照，並非孤立地賞評單首詩歌。

潘慎〈《金瓶梅》的詩詞創作和它的作者〉從聲韻學的角度重新審視《金瓶梅詞話》的詩詞。他認為「崇禎本」的詩詞韻律較「詞話本」正確，以此認定「張評本」的寫定者即本書所謂的「崇禎本」作者）的水平要勝過「詞話本」的作者。[26]文中主要從「小學」觀點出發，審視「詞話本」的詩詞，肯定「崇禎本」的詩詞優於「詞話本」。

傅想容《金瓶梅詞話之詩詞研究》提出《金瓶梅詞話》全書有將近四百首的詩詞，其中徵引他人詩詞約有一百六十多首，並考證其出處乃源自《水滸傳》、宋元話本、元明文言小說、元明戲曲以及散見於各朝代的詩詞。同時對「詞話本」與「崇禎本」的詩詞做了簡單比較，認為「詞話本」多俗詞俗語；「崇禎本」較為典雅。研究強調「崇禎本」對「詞話本」更動的原則為「刪繁就簡」，尤其體現於回中詩與回末詩。[27]但研究未論及回首詩詞異動的原則是否仍維持其「刪繁就簡」之說。筆者以為二者並非「刪繁就簡」的簡單關係，此處仍有很大的對話空間。

陳益源、傅想容〈《金瓶梅詞話》徵引詩詞考辨〉認為《金瓶梅詞話》相較於其他長篇小說，尤以徵引詩詞的數量甚為可觀。其寫作素材來源眾多，就目前已發現者，統計其數量分別為：引自《水滸傳》六十五首、宋元話本二十八首、元明文言小說二十八首、宋元戲曲二十一首。[28]全面考證「詞話本」徵引詩詞的來源，成果相當豐碩，然礙於篇幅無法詳盡論述，僅說明統計結果，並未一一臚列交代出處。又，傅想容早已於其學位論文《金瓶梅詞話之詩詞研究》考證了《金瓶梅詞話》徵引詩詞的出處及其運用。兩項研究重疊性相當高。

25　陳東有：《金瓶梅詩詞文化鑒析》（成都：巴蜀書社，1994年）。
26　潘慎：〈《金瓶梅》的詩詞創作和它的作者〉，《太原大學學報》第3卷第1期，總第9期（2002年3月），頁13-20。
27　傅想容：《金瓶梅詞話之詩詞研究》（臺南：國立成功大學中國文學研究所碩士論文，2008年）。
28　陳益源、傅想容：〈《金瓶梅詞話》徵引詩詞考辨〉，《昆明學院學報》第5期，總32期（2010年9月），頁57-63。

　　上述學者中，孟昭連是最早關注《金瓶梅》裡所引用的韻文並且專書論著，他全面而詳實地賞析了「詞話本」的韻文，對《金瓶梅》詩詞的相關研究起到了帶頭作用。而舟撝帆、陳東有則在孟昭連的研究基礎上，進一步強化詩詞的敘事作用。陳東有的著作更是從文化層面切入，開拓「金學」詩詞的立論面。此外，傅想容的學位論文，以及陳益源、傅想容合著的〈《金瓶梅詞話》徵引詩詞考辨〉皆著重於考證《金瓶梅詞話》詩詞素材的來源，研究成果頗為豐碩。上述研究都僅探討「詞話本」，更著墨於「詞話本」詩詞的敘事作用，卻未涉及「崇禎本」回首詩詞的功能。然而，「崇禎本」約七成比重的回首抒情詩詞，相對於「詞話本」約三成的回首抒情詩詞，筆者以為這種「此起彼落」的消長關係，必得一探作者的創作意圖。有鑑於相關研究文獻少有兩大版本系統詩詞的綜合比較，因此本書將專闢一章，針對「詞話本」和「崇禎本」回首詩詞做概論性的對照論述，以現其承衍關係。

（三）「崇禎本」相關韻文

　　荒木猛〈關於崇禎本《金瓶梅》各回的篇頭詩詞〉針對崇禎本《金瓶梅》回首詩詞的出處做了一番考證，指出「崇禎本」的詩詞徵引他人作品者居多。同時比對出「詞話本」與「崇禎本」各回回首詩詞完全沒有變化的共八例。他並對照出兩種版本篇頭詩詞的相異處：一為，「萬曆本」的篇頭詩詞，內容多涉及道家的人生哲學、訓誡；而「崇禎本」則吟詠人的心情，特別是閨中情亦多。二為，「萬曆本」的詩詞，多表現人生觀，因而與章回內容的聯繫較模糊。三為，「崇禎本」排除教誨詩，儘可能改成與章回內容相吻的詩詞。「萬曆本」詞僅兩首；「崇禎本」增加詞的數量，且內容差不多都是詠吟閨房中的情趣。四為，「萬曆本」的作者愛道家的人生訓誡；「崇禎本」修訂者喜閨中情趣內容的詞。[29]荒木猛是最早比對兩大版本系統回首詩詞的學者，然依筆者觀察，「崇禎本」回首詩詞的確多「吟詠人的心情」，可「喜好閨中情趣內容的詞」之說則有待商

---

[29] 荒木猛的文章中載明：「五、七、十四、十六、二十四、三十九、四十二、五十一各回，共八例。」（頁 206。）然而與同文中：「『萬曆本』和『崇禎本』相同的：5、7、14、16、24、39、42、52 等八例」（頁 212。）前後不一，後文的第 52 回應是第 51 回的誤寫。此外，筆者一一比對這八首詩詞，發現如荒木猛所言「完全相同沒有變化的」，事實上僅第 16、39 回一字不差。餘第 42、51 回各差一個字；第 5、24 回各差兩個字；第 7、14 回各差三個字。又，荒木猛所謂「『萬曆本』詞僅兩首」之說有誤。「詞話本」於卷首載明「詞曰」者，有第 1、80 回，然而第 80 回卻是一首五言詩。又第 17、46、82 回雖未載明「詞曰」，然卻是詞作而非詩作。故「詞話本」回首詞有第 1、17、46、82 回共四首。有趣的是，第 17 回與第 82 回是同一闋詞，僅第 17 回少了最後兩句。然而荒木猛云：「詩與詞的比例，『萬曆本』詩（包括格言）九十八首，詞二首。」回首詞實則為四首，荒木猛「詞二首」之說有誤。詳見荒木猛：〈關於崇禎本《金瓶梅》各回的篇頭詩詞〉，收入中國金瓶梅學會（編），《金瓶梅研究》第四輯（南京：江蘇古籍出版社，1993 年），頁 204-221。

權。「崇禎本」回首詩詞中確實有部分的宮體詩詞,然而這些宮體詩詞大多為女性抒發閨怨、幽情。「崇禎本」作者或許是藉此為女性傳情達意,那麼作為抒情詩詞應更為恰當,對此本書將會有更詳盡的論述。

田曉菲《秋水堂論金瓶梅》兩大版本的題旨命意體現於卷首詩詞的差別:「詞話本」偏向於儒家「文以載道」的教化思想;而「繡像本」則強調塵世萬物的痛苦與空虛,喚醒讀者對生命——生與死本身的反省,作者將囿於文體和篇幅而無法納進正文中者,以古典詩詞提供給讀者。[30]此論點極有見地,筆者認為於此可做更深一層的探討。田曉菲並點出部分抒情詩對應女性角色,然其看法零星散佈於各回中,也未見完整。本書將在這個基礎上更進一步證實此說。

孟昭連〈崇禎本《金瓶梅》詩詞來源新考〉,奠基日籍學者荒木猛研究之上,接續其詩詞出處的考證。認為「崇禎本」對「詞話本」進行了「刪繁就簡」的工作,其中包括大量的詩詞,作品亦非自創。[31]文中雖述其考證得三十八首移自他人作品,然僅就其中兩首詩歌標明與之相關的資料,且仍未確定其原始出處。

楊鴻儒《細述金瓶梅》一書中第五章「《金瓶梅》的詩詞韻曲賞析」收錄並賞析了部分的詩詞曲,回首、回中、回末詩兼而有之,且「崇禎本」和「詞話本」皆涉獵其中。[32]楊鴻儒雖專闢一章談論《金瓶梅》的詩詞韻曲,然只挑部分韻文,非全面輯錄,也未限定版本,因此不知採錄的原則為何,然大抵四平八穩地提出作者個人的評賞見解。

胡衍南《金瓶梅到紅樓夢——明清長篇世情小說研究》專著中第四章「兩部《金瓶梅》,兩種世情書寫」裡,將「詞話本」與「繡像本」做了精細的比對研究。其中一小節「兩個版本的比對(二):回首詩詞」,對照「繡像本」與「詞話本」,百回中僅有八回內容一致。研究指出這內容一致的八首詩詞當中,有寫媒婆、思婦、勸世、諷色貪、警世人等等,全部意在勸誡。「詞話本」中比重極重的勸誡詩,於「繡像本」中反倒消減了,取而代之的是高達六、七成的抒情詩。研究並直陳《金瓶梅》的主角多為女性,這些情詩又多是代女子發聲,蓋因作者不斷藉由回首的抒情詩來提示讀者——女性命運才是整部小說關懷的重心。因此回首的朦朧詩與正文的赤裸世界,很有可能是作者意圖改變讀者閱讀重心的有意設計。[33]立論極有見地,本書奠基於此,將針對「崇禎本」回首詩詞進行全面性的審視與論證。

---

30 田曉菲:《秋水堂論金瓶梅》首版為 2003 年 1 月,本書採 2008 年 4 月版。

31 孟昭連:〈崇禎本金瓶梅詩詞來源新考〉,《廈門教育學院學報》第 8 卷第 2 期(2005 年 6 月),頁 24-28、33。

32 楊鴻儒:《細述金瓶梅》(北京:東方出版社,2007 年)。

33 胡衍南:《金瓶梅到紅樓夢——明清長篇世情小說研究》。

龔霞〈崇禎本《金瓶梅》回前詩詞來源補考〉主要針對《崇禎本》回首詩詞的來源出處做一補正考察。[34]作者認為考察回首詩詞的來源，有助於《崇禎本》改寫者真實身分的考證。

荒木猛點出「詞話本」回首詩詞好訓誡，「崇禎本」則多吟詠心情。田曉菲在此基礎上，更進一步提出，《金瓶梅》兩大版本系統的回首詩詞體現出迥異的題旨命意——「詞話本」回首詩詞往往是直白的勸誡警世之言；「崇禎本」回首詩詞往往從曲處落筆，或對當回內容某部分做出正面的評價感嘆，或者進行反諷，因而在回首詩詞與回目、正文之間形成複雜的張力。胡衍南同田曉菲皆認為「崇禎本」回首詩詞不僅僅是作為詩歌表達的樣貌，更是藉由抒情詩詞為女性表達心聲。於此，胡衍南更進一步加深論述，精細對照了兩大版本系統，他特別強調「崇禎本」的勸誡詩消減了，反倒拔高了抒情詩的比重，在創造豐富的女性世界的《金瓶梅》中，這些代小說中女性抒發心境的情詩，隱現女性的命運並與小說正文的赤裸直白對話。這使得筆者更加確認崇禎本《金瓶梅》回首詩詞具備指涉人物的功能，本書將以此做為著力點，深究「崇禎本」回首詩詞指涉人物背後的創作意涵。

上述專書論著皆各有其見地，已為本書立下良好的研究根基。部分針對「詞話本」的論著，雖未涉及「崇禎本」，猶對筆者甚有啟發。單篇論文則囿於篇幅，論點往往僅能點到為止，或專一詩詞來源考察，尚有諸多探討之處。許多研究都指出《金瓶梅》中的詩詞韻文有一定的敘事作用，而本書以為「崇禎本」回首詩詞具指涉小說人物的功能。因此，接下來文獻回顧將爬梳人物相關的研究成果。

二、人物相關研究

《金瓶梅》人物相關研究成果相當豐富，早期以「詞話本」居多，近來學者逐漸注意到「崇禎本」和「詞話本」之間其實有著些微而有意義的差別，是以「崇禎本」的論著漸增，筆者擇與本研究相關性較高者回顧之。

石昌渝、尹恭弘《金瓶梅人物譜》詳細載明小說中主要和次要人物，並予以歸納、分類人物特質，書末有附錄「《金瓶梅》人物表」提供讀者檢索。[35]全面詳實地輯錄了《金瓶梅》的所有人物，並按小說人物的身分區分，如小廝、僮僕、官場人物等加以類分，方便讀者對照比較。主要針對小說人物深入探討人物形象以及社會的醜陋面等等，堪稱

34　龔霞：〈崇禎本《金瓶梅》回前詩詞來源補考〉，《明清小說研究》（2013 年第 1 期，總第 107 期），頁 66-73。

35　石昌渝、尹恭弘：《金瓶梅人物譜》（南京：江蘇古籍出版社，1988 年）。

為《金瓶梅》人物工具書。

　　高越峰《金瓶梅人物藝術論》全書將小說人物分為四大組：西門慶與金、瓶、梅；西門慶其他妻妾；委身於西門慶的婦女；其他。並且分門別類地介紹小說人物的背景、遭遇和個性。[36]作者往往將人物的行為、性格與家庭、社會等因素做連結。研究指出《金瓶梅》對現實的批判不亞於晚出的《紅樓夢》，並總結了《金瓶梅》對小說人物形象塑造所做的貢獻。

　　孔繁華《金瓶梅的女性世界》輯錄《金瓶梅》裡的小說人物，並為人物下簡短的評語，如「潘金蓮：扭曲的靈魂」、「龐春梅：不幸的幸運兒」，且於每位人物之後附注了古代評點家對小說人物的評點選錄。[37]論著雖名之為「《金瓶梅》的女性世界」然亦收錄諸多男性小說人物。此書最大特點在於節錄明清時期評點家張竹坡、文龍、「崇批」對小說人物的部分批評，提供讀者作為閱讀參照之用。

　　陳翠英《世情小說之價值觀探論——以婚姻為定位的考察》提出「世情小說」所蘊涵的人生理念、價值取向等。從不同角度呈現傳統婚姻架構下，女性在各層面的生命經驗。文中並回溯傳統女性的歷史處境，尤重宗法制度，在男尊女卑的觀念主導下，兩性婚姻架構所潛藏的衝突和變數，以及多妻家庭中女性的生命困境。[38]研究從多元角度檢視《金瓶梅》的兩性關係，女性在傳統一夫多妻的婚姻底下，深受宗法制度的箝制，生命中潛藏無數的困境，從而導引出父權架構下的多重省思。

　　李梁淑〈論《新刻繡像批評金瓶梅》的女性人物批評〉提出「淫婦人」已非道德形象的意義，而是躍升為具美學意義的形象。「崇批」超越了對女性的道德褒貶，觀照女性的處境，並給予最大的同情和悲憫。[39]研究指出「崇批」往往跳脫傳統的道德束縛，以理解和包容的態度看待這群女性人物。論文雖談批評，然多聚焦於女性的生命困境，以及小說人物的美學形象，因此本書將之與陳翠英的研究一同爬梳。

　　石昌渝、尹恭弘、高越峰、孔繁華皆側重於人物形象的研究。陳翠英、李梁淑則更加重視女性人物，尤其著重於女性的生命困境。以上人物相關研究，大抵描出《金瓶梅》的浮世繪，透過對人物的心理分析，以現其社會意義，剖析女性為生存所做的努力。然而，人物形象的塑造似乎都迴避了回首詩詞對該書的貢獻，回首詩詞明白存在於每回的回首，作為開卷閱讀入境的引領。在一夫一妻多妾的婚姻制度底下，突顯了女性的生命

36　高越峰：《金瓶梅人物藝術論》（濟南：齊魯書社，1989 年）。

37　孔繁華：《金瓶梅的女性世界》（鄭州：中州古籍出版社，1991 年）。

38　陳翠英：《世情小說之價值觀探論——以婚姻為定位的考察》，1995 年。

39　李梁淑：〈論《新刻繡像批評金瓶梅》的女性人物批評〉，《中國文學研究》第 15 期（2001 年 6 月），頁 179-208。

困境和不公平的兩性關係。許多研究顯示當時社會的婚姻制度對女性造成莫大的創傷，那麼聚焦於女性生命困境的研究就更值得關注了。

《金瓶梅》一書確實藉直白的敘事描摹世態人情，然而置於「崇禎本」回首的朦朧詩篇並非僅止於作者的風花雪月。作者於詩詞中隱涵諸多「世情」，只是一首詩詞，萬般表述，於「世情」借將回首詩詞的詮釋以補充之。「崇禎本」回首詩詞之於人物形象的重建，以及婚姻制度對女性的箝制仍有很大的揮灑空間。筆者以為「崇禎本」回首詩詞指涉人物的可能意涵，主要在於突顯作者的女性觀。因此，本書將深入探究「崇禎本」回首詩詞指涉小說人物的功能，因它們除了指涉小說人物，尤以女性人物為最之外，更牽涉到當時社會的婚姻制度對女性所造成的影響。此外，「崇禎本」回首詩詞既具有指涉小說人物的功能，那麼某種程度上，其實也涉及了作者的評點意識。接下來，本書將回顧《金瓶梅》評點及其相關研究。

三、小說評點研究

本書之所以將《金瓶梅》評點暨相關批評涵蓋進來，誠如王汝梅所言：「評點打破重教化而不重審美、重史實而不重真趣、重情節而不重性格的傳統，顯示出新的審美視角，表現了近代美學追求」。[40]蓋因筆者以為「崇禎本」回首詩詞在指涉小說人物，飽蘊作者的女性觀時，即已明白揭示作者個人的讀者意識及其批評取向。相關文獻回顧如下：

《新刻繡像批評金瓶梅》無名氏評點者所評點的「崇批」，乃以「崇禎本」為文本，將其閱讀心得直接以眉批或夾批的方式批於文本之上。[41]學界目前仍不確知這位明代不具名評點家的真實背景。而「崇批」大抵從世情著手，深刻體悟小說的主題思想。對小說中的女性人物持包容的態度，其中不乏對世情的感悟，以簡約、略帶詼諧戲謔的方式呈現，應是崇禎本《金瓶梅》最早的評本。

「張評本」即《張竹坡批評第一奇書金瓶梅》，有著相當完備的批評方法：回評、旁批、眉批、夾批，以及〈第一奇書序〉、〈第一奇書凡例〉、〈雜錄〉、〈竹坡閒話〉、〈冷熱金針〉、〈《金瓶梅》寓意說〉、〈苦笑說〉、〈第一奇書非淫書論〉、〈第一奇

40　王汝梅：〈《金瓶梅》繡像評改本：華夏小說美學史上的里程碑〉，《吉林大學社會科學學報》第47卷第6期（2007年11月），頁131-137。

41　〔明〕蘭陵笑笑生（著），閻昭典、王汝梅、孫言誠、趙炳南（校點）：《新刻繡像批評金瓶梅》。以下本書凡對「崇禎本」無名氏評點者的評點，直接省稱為「崇批」。

書《金瓶梅》趣談〉、〈批評第一奇書《金瓶梅》讀法〉、〈第一奇書目錄〉等等。[42]「張評本」堪稱是中國小說評點之最。全書針對「崇禎本」構築出一個龐大且有系統的評點模式，可說是崇禎本《金瓶梅》最完整的評本。張竹坡以妙筆打造「世情書」，尤以人物評點最為細膩，對《金瓶梅》的接受史做出了極大的貢獻。

　　文龍〈《金瓶梅》回評〉除回評外，部分有後評。[43]文龍評點常常一針見血，不留餘地，批判色彩極為強烈，不乏對社會價值觀的針貶。此外，文龍明顯地以衛道者之姿，持較高的道德標準看待《金瓶梅》的人物及其婚戀關係，因此對小說人物常一昧苛責。批評時，常語露對女性的厭惡態度，但對於西門慶的正妻吳月娘則頗為維護，是位傳統制度的守舊者。文龍評點因直接手批於「張評本」上，[44]故經常回應或駁斥張竹坡的評點，不時與張竹坡激烈對辯，甚至針鋒相對，似乎有意顛覆「張評本」。

　　浦安迪〈瑕中之瑜——論崇禎本《金瓶梅》的評注〉文中大幅論述並強調張竹坡的評點承襲自「崇批」，從「張評本」繼承「崇批」的「冷／熱」意象之說即可見一斑。再者，對人物的評點，「崇批」大致簡單區分正、反面人物，部分小說人物則模稜兩可，採充分留餘地的態度。[45]研究並側證「崇批」和「張評本」兩者之間的承衍關係。

　　林崗《明清之際小說評點學之研究》肯定明清評點家在古典文論上的建樹。針對晚明文人文化的產物——小說評點學，做歷史脈絡的釐清並追溯其淵源。作者以為小說評點乃出自文人的「文學自覺」，是深含中國文化意蘊的文學批評形式。他將張竹坡「從人情討出文字」的評點觀，視之為評點家強烈的批評意識，這也接近六朝文學的「緣情」說。[46]倘要透解「文字」，須先體悟「人情」的觀點，啟發筆者進一步思索「崇禎本」回首詩詞的佈局，極有可能是作者的「文學自覺」，將其對文學審美的追尋體現於詩歌，

42　〔明〕蘭陵笑笑生（著），王汝梅、李昭恂、于鳳樹（校點）：《張竹坡批評第一奇書金瓶梅》（濟南：齊魯書社，1991 年）。

43　文龍：〈《金瓶梅》回評〉，收入黃霖（編）：《金瓶梅資料彙編》（北京：中華書局，2006 年），頁 411-512。

44　黃霖（著），王運熙、顧易生（主編）：《近代文學批評史》（上海：上海古籍出版社，1993 年），頁 514。劉輝：〈文龍及其批評《金瓶梅》〉，頁 169-183。論及文龍第 27 回後評：「在省有人抽留此本」，係指友人邵少泉購此書相贈。文龍自云：「邵少泉少尹，知予有閒書癖，多方購求，竟獲此種，交黃僕寄來。惜被鄒雋之大令抽去三本，不成完璧矣。」不過時隔不久，邵少泉很快把抽去的三本寄還給他終成完璧。劉輝：「文龍的批評，是手書在張竹坡批評《第一奇書》本上的。」引自劉輝：《金瓶梅成書與版本研究》（瀋陽：遼寧人民出版社，1986 年），頁 173、180。

45　〔美〕浦安迪：〈瑕中之瑜——論崇禎本《金瓶梅》的評注〉，收入徐朔方（編選校閱），沈亨壽（翻譯）：《金瓶梅西方論文集》（上海：上海古籍出版社，1987 年），頁 297-315。

46　林崗：《明清之際小說評點學之研究》（北京：北京大學出版社，1999 年）。

金 學 叢 書

第一輯 9

吳 敢

胡衍南 霍現俊

主編

崇禎本《金瓶梅》回首詩詞功能研究

林玉惠 著

臺灣 學生書局 印行

林玉惠

1970 年生，臺灣嘉義縣人。國立臺灣師範大學國文學系碩士。現服務於國立陽明大學學生事務處。曾任致理技術學院專案國文講師、僑務委員會遴派海外文化教師。

本書簡介

本書就《金瓶梅》兩大版本系統回首詩詞的對照，點出「詞話本」與「崇禎本」分屬不同的思想主旨──「詞話本」意在勸世；「崇禎本」意在抒情。因而在此基礎上詮釋崇禎本《金瓶梅》的回首詩詞，並探究「崇禎本」回首詩詞以何種樣貌揭示其主題思想，怎麼關注女性議題，又是如何照應正文敘事。崇禎本《金瓶梅》通過回首詩詞從文體特質（韻文）、敘事策略（以女性為中心書寫）、意象隱喻（為女性困境發微）等，作為文本的詩性觀照。本書除了從女性視角切入，印證崇禎本《金瓶梅》作者藉回首詩詞以突顯其進步的女性觀外，更以文學批評的角度，歸納出崇禎本《金瓶梅》回首詩詞之於文本的貢獻──與明清諸家評點共同建構出《金瓶梅》批評史的完整版圖。

金學叢書第一輯序

2012 年 8 月下旬，「2012 臺灣《金瓶梅》國際學術研討會」在臺北、嘉義、臺南三個場地隆重召開，大會同時紀念辭世七年、在海峽兩岸備受推崇的「金學」先驅魏子雲先生。

會議落幕之後，臺灣學生書局基於「辨彰學術，考鏡源流」的信念，認為很有必要出版一套「金學叢書」，將 1980 年以後逐漸豐饒起來的《金瓶梅》成果一次性展現出來，於是找了胡衍南商議此事。經過協商，臺灣學生書局接受胡衍南的兩點提議：一，此一事業理當結合海峽兩岸金學專家共同合作；二，為了紀念魏子雲先生，擬將先生在臺灣學生書局的版權書，搭配臺灣近來年輕研究者的金學著作，先以「金學叢書」第一輯的名義出版，藉此向先生獻上敬禮。因此，2013 年 5 月「第九屆（五蓮）國際《金瓶梅》學術研討會」期間，霍現俊答應共襄盛舉；同年 7 月，胡衍南代表書局親赴徐州邀請吳敢加入主編行列，確定此套叢書由吳敢、胡衍南、霍現俊共同主編。在此同時，胡衍南開始蒐集「金學叢書」第一輯的書稿，吳敢、霍現俊逐步展開「金學叢書」第二輯的規劃。

不同於「金學叢書」第二輯，主要為中國大陸 20 世紀 80 年代以來學人的《金瓶梅》研究精選集；「金學叢書」第一輯由魏子雲領軍，麾下俱是臺灣年輕學者專書性質的金學著作。

第一輯共收十六本書，魏子雲在臺灣學生書局的三本版權書《小說金瓶梅》、《金瓶梅原貌探索》、《金瓶梅的幽隱探照》，足以反映魏先生治學精神及金學見解；且因魏先生後人及學生刻正籌劃全集出版，本套叢書也就不另外爭取先生其他專著。至於其他青年學者專書，如果把金學事業分成文獻研究、文本研究、文化研究，文獻研究明顯最為匱乏，事實上臺灣除魏子雲外興趣多不在作者、成書、版本等考證方面。叢書中具綜述性質的李梁淑《金瓶梅詮評史研究》權屈於此。

文本研究稍好，其中又以借鑒西方敘事學理論者較有成績，鄭媛元《金瓶梅敘事藝術》可視為全面性初探，林偉淑《金瓶梅的時間敘事與空間隱喻》意在時空設計的隱喻性格，李志宏《金瓶梅演義——儒學視野下的寓言闡釋》則從敘事特色探討「奇書體」小說之政治寄託。此外，關於《金瓶梅》詩詞的研究也頗見特色，傅想容《金瓶梅詞話

之詩詞研究》、林玉惠《崇禎本金瓶梅回首詩詞功能研究》，一從詞話本、一據崇禎本，前者宏大、後者聚焦，都是考慮詩詞在小說中的美學任務。另外值得一提的是曾鈺婷《說圖——崇禎本金瓶梅繡像研究》，近年頗時興圖像與文字的辯證研究，此書透過對小說插圖的考察，從側面支持了崇禎本《金瓶梅》的文人化、藝術化傾向。

　　至於文化研究，不可免地都集中在性／別文化研究，此係因為臺灣極易取得未經刪節的全本《金瓶梅》，加上 20 世紀 90 年代中期以來對性／別議題特別熱衷，故影響了《金瓶梅》文化研究的「挑食」傾向。收在叢書中的此類著作，有胡衍南《金瓶梅飲食男女》、李欣倫《金瓶梅之身體感知與性別辯證：一個漢字閱讀觀點的建構》、李曉萍《金瓶梅鞋腳情色與文化研究》、張金蘭《金瓶梅女性服飾文化研究》、沈心潔《金瓶梅詞話女性身體書寫析論——以西門慶妻妾為論述中心》等五部，其中胡衍南、張金蘭的著作都曾公開出版，此次收入叢書都作了程度不一的增添及修改。尤需一提的是，臺灣近年來對於小說的續書研究很感興趣，特別是從解構主義的後設立場重新反思續衍現象，嚴格來講也是一種文化批評，叢書中鄭淑梅《後設現象：金瓶梅續書書寫研究》即為個中佳作。

　　「金學叢書」第一輯集結近年臺灣青年學者《金瓶梅》研究專著，有意宣示「哲人日已遠，典型在宿昔」——魏子雲先生逝世十周年前夕，金學事業薪火相傳，生生不息。綜上所述，本輯作者胡衍南、李志宏的著述較為金學界所熟識，其他多數則嶄露頭角，正見其成長茁壯。相較之下，稍晚亦將問世之「金學叢書」第二輯，收入了徐朔方、甯宗一、劉輝、王汝梅、黃霖、吳敢、周中明、張遠芬、周鈞韜等三十一位名家之《金瓶梅》研究精選集，收錄純熟之作，代表當代金學最高成就，敬請拭目以待。

吳敢、胡衍南、霍現俊（胡衍南執筆）

2014 年元旦

崇禎本《金瓶梅》回首詩詞功能研究

目　次

藉回首詩詞所蘊含的「世情」，以建構其文學批評。

　　譚帆《中國小說評點研究》認為張竹坡評點《金瓶梅》，是上承金聖歎、毛宗崗，下啟脂硯齋。旨在揭示作品的世情意涵以及追尋小說情節的脈絡。文人在對《金瓶梅》閱讀賞評的過程中，隨手批點，點滴感悟，已達到思想和藝術評論的真正起點。[47]譚帆基本不認同「評點文學」的存在。他一方面認為就中國評點史而言，應視張竹坡為中國文學理論家，另一方面卻也肯定張竹坡於《金瓶梅》評點的客觀性。

　　李梁淑《金瓶梅詮評史研究——以萬曆到民初為範圍》考察了明清之際到民初《金瓶梅》的接受史。她認為《金瓶梅》評點與晚明個性解放思潮息息相關，故「崇批」的審美闡釋乃呼應時代精神。而這些零碎、散亂，不成系統的閱讀心得記錄，卻各自代表著不同時代的小說評點。而評點的時代意義，則是《金瓶梅》接受史重要的一環。[48]文中提出評點對「淫」的反思課題，認為張竹坡通過評點對文本進行大改造，將《金瓶梅》打造成「世情書」，藉以駁斥「淫書」之說，文龍評點則採道德教化引導讀者閱讀。

　　李欣倫《金瓶梅之身體感知與性別辯證——一個跨文本與漢字閱讀觀的建構》研究認為二十世紀、八○年代《金瓶梅》的男女讀者浦安迪和田曉菲兩人的「看」與張竹坡、丁耀亢有其異同。此外，浦安迪有系統地建構張氏評點《金瓶梅》之章法，其儒式研讀法實踐了閱讀即修身的理想途徑。而田曉菲則示範了慈悲閱讀法，她既能欣賞男性讀者夏志清所無法欣賞的「不漂亮醉人」孟玉樓，也能從潘金蓮那雙殘酷的「纖手」中讀出一個有別於古典詩詞的立體佳人。[49]筆者以為田曉菲通過部分古典詩詞詮釋女性人物，屬現代版極佳的批評。

　　洪鈴惠《張竹坡皋鶴堂批評第一奇書金瓶梅評點研究》直接正面肯定文本評點之於小說的商業行銷與閱讀樂趣，強化文本的文學性與創造性，認為評點家企圖指引讀者評賞流向的同時，亦干預了真正的作者－文本－讀者之間的交流。[50]作者細細評賞張竹坡如何批評「第一奇書」，亦企圖對其評點做一全面性反思，誠可謂為張竹坡《皋鶴堂批評第一奇書金瓶梅》的「理想讀者」。

　　「崇批」、「張評本」和文龍批評為崇禎本《金瓶梅》評點代表。「崇批」開啟「世

47　譚帆：《中國小說評點研究》（上海：華東師範大學出版社，2001年）。

48　李梁淑：《金瓶梅詮評史研究——以萬曆到民初為範圍》，臺北：國立臺灣大學中國文學研究所博士論文，2002年。

49　李欣倫：《金瓶梅之身體感知與性別辯證——一個跨文本與漢字閱讀觀的建構》（新竹：國立中央大學中國文學研究所博士論文，2008年）。

50　洪鈴惠：《張竹坡皋鶴堂批評第一奇書金瓶梅評點研究》（臺北：國立臺灣師範大學國文研究所碩士論文，2012年）。

情」大門，到了「張評本」則總結《金瓶梅》的寫實成就，鍛鑄成「世情書」，然而文龍評點卻力圖顛覆「張評本」。上述三位評點家的批評各有千秋，尤以人物評點最為深刻，「崇批」和「張評本」往往不以道德標準衡量女性人物，對於女性的欲望或者紅杏出牆，都持較包容的態度。文龍卻處處顯露對女性的厭惡，認為「女人皆禍水」，相對而言持較高的道德標準看待小說人物。文龍經常筆戰張竹坡，回應或者駁斥張竹坡的評點。此外，林崗總結了《金瓶梅》評點家的批評意識，歸納為明清之際評點家在古典文論史上第二次的「文學自覺」。譚帆在林崗研究的基礎上，拉長了小說評點史並擴大討論的面向。李梁淑卻是聚焦於小說評點對《金瓶梅》接受史的影響，而李欣倫則更加留意不同世代、不同性別的讀者，所觀「看」到的《金瓶梅》各是呈現什麼樣貌。

　　整體而言，《金瓶梅》相關的文獻數量，以人物研究居首，主題思想居次，僅極少數研究注意到「崇禎本」增加回首抒情詩詞比重的用意，忽略了回首詩詞也是整體文本之一，只不過它們是以另一種文類的面貌並置於文本之中。回首詩詞極有可能是「崇禎本」作者藉此提醒讀者關注女性議題，並從女性視角論其批評取向。故，本書將以此為探討重心，通過研究方法，佐以相關研究理論，著力於一系列回首詩詞的指涉，藉以印證崇禎本《金瓶梅》回首詩詞具女性觀與評點意義的功能。期能奠基於前人研究基礎之上，續探其深度，並拓其廣度，以證回首詩詞於崇禎本《金瓶梅》的文學價值。

第三節　研究範圍與方法

　　《金瓶梅》的作者，小說上署名「蘭陵笑笑生」[51]，而「蘭陵笑笑生」何許人也？迄今仍不可考。沈德符直指《金瓶梅》的作者是「嘉靖間大名士」[52]；袁中道認為是「紹興老儒」[53]；謝肇淛則說是「金吾戚里」[54]的門客；謝頤曰：「鳳州門人」[55]（王世貞）。而歷來多以王世貞、屠隆、李開先、賈三近居多。小說作者是誰眾說紛紜，至今學界尚無定論。此外，關於成書年代有兩說，一為嘉靖，沈德符云：「聞此為嘉靖間大名氏手

---

51 作者署名「蘭陵笑笑生」，此說蓋出於〈欣欣子序〉：「竊謂蘭陵笑笑生作《金瓶梅傳》，寄意於時俗，蓋有謂也。」詳見〔明〕蘭陵笑笑生（著），梅節（校訂），陳詔、黃霖（注釋）：《金瓶梅詞話》，頁1。

52 詳見〔明〕沈德符：《萬曆野獲編》卷二十五〔詞曲〕「金瓶梅」條，頁652。

53 見〔明〕袁中道：《遊居柿錄》之九七九（臺北：臺北書局，1956年），頁191。

54 謝肇淛：〈金瓶梅跋〉，詳見黃霖：《金瓶梅資料彙編》（北京：中華書局，2006年），頁3。

55 謝頤：〈批評第一奇書金瓶梅敘〉，詳見黃霖：《金瓶梅資料彙編》，頁4。

筆。」[56]；二為萬曆，〈東吳弄珠客序〉末署「萬曆丁巳季冬東吳弄珠客漫書於金閶道中」，萬曆丁巳為西元一六一七年。目前發現是萬曆二十年，亦即西元一五九二年。而現仍存世的「崇禎本」有十幾部，從版式上可分為兩大類。一類以北京大學圖書館藏本為代表，書每半葉十行，行二十二字，扉頁失去，無廿公跋，回首詩詞前有「詩曰」或「詞曰」二字。另一類以日本內閣文庫藏本為代表，書每半葉十一行，行二十八字，有扉頁，扉頁上提《新鐫繡像批評原本金瓶梅》，廿公跋，回首詩詞前多無「詩曰」或「詞曰」二字。[57]由於《金瓶梅》的作者和成書年代皆成謎案，因此本書無意也無力解開這歷史謎團。

考量《金瓶梅》版本後，本研究採定的版本為閻昭典、王汝梅、孫言誠、趙炳南共同校點，2009年由香港三聯書店出版之《新刻繡像批評金瓶梅》為主要研究文本，因為它的校勘相對完整，是目前學術界公認最權威的版本。此會校本《新刻繡像批評金瓶梅》，乃據「崇禎本」存世的幾種主要版本（以北京大學圖書館藏本為底本）全面校勘而成，共二十卷，一百回，並附明版插圖貳百幀，原由山東齊魯書社出版。[58]而「詞話本」則採定梅節校訂、陳詔和黃霖注釋，2009年由里仁書局出版之《夢梅館校本金瓶梅詞話》。[59]另再參酌清初張竹坡評，王汝梅、李昭恂、于鳳樹共同校點，1991年由山東齊魯書社所出版之《張竹坡批評第一奇書金瓶梅》[60]以為參照之用。

筆者在爬梳《金瓶梅》相關研究文獻的過程中，發現「崇禎本」回首詩詞大多指涉小說裡的女性人物，為女性抒發心情、心境，並代女性人物發聲。因此，本書從女性觀點切入，析論重點在於徵引詩歌的主要功能，作者為讀者提供了什麼線索，最後歸結出「崇禎本」回首詩詞深具評點意義。此外，「詞話本」開卷即以〈四貪詞〉[61]為其作品主

56　〔明〕沈德符：《萬曆野獲編》卷二十五〔詞曲〕「金瓶梅」條，頁652。

57　引自王汝梅《新刻繡像批評金瓶梅·前言》，收入閻昭典、王汝梅、孫言誠、趙炳南（校點）：《新刻繡像批評金瓶梅》，頁3。

58　〔明〕蘭陵笑笑生（著），閻昭典、王汝梅、孫言誠、趙炳南（校點）：《新刻繡像批評金瓶梅》，頁2。

59　〔明〕蘭陵笑笑生（著），梅節（校訂），陳詔、黃霖（注釋）：《金瓶梅詞話》。

60　〔明〕蘭陵笑笑生（著），王汝梅、李昭恂、于鳳樹（校點）：《張竹坡批評第一奇書金瓶梅》。

61　〈酒〉：「酒損精神破喪家，語言無狀鬧喧嘩。疏親慢友多由你，背義忘恩是他。切須戒，飲流霞。若能依此實無差。失卻萬事皆因此，今後逢賓只待茶。」〈色〉：「休愛綠鬢美朱顏，少貪紅粉翠花鈿。損身害命多嬌態，傾國傾城色更鮮。莫戀此，養丹田。人能寡欲壽長年。從今罷卻閒風月，紙帳梅花獨自眠。」〈財〉：「錢帛金珠籠內收，若非公道少貪求。親朋道義因財失，父子懷情為利休。急縮手，且抽頭。免使身心晝夜愁。兒孫自有兒孫福，莫與兒孫作遠憂。」〈氣〉：「莫使強梁逞技能，揮拳捋袖弄精神。一時怒發無明火，到後憂煎禍及身。莫太過，免災迍，勸君凡事放寬情。合撒手時須撒手，得饒人處且饒人。」〔明〕蘭陵笑笑生（著），梅節（校訂），陳詔、黃

題先行的概念，意即「詞話本」與「崇禎本」各有各的寫作動機，各自擁抱屬於自己獨特的主旨思想。然而，不論「詞話本」亦或「崇禎本」蓋系出同源。因此，本書雖以崇禎本《金瓶梅》回首詩為主要探究對象，但仍將旁徵「詞話本」部分的回首詩詞以為呼應，實則無法迴避「詞話本」，因而須先就兩大版本系統做一基本的對照後，再聚焦於「崇禎本」的回首詩詞之上。此外，詩歌有其多義性和多重性的指涉，故對其功能屬性的註明將會有所重複，但舉例以不重出為原則。本書論述過程不涉及《金瓶梅》的版本之說、作者之謎、成書之謎等相關範疇之討論。

　　本書忠誠回歸文本整體，採「傳統文獻分析法」──精讀文本，對小說正文做一番審視。詩詞部分則採取「細讀」[62]文本的方法論，藉以詮釋詩歌的意象和蘊涵，同樣以文本為主體，採「細讀」文本的方法，對照「崇禎本」回首詩詞與正文敘事的相應性，及其與小說人物的指涉關係。本研究除採傳統文獻分析的方法論外，其間亦將參酌中國歷代詩論、詞論、文論等以強化核心論點。再者，本書將酌引明清時期「崇批」、張竹坡、文龍對《金瓶梅》的評點，並借鑒西方文論、文學批評相互參照，藉以印證本書所欲論述之觀點。

第四節　研究步驟

　　本書將深究崇禎本《金瓶梅》回首詩詞，然因兩大版本關係密切，因此有必要先比對「詞話本」與「崇禎本」的回首詩詞，將各回回目暨回首詩詞臚列成表以茲對照參看。同時賞析並歸納「詞話本」與「崇禎本」的回首詩詞，接著彙整出勸世詩詞與抒情詩詞，並將之量化、統計、繪表。「詞話本」和「崇禎本」的回首詩詞各自有其寫作動機，二者在思想性、目的性皆有歧異，文本於詩歌的引用上自然有所不同。然而，由於兩者有其不容忽視的相互關係，因此本書不能迴避討論彼此。故，先就兩大版本系統的回首詩詞做一對照後，再聚焦於「崇禎本」的回首詩詞之上，逐一以「細讀」和精讀文本的方法進行析論，其間仍將不時酌引「詞話本」回首詩詞以茲參照，從而實際印證「崇禎本」

　　霖（注釋）：《金瓶梅詞話》，頁 2。

62　「細讀」（Close reading）指對文本的語言、結構、象徵、修辭、音韻、文體等因素進行仔細解讀，從而挖掘在文本內部所產生的意義。它強調文本內部語言語義的豐富性、複雜性，以及文本結構中各組成部分之間所形成的紛繁複雜的關係。細讀的主要特點是「確立文本的主題性」。從根本上說，它是一種以內部研究為特點的「文本批評」。細讀的一種普遍使用的方法是對詩歌的「意象」和「隱喻」進行解讀。細讀是一種閱讀方法，也是一種批評策略。趙一凡等（主編）：《西方文論關鍵詞》，頁 630-639。

回首詩詞的功能。

茲將本書之研究架構各章分述如下：

第一章為緒論：本章首先提出本書之問題意識。從《金瓶梅》的版本導入，再就《金瓶梅》的「世情」成分於「世情小說」中所扮演的角色，探論本書研究的可能性。接著繪表對照，說明兩大版本系統存在的明顯歧異，並點出本書的研究價值與目的。接續回顧相關研究成果，並採文獻分類的方式，做系統性的介紹和評價，旨在奠基前人研究成果之上，評其不足之處，藉此再度確認本研究的可行性。繼之限定本研究的範圍並說明研究方法，以及採定主要文本的版本。最後提示本書之研究步驟，並說明整體研究架構，以及預期研究成果。

第二章為《金瓶梅》兩大版本系統回首詩詞對照：本章根據筆者前一章所繪製之表格，進行「詞話本」與「崇禎本」回首詩詞的對照分析，概括比較《金瓶梅》兩大版本系統的整體差異。首先，辯證《金瓶梅》與說唱文學的歷史糾葛，並申論「詞話本」回首詩詞的主要功能和特色。再者，就「崇禎本」和「詞話本」回首詩詞的對照分析，提示它們的藝術特質，以及「崇禎本」回首詩詞迥異於「詞化本」之處。本章分「『詞話本』回首詩詞概論」、「『崇禎本』與『詞化本』回首詩詞的比對」兩小節析論之。而本書第三、四、五章即在此一基礎上展開論述。

第三章為揭櫫思想主旨：本章逐導入主要文本，針對「崇禎本」探究其回首詩詞的功能。此章分「提示人生命題」、「意圖諧擬諷刺」兩小節。「崇禎本」回首詩詞為讀者提示了關乎色／空辯證、冷／熱辯證，以及〈四貪詞〉的財色等等人生可能的命題。再者，論述作者如何通過回首詩詞以強化正文敘事的諧擬諷刺，契合小說整體文本所揭櫫的思想主旨。

第四章為關注女性議題：延續前一章的思考，接著追究指涉人物的回首詩詞是否有其深意。「崇禎本」明確指涉小說人物的回首詩詞，在作者的有心佈局下，除了對應當回正文情節敘事之外，各指涉哪些主要女性角色，代其抒發幽微的情感，或為小說人物立傳，並對次要女性人物的形象進行補塑，又照見了女性什麼樣的生命困境。本章分別就「抒發情感幽隱」、「補充人物形象」、「承載生命困境」三小節析論之。說明指涉人物背後的義涵為何，並詮釋其可能的意圖何在，以深掘其另有所指的弦外之音。

第五章為照應正文敘事：針對《金瓶梅》正文裡諸多的風月筆墨，本章首先重返六朝文學創作的時空背景，論辯「宮體詩」是「視覺詩學」，而非全然「色情文學」。作者如何藉由詩歌朦朧、典雅的抒情元素，以淡化赤裸、不雅的性描寫。又怎樣通過回首詩詞照見正文敘事，以串連小說情節的發展。此章分「雅化風月筆墨」、「影涉小說情節」、「渲染情境氛圍」三小節。分別論述回首詩詞與正文敘事之間可能存在的聯結關

係，回首詩詞如何肩負起敘事的功能，並剖析「崇禎本」作者如何運用回首詩詞以營造情境氛圍。

第六章為形塑另類評點樣貌：本章歸結前幾章，續論「崇禎本」作者藉回首詩詞建構其評點意識的創新。此章分別以「由文學自覺顯其讀者意識」、「藉詩詞風格現其審美理想」、「從女性視角論其批評取向」三小節。析論作者如何由個人的讀者意識，通過回首詩詞展現其對美的感知，並從女性視角出發以形塑出具評點意義的詩歌批評。最後提出《金瓶梅》閱讀模式新主張。

第七章為結論：概括總結全文研究成果，並針對本研究提出相關延伸思考。

印證崇禎本《金瓶梅》回首詩詞具女性觀和評點意義的功能，將是本書預期的研究成果，以期補充既有論點之不足。

第二章 《金瓶梅》兩大版本系統回首詩詞對照

　　本章旨在對照《金瓶梅》兩大卷首版本系統的主要差異，以強化「崇禎本」回首詩詞功能的獨特性。「詞話本」與「崇禎本」分屬《金瓶梅》的兩大版本系統，本書雖以「崇禎本」為主要探究對象，然蓋因二者系出同源，關係密切，必不能忽略「詞話本」。「詞話本」與「崇禎本」各自布局不同風格的回首詩詞，各有自己的功能和藝術特色，這不是好與不好、優與不優的問題，而是它們各自擁抱屬於自己的思想主旨，各有各的寫作動機。「詞話本」富含散曲、小令，使其夾帶著濃厚的說唱色彩，可《金瓶梅》又沒有任何在說唱場合被搬演過的相關記載，那麼，它是說唱文學乎？抑非說唱文學乎？此外，值得深思的是：兩大版本系統各自引用的回首詩詞大異其趣，「詞話本」多時曲，俗白俚語、朗朗上口；「崇禎本」多前作，朦朧雅致、含蓄蘊藉，由此亦可見兩大版本系統回首詩詞本身存在的差異性。《金瓶梅》韻散合體。相對於「崇禎本」回首詩詞的朦朧晦澀，「詞話本」回首詩詞確實較為直白易懂。兩大版本系統不同的藝術傾向，除了呈現於回首詩詞外，亦彰顯於回目的差異，以及回首詩詞與正文之間的關係。正因二者的差異，使得兩大版本系統在閱讀的詮釋上便起了歧異，而有著更大的討論空間。

第一節 「詞話本」回首詩詞概論

　　本節概論「詞話本」回首詩詞的主要功能和特色，以為後文對照「崇禎本」回首詩詞相互參酌之基礎。首先對「詞話本」作一概略性的分類，接著分析它們的主要功能為何？而這些詩詞對於正文又起到了什麼作用？以及歸納「詞話本」回首詩詞的主要特色為何？

一、「詞話本」回首詩詞的主要功能

　　一首詩詞，萬般表述，實難以單一功能視之。王國維說：「昔人論詩詞，有景語、

情語之別。不知一切景語，皆情語也。」[1]可見詩詞有其多義性，在功能的分類上確有其困難度，本書就其於敘事中的主要功能做歸納，無明顯功能者則歸為渲染氛圍。「詞話本」回首詩詞大抵可分為作者議論、反諷譏刺、指涉人物、渲染氛圍四類。[2]有趣的是，作者議論竟高達四十八首之多；反諷譏刺十一首；指涉人物二十一首；渲染氛圍二十首。茲就此四類分別列舉詩詞以申論之。

(一)作者議論

「詞話本」回首詩詞以作者議論居冠，共計四十八首，幾乎占了一半的比重。這類詩詞、議論合體者，又可細分為道德干涉訓誡、宣揚命定觀念、勉人及時行樂、借用古人典故四種。

1.道德干涉訓誡：[3]

第13回與第86回徵引同一首詩，其中僅改動六個字，第13回回首詩為：

> 人生雖未有十全，處世規模要放寬！好歹但看君子語，是非休聽小人言。徒將世俗能歡戲，也畏人心似隔山。寄語知音女娘道，莫將苦處語為甜。

這是處世格言，教導世人放寬心胸，放開眼界，人生豈有十全十美，何須拘泥於一時的得失榮辱呢？應多親近君子，遠離小人。有趣的是，最後兩句特地寄語女性「莫將苦處語為甜」，而這一回小說敘事為李瓶兒在西門慶的甜言蜜語之後，氣死花子虛，但她的人生竟在嫁入西門家，享受極短暫的寵愛，旋即香消玉殞。詩作警醒女性，莫道一時之好為好，要能識人，辨是非，方為處世之道。又如第40回的回首詩：

> 善事雖好做，無心近不得。你若做好事，別人分不得。經卷積如山，無緣看不得。財錢過壁堆，臨危將不得。靈前好供奉，起來吃不得。兒孫雖滿堂，死來替不得。

詩作極其俚俗，既宣揚佛教空無思想，同時嘲諷僧尼過於入世的行為。這一回吳月娘請王姑子來說經，晚上兩人同眠共寢，因而提及子嗣問題，薛姑子道其有生子「符藥」。隔日，薛姑子臨走前，月娘還千叮嚀萬交代，並與她一兩銀子。小說正文接著立刻借「看官聽說」來抒發議論道：「但凡大人家，似這樣僧尼牙婆，決不可抬舉。在深宮大院相伴著婦女，俱以講天堂地獄，談經說典為由，背地裡說條念款，送暖偷寒，甚麼事兒不

1　王國維：《人間詞話·人間詞話刪稿》【肆】條（上海：上海古籍出版社，2009年），頁127。

2　必須說明的是，每人對詩詞的感受不同，因此對詩詞的認定因人而異。此六組重複徵引之詩詞，本章將於後文「詞話本」回首詩詞的主要特色處臚列對照之。

3　作者議論詩中，有關道德干涉訓誡者，有第 3、9、10、13、18、22、26、27、28、30、32、34、35、40、48、62、71、73、75、76、79、86、87、88、91、95、96、98、99回，計二十九首。

幹出來！十個九個，都被他送上灾厄。」接著有詩為證：

> 最有緇流不可言，深宮大院哄嬋娟。此輩若皆成佛道，西方依舊黑漫漫！[4]

將回首詩與這首回中詩作一對照，對僧尼行為極盡嘲諷，也諷刺月娘熱心佛法的行為與動機。顯然，作者雖然贊同佛教所提倡的思想，但對佛門弟子不法、不義的行為，仍加以鞭撻。作者藉由回首詩盡情暢談他的理想道德觀，使之強勢進入小說敘事，企圖再以詩詞對讀者進行道德干涉，由此類回首詩詞高達二十九首，居作者議論詩之冠，可見一斑。

2.宣揚命定觀念：[5]

「詞話本」的作者有時會藉由回首詩詞以宣揚其命定觀，如第 19 回同第 94 回的回首詩，僅改動七個字，以下舉第 19 回回首詩作：

> 花開不擇貧家地，月照山河處處明。世間只有人心歹，百事還教天養人。癡聾瘖啞家豪富，伶俐聰明卻受貧！年月日時該載定，算來由命不由人。

這首詩其實原為《水滸傳》第 33 回的回首詩，[6]勸勉世人應聽天由命，凡事無須強求，萬事皆由天，貧富天註定，旨在闡述作者的命定觀。再如第 33 回的回首詩作：

> 人生雖未有前知，富貴功名豈力為。枉將財帛為根蒂，豈容人力敵天時。世俗炎涼空過眼，塵氛離合漫忘機。君子行藏須用舍，不開眉笑待何如。

詩作前後看似矛盾，談論人永無勝天之時，榮華富貴亦非個人努力可及，無須枉費心力，直接反駁「人定勝天」的觀念，勸人淡泊名利。詩作後兩句「行藏用舍」[7]係出自《論語·述而》：「用之則行；舍之則藏。」[8]孔子勉勵士人，當被國君任用時行其道，不被任命時則退而歸隱。詩作以孔子「行藏用舍」飽含積極入世的人生態度，勉人對於世俗中的炎涼惡態，豁達以對。

---

4 〔明〕蘭陵笑笑生（著），梅節（校訂），陳詔、黃霖（注釋）：《金瓶梅詞話》（臺北：里仁書局，2009 年），頁 597。

5 宣揚命定觀念者，有第 19、33、53、90、92、93、94 回，計七首。

6 〔元〕施耐庵、羅貫中（著），王利器（校訂）：《插圖水滸全傳校訂本》（臺北：貫雅文化公司，1991 年），頁 513。

7 「行藏用舍」語自揭傒斯借用孔子之言的闡釋：「行藏用舍，一聽於天。夫聖人之與眾人欲富貴而惡貧賤非甚相遠也，而聖人不求得其所不可必得，不求去其所不可必去，安其所安，樂其所樂，從吾所好而已。」〔元〕揭傒斯（著），李夢生（標校）：《揭傒斯全集》九卷，輯遺一卷（上海：上海古籍出版社，1985 年），頁 330。

8 〔春秋〕孫欽善（譯注），宗福邦（審閱）：《論語》（臺北：暢談國際文化，2003 年），頁 181。

3.勉人及時行樂：[9]

　　第20回與第97回的回首詩重出，其間更動了七個字，然而意旨大抵相同，這裡著引第20回的回首詩：

> 在世為人保七旬，何勞日夜弄精神？世事到頭終有悔，浮華過眼恐非真。貧窮富貴天之命，得失榮華隙裡塵。不如且放開懷樂，莫使蒼然兩鬢侵。

這首原為《水滸傳》第7回的回首詩，[10]不同的是《水滸傳》最後兩句為：「得便宜處休歡喜，遠在兒孫近在身。」整首詩充滿空無思想、命定觀念，同時勸人應及時行樂。[11]文字淺白易懂，帶著濃重醒世格言的意味，提醒世人富貴、貧窮都是天註定；人生的得失、榮華與否都只是塵土般，故應把握當下，及時行樂，才不枉世上走一遭。這是一首勉人及時行樂的醒世格言，詩中雖絮絮叨叨地勸勉世人，但總不離「富貴」[12]二字，因為出現「富貴」之類的文字相當多，總計一十八首，看來作者並未忘懷「富貴」，也並非完全「放開懷」，只是希望與讀者共勉罷了。再如第49回詩作：

> 寬性寬懷過幾年，人死人生在眼前。隨高隨下隨緣過，或長或短莫埋怨；自有自無休嘆息，家貧家富總由天。平生衣祿隨緣度，一日清閒一日仙。

勸導世人既然生死有命，富貴在天，就應隨遇而安，切莫怨天尤人。既然人生無常，一應衣食俸祿，理應順其自然，要清心寡欲，頗有佛家一切隨緣的思想。作者不斷訓誡世人「三寸氣在千般用，一日無常萬事休」，方能「參透了空色世界」。[13]，作者勉勵世人及時行樂的同時，也在警惕自己活在當下、把握當下。

4.借用古人典故：[14]

　　「詞話本」回首詩詞化用典故，將古人遭遇以及最後的結局，藉故事的意涵融入詩作

9　勉人及時行樂者，有第15、20、29、42、49、89、97回，計七首。

10　〔元〕施耐庵、羅貫中（著），王利器（校訂）：《插圖水滸全傳校訂本》，頁110。

11　孟昭連：「全詩充滿空無、天命及輪迴思想，作者覺得世事繁華，功名錦繡，但早早晚晚會隨著生命的結束而變成空無。……《金瓶梅》改動最後兩句，則在空無的思想中又增加了及時行樂的因素，使其更符合《金瓶梅》所表現的內容。」引自孟昭連：《金瓶梅詩詞解析》（長春：吉林文史出版社，1991年4月），頁140-141。

12　「詞話本」出現「富」、「暴富」、「豪富」、「濁富」、「富貴」之類的詩句有第15、19、20、22、27、31、32、33、41、49、73、90、91、92、94、96、97、98回，共計一十八回，占了18%。

13　〔明〕蘭陵笑笑生（著），閻昭典、王汝梅、孫言誠、趙炳南（校點）：《新刻繡像批評金瓶梅》（香港：三聯書店，2009年），頁3。

14　借用古人典故者，有第1、23、41、56、100回，計五首。

中，以燦爛的筆觸，華麗的意象，寓作者的褒貶於詩詞。顯而可見者，如第 41 回的詩作：

> 富貴雙全世業隆，聯翩朱紫一門中。官高位重如王導，家盛財豐比石崇。畫燭錦
> 幛宵夜月，綺羅紅粉醉春風。朝歡暮樂年年事，豈肯潛心任始終。

這首詩是化用王導與石崇的典故而來。王導，晉朝名臣，歷事三朝，出將入相。石崇亦晉朝人，以劫掠客商致財無數，八王之亂時，遭王倫所殺。作者意在勸勉世人，即便貴如王導；富如石崇，終不免一死，功名、富貴最後亦隨之灰飛煙滅。而作者強勢介入文本，對讀者進行道德勸說，最明顯的例子是第 56 回：

> 門積黃金侈素封，蘧蘧莊蝶夢魂中。曾聞郿塢光難駐，不道銅山運可窮。此日分
> 籯推鮑子，當年沉水笑龐公。悠悠末路誰知己，惟有夫君尚古風。

詩作中計容納了五個典故之多，詩作首先引出「莊周夢蝶」之典，藉莊子《齊物論》所云：「昔者莊周夢為蝴蝶，栩栩然蝴蝶也。……俄然覺，則蘧蘧然周也。」[15]以寓人生如夢。續以董卓曾經築塢於郿，塢高與當時的長安城相等，儲糧可供三十年之用，但不久即被殺的歷史故事。再用漢文帝層賜銅山與鄧通，鄧氏得以自鑄錢幣，於是鄧氏錢幣布滿天下，富可比國。後漢景帝即位，鄧氏被抄家，鄧通最後卻餓死的故事，寓富貴難長久，以警世人。緊接著詩句「分籯推鮑子」之典出自《史記·管晏列傳》所記載：「管仲曰：『吾始困時，嘗與鮑叔賈，分財利多自與，鮑叔不以我為貪，知我貧也。』」[16]論管仲與鮑叔共同經商，鮑叔總多推攘獲利給管仲，因知管仲家貧又有高堂老母要奉養，推崇鮑叔不汲汲營營。最後以唐代龐蘊，舉家信佛，曾經將家中所有皆沉入水中，以售手編竹器為生，尊崇其淡泊名利的胸懷。「詞話本」作者於詩作後，也自抒感慨地說：「這八句單說人生世上，榮華富貴，不能長守。有朝無常到來，恁地堆金積玉，出落空手歸陰。」[17]再度強調作者苦口婆心勸勉世人的閱讀重心。然而，其中所引典故並不生僻，通俗易懂，符合市井性格，否則過於白描的詩作顯得單調，融入古人典故，卻可豐富詩篇意境。

　　小說以詩詞的形式，向讀者闡述作者的理念，林辰認為：「作者評議詩，是作者思

15　「莊周夢蝶」典出莊子《齊物論》第二，收入〔清〕王先謙（撰）：《莊子集解》（北京：中華書局，1987 年），頁 26。

16　〔漢〕司馬遷（撰），〔劉宋〕裴駰（集解），〔唐〕司馬貞（索隱），〔唐〕張守節（正義）：《史記》（臺北：鼎文書局，1981 年），頁 2131。

17　〔明〕蘭陵笑笑生（著），梅節（校訂），陳詔、黃霖（注釋）：《金瓶梅詞話》，頁 859。

想感情的直接流露，並以此去加深讀者對作品內容的理解，起著導讀作用。」[18]然而「詞話本」大量使用回首詩詞抒發作者個人的論見，以其道德價值觀強加於小說中，迫使讀者接受，但往往效果不彰，蓋因詩詞不涉及小說正文，讀者為求閱讀的舒適度，往往視而不見，跳過詩詞，以避免阻斷閱讀。這類的詩詞經常淪為讀者放棄閱讀的命運。

(二)反諷譏刺[19]

這類回首詩詞的反諷，有譏刺普羅大眾，也有明顯借嘲諷小說人物，以諷刺世人的意味，一如阿丁所云：「《金瓶梅》的中心思想，在於諷世。在於暴露資產階級的醜態。」[20]此類詩詞計十一首，其中四首分別指涉小說人物：第 12 回指涉西門慶；第 14 回指涉李瓶兒與西門慶；第 24 回指涉宋蕙蓮；第 25 回指涉孫雪娥。第 12 回：

> 堪笑西門暴富，有錢便是主顧。一家歪斯胡纏，那討綱常禮數！狎客日日來往，
> 紅粉夜夜陪宿。不是常久夫妻，也算春風一度。

其中四句「堪笑窮兒暴富，有錢便是主顧。不是常久夫妻，也算春風一度。」引自明代鄭若庸《玉玦記》戲曲文句，作者將「窮兒」套上「西門」，表面上諷刺西門慶，實際上是貫連上一回「西門慶梳籠李桂姐」的情節，不僅諷刺西門慶這個暴發富在妓院灑大錢，貪戀妓女李桂姐的姿色，約莫半個月不回家。再者，西門慶為了討好桂姐，回家後以暴力恫嚇潘金蓮剪下一絡青絲奉給桂姐，讓她作為報復手段。此時，潘金蓮因難忍孤寂而與孟玉樓帶來的小廝琴童偷情，大有譏諷妓女視財如命，且在西門耽溺於妓女的阿諛奉承之際，殊不知，他家裡的小妾正背著他與童僕偷情。「西門慶雖然梳籠了李桂姐，但他心裡難道不明白妓院本來就是『有錢便是主顧』？李桂姐雖將肉體付與西門慶，心裡說不定還嘲笑他『暴富』呢。」[21]陳東有認為：

> 一開頭「堪笑西門暴富」已露出時人對經商發財的偏見。……人們往往把「飽暖」

---

18 林辰：「作者評議詩，就是作者在述說故事當中，直接用詩詞的形式向讀者說話——開篇題回詩也是作者評議詩的一種，但那是對一部書或者一回書的評議……通俗小說（主要是章回小說）的敘事方式，則是夾敘夾議，一邊敘述著故事，一邊議論著，向讀者解釋著，引導著讀者去欣賞、領會所敘述的故事。作者評議詩，就是由這種敘事方式決定著的一種議論形式。」他所認定的評議詩，基本上分回首詩與回中詩兩種，本書僅就回首詩詞作論述，不涉及回中詩。林辰：《古代小說與詩詞》（瀋陽：遼寧教育出版社，1993 年），頁 96-97。

19 反諷譏刺詩者，有第 5、11、12、14、16、21、24、25、31、72、80 回，計十一首。

20 阿丁：〈《金瓶梅》之意識及技巧〉原載《天地人半月刊》第 4 期（1936 年 4 月），收入周鈞韜（編）：《金瓶梅資料續編（1919-1949）》（頁 168-177），頁 170。

21 孟昭連：《金瓶梅詩詞解析》，頁 99-100。

與「生事」，「富貴」與「奸佞」結合起來，似乎二者之間有一種必然的聯繫。這種思維在《金瓶梅》終貫穿到底。這首詩中，作者由指責西門慶與潘金蓮的縱欲而論及他們對綱常禮數所犯下的道德錯誤。但是作者並未罷休，又將此一切同「暴富」掛起鈎來，讓人們知道，這一切惡的根源就在這「富」家的錢財上面。[22]

前文已提「詞話本」回首詩詞內，出現「富貴」之類的詩句確實相當多。作者著意提醒世人，生死有命，富貴在天，功名、富貴如過往雲煙，況且天數有定，無須強求。另外，作者頻頻以象徵妓女的「章臺柳」[23]，在詩作中對妓女或行徑類似妓女的婦人進行冷嘲熱諷，顯見作者往往以較高的道德標準來衡量「富」與「貴」。再如第14回詩作，同「崇禎本」第14回回首詩，而「崇禎本」僅僅微調兩個字，大意完全不變：

> 眼意心期未即休，不堪拈弄玉搔頭。春回笑臉花含媚，淺蹙蛾眉柳帶愁。粉暈桃腮思伉儷，寒生蘭室盼綢繆。何時得遂相如志，不讓文君詠白頭。

這首詩是「詞話本」回首詩中難得的「雅作」，相對於其他回首詩的俚俗、淺白而言，這首詩顯得文雅、含蓄。將司馬相如和卓文君的歷史故事，化入詩作。卓文君是富商卓王孫之女，有文才。司馬相如受邀宴飲於卓府，當時文君初為寡婦，相如以琴心挑之，文君夜奔相如，同歸成都。卓王孫大怒，不予接濟。後二人回臨邛賣酒，卓王孫引以為恥，不得已才將財物、僮僕分與他倆。漢劉歆《西京雜記》記載：「相如將聘茂陵人女為妾，卓文君作〈白頭吟〉以自絕，相如乃止。」[24]「不讓文君詠白頭」中的「白頭」，指的是當年卓文君所詠的樂府楚調名〈白頭吟〉，以示對兩人愛情的堅貞。但小說這回回目是「花子虛因氣喪身　李瓶兒送奸赴會」，回目已精簡點出此回正文敘事。瓶兒為與西門慶「思伉儷」、「盼綢繆」，不惜氣死丈夫花子虛，盼與夫之拜把兄弟成雙成對。詩雖用典，然卻極盡嘲諷之能事。

(三)指涉人物

　　詩詞韻文對小說人物性格的補充，在人物的心理活動，以及主題思想的傳達上，都具一定的影響力。回首詩中明顯點出小說人物，而指涉人物的詩作，大致又可分為提示

22　陳東有：《金瓶梅詩詞文化鑒析》（成都：巴蜀書社，1994年），頁50。

23　「詞話本」出現「章臺」或「章臺柳」的詩句有第21、24、25、38回。「章臺柳」典出，唐韓翃於安史之亂與其姬妾柳氏分散，後柳氏出家為尼，韓翃作詩道：「章臺柳，章臺柳，昔日青青今在否。縱使長條似舊垂。亦應攀折他人手。」引自〔宋〕李昉等（編）：《太平廣記·柳氏傳》（北京：中華書局，1961年），頁3996。

24　〔漢〕劉歆：《西京雜記》（臺北：臺灣商務印書館，1979年），頁13。

小說情節、人物情感抒發兩種。

1.提示小說情節：[25]

回首詩中明確點出小說人物，不僅提示小說情節，同時又起到了預示情節的作用，如第 2 回：

> 月老姻緣配未真，金蓮賣俏逞花容。只因月下星前意，惹起門旁簾外心。王媽誘財施巧計，鄆哥賣菓被嫌嗔。那知後日蕭墻禍，血濺屏幃滿地紅。

詩作從第 1 回西門慶與潘金蓮的邂逅開始，到第 2 回王婆獻上「十分挨光計」，再到第 4 回「鬧茶坊鄆哥義憤」，最後第 87 回「武都頭殺嫂祭兄」。一首詩概括了小說中西門與金蓮兩人的初識、歷程與結局，詩作直書情節，淺白易懂。又如第 4 回詩作借用古人典故戒色，並提示小說情節：

> 酒色多能誤國邦，由來美色喪忠良。紂因妲己宗祀失，吳為西施社稷亡。自愛青春行處樂，豈知紅粉笑中槍。西門貪戀金蓮色，內失家糜外趨獐。

這首詩扣緊第 1 回回首詞：「丈夫隻手把吳鈎，欲斬萬人頭。如何鐵石，打成心性，卻為花柔？　請看項籍並劉季，一怒使人愁。只因撞著，虞姬戚氏，豪傑都休。」這闋〈眼兒媚〉是南宋卓田所寫，詞題為「題蘇小樓」，蘇小小是南齊時杭州名妓，當時文人豪傑多拜倒在她的石榴裙下，卓田登上蘇小樓，感慨多少英雄難過美人關，紅顏禍水，遺害家國，即便豪傑如項羽；英雄如劉邦，皆不免如此。作者生怕讀者忘卻引以為借鏡，趕緊在第 4 回再度叮嚀，直指殷紂失國、吳為越所敗，皆因女色誤國。最後點出西門慶貪戀潘金蓮的美色，丟下家中妻妾，導致家庭不和睦，乃至葬身紅粉窟。作者強調酒色誤國，女色誤身。誠如魯迅所言：「著此一家，即罵盡諸色。」[26]詩作雖指涉小說人物，但作品道德訓誡意味相當濃厚。

2.人物情感抒發：[27]

第 8 回回首抒情詩指涉小說人物，抒發潘金蓮獨守空閨的幽憤：

> 靜悄房櫳獨自猜，鴛鴦失伴信音乖。臂上粉香猶未泯，床頭椒面暗塵埋。芳容消瘦虛鸞鏡，雲鬢鬆墜玉釵。駿驥不來勞望眼，空餘鴛枕淚盈腮。

25　提示小說情節者，有第 2、4、6、7、46、55、57、81、83、84、85 回，計十一首。

26　魯迅：《中國小說史略》（臺北：五南圖書公司，2009 年），頁 283。

27　人物情感抒發者，有第 8、17、51、58、60、61、63、65、67、82 回，計十首。

正當潘金蓮與西門慶打得火熱之際，西門突然擱下金蓮，轉而迎娶妝奩豐厚的孟玉樓，兩人燕爾新婚，竟將金蓮棄置一旁長達兩個月之久。此時金蓮每日「門兒倚遍，眼兒望穿」，就是盼不到良人的到來，日日無心梳妝打扮，雲鬢蓬鬆淩亂，玉釵歛斜，心中滿是對西門薄倖的泣訴。作者為強調金蓮內心的苦楚，該回回中又追加一闋〈寄生草〉：「將奴這知心話，付花箋寄與他。想當初結下青絲髮，門兒倚遍簾兒下，受了些沒打弄的訛驚怕。你今果是負了奴心，不來還我香羅帕。」[28]以再度強化小說人物的情感。再如第 61 回回首詩：

> 去年九日愁何限，重上心來益斷腸。秋色夕陽俱淡薄，淚痕離思共淒涼。征鴻有隊全無信，黃菊無情卻有香。自覺近來消瘦了，頻將鸞鏡照容光。

描寫重陽節，闔家節慶飲酒，勾起李瓶兒喪兒巨痛。征鴻無信，秋景蕭瑟，更遑論喜悅之情，以致「黃菊無情卻有香」，非黃菊無情，而是瓶兒喪子，心中悽愴，面對本該團圓的佳節，卻獨缺官哥兒一人。這首詩教人聯想到王維〈九月九日憶山東兄弟〉詩中的「每逢佳節倍思親，遍插茱萸少一人。」[29]然而這首詩與王維詩，本皆為思念遠方親人所寫，非悼念詩作，回首詩雖代瓶兒抒發喪子悲情，卻與正文不大貼切。

(四) 渲染氛圍[30]

小說第 38 回的回首詩，引了一首《水滸傳》第 65 回的回中詩，[31]但對其做了較大的改動：

> 麗質溫柔更老成，玉壺明月適人情。輕回玉臉花含媚，淺蹙蛾眉雲鬢鬆。勾引蜂狂桃蕊綻，潛牽蝶亂柳腰新。令人心地常相憶，莫學章臺贈淡情。

《水滸傳》這回中的引詩，是描寫張順到健康府請神醫安道全，要來為宋江醫治惡瘡，不料安道全之妻新亡，此際正與娼妓李巧奴一同生活，這首詩即描寫李巧奴的美貌。「詞話本」的引用已大幅改動，但仍意指女子的美貌與勾引男子的本事。「莫學章臺贈淡情」

---

28 〔明〕蘭陵笑笑生（著），閻昭典、王汝梅、孫言誠、趙炳南（校點）：《新刻繡像批評金瓶梅》，頁 98。

29 〔清〕高步瀛：《唐宋詩舉要》（臺北：里仁書局，2009 年），頁 788。

30 渲染氛圍者，有第 36、37、38、39、43、44、45、47、50、52、54、59、64、66、68、69、70、74、77、78 回，計二十首。

31 《水滸傳》第 65 回回中詩：「蕙質溫柔更老成，玉壺明月逼人清。步搖寶髻尋春去，露濕凌波步月行。丹臉笑回花萼麗，朱絃歌罷綵雲停。願教心地常相憶，莫學章臺贈柳情。」引自〔元〕施耐庵、羅貫中（著），王利器（校訂）：《插圖水滸全傳校訂本》，頁 1110。

詩句中的「章臺」指妓女，而《金瓶梅》這回小說敘事，寫韓道國的老婆王六兒勾引上家主西門慶，而王六兒屢屢以性換取錢財的行逕宛若妓女。詩作點染煙花巷弄人走茶涼的環境氛圍。另如第 45 回：

> 佳名號作百花王，幻出冰肌異眾芳。映日妖嬈呈素艷，隨風冷淡散清香。玉容每妒啼妝女，雪臉渾如傅粉郎。檀板金樽歌勝賞，何誇魏紫與姚黃。

這首詩當為詠物詩，歌詠「百花之王」牡丹花，「魏紫」、「姚黃」皆為牡丹的名貴品種。元好問〈杏花雜詩〉曰：「魏紫姚黃有重名，洛陽車馬鬧清明。吹殘桃李風纏定，可是東君別有情？」[32] 詩作同樣以擬人手法，比擬牡丹花的明豔動人，出眾群芳。然而此回小說正文，描寫李三、黃四托應伯爵到西門家中送禮，以便再向西門慶借五百兩銀子。西門應允並與他們飲酒作樂。李桂姐趁機央請西門慶，不要趕二房李嬌兒的丫頭夏花兒出門。西門慶應承此事，卻引來正妻吳月娘不滿，月娘還因此遷怒玳安。這首回首詩無涉小說敘事，因而僅能作為西門慶每日花叢裡穿梭的氛圍渲染。

「詞話本」回首詩詞不論是作者議論、反諷譏刺、指涉人物，或者渲染氛圍，皆作為其強化小說意旨的功能。「《金瓶梅》的大量詩詞中，有許多篇什閃耀著現實主義的思想光芒，是這部傑出的現實主義巨著的有機組成部分，在書中起著描繪特定環境，烘托故事氣氛，刻畫典型人物，探索世情哲理和深化主題思想作用。」[33] 前文已大致將「詞話本」回首詩詞的功能，作一概略分類，其功能主要著重於作者議論的部分，作者不厭其煩地通過回首詩詞勸諫世人，勤力於對讀者實施他的教化思想。接下來本書將就其主要特色申論之。

二、「詞話本」回首詩詞的主要特色

若將「詞話本」回首詩詞抽離文本，單獨審視，實難以一般古典詩歌的絕句、律詩格律作細分。因無從得知作者原創本意是寫絕句或律詩，因此本書撇開詩詞本身的傳統格律不論，就「詞話本」回首詩詞的主要特色，分善用典故、通俗易懂、道德教化、重複徵引四部分做論述。

(一)善用典故

用典，乃指借古人的故事，化入作者的作品當中，以類比作者所欲比擬的意境。《文

---

32 姚奠中（主編）：《元好問全集》（太原：山西人民出版社，1990 年），頁 342。
33 舟輝帆：《譯注評析金瓶梅詩選·序言》（長沙：湖南文藝出版社，1992 年），頁 1-2。

心雕龍・事類》曰：「事類者，蓋文章之外，據事以類義，援古以證今者也。」[34]援用古人典故，豐富作品內容，增添詩篇燦爛的光彩，以打動讀者，並引起共鳴。林辰指出：

> 小說詩詞中受小說具體情節制約的詩句，和文人詩詞的引用典故，其性質是不同的。文人詩詞引用典故成語，是為作者抒懷寄情的詩詞服務的，典故成語從屬於詩詞；小說詩詞的故事，是借助詩詞來加深、升華和延伸情節的，詩詞從屬於小說。[35]

林辰所謂的「文人詩詞」，指中國古典詩歌而言；而「小說詩詞」，則指小說敘事中的詩詞，不論是小說的回首、回中或回末所引用的詩詞而言。小說中的詩詞看似「從屬小說」，但小說敘事，藉詩詞獨有的藝術特色，凝煉難以言傳的意境，非小說正文所能及，並以此相互輝映。

「詞話本」化用典故的回首詩詞計二十八首。[36]「詞話本」用典處，有第 1 回秦人項羽與其妾虞姬；漢高祖劉邦與其妾戚氏。第 2、6、9 回「蕭牆」出自《論語・季氏》所載：「吾恐季孫之憂，不在顓臾，而在蕭牆之內也。」[37]第 4 回商紂與其寵妃妲己。第 14、69 回司馬相如與其妻卓文君的典故。第 16 回李延年之妹。第 21、24、38 回「章臺柳」，指唐韓翊之姬柳氏，後指妓女。第 30 回，「蛇吞象」出自《山海經・海內南經》曰：「巴蛇食象，三歲而出其骨。」[38]喻人貪得無厭；「螳捕蟬」典出《說苑・正諫》云：「園中有樹，其上有蟬，蟬高居悲鳴飲露，不知螳螂在其後也；螳螂委身曲附，欲取蟬，而不知黃雀在其傍也！黃雀延頸欲啄螳螂而不知彈丸在其下也！此三者皆務欲得其前利而不顧其後之有患也。」[39]第 33 回「行藏須用舍」典出《論語・述而》謂：「用之則行，舍之則藏。」[40]第 39 回漢武帝為求長生不老，而求神問道，最後仍不免一死，死後葬於茂陵。[41]第 41 回引晉人王導歷任三朝，出將入相的典故。第 43 回用晉富豪石

34　〔梁〕劉勰（撰），黃叔琳（注）：《文心雕龍》（臺北：臺灣商務印書館，1968 年），頁 40。
35　林辰：《古代小說與詩詞》，頁 5。
36　此二十八首為：第 1、2、4、6、9、14、16、21、24、30、33、38、39、41、43、47、55、56、58、59、65、68、69、77、82、89、91、100 回。
37　〔春秋〕孫欽善（譯注），宗福邦（審閱）：《論語》（臺北：暢談國際文化，2003 年），頁 444。
38　袁珂（校注）：《山海經校注》（上海：上海古籍出版社，1980 年），頁 366。
39　〔漢〕劉向（著），盧元駿（註譯），中華文化復興運動推行委員會、國立編譯館中華叢書編審委員會（主編）：《說苑》（臺北：臺灣商務印書館，1988 年），頁 278。
40　〔春秋〕孫欽善（譯注），宗福邦（審閱）：《論語》，頁 181。
41　孟昭連：「這裡主要是針對西門慶為其子官哥兒還願而發的。西門慶的目的是祈神保佑兒子。但結果沒活幾歲就死掉了，可見神仙之說不可信。詩中對道家的宗教迷信思想充滿諷刺意味。」引自孟

崇的典故。第47回取漢張平子〈西京賦〉中古代寓言故事，虛設人物「憑虛」[42]先生與安處先生相為問答之典。第55回「八仙」，引明吳元泰《東遊記》象徵長生不老的八仙。第56回連引莊周夢蝶、董卓築塢於郿、漢武帝贈鄧通銅山、管仲與鮑叔牙、龐蘊信佛等五個典故。第58回唐裴航落第，經藍橋驛，遇仙女雲英，求得玉杵臼搗藥，後兩人結為仙侶，以「藍橋」喻戀人結美好姻緣的途徑；[43]班固《漢武故事》裡，漢武帝為表妹阿嬌建造華麗的「金屋」，後卻成了「冷宮」，因而「無人下翠簾」的冷淒；另《博物志》云：「洞庭之山，堯帝之二女常泣，以其涕揮竹，竹盡成斑。」[44]第59、89回「杏花」典出唐杜牧〈清明詩〉：「清明時節雨紛紛，路上行人欲斷魂。借問酒家何處有，牧童遙指杏花村。」[45]「杏花」泛言風景之詞；後指稱「酒家」。漢人折柳贈別於「灞橋」之上，後引申為離別之地。第65回引東漢梁鴻、孟光「舉案齊眉」[46]的典故，象徵夫妻相敬如賓。第68回「武陵」典出晉陶淵明〈桃花源記〉，「武陵源」、「桃花源」、「世外桃源」皆比喻理想世界。第77回引梁武帝蕭衍與南齊東昏侯皆多情種子的典故。「玉兒」為東昏侯潘妃，小名玉兒。「謝客」指謝靈運，小名客兒，時稱「謝客」。第82回「於飛」典出《詩經·大雅·卷阿》曰：「鳳皇于飛，翽翽其羽。」[47]喻比翼雙飛、夫唱婦隨。第91回「杜宇」，初夏時，常晝夜不停啼叫，鳴聲淒厲，能動旅客歸思。相傳為古蜀王杜宇之魂所化。第100回典出《三國志》諸葛亮「七擒孟獲」、呂蒙「兩困關雲長」的歷史故事。

「詞話本」擅化用典故於詩詞，藉古人故事反諷小說人物，如第16回：

> 傾城傾國莫相疑，巫水巫雲夢亦癡。紅粉情多銷駿骨，金蘭誼薄惜蛾眉。溫柔鄉裡精神健，窈窕風前意態奇。村子不知春寂寂，千金此夕故踟躕。

「崇禎本」第16回回首同此詩。「傾城傾國」，典出漢李延年〈佳人歌〉：「北方有佳人，絕世而獨立，一顧傾人城，再顧傾人國。寧不知傾城與傾國，佳人難再得！」[48]佳

昭連：《金瓶梅詩詞解析》，頁223-224。
42 張衡：〈西京賦〉，收入〔梁〕蕭統（編），〔唐〕李善（注）：《文選》（上海：上海古籍出版社，1986年），頁47。
43 〔宋〕李昉等（編）：《太平廣記·裴航》（北京：中華書局，1961年），頁313。
44 〔後魏〕賈思勰（著），繆啟愉（校釋），繆桂龍（參校）：《齊民要術校釋》（北京：農業出版社，1982年），頁632。
45 藝文印書館（編輯）：《歲時習俗資料彙編》（臺北：藝文印書館，1970年），頁926。
46 〔宋〕李昉等奉敕（編）：《太平御覽》（臺北：臺灣商務印書館，1975年），頁1811-1。
47 高亨（注）：《詩經今注》（上海：上海古籍出版社，2010年），頁419-420。
48 〔漢〕班固（撰），〔唐〕顏師古（注），楊家駱（主編）：《漢書·外戚傳》（臺北：鼎文書局，

人，乃李延年之妹。昔日漢武帝甘冒「傾城傾國」的風險，也要得識這位佳人。而「踟躕」則語出《詩經》：「靜女其姝，俟我於城隅。愛而不見，騷首踟躕。」[49]詩中男子，自抒其與一女子愛情的甜蜜。兩則典故皆書寫愛情故事。「金蘭」，則形容友情深厚，相交契合。「金蘭」語自《易經·繫辭上》曰：「二人同心，其利斷金，同心之言，其臭如蘭。」[50]後人以「義結金蘭」，比喻情誼堅固契合。回首詩顯然是嘲諷西門慶為「紅粉」佳人李瓶兒，棄其與花子虛的「金蘭情義」。然而詩篇用典，且前六句對仗，並以絕美詩句，對小說人物進行嘲諷，並藉以警惕世人：西門慶最後卻是落得「縱欲身亡」、「樹倒猢猻散」[51]的下場。

作者用典無非「援古以證今」，通過古人典故，殷殷企盼世人引以為借鏡，勿重蹈前人覆轍，如此藝術特色，使得「詞話本」於俚俗之外，植被典雅氣質。

(二)通俗易懂

整體而言，「詞話本」的回首詩詞具高度俚俗性。但也正因其俚俗性格，貼近通俗小說的閱讀大眾，順口溜的特色反倒平易近人，較能為一般讀者所接受。前文所論，「詞話本」作者本意在勸世，倘若詩詞過於艱澀，不易理解，豈不曲高和寡，事與願違。因此，詩詞押韻腳、順口溜的格言特質，不僅更能為讀者津津樂道，且更具傳播的性格，反而使作品流傳得廣且迅速，因押韻所產生的節奏感，易於記誦，循環的韻律產生具旋律性的音樂，易於傳唱。例如，第80回回首：

> 寺廢僧居少，橋塌客過稀；家貧奴婢懶，官滿吏民欺；水淺魚難住，林疏鳥不棲，世情看冷煖，人面逐高低。

回首標記「詞曰」，但分明不具詞的格式，而是一首五言詩的形式。作者於卷首曰：「此八句詩，單說著這世態炎涼，人心冷暖，可嘆之甚也！」[52]作者亦自云此作為詩。回首詩也正好呼應該回正文，西門慶去世後，幫閒應伯爵對其餘拜把兄弟獻策，道：「眾人祭奠了，咱還便益；又討了他值七分銀一條孝絹，拿到家做裙腰子；他莫不白放咱每出來？咱還吃他一陣；到明日出殯，山頭饒飽餐一頓，每人還得他半張靠山桌面，來家與

1986年），頁3951。

49 高亨（注）：《詩經今注》，頁59。
50 《重刊宋本十三經注疏附校勘記·重栞宋本周易注疏附挍勘記》（臺北：藝文印書館，1965年），頁151-2。
51 浦安迪所謂的「不修其身不齊其家」的古訓。詳見（美）浦安迪：《中國敘事學》（北京：北京大學出版社，1996年），頁174-177。
52 〔明〕蘭陵笑笑生（著），梅節（校訂），陳詔、黃霖（注釋）：《金瓶梅詞話》，頁1397。

老婆孩子吃，省兩三日買燒餅錢。」[53]真箇反映回首詩中，種種世態炎涼景況，誠如「崇禎本」開卷無名氏評點道：「一部炎涼景況。」這首回首詩的俚俗性高，強調榮華不再，今非昔比，所以「世情看冷暖，人面逐高低。」如此炎涼世態，至今社會仍然存在。此詩作者運用六個比喻，最後點出澆薄世風，緊緊扣合前面六句的譬喻。另外，第95回回首寫道：

> 有福莫享盡，福盡身貧窮；有勢莫倚盡，勢盡冤相逢。福宜常自惜，勢宜常自恭。
> 人間勢與福，有始多無終。

古人對於矛盾雙方的相互轉化，往往歸之於「天命」，因為矛盾的兩方，既相互對立，又在不知不覺中向對方轉化，由於轉化得突然與劇烈，常使人感到莫名其妙，不好理解，因而將這一切解釋為上天的懲處或恩賜。[54]回首雖未標記「格言」，卻明顯地格言性質。這些在當時膾炙人口的格言，如同林辰所言：「形是詩詞似也非」，而且是「深寓哲理的格言韻語。」[55]《金瓶梅》的語言取自民間。市井語言向來直白，也正因其俚俗性格，而使得它具備易於傳播的功能，這首回首詩至今仍為世人傳誦。

（三）道德教化

上述「詞話本」回首詩詞的主要特色其二——善用典故與通俗易懂——兩者最重要的任務，即達成作者所賦予的「勸諫」使命，以便對讀者進行道德教化。「詞話本」作者以時人通曉的古人故事，另佐以朗朗上口的格言式韻文，使其發揮易於傳播的功能。「詞話本」回首詩詞勸誡之作高達六十八首之多。[56]而這六十八首詩詞說來論去，皆不脫教化之辭，無非警世、勸世、醒世之類的作品。如第72回回首詩：

> 寒暑相推春復秋，他鄉故國兩悠悠。清清行李風霜苦，寒寒王臣涕淚流。風波浪
> 裡任浮沉，逢花遇酒且寬愁。蝸名蠅利何時盡，幾向青童笑白頭。

詩末寫出「蝸名蠅利何時盡，幾向青童笑白頭。」發出了類似東坡「蝸角虛名，蠅頭微利，算來著甚干忙。」的無奈感慨，這也是道家淡泊名利，看盡空無人生的態度。再如

53　〔明〕蘭陵笑笑生（著），梅節（校訂），陳詔、黃霖（注釋）：《金瓶梅詞話》，頁1397-1398。
54　孟昭連：《金瓶梅詩詞解析》，頁581-582。
55　林辰：《古代小說與詩詞》，頁33。
56　這六十八首勸誡作品，分別為第1、2、3、4、5、6、7、9、10、11、12、13、15、16、18、19、20、21、22、23、25、26、27、28、29、30、31、32、33、34、35、40、41、42、43、48、49、53、55、56、57、62、71、72、73、75、76、79、80、81、83、84、85、86、87、88、89、90、91、92、93、94、95、96、97、98、99、100回。

第 79 回回首詩：

> 仁者難逢思有常，閑居慎勿恃無傷。爭先徑路機關惡，退後語言滋味長。爽口物多終作病，快心事過必為殃。與其病後能求藥，不若病前能預防。

這回回目是「西門慶貪欲得病」，緊接著回首詩之後作者寫道：「此八句詩，乃邵堯夫所作，皆言天道福善，鬼神惡盈，作善降之百祥，作不善降之百殃。西門慶只知淫人妻子，而不知死之將至。」[57]詩作充斥儒、釋、道三教合一的教化思想，胡衍南認為：

> 作者或許挪用現成格言、或許抄錄前人詩句、或許自作詩詞，文本字面意涵不論是警世、警世、諷世、還是嘆世，總之它的根本目的是提供讀者一個最安全、最保險的生存方法——它是明代十分流行，糅合儒、釋、道三教的民間信仰；一種強調安分守己、明哲保身的生命型態，一種主張善惡有報、輪迴不爽的生命信念。[58]

確實如此，作者常於道德教化的詩句之後，接著寫到天命觀、命定觀，一切總由天的生命信仰。回首詩肩負起「詞話本」教化的任務，如同朱熹所言：「蓋文以載道，理明意達，則辭自成文。」[59]這源自儒家「文以載道」的教化觀，使得「詞話本」回首詩詞的主題思想誠如田曉菲所言：「『文以載道』的教化思想：在這一思想框架下，《金瓶梅》的故事被當作一個典型的道德寓言，警告人貪淫與貪財的惡果。」[60]作者不斷地以回首詩詞對讀者進行勸諫，因而具備了教化的功能，蓋傳承自《詩經》所謂：「風以動之，教以化之。」[61]這種風化百姓、教化世人的傳統，被「詞話本」的作者徹底地實踐了。

(四)重複徵引

「詞話本」比較特別的是，回首詩詞出現重複徵引的現象。此處所謂重複徵引，乃針對「詞話本」回首詩詞本身，非指《金瓶梅》對《水滸傳》或其他作品的引用或抄錄。重複徵引的六組詩詞，[62]分別臚列如下：（框框為筆者所加）

57　〔明〕蘭陵笑笑生（著），梅節（校訂），陳詔、黃霖（注釋）：《金瓶梅詞話》，頁 1369。
58　胡衍南：《金瓶梅到紅樓夢——明清長篇世情小說研究》（臺北：里仁書局，2009 年），頁 156。
59　〔宋〕黎靖德（編），王星賢（點校）：《朱子語類》（北京：中華書局，1986 年），頁 7。
60　田曉菲：《秋水堂論金瓶梅·前言》（天津：天津人民出版社，2008 年），頁 6。
61　《重刊宋本十三經注疏附校勘記·重栞宋本毛詩注疏附校勘記》，頁 15-2。
62　本書在此所謂重複，並非一字不差，其間仍有少數文字做了更動，但字意無異，大抵可視為同一首詩。

《金瓶梅詞話》重複徵引的六組詩詞	
第十三回	第八十六回
人生雖未有十全，處世規模要放寬！	人生雖未有十全，處事規模要放寬。
好歹但看君子語，是非休聽小人言。	好事但看君子語，是非休聽小人言。
徒將世俗能歡戲，也畏人心似隔山。	但看世俗如幻戲，也畏人心似隔山。
寄語知音女娘道，莫將苦處語為甜。	寄與知音女娘道，莫將苦處認為甜。
第十七回	第八十二回
記得書齋乍會時，雲蹤雨跡少人知。	記得書齋乍會時，雲蹤雨跡少人知。
晚來鸞鳳棲雙枕，剔盡銀燈半吐輝。	晚來鸞鳳棲雙枕，剔盡銀燈半吐輝。
思往事，夢魂迷，今宵幸得效於飛。	思往事，夢魂迷，今宵喜得效於飛。
	顛鸞倒鳳無窮樂，從此雙雙永不離。
第十九回	第九十四回
花開不擇貧家地，月照山河處處明。	花開不擇貧家地，月照山河到處明。
世間只有人心歹，百事還教天養人。	世間只有人心歹，萬事還教天養人。
癡聾瘖瘂家豪富，伶俐聰明卻受貧！	癡聾暗癡家豪富，伶俐聰明卻受貧。
年月日時該載定，算來命不由人。	年月日時該載定，箅來由命不由人。
第二十回	第九十七回
在世為人保七旬，何勞日夜弄精神？	在世為人保七旬，何勞日夜弄精神。
世事到頭終有悔，浮華過眼恐非真。	世事到頭終有盡，浮華過眼恐非真。
貧窮富貴天之命，得失榮華隙裡塵。	貧窮富貴天之命，得失榮枯隙裡塵。
不如且放開懷樂，莫使蒼然兩鬢侵。	不如且放開懷樂，莫待無常鬼使侵。
第二十二回	第七十三回
巧厭多勞拙厭閑，善嫌懦弱惡嫌頑；	巧厭多勞拙厭閑，善嫌懦弱惡嫌頑。
富遭嫉妒貧遭辱，勤怕貪圖儉怕慳。	富遭嫉妒貧遭賤，勤曰貪婪儉又慳。
觸事不分皆笑拙，見機而作又疑奸；	觸目不分皆笑蠢，見機而作又疑奸。
思量那件合人意，為人難做做人難！	思量那件合人意，為人難做做人難。
第二十六回	第七十九回
閑居慎勿說無妨，纔說無妨便有妨。	仁者難逢思有常，閑居慎勿恃無傷。
爭先徑路機關惡，退後語言滋味長；	爭先徑路機關惡，退後語言滋味長。
爽口物多終作疾，快心事過必為殃！	爽口物多終作病，快心事過必為殃。
與其病後能求藥，不若病前能預防。	與其病後能求藥，不若病前能預防。

第 13 回與第 86 回變動了八個字；第 17 回與第 82 回前幾句僅更動一個字，其餘相同，但第 82 回則多了最後兩句；第 19 回與第 94 回僅改動了三個字；第 20 回與第 97 回更動了七個字；第 22 回與第 73 回更改了六個字；第 26 回與第 79 回，前兩句不同，後六句僅一個字不同。這六組回首詩雖略有改動，然而意涵大抵不變。實在無法透析作者更改的動機何在？或者只是出於作者的疏忽？僅能看出它們共同的規律是：內容相近

的回首詩詞，分別坐落在小說的前半部和後半部，這有可能是作者的疏忽或者是強化其核心價值觀，也或許是當時刊刻或出版時的失誤所導致。

綜觀上述，「詞話本」回首詩詞大抵深入民間，取材市井語言，一如陳東有所謂：「正是這樣的『俗』之中，蘊含著比『雅』更廣泛更深刻的文化意義。」[63]因此，姑且不論古典詩歌的藝術性，「詞話本」百回的回首詩詞，真可謂一本民間性格強烈的「醒世格言」譜。

第二節　「崇禎本」與「詞話本」回首詩詞的比對

相對於「詞話本」回首詩詞諄諄訓誡的教化思想，「崇禎本」回首詩詞則少了勸諫色彩，而是挹注較多的抒情成分鑲嵌於卷首，其中又不乏「宮體詩」、「花間詞」之流的作品。張家英以為「崇禎本」的詩詞在使用上的確較「詞話本」為優。[64]然因本書意不在比較二者孰優孰劣，而僅將二者的藝術特質做一對照，簡略比對兩大版本系統的主要相異處，藉此導引出「崇禎本」回首詩詞的獨特功能。

一、「崇禎本」與「詞話本」回首詩詞的藝術特質

兩大版本系統自卷首〈四貪詞〉即展現不同的主題思想，因此在回首詩詞的引用上便有所差異，而詩詞的介入之於文本都是有意義的，「崇禎本」與「詞話本」各有各的藝術特質，茲論述如下：

(一)「詞話本」多詩少詞；「崇禎本」詩詞並重

「崇禎本」與「詞話本」回首詩詞所展現的藝術特質，最直接、最明顯的是：「詞話本」回首詩有九十六首；回首詞卻只有四首，詩詞比例懸殊。而「崇禎本」回首詩有五十四首；回首詞有四十八首，詩詞比例僅些微差距。「詞話本」以詩為大宗；「崇禎本」則均勻配置詩詞的數量。〈毛詩序〉曰：「詩者，志之所之也，在心為志，發言為詩。」[65]僅止於「發言為詩」，似乎不能滿足「崇禎本」作者對創作的期待。明李開先云：「詞與詩，意同而體異，詩宜悠遠而有餘味，詞宜明白而不難知。」[66]又，《朱子語類》曰：「古樂府只是詩，中間卻添許多泛聲。後來人怕失了那泛聲，逐一聲添箇實字，遂成長短

63　陳東有：《金瓶梅詩詞文化鑑析·序言》，頁 5-6。

64　張家英：〈由《金瓶梅》回前詩看作者〉，《學習探索》（1991 年第 3 期），頁 115-120。

65　〔梁〕蕭統（編），〔唐〕李善（注）：《文選》，頁 2209。

66　〔明〕李開先：〈西野《春遊詞》序〉，收入〔明〕李開先（著），卜鍵（箋校）：《李開先全集·李中麓閒居集之六》（北京：文化藝術出版社，2004 年），頁 494。

句,今曲子便是。」[67]朱熹所謂的「長短句」即今之「詞」,「詞」原稱「曲子」或「曲子詞」。「曲子」指的是「譜」;「詞」則是「唱詞」。因此,詞原是可以用來唱的唱詞,適合抒發個人情感。另,南宋張炎《詞源》云:「簸弄風月,陶寫性情,詞婉於詩。」[68]詞為長短句,本為伶工之詞、秦樓楚館之作,具可吟唱的特色,較之詩更善長抒情。詞因而具備更強烈的傳情達意之功能。詩與詞的差異,姚奠中作了以下的區別:

> 只有導源配曲的歌詞,而又是從唐代格律詩發展、變化、有固定格式的新詩體,才是後世公認的詞。從文學史上看,它是繼五、七言古詩和雜言古體歌行,五、七律絕排之後,新起的長短句詩體。它的特點:一、原與樂曲配合,具有演唱時的音樂美;二、吸收了格律詩的聲調組合方式而予以通變,具有吟誦時的聲調美;三、用長短句打破了格律詩的整齊句式固定字數,更符合口語的要求,增強了藝術表現力和對讀者的親切感;四、以它特有的字法、句法、章法、韻逗,具有一種新的藝術特色而為其他詩體所沒有。[69]

也就是說,詞的主要特色是:音樂美、聲調美、親切感。詞的長短句特徵主要在於配樂、入樂,而其句式組合的變化萬千,更強化了詞體特有的聲情風貌。另外,詞體的聲韻格律亦與音樂相關,詞的音律乃詞之本色,詞因其音樂性,造就詞體聲調美感的體現。詞多以長短句抒情,並以音律性相佐,體現更幽微的情感。音樂是人類與生俱來的身體律動,人們自然而然地接受深具音樂特性的詞體,蓋因來自人類傾聽體內的自然召喚,進而對聲律產生親切感。因此,詞體極適宜用來傳情達意,抒發個人情感。李清照〈詞論〉更進一步提出詞「別是一家」[70]之說,她認為詞體與詩歌本質不同。詞要能協音律,詞須具有可歌合律的音樂性,有不同的對待方式,因而特別強調詞體入樂唱和的音樂性與藝術性。詞體溫婉柔媚的風格,貼合人類情感自然真切的流露。對於詞劉永濟給予極高的正面評價:

> 夫論文學之始者,厥惟風謠。風謠之興,必資三者:一曰歌辭;二曰音樂;三曰舞蹈。歌辭以宣其情,音樂以象其聲,舞蹈以表其容,三者協和,而後文之為藝也始精,其感人也始力。泛觀往古眾制,惟樂府為能兼之。而詞者,樂府之正傳,

---

67　〔宋〕黎靖德(編),王星賢(點校):《朱子語類》,頁3333。
68　〔宋〕張炎(撰):《詞源·賦情》卷下,收入唐圭璋:《詞話叢編》(臺北:新文豐出版公司,1988年),頁263。
69　姚奠中:《姚奠中論文選集》(太原:山西人民出版社,1988年),頁344。
70　李清照:〈詞論〉,收入《李清照集》(臺北:河洛圖書出版社,1975年),頁79。

有其長而通其變者也，故能發人情之祕奧、通樂理之精微、濟詩歌之絕運、開戲
曲之先河，可謂兼包眾美者矣。[71]

詞能「兼包眾美」，故相對詩而言，詞則更具豐富的藝術表現力。而「歌辭以宣其情」
表能協音律、和聲而唱的詞，更能宣洩人類的情感。反觀，詩是「經夫婦，成孝敬，厚
人倫，美教化，移風俗。」[72]因此，一般有所謂的「詩莊詞媚」[73]之說，且誠如王國維
所說：「詞至李後主而境界始大，感慨遂深，遂變伶工之詞而為士大夫之詞。」[74]詞體
宜入樂唱和，表達感情，因此，讀者會對詞產生特有的親切感，這也是詩難以替代詞的
原因，反之亦然。

　　詞本「艷科」，因而被稱之為「小詞」或「小道」，然而宋代許多著名的士大夫，
如寇準、范仲淹、晏殊、宋祁、歐陽修等人，都有為數眾多的詞作流傳至今，伶工之詞、
秦樓楚館之作，為何當時的士大夫甘冒禮教之大不韙，紛紛投入這些伶工小詞的創作或
評賞呢？葉嘉瑩認為詞本身具備了：「使其寫作時可以完全脫除『言志』與『載道』之
壓抑和束縛，而純以遊戲筆墨作任性的寫作，遂使其久蘊於內心的某種幽微的浪漫的感
情，得到了一個宣洩的機會。」[75]在宋代，不論是朝廷的盛典、士大夫的宴席、長亭送
別的歌樓都是唱詞，因此詞是一種配合音樂的實用文學。宋尹覺亦云：「詞，古詩流也。
吟詠情性，莫工於詞。臨淄六一、當代文伯，其樂府猶有憐景、泥情之偏，豈情之所鍾，
不能自已於言耶？」[76]詞入樂而作已不容置疑，「吟詠情性，莫工於詞」，更是從正面
肯定人類情感的抒發，不僅侷限於文字本身，音樂占有舉足輕重的地位，而詞乃文字與
音樂的結合，更適於人們「吟詠情性」。《詩・大序》曰：「情動於中而形於言，言之
不足故嗟歎之，嗟歎之不足，故永歌之，永歌之不足，不知手之、舞之、足之、蹈之也。」
[77]足見中國早於上古時期音樂、舞蹈已是人類傾聽身體自然呼喚的情感表現。

　　「崇禎本」作者選擇以藝術型態更加豐滿的詞作，用以傳達更豐沛的情感，而非一味
教條式的格言詩、勸誡詩等等。清劉體仁云：「詞中境界，有非詩之所能至者，體限之

71　劉永濟：《詞論》（臺北：源流文化公司，1982 年），頁 5。

72　《重刊宋本十三經注疏附校勘記・重栞宋本毛詩注疏附校勘記》，頁 15-1。

73　〔清〕李東琪〈詞論〉云：「詩莊詞媚，其體原別。」引自〔清〕王幼華：《古今詞論》，收入唐
　　圭璋編：《詞話叢編》，606。

74　王國維：《人間詞話・自編人間詞話選》〔壹壹〕條，頁 122。

75　繆鉞、葉嘉瑩：《詞學古今談》（臺北：萬卷樓圖書公司，1992 年），頁 451。

76　〔宋〕尹覺：〈題坦庵詞〉，收入施蟄存（主編）：《詞籍序跋萃編》（北京：中國社會科學院出
　　版社，1994 年），頁 165-166。

77　《重刊宋本十三經注疏附校勘記・重栞宋本毛詩注疏附校勘記》，頁 13-1。

也。」[78]詞體講求婉而細、幽而深的境界，亦即王國維所謂的：「詞之為體，要眇宜修，能言詩之所不能言，而不能盡言詩之所能言。詩之境闊，詞之言長。」[79]詞體講究的是精緻細膩、纖巧幽微之美。「詞的特點就在於描繪出本是不可捉摸或只可意會不可言傳的內心活動，並通過這一過程來達到塑造人物形象的目的，從而展現了人的精神世界的豐富性和真實性。」[80]崇禎本《金瓶梅》回首之詩與詞均勻分布，讓詩、詞各自發揮其所長，使得詩詞並置，同等重要，而非如「詞話本」回首詩詞一面倒地向詩靠攏。正因詞體婉而細、幽而深的意境，更適於為人物傳遞情感。藉由詞體善於傳情達意的特質，為小說中的人物傳遞心理活動，將正文所未描述的部分表達出來，而小說裡女性的情感和心聲則透過纖細幽微的美感呈現於讀者眼底、形塑於讀者心底。

（二）「詞話本」重教化；「崇禎本」重抒情

　　兩大版本系統之於「四貪」的表現，已透顯其藝術傾向的偏愛不一，「詞話本」以〈四貪詞〉作為其作品主題先行的概念，表達其對道德教化的重視程度；而「崇禎本」則以象徵「四貪」的詩作，傳遞其以抒情詩貫穿其精神中心的思維。如第98回兩大版本所引之回首詩：

「詞話本」（第九十八回）	「崇禎本」（第九十八回）
心安茅屋穩，性定菜根香。 世味薄方好，人情淡最長。 因人成事業，避難遇豪強。 今日崢嶸貴，他年身必殃。	詩曰： 教坊脂粉洗鉛華，一片閒心對落花。 舊曲聽來猶有恨，故園歸去已無家。 雲鬢半挽臨粧鏡，兩淚空流濕絳紗。 今日相逢白司馬，樽前重與訴琵琶。

　　「詞話本」此詩引自《水滸傳》第38回的回首詩，後兩句原作為：「他日梁山泊，高名四海揚。」[81]從引詩，可看出「詞話本」詩作的主角是陳敬濟，這回小說描述陳敬濟巧遇舊識陸秉義，敬濟對他說：「我如今又好了。」然而他「因人成事業」，是藉周守備的財與勢，方有「今日崢嶸貴」，卻因貪財好色，無法「心安」和「性定」，以致「他年身必殃」。詩作期勉世人要「心安」方能「茅屋穩」，「性定」才能「菜根香」，應戒貪戒色，以免禍殃及身。

　　「崇禎本」則是聚焦在韓愛姐對陳敬濟的情感上，兩人在臨清相遇之際，愛姐已從其

78　〔清〕劉體仁（撰）：《七頌堂詞繹》，收入唐圭璋：《詞話叢編》，頁619。
79　王國維：《人間詞話》【壹叁】條，頁81。
80　牛貴琥：《古代小說與詩詞》，頁44。
81　〔元〕施耐庵、羅貫中（著），王利器（校訂）：《插圖水滸全傳校訂本》，頁597

母淪落「教坊」，然愛姐卻為敬濟「洗鉛華」，只拿一片真心對待情郎。此時愛姐隨父母返回家園，可家早已被韓二給賣了，他們已無家可歸，故頷聯寫愛姐彈著「舊曲聽來猶有恨」，因為「故園歸去已無家」。頸聯描述愛姐迫於生計，只得「雲鬟半挽臨粧鏡」，身雖倚門賣笑，背地裡實則「兩淚空流濕絳紗」。尾聯述說如今「韓愛姐翠館遇情郎」，猶如唐代詩人白居易與「琵琶女」相識且同病相憐的兩人，因而「樽前重與訴琵琶」，暗喻愛姐視敬濟為知己，彈弄琵琶向敬濟傾訴自己多舛的遭遇。

「崇禎本」作者把小說人物內心深處極其複雜的情感，於正文之外，複以詩詞進行雙重敘事。詩詞的曖昧性格，使得讀者的感受因人而異，是以產生多元的詮釋面向。回首詩詞引領讀者進入情節敘事，讀者切入的角度不同，觀賞到的風景自然也有所不同。小說中女性的悲哀與幽怨，在詩意傳遞的瞬間，表現禮教之外的人性。她們不再以說唱的方式唱出個人的心聲，或傳情、或怨懟，而是藉由抒情詩詞來傳情達意，誠如胡衍南所言：

> 《金瓶梅》不但是小說史上第一次著力描寫女性，而且是一次描寫許多女性；但重要的是，在撇開閱讀的道德壓力之後，繡像本其實藉高達五、六十首回首抒情詩，以及為數也還不少的樂曲、戲曲，提醒讀者正視女性處境的艱難，這在小說史上也是空前的！……繡像本《金瓶梅》早就開始珍惜女性了。[82]

相較「詞話本」回首詩詞的擅於化用典故，「崇禎本」回首詩詞則重於意象經營，中國古典詩歌對於意象的經營頗為重視，尤以抒情詩詞為甚，特別是詞，詞重音律，主抒情。「詞之初起，多寫兒女之情，如唐及五代作品多為歌女舞伎之作。所以《花間》小令，以及北宋初期作品，敘事寫景，多用白描，傳情達意，全憑本色，很少錄事用典。」[83]「崇禎本」大幅加重抒情詩詞的比例，觀照女性的命運，以回首抒情詩詞的方式呈現，一來不阻斷讀者的閱讀，二來藉他人之口訴情鍾，情感不至過度發露，反而更加動人。崇禎本《金瓶梅》的作者將對女性命運的關懷，凝結在短小篇制的載體中，由這極度濃縮的時空膠囊，負載無限幽情，寄寓女性心曲的深意。

(三)「詞話本」尚直白；「崇禎本」尚典雅

「崇禎本」回首詩詞大多直接徵引、或化用前人作品，而中國古典詩詞，向來講究語言的凝煉度與意境的豐富性，詩詞每每予人詩畫合一的境界。詩詞呈現讀者眼前的不僅止於時間的切片，更有空間的層層厚度。詩詞凝進讀者眼底的是語言的意象，呈現於讀

82　胡衍南：《金瓶梅到紅樓夢——明清長篇世情小說研究》，頁172。
83　吳世昌（著），吳令華（編）：《詩詞論叢》（北京：北京出版社，2000年），頁78。

者眼前的是意象中的畫像。北宋山水畫大師郭熙，為中國最早論述詩畫關係者，他提出了：「詩是無形畫；畫是有形詩」[84]的觀點，意指詩是一幅充滿聲律的畫，因為聲音、韻調是中國古典詩歌的靈魂所在。另外，蘇軾於詩於詞，造詣少人能及，他首先提出「詩畫本一律，天工與清新」[85]的論調，他也讚賞王維的詩：「味摩詰之詩，詩中有畫；觀摩詰之畫，畫中有詩。」[86]因王維詩畫融通的風格，完整表達「詩中有畫」的意境，在在說明詩畫之間相同的美學原理；詩文之間共通的美學藝術。如第 79 回：

「詞話本」（第七十九回）	「崇禎本」（第七十九回）
仁者難逢思有常，閑居慎勿恃無傷。 爭先徑路機關惡，退後語言滋味長。 爽口物多終作病，快心事過必為殃。 與其病後能求藥，不若病前能預防。	詞曰： 人生南北如岐路，世事悠悠等風絮，造化弄人無定據。翻來覆去，倒橫直豎，眼見都如許。　　到如今空嗟前事，功名富貴何須慕，坎止流行隨所寓。玉堂金馬，竹籬茅舍，總是傷心處。——〈青玉案〉

同樣對讀者提出人生警語，兩大版本系統引詩風格大不同。「詞話本」引詩乃呼應此回小說開卷所云：「天道福善，鬼神惡盈，作善降之百祥，作不善降之百殃。西門慶只知淫人妻子，而不知死之將至」的因果報應論。然而，「崇禎本」裡並不存在這段因果論。「崇禎本」引的則是金吳激〈青玉案〉這闕詞，「玉堂金馬」指漢代的玉堂殿和金馬門，後用以指稱翰林院或顯赫的高位，因此「玉堂金馬」用以比喻功名。上片指人生坎坷，命運多舛，造化弄人，古往今來，天下如斯。下片指順勢而為，遇坎則止，無須強求，隨遇而安，功名富貴，到頭皆空。

相較於「詞話本」大量直白的勸誡詩詞，「崇禎本」作者選擇引用古典詩詞的抒情之作，便是著意於詩詞中典雅的文字之美，及其呈現多重的意境——有詩境，有畫境；傳遞多義的語境——有景語，有情語。張道淵〈仲兄竹坡傳〉有段述及兄弟倆的對話：

> 兄讀書一目能十數行下，偶見其翻閱稗史，如《水滸》、《金瓶》等傳，快若敗葉翻風，暑影方移，而覽輒無遺矣。曾向余曰：「《金瓶》針線縝密，聖歎既歿，世鮮知者，吾將拈而出之。遂鍵戶旬有餘日而批成。或曰此稿貨之坊間，可獲重價。」兄曰：「吾豈謀利而為之耶？吾將梓以問世，使天下人共賞文字之美，不

84　〔宋〕郭熙：〈林泉高致〉，收入《中國畫論類編》（臺北：華正書局，1984 年），頁 640。

85　蘇軾〈書鄢陵王所畫折枝二首〉第一首詩：「論畫以形似，見與兒童鄰；作詩必此詩，定非知詩人。詩畫本一律，天工與清新。」收入〔宋〕蘇軾：《東坡題跋》卷之十一（臺北：臺灣商務印書館，1965 年），頁 227。

86　蘇軾〈書摩詰藍田煙雨圖〉，收入〔宋〕蘇軾：《東坡題跋》卷之五，頁 94。

亦可乎？遂付剞劂，載之金陵。」[87]

張竹坡著意的重點即「文字之美」，其評點即以「崇禎本」為底本，而「崇禎本」本意在文人間傳播。「能欣賞文字之美者，當然主要是天下人中之文人作者的意圖不言而喻，張批有力地推動了《金瓶梅》在文人中的傳播。」[88]事實證明「文字之美」確確實實較能夠吸引文人，使其得以在文人圈廣為流傳，見證張竹坡當年對《金瓶梅》傳播的遠見和預言。顯見，「崇禎本」企圖走典雅「文字之美」的路線，藉以呈現多重意境，傳遞多義語境。

　　根據上述所論，「詞話本」回首詩詞多格言、順口溜，詩句較為俚俗、直白，貼近市井語言，作者意在對讀者進行道德干涉。「崇禎本」回首詩詞則多引自前人作品，著意加重文人色彩，企圖改典雅路線。「崇禎本」回首詩詞配置均勻，蓋因詞較詩更適合抒發幽思，其主要作用為寄寓女性情感。

二、「崇禎本」回首詩詞迥異於「詞話本」之處

　　「詞話本」以詩為大宗，多直白俚俗的時曲、格言、順口溜，宜於傳誦，具強烈的傳播性格。然因「崇禎本」所欲揭示的主題思想有別於「詞話本」，其徵引的回首詩詞便迥異於「詞話本」。茲就「崇禎本」回首詩詞相異於「詞話本」之處，將其類分為教化色彩淡薄、寄寓女性情感、多宮體詩花間詞、渲染氛圍濃厚四部分。

(一) 教化色彩淡薄[89]

　　「崇禎本」與「詞話本」有著相同教化思想的作品，最顯著者即首尾遙遙呼應，第1回以勸誡詩起；第100回亦以勸誡詩結，然因各自引詩不同，導致審美效應之別。第100回回首詩，因其緊緊回扣第1回回首詩，故在此並看：

「詞話本」	「崇禎本」
詞曰：（第一回） 丈夫隻手把吳鉤，欲斬萬人頭。 如何鐵石，打成心性，卻為花柔？　　請看項籍并	詩曰：（第一回） 豪華去後行人絕，簫箏不響歌喉咽。 雄劍無威光彩沉，寶琴零落金星滅。

---

[87]　張道淵：〈仲兄竹坡傳〉（錄自乾隆四十二年刊本《張氏族譜》傳述類），收入侯忠義、王汝梅：《金瓶梅資料彙編》（北京：北京大學出版社，1985年），頁211-212。

[88]　宋莉華：〈明清小說評點的廣告意識及其傳播功能〉，《北方論叢》（2000年第2期，總第160期，頁63-67），頁67。

[89]　「崇禎本」勸誡教化者，有第1-1、1-2、5、7、16、32、42、47、79、92、95、100回，計一十二首。

劉季，一怒使人愁。 只因撞著，虞姬戚氏，豪傑都休。	玉階寂寞墜秋露，月照當時歌舞處。 當時歌舞人不回，化為今日西陵灰。 又詩曰： 二八佳人體似酥，腰間仗劍斬愚夫。 雖然不見人頭落，暗裡教君骨髓枯。
格言（第一百回） 人生切莫恃英雄，術業精粗自不同。 猛虎尚然遭惡獸，毒蛇猶自怕蜈蚣。 七擒孟獲奇諸葛，兩困雲長羨呂蒙。 珍重李安真智士，高飛逃出是非門。	詩曰：（第一百回） 舊日豪華事已空，銀屏金屋夢魂中。 黃蘆晚日空殘壘，碧草寒烟鎖故宮。 隧道魚燈油欲盡，粧臺鸞鏡匣長封。 憑誰話盡興亡事，一衲閒雲兩袖風。

「詞話本」第 1 回回首這闋詞作者為南宋卓田〈眼兒媚〉，詞題為「題蘇小樓」，蘇小小乃南齊名妓，曾經多少士人拜倒其石榴裙下，卓田登蘇小樓，喟嘆英雄難過美人關，而有此感慨之作。連項羽、劉邦之類的英雄豪傑，即便有「鐵石」鍛鑄而成的「心性」，都不禁「卻為花柔」，遇到了「虞姬戚氏」之流的美女，連「豪傑都休」。小說開卷便道：「此一隻詞兒，單說著『情』、『色』二字，乃一體一用。……如今這一本書，乃虎中美女，後引出一個風情故事來。」而這闋回首詞即總括全書的內容和主旨。第 100 回的格言詩改動自《水滸傳》第 57 回的回首詩，[90] 前六句謂人外有人，天外有天，不可自恃甚高。後兩句讚許李安不受龐春梅的誘惑，能潔身自愛，才得以從「是非門」脫逃出去，盛讚李安乃「真智士」。這已說明其人生處世的警醒「格言」，以為作者宣揚其果報思想的格言詩。

「崇禎本」第 1 回回首詩的第一首，引自唐女詩人程長文所作之樂府詩〈銅雀臺〉。[91]「銅雀臺」是東漢獻帝建安十五年冬，曹操於今日的河南省臨漳縣西南建一高臺。這高臺樓頂置一大銅雀，展翅若飛。相傳曹操臨終遺言，曾要他的姬妾們住在銅雀臺上。曹操的遺命與西門慶的遺言有著相似之處，西門慶臨終遺言說：「你姊妹好好待著，一處居住，休要失散了，惹人家笑話。」（第 79 回）對照兩大版本系統，首回與末回的卷首，田曉菲認為兩大版本系統引詩，作者立意差別在於：

> 他們對《金瓶梅》這部小說整體結構與思想框架的不同構想，在這兩首詩裡看得

---

90 原詩為：「人生切莫恃英雄，術業精粗自不同。猛虎尚然逢惡獸，毒蛇猶自怕蜈蚣。七擒孟獲奇諸葛，兩困雲長羨呂蒙。珍重宋江真智士，呼延頃刻入囊中。」〔元〕施耐庵、羅貫中（著），王利器（校訂）：《插圖水滸全傳校訂本》，頁 953。

91 作者僅將原詩首聯的「君王」改為「豪華」。程長文〈銅雀臺〉，收入〔宋〕郭茂倩（編）：《樂府詩集》卷三十一（臺北：臺灣商務印書館，1968 年），頁 375。

再清楚不過了。……繡像本作者未曾有一時一刻是不睜著眼睛看現實的。於是在繡像本第一百回的卷首詩裡，我們再次被提醒這部書是如何從豪華錦繡寫到碧草寒煙。一篇七言律詩裡，兩個「事」字，兩個「盡」字，兩個「空」字，總括了《金瓶梅》的全部。[92]

中國古典詩歌為時空極度的濃縮，因囿於篇幅與字數的限制，為避免詩歌中意象的重覆，忌諱使用相同的字眼。然而，「崇禎本」末回回首詩，為突顯「詩眼」，故特犯筆寫就，重出「事」、「盡」、「空」，提醒讀者《金瓶梅》「事」已「盡」，長嘆人生「到頭一夢，萬境歸『空』」[93]的感慨。

　　「崇禎本」第 1 回回首詩後面接著，又詩曰：「二八佳人體似酥，腰間仗劍斬愚夫。雖然不見人頭落，暗裡教君骨髓枯。」作者開宗明義地列出，象徵「酒」、「色」、「財」、「氣」四首詩。此首是象徵「色」之詩。這首詩出自《水滸傳》第 44 回當楊雄引石秀到他家，石秀初見巧雲時，小說對女體的一番描述後，立刻出現「有詩為證」，所證之詩就是這首，提醒世人，女色誘人，禍害性命，切記戒之。象徵「財」之詩：「一朝馬死黃金盡，親者如同陌路人。」淺顯、易懂，一如西門慶死後的景況，作者明白揭示了：「只這酒色財氣四件中，惟有『財色』二者更為利害。」象徵「酒」之詩：「三杯花作合，兩盞色媒人。」意指「酒」為「色」媒人，西門慶與潘金蓮情事的媒介便是酒。最後一首象徵「氣」之詩：「三寸氣在千般用，一日無常萬事休。」引述「酒」、「色」、「財」、「氣」四首詩，小說敘事自此鋪衍開來，而小說的盡頭，便是「一日無常萬事休」。田曉菲道：

> 詞話本諄諄告誡讀者如何應付生命中的「萬事」，而繡像本卻意在喚醒讀者對生命本體的自覺，給讀者看到包圍了、環繞著人生萬事的「無常」。繡像本不同的開頭，就這樣為全書奠定了一種十分不同於詞話本的基調。[94]

「崇禎本」以有寫無，從繁華寫到落盡，談道家的「有無相生」。作者將詩首的「君王」改成了「豪華」二字，而「豪華去後行人絕」更是貼合小說敘事的需求，同時遙映最末回回首詩的首句「舊日豪華事已空」，使其首尾扣合，前後呼應。作者論佛教的「自色悟空」，著落於「話盡興亡事」之後，詩句急轉入「一衲閒雲兩袖風」。最後，西門慶

92　田曉菲：《秋水堂論金瓶梅》，頁 306-307。

93　〔清〕曹雪芹、高鶚（著），馮其庸（校注）：《彩畫本紅樓夢校注》（臺北：里仁書局，2003 年），頁 2。

94　田曉菲：《秋水堂論金瓶梅·前言》，頁 8。

唯一的子嗣孝哥兒出家去了，小說收束了，昔日豪華轉眼成空，灰飛煙滅。即便沒能參透「空色世界」，人間一切總歸於「空」，如此婉曲，何等蒼涼。「崇禎本」回首詩詞於勸世的作用外，更塑造了教人醒悟的意境，亦提示讀者生命的空無，「崇禎本」回首詩詞的多義語境，確實有別於「詞話本」回首詩詞的勸誠教化。

（二）寄寓女性情感[95]

中國文人寄情於詩歌的浪漫，隨處可撫。陸機《文賦》云：「詩緣情而綺靡。」[96]詩歌因情而感發，為作者抒發感情的創作，使得詩歌得以「發乎情」，而無需受縛於「止乎禮」的框架下，恣意遨遊。揚雄更進一步提出：「言，心聲也；書，心畫也。」[97]任何所言、所寫，皆出於文人內心最深處的情感，文人依託詩歌，寄情詩歌，發乎作者最真摯的情感。如第 13 回兩系統回首詩詞的對照：

「詞話本」（第十三回）	「崇禎本」（第十三回）
人生雖未有十全，處世規模要放寬！ 好歹但看君子語，是非休聽小人言。 徒將世俗能歡戲，也畏人心似隔山。 寄語知音女娘道，莫將苦處語為甜。	詞曰： 繡面芙蓉一笑開，斜飛寶鴨襯香腮。 眼波纔動被人猜。　一面風情深有韵，半箋嬌恨寄幽懷。月移花影約重來。——〈山花子〉

同樣作為女性情感的寄寓，「詞話本」採取的手法是勸說，前文已論，不再贅述。而「崇禎本」則引用李清照〈閨情〉，上片形容女子佼好的臉龐如出水荷花般美艷動人，再加上精心打扮後，巧笑情兮，美目流盼，卻怕人看穿自己懷春的心事。下片真箇風情萬種，將自己滿懷幽恨、嬌嗔，盡寫在那半張紙箋上，寄語良人，再度相約於月光下、花影中互訴情懷，畫面靈動，表現女子膽大多情的心聲。詞人不縛於傳統禮教，正面肯定女性的情欲。影射小說中的李瓶兒勇於追求自己的情欲，敢於「月移花影約重來」，大膽「牆頭密約」西門慶的情節。再如第 43 回兩系統回首詩詞對照：

---

95 「崇禎本」寄寓女性情感，有第 6、8、10、15、19、20、23、25、26-1、26-2、30、38、40、43、45、46、48、52、53、54、56、58、59、62、63、64、65、66、67、71、73、74、76、77、78、80、81、83、85、88、89、90、91、93、94、96、97、98、99 回，計四十九首。

96 陸士衡《文賦》，收入〔梁〕蕭統（編），〔唐〕李善（注）：《文選》，頁 766。

97 引自〔漢〕揚雄（著），汪榮寶（撰），陳仲夫（點校）：《法言義疏》（北京：中華書局，1987年），頁 160。

「詞話本」（第四十三回）	「崇禎本」（第四十三回）
細推今古事堪愁，貴賤同歸土一丘。 漢武玉堂人豈在，石家金谷水空流！ 光陰自旦還將暮，草木從春又到秋。 閑事與時俱不了，且將暫入醉鄉游。	詞曰： 情懷增悵望，新歡易失，往事難猜。 問籬邊黃菊，知為誰開？謾道愁須滯酒，酒未醒、 愁已先回。憑欄久，金波漸轉，白露點蒼苔。—— 〈滿庭芳後〉

「詞話本」引自唐薛逢〈悼古〉，感嘆光陰流逝，昔日漢武帝「金屋藏嬌」，如今「金屋」裡的阿嬌何在呢？富可敵國的石崇，當年居住過的金古澗，如今水照流，而人安在哉？作者不勝感慨，末句勸人及時行樂，人生能得醉一回是一回。「崇禎本」則引自秦觀〈滿庭芳〉的下闋，同樣發出喟嘆，感慨新歡來，舊愛去，無語問蒼天。想要藉酒澆愁，哪知酒未醒，秋愁早已再度湧上心頭，無奈獨自倚靠欄杆，酒意漸消，露水輕點青苔上，天際漸露肚白，徹夜未眠，愁苦有誰知呢？小說這回描寫潘金蓮不甘失寵，想要爭寵卻惹得一身羶，自討無趣。詞作為女性新歡得寵、舊愛失寵的景況，掬一把同情淚。詞作不僅抒發女性閨怨幽思，同時寄寓女性情感於詩詞。

（三）多宮體詩花間詞[98]

中國古典詩歌中，「宮體詩」、「花間詞」多抒情之作。《隋書・經籍志》載：「梁簡文之在東宮，亦好篇什，清辭巧製，止乎衽席之間，彫琢蔓藻，思極閨幃之內。後生好事，遞相放習，朝野紛紛，號為宮體。」[99]因寫作題材侷限於「閨幃之內」，描繪女性閨怨、閨思、閨情，故多艷冶之作。齊梁陳古詩的代表作家，蕭綱、蕭繹、徐摛、陳後主等人，創作題材均以女性為中心書寫。而《金瓶梅》創造了豐富的女性世界，「宮體詩」、「花間詞」與《金瓶梅》關注的焦點同為閨幃中的女性，因此本書將「宮體詩」、「花間詞」概括並置一類。

「宮體」一詞，現存文獻最早起自南朝《梁書・簡文帝本紀》，載曰：「然傷於輕艷，當時號曰『宮體』。」[100]太宗即簡文帝蕭綱，由於其詩以宮廷浮華生活為背景，著重感官描繪，故云其詩「傷於輕艷」。「宮體詩」狀摹女性的體態、服飾、用品、生活細節，

98　「崇禎本」宮體詩花間詞，有第 2、3、4、9、11、12、13、14、17、18、21、22、24、26-1、26-2、27、28、29、31、33、34、35、37、44、50、51、60、61、68、69、75、82、86、91、97 回，計三十六首。

99　〔唐〕魏徵等（撰），楊家駱（主編）：《隋書》（臺北：鼎文書局，1980 年），頁 1090。

100　〔隋〕姚察、〔隋〕謝炅、〔唐〕魏徵、〔唐〕姚思廉（合撰），楊家駱（主編）：《梁書》（臺北：鼎文書局，1980 年），頁 109。

甚至閨幃情趣等等，為標舉文章應致力於「經國之大業，不朽之盛世」[101]的士大夫所不恥。而《梁書·徐摛列傳》云：「屬文好為新變，不拘舊體。」[102]這種「新變」正是「宮體詩」的形式特色。因此，「宮體詩」對後來律詩的形成，起到了推動的作用；它好用典故、辭藻穠麗的特點，對唐李賀、李商隱也有一定的積極作用。時至晚唐杜牧、李商隱、韓偓等人，以女性為題材的創作，稱之為「艷詩」或「香奩體」。不論其稱呼為何，以女性為中心書寫題材的創作，統稱為「宮體」。此類詩體，自梁朝到初唐，足足影響中國文壇超過一個世紀之久。

「花間詞」源自最早的詞總集《花間集》。《花間集》乃由花間詞人張泌〈蝴蝶兒〉：「還似花間見，雙雙對對飛。」[103]首句的「花間」二字而得名。「花間詞」詞風香軟，落筆閨幃。而《金瓶梅》主要關注的對象，是一群圍繞著西門慶而生存的女性，西門的愛財與好色，使得小說搬演一場場的床笫之事。又，「崇禎本」回首詩詞多徵引前人作品，而這類詩詞與小說的閨幃描寫頗為呼應，很能烘染氣氛。因此，「崇禎本」迥異於「詞話本」的諄諄教化，轉而關注這群中國小說史上首次出現的大批女性的生活樣貌，而「花間詞」、「宮體詩」的焦點同樣以女性為中心，是以「崇禎本」引用這類詩詞，則再貼切不過了。第4回兩大版本系統回首詩詞對照如下：

「詞話本」（第四回）	「崇禎本」（第四回）
酒色多能誤國邦，由來美色喪忠良。 紂因妲己宗祀失，吳為西施社稷亡。 自愛青春行處樂，豈知紅粉笑中槍。 西門貪戀金蓮色，內失家麋外趕獐。	詩曰： 璇閨綉戶斜光入，千金女兒倚門立。 橫波美目雖後來，羅襪遙遙不相及。 聞道今年初避人，珊珊鏡掛長隨身。 願得侍兒為道意，後堂羅帳一相親。

「詞話本」這首前文已論，旨在用典勸世，並指涉小說人物。「崇禎本」這首詩則是唐畢耀的七律〈古意〉。兩大版本系統的回首詩，同樣指涉潘金蓮與西門慶，該回描繪他們初赴巫山雲雨，金蓮初次偷情的嬌羞模樣活靈活現。「詞話本」關心的是讀者是否看清歷史消長的原因，在於美色誤國，並讀懂作者苦心孤詣的主旨，且引以為戒鏡；而

---

101 〔魏〕魏文帝（撰），〔清〕孫馮翼（輯）：《典論·論文》（北京：中華書局，1985年），頁1。
102 〔隋〕姚察，〔隋〕謝昊，〔唐〕魏徵，〔唐〕姚思廉（合撰），楊家駱（主編）：《梁書》，頁446。
103 張泌〈蝴蝶兒〉：「蝴蝶兒，晚春時，阿嬌初著淡黃衣，倚窗學畫伊。　還似花間見，雙雙對對飛。無端和淚拭胭脂，惹教雙翅垂。」收入〔後蜀〕趙崇祚（編）：《花間集》（臺北：世界書局，1962年），頁25。

「崇禎本」觀照的則是小說中這位女性，她是如何由一位自小慘遭「物化」，輾轉被賣，後被主人轉贈他人為妻，她因不滿沒有感情基礎的婚姻，從家庭中出軌，初嚐愛情的滋味，面對良人的嬌態。又如第 46 回兩系統回首詩詞的切入點大不相同：

「詞話本」（第四十六回）	「崇禎本」（第四十六回）
帝里元宵，風光好，勝仙島蓬萊。 玉塵飛動，車喝繡轂，月照樓臺。 三宮此夕歡諧，金蓮萬盞，撒向天街。 迓鼓通宵，華燈競起，五夜齊開。	詞曰： 小市東門欲雪天，眾中依約見神仙。藍黃香畫貼金蟬。　飲散黃昏人草草，醉容無語立門前。馬嘶塵哄一街烟。——〈浪淘沙〉

「詞話本」寫熱鬧繽紛的節慶，通宵達旦的慶典，以渲染小說裡元宵佳節的慶祝氛圍。「崇禎本」這闕詞詞牌應為〈浣溪紗〉而非〈浪淘沙〉，描寫閨幃中女子，除了妻妾間平時的角力，百般聊賴的生活，因為「卜龜兒」使得日常的寂寥，橫添一筆趣事，而吳神仙算命這回是小說敘事的重大轉捩點，因為它預示小說人物個人未來的景況。「崇禎本」回首詞不似「詞話本」單寫節慶，烘托元宵夜景歡樂的鬧意，轉而著力關注於這群女性未來的命運。然而，這一系列關注的焦點，將中國古典詩歌從以家國社會、山水田園等開放的公共空間，轉而進入私人空間——閨幃——古代女性獨特的生活空間。透過「宮體詩」、「花間詞」的望遠鏡，長驅直入，凝進閨幃，隱含一份特別的窺視。

　　然而韓希明卻認為《金瓶梅》小說中的一些詩詞，「對女性肌體的描述等等，以優美的文字作無聊的形容。有時看來不無調侃的筆觸也難脫賣弄之嫌。」[104]韓氏可能未注意到，其所指控的「宮體詩」、「花間詞」之流的詩詞，它們雖然香軟、穠麗，卻是以女性為書寫中心，這或許是藉女性閨怨以自艾自憐。然而「崇禎本」作者所寄寓的正是代替小說中的女性抒發其情感與幽隱，意圖藉這類豔冶詩詞貼合小說人物。而以描摹女性閨幃生活為主的「宮體詩」、「花間詞」，使其更貼合《金瓶梅》以女性為書寫的中心。

（四）渲染氛圍濃厚[105]

　　詩詞是時間與空間的極度濃縮，有著點染、烘托敘事氣氛的作用，清劉熙載《藝概》云：「詞有點，有染。」[106]指的就是詞有渲染氛圍的功能。「崇禎本」回首詩詞有著濃

---

104 韓希明：〈明清市井題材小說中的詩詞與文人心態〉，《南通大學學報·社會科學版》第 22 卷第 6 期雙月刊（2006 年 11 月，頁 61-65），頁 63。

105 「崇禎本」渲染氛圍者，有第 36、39、49、55、57、70、72、84、87 回，計九首。

106 〔清〕劉熙載：《藝概》（臺北：漢京文化公司，2004 年），頁 119。

厚渲染敘事氛圍的作用，如《金瓶梅》兩大版本系統於第 36 回回首詩，分別如下：

「詞話本」（第三十六回）	「崇禎本」（第三十六回）
富川遙望劍江西，一片孤雲對夕暉。 有淚應投煙樹斷，無書堪寄雁鱗稀。 問安已負三千里，流落空懷十二時。 海闊天高都是念，憑誰為我說歸期！	詩曰： 既傷千里目，還驚遠去魂。 豈不憚跋涉？深懷國士恩。 季布無一諾，侯嬴重一言。 人生感意氣，黃金何足論。

　　「詞話本」這首抒情詩，描寫遊子思歸，而小說正文該回講的是，蔡太師的翟管家為求子嗣，欲娶一妾，以傳遞香火，託書委由西門慶代尋女子；另一方面，京師來的蔡狀元——蔡太師的假子，做假省親，向西門慶借了回城的盤纏。西門慶在第 79 回去世後，他昔日的拜把兄弟、親朋好友、姬妾家奴，紛紛倒戈，有「售色赴東床」；有「盜財歸麗院」；也有「拐財遠遁」；還有「欺主背恩」；更有借錢不還。連他的「知己」應伯爵也立刻轉臺為別人「幫襯」去了，水秀才還因此作了一篇暗含譏刺的祭文嘲諷他的拜把兄弟們。唯獨後來升任蔡御史的蔡狀元，得知西門慶去世後，還特來靈前參拜，並致還前貸款，「以全終始之交」。（第 80 回）此詩典出《史記·季布列傳》：「得黃金百（斤），不如得季布一諾。」[107]這首回首詩徵引自唐魏徵〈述懷〉之五言古詩的後幾句，原詩為「季布無二諾，侯嬴重一言。」[108]回首詩中「季布無一言」，看來是作者誤寫或者刊刻有誤。詩中引用季布與侯嬴重然諾的典故，以讚揚蔡狀元講義氣、守信用，不同於小說中的其他人物。清初評點家張竹坡於此回回評寫道：「止因十數金之利，屈節於市井小人之家，豈不可恥？吾不知作者有何深惡之一人，而借此以醜之也。」[109]張氏對於他的「苦孝說」總是念茲在茲，不斷藉由回評、眉批、夾批，提醒讀者、阻斷讀者，甚可說是干預讀者的閱讀。張氏恐怕未曾注意到，回首詩其實遙扣第 80 回蔡狀元「全終始之交」，重然諾的氣概。即便蔡狀元因家貧，為求仕途平順，認了蔡太師為義父，接受了西門慶這類的市井人物的接待與借款，但他升任蔡御史後，不因西門慶之死而倒戈，反倒奉還借款，作者在此仍然予以肯定，用回首詩向他致敬。因為《金瓶梅》中的人物，從來就不是絕對的好、壞、善、惡，非黑即白的分明界限，這正好吻合人性本來就有其

---

107 〔漢〕司馬遷（撰），〔劉宋〕裴駰（集解），〔唐〕司馬貞（索隱），〔唐〕張守節（正義）：《史記》（臺北：鼎文書局，1981 年），頁 2732。
108 〔宋〕吳曾（撰）：《能改齋漫錄》（北京：中華書局，1985 年），頁 244。
109 〔明〕蘭陵笑笑生（著），王汝梅、李昭恂、于鳳樹（校點）：《張竹坡批評第一奇書金瓶梅》（濟南：齊魯書社，1991 年），頁 548。

模糊的灰色地帶。

　　此外，《金瓶梅》兩大版本系統在第 87 回的回首詩，均屬烘托氣氛，但風格迥異：

「詞話本」（第八十七回）	「崇禎本」（第八十七回）
平生作善天加福，若是剛強定禍殃。 舌為柔和終不損，齒因堅硬必遭傷。 杏桃秋到多零落，松柏冬深愈翠蒼。 善惡到頭終有報，高飛遠走也難藏。	詩曰： 悠悠嗟我裹，世亂各東西。 存者問消息，死者為塵泥。 賤子家既敗，壯士歸來時。 行久見空巷，日暮氣慘淒。 但逢狐與狸，豎毛怒裂眥。 我有鐲鏤劍，對此吐長霓。

　　這一回小說描寫太子立東宮，特赦天下，武松遇赦還鄉，殺嫂潘金蓮以祭兄之亡魂。由「詞話本」回首詩可看出作者的輪迴觀，他堅信善有善報、惡有惡報的果報思想。反觀，「崇禎本」則採強力渲染敘事氛圍的手法，這首詩改自杜甫〈無家別〉，整首詩烘托出，亂世中因敗陣歸鄉，而家鄉盡是無人空巷，杜甫最後發出「人生無家別，何以為蒸黎？」的無限感慨。「崇禎本」改動這首〈無家別〉，將敗陣歸鄉，面對家鄉殘破的寂落，改成了家因兄嫂破敗，壯士歸來復仇，氣勢萬千，無可抵擋，大地旋之變色，充分渲染武松「殺嫂祭兄」的情節。潘金蓮被武松殺死後，作者卻作了一首「堪悼金蓮誠可憐」的詩，「單悼金蓮死的好苦也」。王齊洲以為：「《金瓶梅》對潘金蓮的態度反映了整部作品的價值取向。在《金瓶梅》裡，作者已經不再沉湎於傳統道德的夢囈中，而是直接面對人生，大膽肯定人的現實欲望和物質追求。」[110] 不同於《水滸傳》的是，對於潘金蓮這樣的女性，《金瓶梅》展現出比《水滸傳》更寬容的態度。在此，小說正文的敘事，兩大版本系統無異，但「崇禎本」則更望前進一步地提出了這首詩，勢與「詞話本」的道德宣示做割裂。

　　「崇禎本」回首詩詞的多義語境，迥異於「詞話本」回首詩詞的勸誡教化。

　　大抵兩大版本系統最明顯的差異在於——勸誡與抒情兩類的回首詩詞，出現了嚴重的消長現象——「詞話本」主勸誡；「崇禎本」主抒情。

　　兩大版本系統各有其主要的中心思想，主軸明確，因二者的差異，而造就了更大的討論空間。「詞話本」的回首詩詞，有很多當時的順口溜、格言、諺語、時曲等，一望即之、淺白易懂，明顯市井色彩；「崇禎本」的回首詩詞則徵引許多當時或歷代的詩詞，朦朧雅致、含蓄蘊藉，明顯文人色彩。根據袁中道日記《遊居柿錄》記載可側證，《金

---

110 王齊洲：《四大奇書與中國大眾文化》（武漢：湖北教育出版社，2000 年），頁 97。

瓶梅》確實是於從文人之間的閱讀，輾轉流傳開來。也就是說，《金瓶梅》雖以市井色彩面世，但一開始閱讀的對象是當時的文人，其中亦不乏諸多文人的觀照在裡頭，或寄情筆墨、或寄情詩詞。「崇禎本」回首詩詞的多義語境，實有別於「詞話本」回首詩詞的勸誡教化。然而「崇禎本」終未能全面捨棄徵引當代或歷代詩詞，自有其侷限性。但較之「詞話本」回首詩詞的藝術性和思想性，「崇禎本」加重了文人色彩，自有其文學價值。由「崇禎本」的回首詩詞觀看，足見韻散是可以並行不悖的兩大文體。勸世色彩濃厚的「詞話本」回首詩詞走俚俗風，而「崇禎本」回首詩詞則走典雅風。「崇禎本」作者意圖扭轉《金瓶梅》小說裡過於直白裸露的風月筆墨，為其披上一層風韻典雅的文人彩衣。古典詩詞凝煉的語句，是時間、空間的極度濃縮，多義的語境往往慘遭忽略，但其餘韻不止的盪漾，言有盡而意無窮的境界，需要讀者盡其所以地聯想。「詞話本」於回首詩詞中直接點出人物，「崇禎本」則含蓄影涉人物，而其意圖以回首詩詞對應小說人物的企圖不容小覷，是以本書藉回首詩詞續探其所欲透顯的創作意識。

第三章　揭櫫思想主旨

　　本章旨在探討崇禎本《金瓶梅》如何藉回首詩詞以揭櫫其思想主旨。「崇禎本」回首詩詞既是作為類似回目「閱讀引導」的作用，那麼作者對詩詞的再現與闡述，則成為其創作意圖的開展。詩詞與小說是可以並行而不悖的兩大文體。《金瓶梅》於寫人、寫物方面，都大大影響晚出的《紅樓夢》，脂批就曾點出《紅樓夢》「深得『金瓶』壺奧」[1]。《紅樓夢》更是青出於藍而更勝於藍，尤以詩詞對應人物，絕對是更上一層樓，開創中國文學史的高峰。然而《紅樓夢》並沒有回首詩詞，《金瓶梅》不論「詞話本」或者「崇禎本」都佈局了回首詩詞。而「崇禎本」同「詞話本」的回首詩詞僅八首，[2]意即有高達九十幾首相異的回首詩詞，顯見作者對回首詩詞的重視。在時空極其濃縮的文類中，小篇制的詩詞不可能映照小說正文大篇幅的全部敘事，因此作者僅能揀擇重點，去突顯他對小說的再詮釋，這當然也是作者的創作意識。既然「崇禎本」回目能精要點出小說敘事，再對照回首詩詞，讀者很快便能瞭解到，作者其實是有意識地指引讀者閱讀的重心，以及提示該回的重點，尤其是作者苦心孤詣的創作意旨，而非只流於表面觀看小說敘事的情節流動，而是更深層的主題思想。這就使得回目與回首詩詞，具備了提示、點撥、閱讀入境的功能。然而，「崇禎本」的回目已被作者有意識地設計成了精簡閱讀，那麼回首詩詞應如何詮釋呢？有的回首詩詞同回目般一望即知，但有的回首詩詞卻不然，又該做何解釋？本章首先探討作品的主旨，作者通過回首詩詞提示人生命題者一十四首，[3]意圖諧擬諷刺者一十五首，[4]旨在揭示其主題思想，茲論述如下：

1　陳慶浩（編著）：《新編石頭記脂硯齋評語輯校》〔甲戌眉批 131b〕（臺北：聯經出版公司，1986年），頁 247。

2　此八首為第 5、7、14、16、24、39、42、51 回。

3　提示人生命題者為第 1-1、1-2、5、36、39、42、47、76、79、81、95、96、99、100 回，計一十四首。然而必須說明的是，對詩詞的詮釋會因人而異。

4　意圖諧擬諷刺者為第 16、18、21、25、32、33、34、45、49、53、56、70、72、74、93 回，計一十五首。

第一節　提示人生命題

「崇禎本」第 1 回於回首和回中，分別以四首隱喻「酒」、「色」、「財」、「氣」的詩作揭櫫作品的思想主旨，此同「詞話本」開卷前〈四貪詞〉的精神中心，它們所透顯的是，作者對人生可能命題的提示。「崇禎本」有二十七首回首詩詞意在傳達作品的思想主旨，小說第 1 回中分別以象徵「酒」、「色」、「財」、「氣」的四首詩作，提醒讀者人生最終總歸一「空」。其中象徵「酒」箴的「三杯花作合，兩盞色媒人」；「色」箴的「二八佳人體似酥，腰間仗劍斬愚夫。雖然不見人頭落，暗裡教君骨髓枯」；「財」箴的「一朝馬死黃金盡，親者如同陌路人」；「氣」箴的「三寸氣在千般用，一日無常萬事休」——「崇禎本」這四首詩乃對應「詞話本」〈四貪詞〉的精神中心。

一、色／空辯證[5]

《金瓶梅》兩大版本系統回首詩詞同樣揭示思想主旨，不同的是「崇禎本」將「四貪詞」納入小說正文敘事當中，成為回中詩。唯獨象徵「色」之詩與回首詩並置於第 1 回卷首，以藉此強化其主題思想。作者於首回開卷即企圖闡釋其色／空辯證的生命基調，一如張竹坡所云：「金瓶以空字起結，我亦批其以空字起結而已。」[6]第 1 回回首詩即揭櫫「空」[7]的命題：

> 豪華去後行人絕，簫箏不響歌喉咽。雄劍無威光彩沉，寶琴零落金星滅。玉階寂寞墜秋露，月照當時歌舞處。當時歌舞人不回，化為今日西陵灰。[8]

5　「空」的命題，有第 1-1、39、42、76、79、96、99、100 回，計八首。

6　〔清〕張竹坡：《皋鶴堂批評明代第一奇書金瓶梅讀法》第百二則讀法（臺北：廣文書局，1981年），頁 32。

7　浦安迪對「空」下了一番闡述：「對『空』這個概念的表述體現最充分的也許是在有形的具體的意象這一方面。這包括編織在故事情節裡的具體意象以及正文中引錄的詩詞和戲曲中引〔隱〕喻性的形象。我曾注意過幾種象徵瞬即消逝之物的頻頻出現，利如煙火、冷燭；尤其是皚皚白雪，不論是指它有塗抹外形的效果，還是指它將消融於雪水汙泥中的傾向。在很多情景中，所有這些意象糅和成為冷與熱、明與暗、實與虛等直接與這一『空』字聯繫在一起的混合體。」〔美〕浦安迪（著），沈亨壽（譯）：《明代小說四大奇書》（北京：三聯書店，2006 年），頁 152。

8　張竹坡夾批，上四句為「解空去財」；下四句為「解空去色」。環繞財色命題，一如其於首回回評所云：「此書單重財色，故卷首一詩，上解悲財，下解悲色。……『二八佳人』一絕色也。借色說入，則色的利害比財更甚。下文『一朝馬死』二句，財也；『三杯茶作合』二句，酒也；『三寸氣在』二句，氣也。然而酒、氣俱串入財、色內講。」〔明〕蘭陵笑笑生（著），王汝梅、李昭恂、于鳳樹（校點）：《張竹坡批評第一奇書金瓶梅》（濟南：齊魯書社，1987 年），頁 1、10。

過去豪華的歲月遠離了，如今已無任何行人的蹤跡。從前這裡美女成群，吹玉簫、彈銀箏、翩翩影舞、陣陣輕歌。而今寶劍失威，黯淡無光，寶琴零落，一朝勢謝。階前雜草叢生，秋夜冰涼的露水滴在階梯上，更顯寂靜落寞。月色照耀著當年輕歌漫舞的「銅雀臺」[9]上，可惜從前那群粉黛青蛾，再也回不來了，如今都已化成了「西陵」灰燼。詩作對比昔日的繁華景象與今日的落莫蒼涼，警醒世人富貴如朝露，繁華如雲煙。這首回首詩的人生命題是「空」，其與象徵「色」之詩並置於卷首。這一回開篇的兩首回首詩，即已揭櫫作者提示讀者省思的生命課題——色／空辯證。「『美人黃土』是傳統文化中常見的一個思想。」[10]美人／黃土相對應的是色／空，而其精神中心同「詞話本」的〈四貪詞〉。「崇禎本」作者亦明白闡述，世人汲汲營營，「跳不出七情六慾關頭，打不破酒色財氣圈子」，只不過酒色財氣這四件事當中，「惟有『財色』二者更為利害」，因此「詞話本」引用中國歷史上諸多色／空相對應的典故。然而，「崇禎本」作者似乎不耐煩於將太多歷史罪名直接諉過於女性的典故，回首詩詞的徵引則轉向生命「空」的本質為基調，尤以回首詩詞之於人生中「空」的可能命題占多數可見一斑。第 39 回同樣揭示「空」的本質，採錄唐薛逢〈漢武宮辭〉：

> 漢武清齋夜築壇，自斟明水醮仙官。殿前玉女移香案，雲際金人捧露盤。絳節幾時還入夢？碧桃何處更驂鸞？茂陵煙雨埋弓劍，石馬無聲蔓草寒。

漢武帝當年築壇祈禳，先潔身素齋，親自走到祭壇前，取露水祭祀神仙。宮廷大殿前有美女擺設香案，還有高聳入雲霄以黃金打造而成的金人捧著露水盤。持紅色符節的使者何時再到夢裡來相會呢？碧桃花哪裡還有更茂盛的呢？可顯赫的帝威如今都埋在茂陵的煙雨裡，殿前的石馬也默默地隱入荒涼的雜草中。詩作提醒世人國祚強盛的漢朝，象徵盛國富裕而聳入雲霄的「金人捧露盤」，而今安在哉？即便茂陵因埋葬漢武帝而得名，如今漢王朝的豐功偉業也沒入荒煙漫草之中，連漢武帝的陵寢而今也只剩荒塚一座。第 42 回同樣是「空」的提醒，警惕人們及時行樂的同時，切莫忘記韶光易逝。第 76 回改動自唐白居易〈與諸客攜酒尋去年梅花有感〉，也是「空」的提示，並且要人們即時行樂。第 79 回金代詞人吳激〈青玉案〉題目為「警悟」，是對人生到頭總歸一「空」的醒悟。第 96 回回首詞同為吳激所作之〈人月圓〉[11]：

9　魏武帝曹操死後，遺命諸妾，每月十五日歌女們都得到「銅雀臺」上，面向西陵陵墓處歌舞。

10　劉勇強：《中國古代小說史敘論》（北京：北京大學出版社，2007 年），頁 429。

11　金人吳激曾出席一場酒宴，《歸潛志》卷八記載：「因會飲，酒間有一婦人，宋宗室子，流落，諸公感歎，皆作樂章一闋。宇文作念奴嬌，有『宗室家姬，陳王幼女，曾嫁欽慈族。干戈浩蕩，事隨天地翻覆』之語。」隨後吳激作了〈人月圓〉這闋詞。〔元〕劉祁（撰），崔文印（點校）：《歸

人生千古傷心事，還唱〈後庭花〉。舊時王謝，堂前燕子，飛向誰家？　　恍然一夢，仙肌勝雪，宮鬢堆鴉。江州司馬，青衫淚濕，想在天涯。——〈青衫濕〉

吳激於北宋亡後仕留於金，一回在酒宴上發現佐酒歌妓原是北宋宗室之後，如今淪落異鄉為歌妓，詞人因而感慨同為「天涯淪落人」的深沉悲痛，因而作此〈人月圓〉，詩中化用許多典故。「還唱〈後庭花〉」是化用杜牧〈泊秦淮〉：「隔江猶唱〈後庭花〉」。「舊時王謝」則化用劉禹錫〈烏衣巷〉：「舊時王謝堂前燕，飛入尋常百姓家。」王謝為南朝士族，卻發出「堂前燕子，飛向誰家？」的感慨，如同作者借龐春梅之眼看西門家繁華落盡的衰煞之氣，提示讀者「空」的人生命題。「江州司馬，青衫淚濕」化用白居易〈琵琶行〉：「同是天涯淪落人，相逢何必曾相識……座中泣下誰最多？江州司馬青衫溼。」朝代更迭的無奈，一如杜牧〈泊秦淮〉：「煙籠寒水月籠沙，夜泊秦淮近酒家。商女不知亡國恨，隔江猶唱〈後庭花〉。」[12]因南朝陳後主好聲色，當時隋兵師陳江北，一江之隔的南朝，朝廷命在旦夕，陳後主仍沉湎於聲色，猶唱〈後庭花〉，以致亡國。因此吳激寄言於詩歌，寄寓其沉痛的感慨，整闋〈人月圓〉，「以空靈蘊藉之筆，發蒼涼激楚之情，運用古人詩中成句，渾然天成，不露圭角。」[13]又，清劉熙載云：「詞之妙莫妙於以不言言之，非不言也，寄言也。如寄深於淺，既厚於輕，寄勁於婉，寄直於曲，寄實於虛，寄正於餘，皆是。」[14]同樣地，「崇禎本」作者亦寄言於回首詩詞，正如小說最後末兩回同樣寄託深沉的興亡感。作者先以春梅之身，歷經西門大宅的繁華；故事最終再以春梅之眼，看盡繁華落盡的興亡。再如第 99 回徵引元末明初劉基〈蘇幕遮〉：

白雲山，紅葉樹，閱盡興亡，一似朝還暮。多少夕陽芳草渡，潮落潮生，還送人來去。阮公途，[15]楊子路，[16]九折羊腸，曾把車輪誤。記得寒蛩嘶馬處，翠管銀箏，夜夜歌樓曙。——〈蘇幕遮〉

潛志》（北京：中華書局，1997 年），頁 83-84。

12　《韻語陽秋》卷十五曰：「〈後庭花〉陳後主之所作也。主與佞臣各製歌詞，極於輕蕩，男女倡和，其音甚哀，故杜牧之詩云云。」〔清〕高步瀛：《唐宋詩舉要》（臺北：里仁書局，2009 年 6 月），頁 833。

13　謬鉞、葉佳瑩：《詞學古今談》，頁 128。

14　〔清〕劉熙載：《藝概·詞曲概》，頁 121。

15　《晉書·阮籍列傳》記載：「時率意獨駕，不由徑路，車迹所窮，輒慟哭而反。」見〔唐〕房玄齡等（撰），楊家駱（主編）：《晉書》（臺北：鼎文書局，1980 年），頁 1361。

16　《論衡校釋》載：「青赤一成，真色無異。是故楊子哭歧道。」黃暉：《論衡校釋》（北京：中華書局，1990 年），頁 68。

秋天，樹葉由綠葉漸漸轉變為紅葉，「紅葉樹」已透出秋天的寒意，可這「山」和「樹」年年矗立在那兒，亙古不變，它們反倒「閱盡」人間「興亡」。人間多少「興亡」事，一如早晨到傍晚，再從傍晚到翌日清晨，循環不已。芳草渡口邊多少的夕陽，日日看著潮起潮落，彷彿送往迎來。從前繁華之處，今日人煙荒蕪，行跡滅絕，有如昔日阮籍迷途而返、楊朱誤走歧路。眼前「九折羊腸」般的小路，毫無人煙，幾次馬車都走錯了路，好似在回應當年阮公和楊子誤走迷途的過往。記得在這長滿寒秋雜草、馬兒嘶叫的地方，曾經是座有歌女吹簫管、彈銀箏，燈火通明，夜夜笙歌直至破曉時分的豪華歌樓。詞作暗喻西門慶貪財好色，誤入歧途，西家庭昔日的奢華景象，而今僅存雜草叢生，景物依舊，可人事已非，更顯「閱盡興亡」過後的破敗不堪。關於色／空的抽象辯證，「它在某種意義上說在於把虛構的這一『空』的幻象轉換成感人的，因而像一個『真』的人生歷程。」[17]正如劉基歷經大朝代的更迭，閱盡元朝的「亡」與迎向明朝的「興」。作者徵引此詞時，是否也預見明代即將「潮落」；另一個大時代即將「潮生」呢？而第 99回這首回首詞實應與第 100 回回首詩並看：

> 舊日豪華事已空，銀屏金屋夢魂中。黃蘆晚日空殘壘，碧草寒煙鎖故宮。隧道魚燈油欲盡，粧臺鸞鏡匣長封。憑誰話盡興亡事，一衲閒雲兩袖風。

昔日深宅大院裡的一切人事物，所有的繁華景象今已成空。當年生活在「銀屏金屋」裡的佳麗們，早已做古多時。夕陽映照著黃蘆木和斷垣殘壁，一片碧草與孤寂寒煙掩蓋了昔日的豪華宮殿。墓道裡魚形油燈即將燃燼，刻鏤鴛鴦圖案的鏡匣已塵封多時。任誰也道不盡這些人間「興亡事」，最終都只能看破紅塵人事。第 99 回與第 100 回的回首詩詞，一者「閱盡興亡」；另一者「話盡興亡事」，皆是「空」的人生命題，如同「其敘事本身滲透『色』、『空』的演繹。」[18]卷末第 100 回的回首詩又遙遙回應同為色／空辯證的第 1 回回首詩。「繡像本作者未曾有一時一刻是不睜著眼睛看現實的。於是在繡像本第一百回的卷首詩裡，我們再次被提醒這部書是如何從豪華錦繡寫到碧草寒煙。一篇七言律詩裡，兩個『事』，兩個『盡』，兩個『空』，總括了《金瓶梅》的全部。」[19]人生「潮落潮生」，一旦「閱盡興亡」，則好似「朝還暮」。如同「話盡興亡事」之際，「舊日豪華事」轉眼已成「空」，到頭「一衲閒雲兩袖風」，小說敘事最後普靜法師帶著

17　〔美〕浦安迪（著），沈亨壽（譯）：《明代小說四大奇書》，頁 153。

18　陳建華：〈欲的凝視：《金瓶梅詞話》的敘述方法、視覺與性別〉，收入王瓊玲、胡曉真（編）：《經典轉化與明清敘事文學》（臺北：聯經出版公司，2009 年，頁 97-127），頁 120。

19　田曉菲：《秋水堂論金瓶梅》（天津：天津人民出版社，2008 年），頁 307。

西門慶的獨子孝哥兒「當下化陣輕風不見了」，同末回回首詩皆以「空」做收束。一如第61回重陽節慶，闔家團圓的酒宴上，西門慶要求申二姐所唱的曲子——「四夢八空」。

二、〈四貪詞〉之財色[20]

崇禎本《金瓶梅》於象徵酒、色、財、氣「四貪詞」的「色」之詩後，作者直接點出：「惟有『財色』二者更為利害」。第1回回首的第二首詩，即為象徵「色」之詩箴：

> 二八佳人體似酥，腰間仗劍斬愚夫。雖然不見人頭落，暗裡教君骨髓枯。

別看美麗的女子身體柔軟酥麻無力的樣子，她們的腰旁可是繫著一把專斬愚男的利劍。雖然看不到人頭掉落，可暗地裡卻能教男子骨髓枯竭而亡。這首詩不僅出現於「崇禎本」首回，其實早在《水滸傳》第44回作者介紹潘巧雲出場時就已經引用過這首詩了。詩作明白表示「色」對人的危害，不是立刻要命，但卻是一點一滴，慢慢地侵蝕掉人的性命。在第79回西門慶垂死之際，回中詩道：

> 醉飽行房戀女娥，精神血脉暗消磨。遺精溺血與白濁，燈盡油乾腎水枯。當時祇恨歡娛少，今日翻為疾病多。玉山自倒非人力，總是盧醫怎奈何。

這首回中詩頗為粗俗，倒是符合西門慶市井人物的語言世界。作者總結人亡之「空」，來自毫無節制的貪「色」。西門慶喪命前夕，作者跳出來作了一番議論：「看官聽說：一己精神有限，天下色慾無窮。又曰：嗜慾深者，其生機淺。西門慶只知貪淫樂色，更不知油枯燈滅，髓竭人亡。」之後旋即再現這首回首詩，一字不改，再度提醒讀者勿貪色欲。「崇禎本」評點者在此謂：「以起詩作結，作者大意所在。」說明《金瓶梅》色與空的一體兩面，「在結構上，小說用前八十回的篇幅寫西門慶為滿足自己對於性、財、權不斷膨脹的欲望的所作所為；後二十回則描述了他突然死亡之後其家庭的瓦解崩潰。這裡，說教性是明顯的：不加節制的欲望帶來的後果是可怕的。」[21]第5回回首詩：

> 參透風流二字禪，好姻緣是惡姻緣。癡心做處人人愛，冷眼觀時箇箇嫌。野草閑花休採折，真姿勁質自安然。山妻稚子家常飯，不害相思不損錢。

此詩作原為《水滸傳》第26回的回首詩，且同樣為「詞話本」第5回回首所採錄，詩作

20　「色」的命題，有第1-2、5回，計兩首；「財」的命題，有第36、47回，計兩首。

21　〔美〕黃衛總（著），張蘊爽（譯）：《中華帝國晚明的欲望與小說敘述》（南京：江蘇人民出版社，2010年），頁56。

規勸世人路邊野花不要採，應以持守家庭為要。同樣是提示「色」的命題，詩意帶有譏諷的意味，因前一回西門慶與潘金蓮方共赴巫山幽歡，這回正文卻描寫王婆獻計，以及潘金蓮在王婆與西門慶的協助下鳩死武大郎。舟揮帆以為：「這首詩，除了『參禪』這一點表現出作品的思想侷限性外，通篇抒情包含著婚姻、家庭、感情、操守諸方面的哲理。」[22]若以「詞話本」意在勸誡的視角，從佛教的觀點，單就悟透「風流」二字道理，似乎談不上「思想侷限性」。孟昭連則認為：「這八句詩單道『風流』二字的真義，頗有些辯證觀點。作者能從事情的兩方面看問題，在對照中分清表像和實質，給人以警醒。」[23]「好姻緣」對照「惡姻緣」；「癡心做處」對照「冷眼旁觀」；「野草閑花」對照「山妻稚子」，都是一體兩面，對比且相關。抒情詩作涵蓋作者對婚姻、家庭的哲思，正是世情小說的主旨所在。

　　陳東有認為詩作中的「這一番議論與西門慶的所作所為成了鮮明的對照，其作用很像卷首的『四季詞』與『四貪詞』，作者從正面說教，去批判貪色欲的行為，成形〔形成〕對西門慶的一次否定。」[24]道家主張反璞歸真、清心寡欲，故回首詩的頸聯：「野草閑花休採折，真姿勁質自安然」，規勸世人除家妻以外，切勿為外界所誘惑，安於自然，樂天知命。尾聯：「山妻稚子家常飯，不害相思不損錢。」勉人應崇尚自然樸實，節制飲食與色欲，適可而止，方為安身立命之道。誠如莊子所云：「人之所取畏者，衽席之上、飲食之間，而不知為之戒者，過也。」[25]明馮夢龍「三言」之《諭世明言》第三十八卷〈任孝子烈性為神〉亦出現這首回首詩，僅略為改動幾個字，但大意相同。而崇禎本《金瓶梅》作者極少徵引勸誡詩詞，而這首回首詩又同時出現在「詞話本」和「崇禎本」。而「崇禎本」選擇此詩以貶抑「風流」男子的意味濃厚，以作者引用回首詩詞的創作意識觀之，作者貶抑男性、觀照女性的意圖明顯，此詩具指標性意義。此外，作者亦直陳財與義之間應權衡輕重，如第 36 回：

　　　既傷千里目，還驚遠去魂。豈不憚跋涉？深懷國士恩。季布無一諾，侯嬴重一言。
　　　人生感意氣，黃金何足論。

此詩改動了唐魏徵五古詩〈述懷〉，全詩二十句，取其前八句。讚嘆古人重然諾，勝於財物，君子當把金錢功名放兩旁。《尚書正義》云：「食言之偽也。哀二十五年，《左

22　舟揮帆：《譯注評析金瓶梅詩選》（長沙：湖南文藝出版社，1992 年），頁 35。
23　孟昭連：《金瓶梅詩詞解析》（長春：吉林文史出版社，1991 年），頁 50。
24　陳東有：《金瓶梅詩詞文化鑒析》（成都：巴蜀書社，1994 年），頁 28-29。
25　〔明〕白雲觀長春真人（編纂）：《正統道藏》第 21 冊〈德經下〉（臺北：新文豐出版公司，1985年），頁 537-2。

傳》云，孟武伯惡郭重曰：『何肥也？』公曰：『是食言多矣！能無肥乎？』然則言而不行如食之消盡，後終不行前言為偽，故通謂偽言為食言。」[26]後用以比喻言而無信，不守信用之意。《論語・為政》載：「子曰：『人而無信，不知其可也。大車無輗，小車無軏，其何以行之哉？』」[27]孔夫子認為人如果沒信用，一如車子沒了零件，將倚靠什麼行走於人間呢？強調信用對人的重要性應更重於財。第 47 回同為「財」之課題：

> 懷璧身堪罪，償金跡未明。龍蛇一失路，虎豹屢相驚。蹔遣虞羅急，終知漢法平。須憑魯連箭，為汝謝聊成。

小說正文中苗青先因「氣」而對主子心懷怨恨，後因貪財而謀害人命。「龍蛇」指非凡之人，而「虞羅」，則泛指漁獵者設置的網羅，暗喻法網恢恢疏而不漏，以此對照西門慶的「枉法受贓」。苗員外的家僕安童忠心為主，一如戰國時齊國人「魯連」（魯仲連）「義不帝秦」[28]的壯舉，以及「為田單下聊城」，卻謝絕封官和富貴，不慕榮利的高尚情操，使其主子苗天秀之冤死得以陳雪。然而有錢能使鬼推磨，官場雨露均霑、官官相護的惡習，小老百姓安童最終仍敵不過西門慶的乾爹蔡太師。作者以這首回首詩，歌頌安童不向貪官汙吏、西門慶、苗青等惡勢力低頭的氣節。然而當作者借吳月娘之口提醒西門慶少做「貪財好色」之事時，西門慶答道：

> 卻不道天地尚有陰陽，男女自然配合。今生偷情的、苟合的，都是前生分定，姻緣簿上註名，今生了還，難道是生剌剌胡搊亂扯歪廝纏做的？咱聞那佛祖西天，也止不過要黃金鋪地，陰司十殿，也要些楮鏹營求。咱只消儘這家私廣為善事，就使強姦了姮娥，和姦了織女，拐了許飛瓊，盜了西王母的女兒，也不減我潑天的富貴。

滿口盡皆財與色。西門慶既是「千金喜捨」，卻又「極力將佛門一貶」[29]。張竹坡於第

---

26 《重刊宋本十三經注疏附校勘記・重栞宋本尚書注疏附校勘記》（臺北：藝文印書館，1965 年），頁 109-2。

27 〔春秋〕孫欽善（譯注）、宗福邦（審閱）：《論語》（臺北：暢談國際文化，2003 年），頁 57。

28 《明萬曆續文獻通考・結義考》：「魯仲連，齊人。秦圍趙急。趙求救於魏。魏使新垣衍約趙欲共尊秦為帝。仲連義不帝秦，欲蹈東海死。適魏救至，秦師乃退。平原君以千金贈連，連曰：所貴乎士者，為人排難解紛而無取也。棄之而去。後為田單下聊城，齊王欲爵之，逃於海上，曰：吾與富貴而屈於人，寧貧賤而輕世肆志焉！」〔明〕王圻（撰）：《明萬曆續文獻通考》（臺北：文海出版社，1979 年），頁 4776-4777。

29 張竹坡眉批：「極力將佛門一貶，須知寫開緣簿為普靜作收煞地，不為勸人布施地也。」〔明〕蘭陵笑笑生（著），王汝梅、李昭恂、于鳳樹（校點）：《張竹坡批評第一奇書金瓶梅》，頁 843。

78、79、97、100 回回評盡皆著力於財色，其於第 78 回言：「財色二字，至下一回討結果也。」第 79 回又云：「此回總結『財色』二字利害，故『二八佳人』一詩，放於西門洩精之時，而積財積善之言，放於西門一死之時。」第 97 回道：「見『色』字之空，淫欲之假。……總之『財色』二字，財是交遊，著兄弟上講，故用『冷熱』二字；色是淫欲，著夫妻上講，故用『真假』二字。」第 100 回則總結：「一部炎涼奸淫文字，乃結以『解冤』一篇，言動念便是則色，財色便有冤家也。」西門慶以其特有的人生觀走完他「潑天富貴」的一生，終結了財色的生命課題。

三、冷／熱辯證[30]

《金瓶梅》以西門慶為中心所開展出來的情場、商場、官場之場面極其龐大，他是作者極力描繪的典型人物。小說正文前三分之二極寫西門慶潑天富貴，享盡女色，極度張狂的一生；後三分之一以極其快速的筆觸掃描了西門家族的破敗。《金瓶梅》的冷／熱除了安排於回目外，[31]亦出現回首詩詞中，如第 29 回指涉金蓮與西門「蘭湯共浴」，以喻其感情正濃烈。第 30 回回首詞卻透露「西門慶生子加官」，金蓮立刻陷入生存危機，對照前後兩回的詞作，直是冷／熱對比。第 48 回指金蓮與敬濟兩人情感升溫，開始互相牽掛對方。從回首所引詩詞，揣摩指涉人物的心理活動，金蓮與西門的感情，因李瓶兒生子受寵而逐漸疏離，相對金蓮與敬濟晦暗的情愫卻逐漸明朗化。

第 42 回回首詩同「詞話本」：

> 星月當空萬燭燒，人間天上兩元宵。樂和春奏聲偏好，人蹈衣歸馬亦嬌。易老韶光休浪度，最公白髮不相饒。千金博得斯須刻，分付誰更仔細敲。

詩作對應此回元宵節的景象。小說總共描寫了三次元宵節，這回是小說描寫的第三次元宵節，此時也是西門慶人生的鼎盛時期，他交代在門前放煙火，「玳安和來昭將烟火安放在街心裏，須臾，點著。那兩邊圍看的，挨肩擦膀，不知其數。……總然費卻萬般心，只落得火滅烟消成煨燼。」在熱鬧繽紛的煙火後，最後僅僅剩下那一丁點兒的「煨燼」，寫極熱過後之冷。詞作除了烘染節慶氣氛外，也對西門慶如浮雲般的富貴發出深深的感慨，因而提醒世人「易老韶光休浪度」，要珍惜生命，莫虛度光陰。《金瓶梅》的冷／

---

30 關於冷／熱辯證，有第 81、95 回，計兩首。

31 繡像本《金瓶梅》回目的安排之所以迥異於「詞話本」，胡衍南認為是：「欲藉不同路徑以影響讀者反應之故」，以及「繡像本回目的安排，極有可能是藉對比手法以形成反諷效果。」詳見胡衍南：《金瓶梅到紅樓夢——明清長篇世情小說研究》（臺北：里仁書局，2009 年），頁 153。

熱對照敘事,誠如張竹坡〈冷熱金針〉所言:「《金瓶》以『冷熱』二字開講,抑熟不知此二字為一部之金鑰乎?然於點睛處,則未之知也。夫點睛處安在?曰:在溫秀才、韓夥計。何則?韓者冷之別名,溫者熱之餘氣。」[32]第 76 回回首詩正對應〈冷熱金針〉說,溫秀才之「熱」:

> 相勸頻攜金粟杯,莫將閒事繫柔懷。年年只是人依舊,處處何曾花不開?歌詠且添詩酒興,醉酣還命管絃來。尊前百事皆如昨,簡點惟無溫秀才。

此詩映照西門慶夜夜笙歌,渾然不覺死之將至矣。這回小說描寫西門慶仍舊日日引酒作樂,然而水流花謝,盛衰有時,時光飛逝,青春不再,花開自有花落時,可知何時凋零?一如張竹坡旁批道:「功名富貴一朝冰冷,故知寫一溫秀才。」[33]回首詩尾聯直接點出:「簡點惟無溫秀才」,以呼應小說裡所描述的情節,溫秀才對畫童兒不撿點的行為,以及洩漏文書內容給夏龍溪,缺乏職業道德的行為,最後落得捲鋪蓋走人的窘境。

第 81 回回首詩則對應〈冷熱金針〉說,韓道國之「冷」:

> 燕入非傍舍,鷗歸祇故池。斷橋無復板,臥柳自生枝。遂有山陽作,多慚鮑叔知。素交零落盡,白首淚雙垂。

作者引唐杜甫〈過故斛私校書莊二首〉的第二首,小說這回主要敘述「韓道國拐財遠遁」、「湯來保欺主背恩」,以提醒世人朋友相交應重情義,勿貪財背信,否則報應隨到。花子虛死後,西門慶娶了他的老婆,接收了他的家產;陳敬濟家中官司纏身時運送到吳月娘上房的箱籠財物,亦為西門所霸佔。故藉鮑叔牙與管仲相交的歷史故事,諷刺西門慶去世消息一出,眾人紛紛倒戈,兵敗如山倒。韓道國本尚留主僕之情,向老婆說:「爭奈我受大官人好處,怎好變心的?沒天理了。」王六兒卻道出:「自古有天理到〔倒〕沒飯吃哩!」(第 81 回)深切道盡世情炎涼的冷/熱。同時點醒讀者首回西門慶「熱結十弟兄」,可西門慶一死,結義金蘭亦隨之「零落盡」,因此張竹坡認為「財是交遊,著兄弟上講,故用『冷熱』二字」。在西門慶死後,作者快速掃描西門家庭的蕭條景況:

> 話說孫雪娥賣在酒家店為娼,不題。卻說吳月娘,自從大姐死了,告了陳敬濟一狀,大家人來昭也死了,他妻子一丈青帶著小鐵棍兒,也嫁人去了。來興兒看守

---

32 張竹坡〈冷熱金針〉,收入〔明〕蘭陵笑笑生(著),王汝梅、李昭恂、于鳳樹(校點):《張竹坡批評第一奇書金瓶梅》,頁 12。

33 〔明〕蘭陵笑笑生(著),王汝梅、李昭恂、于鳳樹(校點):《張竹坡批評第一奇書金瓶梅》,頁 1191。

門戶，房中繡春，與了王姑子做徒弟，出家去了。那來興兒，自從他媳婦惠秀死了，一向沒有妻室。奶子如意兒，要便引著孝哥兒在他屋裡頑耍，吃東西。來興兒又打酒和奶子吃，兩個嘲勾來去，就刮剌上了，非止一日。但來前邊，歸入後邊就臉紅。月娘察知其事，罵了一頓。家醜不可外揚，與了他一套衣裳，四根簪子，揀了箇好日子，就與來興兒完房，做了媳婦了。（第95回）

「崇禎本」無名氏在此評點道：「讀來覺一種淒涼之氣逼人。」讀者如仔細閱讀將會發現短短一小段文字，作者卻連用了十三個「了」字，以極快速的筆觸，跳躍式的進程，速寫西門家族的破敗，樹倒猢猻散的結局。鄭振鐸認為：「表面上看來，《金瓶梅》似在描寫潘金蓮，李瓶兒和春梅那些個婦人們的一生，其實卻是以西門慶的一生的歷史為全書的骨幹與脈絡的。」[34]她們圍繞著西門慶的一生、西門家的興衰史，及其衍伸出來的情場、商場與官場等等的人生樣貌，把讀者引進一場場、活生生存在於現實的日常生活當中。讀者若將回首詩與此段正文比鄰對照閱讀，可發現其異曲同工之妙，第95回回首詩：

　　寺廢僧居少，橋灘客過稀。家貧奴負主，官懦吏相欺。水淺魚難住，林稀鳥不棲。人情皆若此，徒堪悲復淒。

詩句淺白易懂，不外乎強調世態之炎涼，作者將小說敘事濃縮成短制詩篇，使讀者在對照閱讀之下，更強化正文的敘事效果，不僅呼應第80回回末詩：「昔年意氣似金蘭，百計趨承不等閑。今日西門身後死，紛紛謀妾伴人眠。」並且遙映首回的〈四貪詞〉，象徵「財」之詩句：「一朝馬死黃金盡，親者如同陌路人。」西門慶於第79回甫「貪慾喪命」，西門家族的衰煞之氣接踵而至，譬如：「潘金蓮售色赴東床」、「李嬌兒盜財歸麗院」、「韓道國拐財遠遁」、「湯來保欺主背恩」、「陳敬濟弄一得雙」，然而這個家庭的災難尚未結束，作者以第95回緊鄰回首詩之後的第一段正文，飛快地補寫西門家庭的落敗，此即張竹坡所謂：「夫一回『熱結』之假，『冷遇』之真，直貫至一百回內。」作者極寫熱鬧繽紛過後，接寫繁華落盡的冷寂世界，以冷／熱對照的強烈筆觸書寫人生。

　　「詞話本」和「崇禎本」雖自卷首的〈四貪詞〉開始即以割裂二者所欲揭櫫的主題思想，然而兩大版本系統所徵引的回首詩詞，清晰可見「崇禎本」於人生可能命題的提示上仍呼應「詞話本」〈四貪詞〉的精神中心。

34　鄭振鐸：〈談《金瓶梅詞話》〉（原載《文學》創刊號，北京生活書店，1933年），收入周鈞韜（編）：《金瓶梅資料續編（1919-1949）》（北京：北京大學出版社，1992年），頁77。

第二節　意圖諧擬諷刺

　　除卻小說本身的藝術性外，阿丁認為《金瓶梅》的意識是反抗的、積極的，《金瓶梅》處處是反面的描寫，因此「《金瓶梅》的中心思想，在於諷世。」[35]為了諷世，因而作者善盡「描摹世態」，使其「見其炎涼」。[36]正因這部小說志在搬演人情百態，清代劉廷璣對此予以極大肯定，他說：「若深切人情世務，無如《金瓶梅》，真稱奇書。」[37]小說作者將己身隱藏於文字的背後，又隱約地透露端倪，給予讀者莫大的想像空間。引用的回首詩詞更緊扣人物的命脈，體現中國詩歌以情感人的特質，增添小說的藝術感染力。「崇禎本」的回首詩詞時而譏刺小說人物，時而反諷世態。如第 25 回作者引用李清照〈點絳唇〉：

> 蹴罷鞦韆，起來整頓纖纖手。露濃花瘦，薄汗輕衣透。　　見客入來，襪剗金釵溜。和羞走，倚門迴首，卻把青梅嗅。——〈點絳唇〉

作者將「慵整」二字更動為「整頓」[38]。此處的異動，卻將李清照詞中女子那份慵懶閒適的意境全部抹去。而「見客入來」卻是比李清照原詞「見有人來」更貼切正文敘事。中國古代女婿向來被視為客人接待，陳敬濟由原本外頭管花園之事，堂而皇之進入內室，走進眾「岳母」的生活圈，可謂「入」。這回是小說中出現的第一次清明節，作者所引用的詩詞卻與故事情節南轅北轍。李清照詞中的女性，同樣打著鞦韆玩，見到客人來，襪子開口處沒來得及繫好，便匆忙拎著鞋襪離開，卻偷偷倚在門後覷看，並且故作嗅梅姿態。「小說《金瓶梅》卻像填空一樣，把古典詩詞限於文體與篇幅而沒有包括進來的東西提供給讀者，而且，還往往加入一點小小的扭曲。……中國第一部描寫家庭生活的長篇小說，其實是對古典詩詞之優美抒情世界的極大顛覆——這當然是指繡像本而言。」[39]李清照詞中女子欲看還羞的嬌羞模樣，對照小說情節敘事，西門眾妻妾同樣在花園打鞦韆，並沒有因為女婿陳敬濟的出現，造成眾「岳母」的驚慌失措，大房吳月娘反倒交

35　阿丁：〈《金瓶梅》之意識及技巧〉原載《天地人半月刊》第 4 期（1936 年 4 月，頁 168-177）引自周鈞韜（編）：《金瓶梅資料續編（1919-1949）》，頁 170。

36　魯迅：《中國小說史略》，頁 282。

37　〔清〕劉廷璣（撰），張守謙（點校）：《在園雜誌》（北京：中華書局，2007 年），頁 84。

38　潘慎認為：「這麼一改動，把女子懶洋洋的動態全都『整頓』掉。」潘慎：〈張竹坡批評《金瓶梅》第一奇書中一些詩詞的出處及其謬誤〉，收入黃霖、吳敢、趙傑（主編）：《金瓶梅與清河》（長春：吉林大學出版社，2010 年），頁 440。

39　田曉菲：《秋水堂論金瓶梅》，頁 78-79。

待女婿為眾「岳母」送鞦韆以為取樂。這使得回首詩詞與正文內容彼此拉扯，形成一鮮明諷刺的對比。又如第 32 回回首詩：

> 牛馬鳴上風，聲應在同類。小人非一流，要呼各相比。吹彼壎與箎，翕翕騁志意。願遊廣漠鄉，舉手謝時輩。

此詩諷刺西門家無異於妓家。西門慶的正房吳月娘認妓女李桂姐為女，他的六房李瓶兒也認妓女吳銀兒為女，小說描寫月娘認桂姐為女後，「那李桂姐賣弄他是月娘的乾女兒，坐在月娘炕上，……那桂姐一徑抖搜精神，一回叫：『玉簫姐，累你，有茶倒一甌子來我吃。』一回又叫：『小玉姐，你有水盛些來，我洗這手。』」大戶人家的女眷，對妓家女避之唯恐不及，怎會認妓為女呢？其次，眾妓女穿梭於西門家如己家，顯然這個家庭，家不齊也。如此家風方能教妓女們得以於西門家「牛馬鳴上風」、「翕翕逞志意」，如詩作所云：「聲應在同類」、「吹彼壎與箎」。壎和箎都是古樂器名，以此暗喻月娘、瓶兒與桂姐、銀兒皆為「同類」，物以類聚，故相提並論。再者，西門慶既無法齊家，又如何能當個好官呢？僅觀其拜把兄弟，皆「小人」之流、錦上添花的幫襯之輩，物以類聚，亦然也！一家之主尚且如此，上梁不正，下梁豈能不歪？此詩對西門家庭反諷至極。再如第 72 回回首詞：

> 掉臂疊肩情態，炎涼冷煖紛紜。興來閣豎長兒孫，石女須教有孕。　　莫使一朝勢謝，親生不若他生。爹爹媽媽向何親？撧轉窟臀不認。──〈勝長天〉

明顯地反諷世態炎涼，詩作直接點出「炎涼」、「冷暖」，當年意氣風發的西門慶，認蔡太師為乾爹，他的大房與六房分別有妓女認做乾媽，最後還教王昭宣府的王三官認自己為乾爹。但當「一朝勢謝」後，接踵而來的便是第 95 回的回首詩：「寺廢僧居少，橋灘客過稀。家貧奴負主，官懦吏相欺。水淺魚難住，林稀鳥不棲。人情皆若此，徒堪悲復淒。」當西門慶去世後，家道「兵敗如山倒」、「樹倒猢猻散」，二房盜財求去，四房跟奴僕私奔，五房與女婿偷情遭大房轉賣，三房最後也改嫁了。家僕有「拐財遠遁」，也有「欺主背恩」，還有吳典恩（諧音「無點恩」[40]）的「負心」。張竹坡在第 72 回回評寫道：「西門慶拜蔡太師乾子，王三官又拜西門乾子，勢力之於人寧有盡止？寫千古英

---

[40] 牧惠：「吳典恩這個名字諧音『無點恩』，即是他忘恩負義。」詳見牧惠：《金瓶風月話》（臺北：遠流出版公司，1989 年），頁 123。

雄同聲一哭？不為此一班市井小人罵也，其意可想。」[41]西門慶由一個商人晉階官場，何等榮耀！而當他從生命舞臺退場後，景況又是何等淒涼！《金瓶梅》卷首第 1 回回目：「西門慶熱結十弟兄　武二郎冷遇親哥嫂」，某種程度延續《水滸傳》特有的價值觀：與兄弟該「熱結」；與兄嫂應「冷遇」。大丈夫「義結金蘭」，應仇視女性，不該「惜娥眉」的價值觀。第 16 回回首詩則語帶嘲諷：

> 傾城傾國莫相疑，巫水巫雲夢亦癡。紅粉情多銷駿骨，金蘭誼薄惜蛾眉。溫柔鄉裡精神健，窈窕風前意態奇。村子不知春寂寂，千金此夕故踟躕。

此詩同樣置於「詞話本」該回回首。中國古代歷史把「傾城傾國」的罪魁禍首，幾乎一面倒地推到女性身上，似乎責任全不在男性身上，男性是否平庸無能、是不是缺乏自制力，無須檢討也不必反省，總之紅顏皆「禍水」。回首詩對此嘲諷、撻伐弟兄們的「金蘭誼薄」的敷淺與虛偽。首回作者自云：「話說的為何說此一段酒色財氣的緣故？只為當時有一箇人家，先前恁地富貴，到後來煞甚淒涼，權謀術智，一毫也用不著，親友兄弟，一箇也靠不住。」西門慶一死，十弟兄紛紛倒戈，無一靠得住。反觀，春梅被「發賣」，擁有宗法權力的大房月娘只准她「磬身」而出，金蓮則是大方地「一面拿出春梅箱子來，是戴的汗巾兒、翠簪兒，都教他拿去。婦人揀了兩套上色羅段衣服鞋腳，包了一大包。婦人梯己與了他幾件釵梳簪墜戒指，小玉也頭上拔下兩根簪子來遞與春梅。」（第 85 回）金蓮與春梅兩人感情極為濃烈，患難更見真情，「這金蓮歸進房中，往常有春梅，娘兒兩個相親相熱，說知心話兒，今日他去了，丟得屋裡冷冷落落，甚是孤恓，不覺放聲大哭。」（第 85 回）金蓮去世，春梅為其收葬。金蓮可謂春梅的「伯樂」，而春梅亦力挺金蓮，兩人相知相惜。雙雙遭月娘「發賣」後，春梅飛上枝頭當鳳凰，仍不忘舊恩，甚至要求周守備娶金蓮當二房，自己情願屈就三房。春梅還哭哭啼啼地對守備說：「俺娘兒兩箇在一處廝守這幾年，他大氣兒不曾呵著我，把我當親女兒一般看承。只知拆散開來，不想今日他也出來了。你若肯娶將他來，俺娘兒每還在一處過好日子。」（第 87 回）無名氏在此評點道：「春梅自忘金蓮不得，然如春梅而忘金蓮者多矣，則春梅一段感恩圖報之懷，夫豈易及。」當她得知金蓮去世的消息，「春梅聽見婦人死了，整哭了兩三日，茶飯都不吃。」（第 88 回）最後還是春梅幫她收屍，埋葬於周家香火院「永福寺」。作者自是有意對比西門慶，嘲諷弟兄「金蘭誼薄惜蛾眉」。茲將第 56 回回首詩拿來對照第 16 回回首詩：

41　〔明〕蘭陵笑笑生（著），王汝梅、李昭恂、于鳳樹（校點）：《張竹坡批評第一奇書金瓶梅》，頁 1098。

清河豪士天下奇，意氣相投山可移。濟人不惜千金諾，狂飲寧辭百夜期。雕盤綺
食會眾客，吳歌趙舞香風吹。堂中亦有三千士，他日酬恩知是誰？

這首指涉西門慶的豪氣濟人之舉，日後卻反遭朋友恩將仇報。此首引自唐李白〈扶風豪
士歌〉[42]，原詩甚長，作者僅取其中段。西門慶雖不至「堂中亦有三千士」，但所養「食
客」卻也不少，如應伯爵、謝希大等人。打從首回「西門慶熱結十弟兄」開始，作者即
描述他們結拜的過程：「說這一千人共十數人，見西門慶手裡有錢，又撒漫肯使，所以
都亂撮哄著他耍錢飲酒，嫖賭齊行。正是：把盞唧盃意氣深，兄兄弟弟抑何親。一朝平
地風波起，此際相交纔見心。」（第 1 回）「一朝平地風波起」正扣合前文所論第 72 回
回首詩的「莫使一朝勢謝」，一旦勢謝垮臺，弟兄相交此時才見真心。這首回中詩與第
56 回回首詩對照閱讀，可知「全知視角」的作者，早已明白告知讀者，杯觥籌影間是熱
絡弟兄，「一朝馬死黃金盡，親者如同陌路人。」西門慶當年抹去吳典恩借據上的利息；
周濟無米下鍋的常峙節；兩度借貸銀兩給李三、黃四；應伯爵更是三不五十串門子，除
了當「食客」外，尚且替人在西門慶跟前說好話，以便收取「回扣」。西門慶一死，「兔
死狗烹」，應伯爵立刻轉臺為人「幫襯」，投靠張二官去了，甚至做起「牽頭」改嫁西
門慶的三房李嬌兒，賺媒婆錢。吳典恩更是「無點恩」，反而恩將仇報。兩首詩皆反諷
弟兄們的「金蘭情誼」遠不及金蓮與春梅的「手帕之交」。《金瓶梅》完全顛覆了《水
滸傳》的主題思想。《水滸傳》的「義結金蘭」，為了兄弟情誼寧可犧牲女性，甚至以
歧視、貶低，乃至仇視女性以獲取弟兄認同。到了《金瓶梅》，作者突顯了女性之間的
相互扶持，相知相惜，譬如金蓮與春梅、玉樓與金蓮、小玉與春梅。其中尤以春梅對金
蓮的「感恩圖報之懷」，大大推翻《金瓶梅》裡因「一夫一妻多妾制」底下，妻妾間，
小妾間，同性間，互相勾心鬥角，為求爭寵而不擇手段，衝突不斷的女性世界。第 74
回回首詩：

富貴如朝露，交遊似聚沙。不如竹窗裏，對卷自趺跏。靜慮同聆偈，清神旋煮茶。
惟憂曉雞唱，塵裡事如麻。

42　李白〈扶風豪士歌〉原詩為：「洛陽三月飛胡沙，洛陽城中人怨嗟。天津流水波赤血，白骨相撐如
　　亂麻。我亦東奔向吳國，浮雲四塞道路賒。東方日出啼早鴉，城門人開掃落花。梧桐楊柳拂金井，
　　來醉扶風士家。扶風豪士天下奇，意氣相傾山可移。作人不倚將軍勢，飲酒豈顧尚書期。雕盤綺
　　食會眾客，吳歌趙舞香風吹。原嘗春陵六國時，開心寫意君所知。堂中各有三千士，明日報恩知我
　　誰。撫長劍，一揚眉。清水白石何離離。脫吾帽，向君笑。飲君酒，為君吟。張良未逐赤松去，橋
　　邊黃石知我心。」引自〔宋〕李昉等奉勅（編），〔宋〕彭叔夏（辯證），〔清〕勞格（拾遺）：
　　《文苑英華》卷第三百五十，歌行二十（北京：中華書局，1966 年），頁 1801-2。

「富貴如朝露」一句引自南宋俞桂〈性拙〉，此詩頗有譏刺西門慶與吳月娘的意味，兩名紅塵中的世俗人。前四句嘲諷西門慶「潑天富貴」一生，卻因極度縱欲，年紀輕輕便進了鬼門關。雖說他交友廣闊，殊不知皆為酒肉朋友。他甫去世，好友應伯爵旋即轉身為他人「幫襯」去了，二房李嬌兒吵著回妓院重操舊業，三房孟玉樓改嫁李衙內，四房孫雪兒跟奴僕來旺兒私奔，還被告到官府，五房潘金蓮被武松殺了。後四句改動自五代李中〈宿青溪米處士幽居〉[43]的後四句，詩中幽居鄉間的閒適意境，像是諷刺月娘將薛姑子留宿家中，聽姑子講經直至雞曉時刻方入睡。張竹坡云：「月娘好佛，內便隱三個姑子，許多隱謀詭計，教唆他燒夜香，吃藥安胎，無所不為。則寫好佛，又寫月娘之隱惡也。」[44]同樣泡茶，月娘是心亂如麻，急於產下子嗣，以對抗六房李瓶兒因生子而專寵的局勢。嘲諷吳月娘身為正室夫人，卻讓「三姑六婆」穿堂入室，毫不避諱，甚至留宿家中。這回回目為：「薛姑子佛口談經」，正文描述薛姑子高聲演說寶卷《黃氏女卷》：「每日塵勞碌碌，終朝業試忙忙。豈知一性圓明，徒逞六根貪慾。功名蓋世，無非大夢一場；富貴驚人，難免無常二字。」在寶卷禪意中，作者刻意安排妓女出身的李嬌兒交代房內的元宵兒拿茶來給眾人喝，緊接著又是妓院諸女，段大姐、桂姐、郁大姐、申二姐的現身，其間更穿插妓女們的角力，「桂姐唱畢，郁大姐纔要接琵琶，早被申二姐要過去了。」雖是輕描淡寫，然而在該屬佛教清靜禪修意境的當下，諸多妓女相繼出場，演出一場角力鬥爭，搶盡薛姑子高聲演說寶卷的風頭。四個妓女、三位佛門師父，以及吳月娘和大妗子這兩位大家閨秀共處一室的諷刺畫面。

　　這薛姑子是連西門慶都不喜歡的佛門弟子，第51回中西門慶發現薛姑子出入他家，他立即氣憤地向月娘表達不滿，他不歡迎這位道德上有瑕疵的師父來家中，月娘認為西門慶此說是「毀僧謗佛」，並為其辯說：「他一個佛家弟子，想必善根還在，他平白還什麼俗？你還不知他好不有道行！」西門慶還言道：「你問他有道行一夜接幾個漢子？」夫妻鬥嘴結束。往後月娘不顧夫婿反對，仍照舊邀薛姑子到家中，僅僅迴避西門慶。西門慶日後雖知薛姑子仍照常出入家中，卻也不再追究，可見他「治家」不嚴，無怪乎西門家中「倫理」蕩然無存。孫述宇：

　　　《金瓶梅》的寫作，是從批評別的文學作品入手的。這書恐怕是中國小說中近乎獨

43　李中〈宿青溪米處士幽居〉原詩為：「寄宿溪光裡，夜涼高士家。養風窗外竹，叫月水中蛙。靜應同搜句，清神旋煮茶。唯憂曉雞唱，塵裡事如麻。」

44　〔清〕張竹坡：《皋鶴堂批評明代第一奇書金瓶梅讀法》第二十七則，頁12。

一無二的 Parody。[45]

孫氏此說意指《金瓶梅》乃以模擬來嘲諷《水滸傳》，從作者的大肆翻修，可以清楚地看出作者的批評。美國學者浦安迪說《金瓶梅》：「是一部意存模仿的戲謔作品。」[46]浦安迪此說則呼應了孫述宇所提出的「Parody」。牛貴琥認為：「詩歌濃厚的主觀性抒情，決定了它必然要充分運用想像力，要通過多種形象的疊加、組合形成意象來達到充分抒情的目的。」[47]因此，不論東、西方學者，他們都具備一個共同的身分——讀者，而他們對《金瓶梅》的評論，也是通過作為一個讀者的閱讀、想像、自由聯想，以及闡釋而得之。本書認為崇禎本《金瓶梅》回首詩詞的諧擬意圖，主要是以諷刺的基調，通過戲謔的筆墨完成書寫。

崇禎本《金瓶梅》藉回首詩詞和正文敘事的對照，不僅諷刺了平凡的小人物，同時也嘲笑了官場的大人物，第 45 回引用北宋柳永〈玉蝴蝶〉下半闋：

> 徘徊。相期酒會，三千朱履，十二金釵。雅俗熙熙，下車成宴盡春臺。好雍容、東山妓女，堪笑傲、北海樽罍。且追陪。鳳池歸去，那更重來！——〈玉蝴蝶後〉

「鳳池者，中書也。」[48]「鳳池」，即鳳凰池之省稱，指中書省。柳永〈望海潮〉最後兩句：「異日圖將好景，歸去鳳池誇。」意指取得功名，前程似錦。「中書省地在樞近，多承寵任，是以人固其位，謂之鳳凰池也。」[49]後以「鳳池」代指功名或寵任之意，這裡則暗指西門慶官場得意的鼎盛時期。這回「賈四拏了一座大螺鈿大理石屏鳳、兩架銅鑼銅鼓連鐃兒，說是白皇親家的，要當三十兩銀子。」應伯爵在旁敲邊鼓要西門慶將其典當下來，其次也是因其為白皇親家之物，能與皇室沾了點邊，則意味更上一層樓。伯爵又說恰似蹲著的「鎮宅獅子」一般。應伯爵、謝希大你一言我一句地就是要說動西門慶典當下白皇親家的當物，主要是因為他們可以從中獲益——「幫閒」一職的執行業務所得。「崇批」便奚落他倆：「伯爵、希大，一鼓一鑼，即兩張嘴，可當銀百二十兩。」應伯爵和謝希大兩人也確實把「幫閒」插科打諢的丑角扮演得非常成功。先前伯爵就已經到黃四家取他「幫閒」的執行業務所得十兩銀子，黃四當下又再次請求協助，伯爵教了他一些「手段」後，便說：「進錢糧之時，香裡頭多放些木頭，蠟裡頭多摻些柏油，

---

45 孫述宇：《金瓶梅的藝術》（臺北：時報文化公司，1985 年），頁 116。

46 〔美〕浦安迪：《中國敘事學》（北京：北京大學出版社，1996 年），頁 174。

47 牛貴琥：《古代小說與詩詞》（太原：山西人民文學出版社，2005 年），頁 33。

48 中華書局編輯部（編）：《宋元方志叢刊·職官》（北京：中華書局，1990 年），頁 478-1。

49 張夢機、張子良（選注）：《唐宋詞選注》（臺北：華正書局，2010 年），頁 85。

那裡查帳去？不圖打魚，只圖混水，藉著他這名聲兒，纔好行事。」表面上寫伯爵、希大勸進西門慶當下銅鑼，然而作者卻是有意無意、若現若隱地諷刺「熱結十弟兄」，他們背地貪圖西門慶的好處，卻絲毫不講兄弟義氣。

這回西門府上大擺酒宴，有趣的是拜訪祝賀者以妓女居多數，不禁教人莞爾！第29回「吳神仙冰鑑定終身」就以西門慶的二房李嬌兒走路的儀態，判其：「額尖露背并蛇行，早年必定落風塵。假饒不是娼門女，也是屏風後立人。」作者引柳永這闋追思歌妓之詞，懷念昔日秦樓楚館的華麗生活，藉以奚落西門慶典當下屏風和鑼鼓並開宴歡慶，此時家裡充斥著娼門女，映照詞作「相期酒會，三千朱履，十二金釵。雅俗熙熙，下車成宴盡春臺。」詞句更直陳「好雍容、東山妓女」，妓院女子宛若西門宅院的「鎮宅獅子」，因為西門慶前後娶了兩名妓女，吳月娘和李瓶兒又分別認了妓女李桂姐、吳銀兒為女，月娘特愛留妓女、尼姑在家過夜，家中不時有勾欄瓦舍的女子造訪、住宿，甚至躲避災難。此回回首詞充滿鼎盛、華麗的生活，可回末卻以「萬井風光春落落，千門燈火夜沉沉」收束。這是小說描述的第三次元宵節，也是西門慶最是意氣風發之際，回末則預告物極必反，極盛過後「落」與「沉」的結局，正如詞句最末「鳳池歸去，那更重來」！

又如第49回回首詩：

　　雅集無兼客，高情洽二難。一尊傾智海，八斗擅吟壇。話到如生旭，霜來恐不寒。為行王舍乞，玄屑帶雲餐。

此回正是全書承先啟後，情節的重大轉捩點。蔡狀元二度借宿西門家，蔡狀元同西門慶皆拜蔡太師為乾爹。此時拜其乾爹之賜，已搖身一變而為蔡御史。對於西門慶的盛情款待，蔡御史回報與西門慶的是讓他比別的商人「早掣一箇月」的鹽引，而西門慶還謙讓：「早放十日就勾了。」以西門慶擅於精算的商業頭腦，都認為早十日就夠了，何況還比其他商人早一個月，可見其中商機無限，利潤之可觀。蔡御史因見西門家尚完整保留他初次借宿的模樣，因事生情而賦了一首詩：「不到君家半載餘，軒中文物尚依稀。雨過書童開藥圃，風回仙子步花臺。飲將醉處鐘何急，詩到成時漏更催。此去又添新悵望，不知何日是重來。」前兩句敘事第36回他夜宿「翡翠軒」內，如今見軒內文物依然，半年前西門慶見蔡狀元鍾情書童兒，便使書童兒陪席，因此詩句以雙關語云：「雨過書童」。尾聯乃抒情，既不捨時光飛逝，又惆悵不知何日再相逢？而這次除了書童外，另有二仙子董嬌兒、韓金釧兒相伴，是以回首詩曰：「雅集無兼客」。蔡御史對西門慶的盛情，恰似左右兩難般，「欲進不能，欲退不捨。」故回首詩謂：「高情洽二難」，乃奚落「二難」下的蔡狀元，假意盛情難卻，半推半就地接受了西門慶的「高情」。西門慶就事先

交代這兩名歌妓，戲道：「他南人的營生，好的是南風，你每休要扭手扭腳的。」所謂「南風」[50]即為男色。西門慶如此戲稱蔡御史，就是基於這書童「原是縣中門子出身」[51]。（第31回）當陳敬濟離開西門家，落魄時也曾當過侯林兒的男寵，第96回小說描述：「眾人看見敬濟，不上二十四五歲，白臉子，生的眉目清俊，就知是侯林兒兄弟，都亂調戲他。」眾人奚落敬濟後，來了個會看相的葉道，有人跟葉道說：「你相他相，倒相箇兄弟。」這裡所謂的「兄弟」指的也就是男寵。

蔡御史在董嬌兒的湘妃竹泥金面扇兒上題詩：「小院閑庭寂不譁，一池月上浸窗紗。邂逅相逢天未晚，紫薇郎對紫薇花。」蔡御史不愧是個狀元，回首詩盛讚他才高，故「八斗擅吟壇」。「紫薇郎」乃蔡狀元自喻，唐朝時中書舍人的別稱，亦指詩人。唐詩人白居易曾任中書郎，並作了首〈紫薇詩〉：「絲綸閣下文章靜，鐘鼓樓中刻漏長；獨坐黃昏誰是伴？紫薇花對紫微郎！」[52]蔡御史的「紫薇郎對上紫薇花」即典自白居易的〈紫薇詩〉。小說正文甫述畢長壽的「紫薇花」後，作者筆鋒一轉，立即接寫「永福寺」胡僧贈春藥，對比紫薇花可存活五百年之久的長壽，胡僧的春藥反倒加速西門慶的死亡。文中以男性生殖器官作為胡僧形象的化身，是個「刻意諷刺的神來之筆」[53]。詼諧中帶著奚落，就此將西門慶帶入無底慾海，催促其生命的消亡，在長壽之「紫薇花」的反襯下，胡僧的出現隱約籠罩著一股恐怖的死亡陰影。《金瓶梅》的死亡書寫夾帶戲謔，作者仍不忘奚落小說人物，更突出其另類的黑色幽默。

再如第53回回首詞：

> 小院閒階玉砌，墻隈半簇蘭芽。一庭萱草石榴花，多子宜男愛插。　　休使風吹雨打，老天好為藏遮。莫教變作杜鵑花，粉褪紅銷香罷。──〈應天長〉

50　《萬曆野獲編》記載：「宇內男色有出於不得已者數家。……至於習尚成俗。如京中小唱、閩中契弟之外。則得志士人致孿童為厮役。鍾情年少狎麗豎若友昆。盛於江南而漸染於中原。」此外，明馮夢龍《情史》卷二十二記載：「又吾鄉一先生督學閩中，閩尚男色，少年俱修澤自喜。」可見明代社會「男風」的性愛風氣原本盛行於江南一帶，後才逐漸暈染至中原。因此，「明人多稱男風為『南風』。」〔明〕沈德符：《萬曆野獲編》卷二十四「男色之靡」條（北京：中華書局，2007年），頁622。馮夢龍（著），楊軍等（點評）：《馮夢龍三大異書·情史》（長春：長春出版社，2004年），頁378。吳存存：《明清社會性愛風氣》（北京：人民文學出版社，2000年），頁129。

51　「門子本指為官員應門的僕役，但在晚明男風盛行的狀況下，他們往往被賦予了特殊含義──由年少的孿童充當，從而成為性娛樂的對象。」吳存存：《明清社會性愛風氣》，頁125。

52　〔唐〕李世民等（著），〔清〕清聖祖（御纂）：《全唐詩》卷四百四十二白居易十九（臺北：宏業書局，1982年），頁4935。

53　〔美〕浦安迪：〈瑕中之瑜──論崇禎本《金瓶梅》的評注〉，收入徐朔方（編選校閱），沈亨壽（翻譯）：《金瓶梅西方論文集》（上海：上海古籍出版社，1987年），頁306。

「石榴」色彩鮮艷、子多飽滿，象徵多子多福、子孫滿堂之意。此回正文描寫「二十三壬子日」一早，吳月娘鄭重其事地焚香禱祝以「拜求子息」，她禱告道：「我吳氏上靠皇天，下賴薛師父、王師父這藥，仰祈保佑，早生子嗣。」月娘此番簡潔有力的禱告詞是發自內心，真心誠意地，而且完全為了自己「我吳氏」所祈求，祈求上蒼賜與她子嗣，她把自己的心事、心願說給上蒼聽。這段敘事卻是遙映第21回吳月娘所搬演的那齣「焚香禱祝」的劇碼，同樣叫小玉擺好香桌兒，祝道：「妾身吳氏，作配西門。奈因夫主留戀烟花，中年無子。妾等妻妾六人，俱無所出，缺少墳前拜掃之人。妾夙夜憂心，恐無所託。是以發心，每夜于星月之下，祝贊三光，要祈佑兒夫，早早回心。棄卻繁華，齊心家事。不拘妾等六人之中，早見嗣息，以為終身之計，乃妾之素願也。」月娘這段冗長的禱祝詞其實是特地安排在西門慶返家當下說出，並將儀門半掩半開，刻意讓西門慶聽見，試圖挽回夫心的手段。月娘的禱祝詩後兩句，「詞話本」寫道：「拜天訴盡衷腸事，那怕傍人隔院聽。」而「崇禎本」則改為：「拜天訴盡衷腸事，無限徘徊獨自惺。」套潘金蓮的話：「一個燒夜香，只該默默禱祝，誰家一徑倡揚，使漢子知道了。」兩大版本系統的風格有著些微的差異，由此可見一斑。「詞話本」直書月娘矯揉造作的燒香禱祝，「崇禎本」則「每每含蓄從事」[54]，不肯直露表現，兩大版本系統所徵引之回首詩詞更是迥異。「詞話本」回首詩為：「人生有子萬事足，身後無兒總是空。產下龍媒須保護，欲求麟種貴陰功！禱神且急酬心願，服藥還教暖子宮。父母好將人事盡，其間造化聽蒼穹。」直白、易懂的詩詞，將正文敘事傾囊而出，然而「崇禎本」作者則引用這闋回首詞含蓄地影射吳月娘的為人。

　　「多子宜男愛插」則大大嘲笑西門慶生前，眾妻妾為了生子，個個摩拳擦掌。月娘和金蓮皆信薛姑子包生男的「藥符」，為搶奪「壬子日」與西門慶行房而結怨。潘金蓮在這場爭奪戰中，可謂大輸家，因西門慶在世時，她總不懷孕，待西門慶死後，她卻懷了陳敬濟的私生子，只好吃了胡太醫的墮胎藥「紅花一掃光」打掉小孩。詞末「莫教變作杜鵑花，粉褪紅銷香罷」，則誠如晚出的《紅樓夢》第27回裡曹雪芹為林黛玉所作〈葬花吟〉的前幾句：

> 花謝花飛花滿天，紅消香斷有誰憐？游絲軟繫飄春榭，落絮輕沾撲繡簾。閨中女兒惜春暮，愁緒滿懷無釋處，手把花鋤出繡閨，忍踏落花來復去。柳絲榆莢自芳菲，不管桃飄與李飛。桃李明年能再發，明年閨中知有誰？三月香巢已壘成，樑

54　田曉菲：《秋水堂論金瓶梅》，頁66。

間燕子太無情！明年花發雖可啄，卻不道人去樑空巢也傾。[55]

《金瓶梅》裡的女性不也同〈葬花吟〉中的花一般：「花謝花飛花滿天，紅消香斷有誰憐」？再回過頭來對照「崇禎本」這闕回首詞，詞中出現了「蘭」、「萱」、「石榴」、「杜鵑花」等多種植物，而這些花草正是作者拿來隱喻西門家庭成員的象徵筆法。除了象徵母親、正室月娘的長壽之「萱」外，其餘在西門慶死後，都得不到西門大宅院的庇祐，門庭的花草都慘遭「風吹雨打」，作者反筆書寫，盼望「老天好為藏遮，休使風吹雨打」。然而連象徵子嗣的「石榴」——孝哥兒，都教普靜大師給「幻化」去，「粉褪紅銷香罷」，暗喻日後嬌兒歸院、玉樓改嫁、金蓮和雪娥相繼去世，西門家庭落敗不堪，一如〈葬花吟〉：「卻不道人去樑空巢也傾」的破敗荒蕪。

第70回為唐蕭嵩〈奉和聖制送張說上集賢學士賜宴賦得登字〉前八句：

帝曰簡才能，旌賢在股肱。文章體一變，禮樂道逾弘。芸閣英華入，賓門鵷鷺登。恩筵過所望，聖澤實超恆。

「應制詩」乃中國古代臣子奉皇帝御命所作、所和之詩，然多屬歌功頌德之作。這回正文敘述皇帝下了道聖旨，西門慶終於如願轉任「正千戶掌刑」，自然免不了要來首對「聖澤」的感激涕零之作，因為西門慶要「上京見朝謝恩」去，引「應制詩」謝帝恩最是貼切。作者引此詩分明嘲諷官場賣官鬻爵、官官相護的醜態。聖旨上稱許西門慶「在任不貪」、「分毫不索」，但讀者都知道西門慶每每收受賄賂、貪贓枉法，打從一開始他的官就是花錢買來的，只不過是透過高明的手段。西門慶先是送生辰禮：「黃烘烘金壺玉盞，白晃晃減〔革反〕仙人。錦繡蟒衣，五彩奪目；南京紵緞，金碧交輝。湯羊美酒，盡貼封皮；異果時新，高堆盤盒。」（第30回）以此為蔡太師祝壽，立即換得「理刑副千戶」一職，一個買官，一個鬻爵。此後一路展開他「受私賄」、「枉法受贓」、假公濟私等等不法情事。後又與蔡太師的翟管家結親，所謂親家其實是將家僕之女韓愛姐許配給翟管家為妾。他並二度為蔡太師慶壽誕，目不暇給的壽禮禮目：「大紅蟒袍一套、官祿龍袍一套、漢錦二十疋、蜀錦二十疋、火浣布二十疋、西洋布二十疋，其餘花素尺頭共四十匹、獅蠻玉帶一圍、金鑲奇南香帶一圍、玉杯犀杯各十對、赤金攢花爵杯八隻、明珠十顆，又另外黃金二百兩，送上蔡太師做贄見禮。」順道再拜蔡太師為乾爹，自此仕途扶搖直上。西門慶使錢交通權貴，以錢換權，再通過權力貪贓，換得更多的金錢。

55　〔清〕曹雪芹、高鶚（著），馮其庸（校注）：《彩畫本紅樓夢校注》（臺北：里仁書局，2003年），頁428。

無怪乎第 70 回裡小說的描寫，光「親家」一詞便出現了十二次之多，有「親家」真好！
西門慶能順利躍昇「正千戶掌刑」，都要歸功於他的「親家」從旁使力，《金瓶梅》果
真是：「著此一家，即罵盡諸色。」[56]作者復以回首詞略帶戲謔的筆法，對帝王的「聖
澤」進行再一次的嘲諷。

有學者說《金瓶梅》是曲盡人間醜態，「開中國古代諷刺小說的先河，為《儒林外
史》的出現打下了堅實的基礎。」[57]也有學者認為：「《金瓶梅》在中國諷刺文學取得
登峰造極的成就的過程中，起到了一個重要的奠基的作用。」[58]田曉菲則謂：「《金瓶
梅》之佳，正在於詩與散文、抒情與寫實的穿插。這種穿插，是《金瓶梅》的創舉，充
滿諷刺的張力。」[59]正因這種諷刺的基調，以反筆寫就，對小說人物極盡嘲諷之能事，
韻文和散文徹頭徹尾地對話，更顯其張力。

第 18 回回首引北宋詞人周邦彥〈柳梢青〉：

> 有個人人，海棠標韵，飛燕輕盈。酒暈潮紅，羞蛾一笑生春。　　　為伊無限傷心，
> 更說甚巫山楚雲！斗帳香銷，紗窗月冷，著意溫存。——〈柳梢青〉

漢成帝皇后趙飛燕，善歌舞，因體輕如燕，故以「飛燕輕盈」指女子體態輕盈。上片形
容佳人有著「海棠」般標緻的臉龐，身輕如燕的體態，暗指敬濟初見金蓮時，驚為天人，
不想西門府上竟有如此「海棠標韻，飛燕輕盈」的美嬌娘。見微醺的她「酒暈潮紅」，
臉頰羞報，抿唇微笑，一笑百媚生，春意盎然，勾得敬濟心神搖蕩，一見金蓮便已「銷
魂」。下片意指敬濟一心想著金蓮，可連見上一面都難，何況共赴「巫山楚雲」呢？一
來懼怕西門慶，二來礙於家裡耳目眾多。「斗帳香銷，紗窗月冷，著意溫存」暗喻陳敬
濟的性幻想，幻想著和他名義上的岳母——潘金蓮共度春宵、翻雲覆雨。然而促成他倆
的使作俑者其實是大房吳月娘，她不避諱地邀請女婿和眾岳母同食共飲，以致埋下日後
的禍根。張竹坡於回目「見嬌娘敬濟銷魂」旁批道：「月娘罪案。」又於此回回評批評
月娘：「寫敬濟見金蓮，卻大書月娘叫人請來。先又補西門不許無事入後堂一步，後又
寫見西門回家，慌忙打發他從後門出去。寫月娘壞事，真罪不容誅矣。又大書叫玉樓、

56　魯迅：《中國小說史略》（臺北：五南圖書公司，2009 年），頁 283。
57　甯宗一、羅德榮：《金瓶梅對小說美學的貢獻》（天津：天津社會科學院出版社，1992 年），頁
　　102。
58　高越峰：《金瓶梅人物藝術論》（濟南：齊魯書社，1989 年），頁 171。
59　田曉菲：《秋水堂論金瓶梅》，頁 27。

金蓮與敬濟相見、看牌。」[60]此後，月娘三不五時便藉口敬濟為西門家務辛勞，請其入後堂與眾岳母同桌共飲。更誇張的是，第 25 回月娘率眾姊妹於花園打鞦韆，見敬濟自外來，毫不避諱，竟叫他為眾岳母推送鞦韆取樂，《金瓶梅》的文字往往在些微處，極盡諷刺之能事，它真不愧是一部偉大的寫實小說，作者寫人物活靈活現，雖嘲諷但也同情平凡的小人物，並保有對生命應有的尊重態度。然而夏志清顯然不同意，夏氏認為：

> 如若作者真能把放肆的邪惡與詩的優美這兩種不同的意象統一起來，把潘金蓮寫
> 成一個性格更為複雜的人物，那無疑是一件了不起的事情。但是，正如他特別喜
> 好諷刺的諧謔一樣。他看來是打定主意不願做一個能夠前後連貫一致的現實主義
> 作家，他寧可犧牲現實主義的邏輯去滿足其介紹詞曲的欲望！[61]

正因人性本是複雜、多面，不全然善惡分明，《金瓶梅》作者之高明正在其容許人性有其模糊的灰色地帶，如此才更貼近真實人生，這不正是寫實主義（現實主義）的邏輯思維嗎？誠如魯迅所言：「作者之於世情，蓋誠極洞達，凡所形容，或條暢，或曲折，或刻露而盡相，或幽伏而含譏，或一時並寫兩面，使之相形，變幻之情，隨在顯見。」[62]《金瓶梅》作者洞察世情，「見其炎涼」，「崇批」早於開卷便評道：「一部炎涼景況，盡此數語中。」作者維持他一貫諷刺的基調，而「崇禎本」作者引用回首詩詞時，仍不改轅易轍，將其「諧擬」發揮到極致。

第 21 回引的同樣是周邦彥的詞〈少年遊〉：

> 並刀如水，吳鹽勝雪，纖手破新橙。錦幄初溫，獸煙不斷，相對坐調笙。　　低
> 聲問向誰行宿，城上已三更。馬滑霜濃，不如休去，直自少人行。——〈少年遊〉

這是闋敘事詞。在寒冷深夜裡，妓女以纖手為恩客剝橙皮。屋內獸型煙燻壺裡的煙緩緩上升，錦被與幃幕都已燻得暖和，滿室溫香，恩客與妓女對坐調弄笙樂器。妓女柔情款款，欲留宿客人，說道已是三更天了，何況外頭已結霜，馬行易滑，還是不要回去吧！留下來過夜吧！這闋詞以周邦彥、宋徽宗和李師師的三角戀情為背景，婉約含蓄，艷而不露。周濟云：「此亦本色佳製也。本色至此便足，再過一分，便入山古惡道矣。」[63]詞本「艷科」，這闋詞有點香艷卻含蓄韻致，置於卷首雅化正文敘事頗為適切。此詩卻也

60　〔明〕蘭陵笑笑生（著），王汝梅、李昭恂、于鳳樹（校點）：《張竹坡批評第一奇書金瓶梅》，頁 267-268。

61　夏志清：《中國古典小說》（南京：江蘇文藝出版社，2008 年），頁 170。

62　魯迅：《中國小說史略》，頁 283。

63　〔清〕周濟（輯）：《宋四家詞選》（影印涉喜齋刊本）（臺北：廣文書局，1962 年），頁 3。

反諷西門慶覷見妓女李桂姐另外接客，大動肝火，打爛妓家，在「大雪天裡上馬回家。」（第20回）緊接著以「宿盡閒花萬萬千，不如歸家伴妻眠。雖然枕上無情趣，睡到天明不要錢。」這首回末詩收束，雖淺白略帶粗俗，倒也貼切西門慶的世界。田曉菲則認為這闋詞是對西門慶「馬滑霜濃」，路上行人絕踪，卻仍執意在「大雪裡上馬回家」，「造成了既直接又微妙的反諷」，可「微妙的反諷卻發生在來家之後。」[64]當西門慶在「馬滑霜濃」的雪夜裡，「踏著那亂瓊碎玉」回到家，無人為其「破新橙」，無人與之對坐「調笙」，更無人款留過夜。反倒是他無意間覷聽月娘焚香禱祝、祈求子嗣，因而下跪央求月娘與之和好，月娘先是不理，「西門慶見月娘臉兒不瞧，就折疊腿裝矮子，跪在地下，殺雞扯脖，口裡姐姐長，姐姐短。」月娘還是不理，「那西門慶又跪下央及」，才得一晚雲雨。直到隔天，眾妾備筵，請西門慶與吳月娘賞雪，「在後廳明間內，設錦帳圍屏，放下梅花暖簾，爐安獸炭，擺列酒筵。」正文的「錦帳圍屏」對應詞中的「錦幄初溫」，「爐安獸炭」則對應「獸烟不斷」。是以，張竹坡於詞末批道：「黃絹幼婦。」[65]即「絕妙」，其意在此。

第33回仍舊引周邦彥的詞作〈意難忘〉上半闋：

> 衣染鶯黃，愛停板駐拍，勸酒持觴。低鬟蟬影動，私語口脂香。　　詹滴露、竹風涼，拚劇飲琳琅。夜漸深籠燈就月，仔細端相。——〈意難忘前〉

這闋詞略帶點香艷，主要影射敬濟逛入堂室，金蓮「勸酒」，並罰他唱曲子。這回瓶兒再度攛掇西門慶到金蓮房裡歇宿，正文形容金蓮：「如同拾了金寶一般……枕畔之情，百般難述，無非只要牢籠漢子之心，使他不往別人房裡去。」金蓮此時越加不堪了。隔天，因潘姥姥收了瓶兒贈送的衣裳，金蓮不想欠她人情，故還了些酒菜，與母親並瓶兒共享。享用間，敬濟入室取衣裳做生意，硬是被金蓮叫進去喝酒，其實金蓮早就打聽到西門慶不在家，才敢如此膽大妄為。又因敬濟遺留鑰匙在瓶兒房裡，金蓮故意藏了起來，要罰他唱曲子。是以，敬濟唱了兩曲〈山坡羊〉，頭一曲頗戲謔，後一曲則是以曲傳情與金蓮：「冤家你不來，白悶我一月。……空教我撥著雙火筒兒頓著罐子等到你更深半夜。……空把奴一腔子煖汁兒真心倒與你，只當做熱血。」對應回首詞中的「低鬟蟬影動，私語口脂香」，暗喻敬濟的性幻想，因為此時兩人雖互有情意，仍停留在眉目傳情的階段。敬濟之所以敢明目張膽地唱曲傳情，實乃因他很清楚只有識字知音的潘金蓮聽

64　田曉菲：《秋水堂論金瓶梅》，頁67。

65　〔明〕蘭陵笑笑生（著），王汝梅、李昭恂、于鳳樹（校點）：《張竹坡批評第一奇書金瓶梅》，頁320。

得懂曲中涵意。西門慶一向不許陳敬濟入堂室，或許也是防著女婿與年輕岳母出軌。然而諷刺地是，螳螂捕蟬，不知黃雀在後。此時，他正在外頭與僕婦王六兒偷情，萬萬沒料到自己的小妾竟在家與女婿打情罵俏。他死後，敬濟便順勢接手了他的小妾金蓮和春梅，敬濟無須幻想，正文多次描寫他「夜漸深」時，直奔金蓮閨房，以「籠燈就月」，「仔細端相」他的意中人，直到秋菊幾次告密後，才東窗事發。

　　上述三闋皆為清真詞。再看第 34 回回首詞則以詼諧的筆法諷刺官場「受私賄後庭說事」：

> 成吳越，怎禁他巧言相鬪謀。平白地送暖偷寒，平白地送暖偷寒，猛可的搬唇弄舌。水晶丸不住撒，蘸剛鍬一味摳。——〈川撥棹〉

回目裡的「後庭」[66]乃雙關語，一指賄賂；另一指「男風」。上半回西門慶收受賄賂，下半回西門慶與小廝書童苟合。「成吳越」，指「秦晉之好」[67]。「送暖偷寒」意指暗中撮合男女私情，詞中連用兩次「平白地送暖偷寒」，一則強化本回撮合私情一事，二則暗喻西門慶等人背地貪贓枉法之事，元王實甫《西廂記》第三本第二折裡，紅娘對鶯鶯道：「直待我拄著拐幫閒鑽懶，縫合唇送暖偷寒。」[68]紅娘戲稱自己是「幫閒」，為鶯鶯和張生「送暖偷寒」，因背著老夫人行事，故紅娘以此戲謔鶯鶯。映照王六兒和韓二偷情一案，原本「叔嫂通姦，兩箇都是絞罪。」可在韓道國請託、西門慶濫權下，顛倒是非，放了叔嫂倆，反倒收押了捉姦的小夥子等人，並有監中人恫嚇之，嚇得他們的家人趕緊行賄應伯爵去關說西門慶。伯爵這下兩邊收錢，兩面「說事」、兩方疏通，應伯爵「幫閒」角色活靈活現，「送暖偷寒」畫面靈動。

　　有趣的是，伯爵並非直接向西門慶關說，而是透過西門慶的男寵書童。本是叔嫂通姦一案「後庭說事」，變成西門慶的男寵再轉而向其寵妾說項，層層關說，層層索賄，也層層收賄。瓶兒要西門慶「公門中與人行些方便兒」、「也要少拶打人得將就將就些兒」，而西門慶回答道：「公事可惜不的情兒。」西門慶在妻兒面前這番衙門大道理，

66　《花營錦陣》第四圖附詩，南國學士〈翰林風〉上片曰：「座上香盈果滿車，誰家年少潤無暇。為探薔薇顏色媚，賺來試折後庭花。」可知「後庭」乃「男風」之隱喻。見〔荷蘭〕高羅佩（著），楊權（譯）：《秘戲圖考——附論漢代至清代的中國性生活》（廣州：廣東人民出版社，1998 年），頁 420。

67　「秦晉之好」原指春秋時，秦、晉兩國世代聯姻，後遂以此代指兩性聯姻的關係。《三國演義》第 16 回：「主公仰慕將軍，欲求令嬡為兒婦，永結『秦晉之好』。」〔明〕羅貫中（編著），〔清〕毛宗崗（批評），饒彬（校訂）：《三國演義》（臺北：三民書局，1989 年），頁 100。

68　〔元〕王實甫（撰）：《西廂記》（臺北：里仁書局，1981 年），頁 107。

實則反諷至極。因為此刻他和瓶兒兩人在房裡享用的美食、好酒，正是書童從賄款裡撥出一兩五錢買來「孝敬」瓶兒的行賄物：「一罈金華酒，兩隻燒鴨，兩隻雞，一錢銀子鮮魚，一肘蹄子，二錢頂皮酥果餡餅兒，一錢銀子的搽穰捲兒。」即便西門慶在不知情的情況下吃了這些間接行賄之物，而他自己就在前一日也收受了劉太監的行賄：「劉太監感情不過，宰了一口豬，送我一罈自造荷花酒，兩包糟鰣魚，重四十斤，又兩疋粧花織金緞子，親自來謝。彼此有光，見箇情分。」因為先前劉太監「親自拏著一百兩銀子」來行賄西門慶「只要了事」，但西門慶「那裡希罕他這樣錢！」因而未收受賄款。可西門慶才收受劉太監的行賄，隔天竟大刺刺跟伯爵說夏龍溪這個提刑官：「大小也問了幾件公事。別的到也罷了，只吃了他貪濫蹹婪，有事不論青紅皂白，得了錢在手裡就放了，成甚麼道理！我便再三扭著不肯，『你我雖是個武職官兒，掌著這刑條，還放些體面纔好。』」西門慶說一套、做一套，數落夏提刑這篇大道理，根本就是自己公門裡行事的寫照，看來作者是極力反筆書寫，諷刺西門慶的「後庭說事」。可今日他卻又志得意滿地在妻兒面前說：「公事可惜不的情兒。」他昨日不也為了與劉太監「見箇情分」，循私做出「公事」不該有的貪贓枉法之事嗎？作者筆鋒一轉，卻不著痕跡地滑過，帶到西門慶與書童「後庭說事」——男子同性戀行為的隱語。詞中的「送暖偷寒」撮合的是「男風」，而非男女私情。「搬唇弄舌」則指平安兒嫉妒西門慶寵愛書童，書童請別人吃飯喝酒沒請他，因而懷嫉於心，在潘金蓮面前大嚼舌根，說書童拿了伯爵的銀兩，又撥了部分收受的賄款，買了酒食去「孝敬」瓶兒，並告發書童和西門慶有一腿。平安兒和金蓮如今都有些過氣了，因此兩人一個鼻孔出氣，平安兒「搬唇弄舌」的對象正是寵妾李瓶兒和男寵書童。

第 55 回回首詞改動自宋康與之〈喜遷鶯〉下片：

> 師表方眷遇，魚水君臣，須信從來少。寶運當千，佳辰餘五，嵩嶽誕生元老。帝遣阜安宗社，人仰雍容廊廟。願歲歲共祝眉壽，壽比山高。——〈喜遷鶯後〉

此詞為君臣的語錄警句。詞意為臣子感念君王的賞識和眷顧，君臣關係如魚得水，相信這是古今少有之事。君王鴻運當頭，適逢華誕，恭祝君王，壽如嵩嶽。社稷宗社，國泰民安，百姓景仰。願得年年恭賀君王誕辰，壽比南山。詞作正好烘托這回蔡太師壽辰，「西門慶兩番慶壽旦」，並謙稱：「幾件菲儀，聊表千里鵝毛之意。願老爺壽比南山。」西門慶準備了「二十來扛」的禮物，順勢拜蔡太師為乾爹，不久蔡太師也回敬了「理刑千戶」一職，兩人官商勾結，互通有無。西門慶自此仕途扶搖直上，以商養政，以政輔商，將個人的富貴拔高至無以復加的程度。蔡太師迺開後門，大收賄賂，西門慶則挾官位，貪贓枉法，對照回首詞與正文內容，諷刺至極！

西門慶不僅商場、官場兩得意，就連情場也不惶多讓，第 73 回則是引明祝允明〈多情〉：

> 喚多情，憶多情，誰把多情喚我名？喚名人可憎。　　為多情，轉多情，死向多情心不平。休教情重輕。——〈長相思〉

僅管李瓶兒已去世多時，又有奶娘如意兒遞補其位，但西門慶對瓶兒不時流露的「多情」，仍引來金蓮的不快。這回玉樓上壽，西門慶驀地憶起去年此時瓶兒猶在世，而今六房妻妾，卻短少一人，「繇不得心中疼痛，眼中落淚」。他吩咐小優兒唱「憶吹簫，玉人何處也。」「憶吹簫」[69]表思念不已的情意。他人猶不知，獨金蓮知音，「就知西門慶念思李瓶兒之意」，金蓮因而醋勁又起，心中大為不悅。可這段描寫僅占此回的一小段文字，顯然作者意在轉移焦點，將目光聚焦在金蓮翻騰的情緒上，因此回目方云：「潘金蓮不憤憶吹簫」。然而回首卻引這闋〈長相思〉，意在嘲諷西門慶不過是觸景傷情，一時憶起瓶兒，談不上對瓶兒「多情」到「長相思」的地步。因為在他為瓶兒守靈之夜，如意兒很快就遞補她的空缺了。再說玳安也曾對人說：「為甚俺爹心裡疼？不是疼人，是疼錢。」（第 64 回）詞作竟複沓六次「多情」，看來反倒更添幾分反諷意味。

第 93 回則是引用唐李廓〈落第〉：

> 階前潛制淚，眾裡自嫌身。氣味如中酒，情懷似別人。煖風張樂席，晴日看花塵。盡是添愁處，深居乞過春。

李廓原詩開頭為「榜前潛制淚」，餘皆同。作者僅改動詩首第一個字，詩意為落第書生站在科舉榜單前，努力抑制，不教眼淚流下，站在人群中，連自己都嫌棄起自己來了。神情恍然宛如喝醉酒般，情懷悽愴好似與人別離。和煦的微風、鋪排的饗宴，眼前風和日麗、花團錦簇、熱鬧非凡，自己卻滿心惆悵，愁上添愁。暫且找個隱密之處幽居吧！祈求儘快熬過這個悽楚的春天。回首詩表現一位書生落榜當下的悽楚，而此回正文則描寫陳敬濟悽楚的落魄生活。兩相對照，不論是詩中的落第書生，或者是小說裡的落魄子弟，心裡所祈求的應該都是盼望儘快度過這個慘澹的時期。正文一開頭便道：「話說陳敬濟，自從西門大姐死了，被吳月娘告了一狀，打了一場官司出來，唱的馮金寶又歸院

69　「憶吹簫」最著名的作品為李清照〈鳳凰臺上憶吹簫〉：「香冷金猊，被翻紅浪，起來慵自梳頭。任寶奩塵滿，日上簾鉤。生怕離懷別苦，多少事、欲說還休。新來瘦，非干病酒，不是悲秋。　　休休！這回去也，千萬遍陽關，也則難留。念武陵人遠，煙鎖秦樓。惟有樓前流水，應念我、終日凝眸。凝眸處，從今又添、一段新愁。」張夢機、張子良（選注）：《唐宋詞選注》，頁217。

中去了，剛刮剌出個命兒來。房兒也賣了，本錢兒也沒了，頭面也使了，家伙也沒了。又說陳定在外邊打發人，尅落了錢，把陳定也攛去了。」一連用了九個「了」[70]，快速掃描陳敬濟的落魄下場，可九個「了」字，仍未能完結敬濟悽楚的歲月，後來他竟流落「晚夕在冷鋪存身，白日間街頭乞食」的不堪景況。所幸，某日他巧遇其父舊識「杏庵居士」資助他，但敬濟卻不事生產，把錢花光，再度流落街頭，依舊乞討為生。「杏庵居士」二度周濟敬濟，他仍舊未謀治生之途，把錢賭光。「杏庵居士」念在與其父昔日相交之情，決定再給他一次機會，備禮送他到「晏公廟」去，請王道士收他為徒。豈知王道士非守本分者，他的徒弟金宗明好男風，敬濟還成了他的孌童，並藉此取得王道士的錢財，以致於在臨清謝家酒樓與妓女馮金寶再續舊緣。陳敬濟對馮金寶道：「我如今又好了。」語同第 98 回他對陸秉義說：「我如今又好了。」兩次都是在他人的資助下他才「又好了」。而他路上撞遇舊識陸二哥時，陸秉義作揖說：「哥怎的一向不見？」此問候語亦同第 18 回西門慶騎馬在街上走著，撞見應伯爵、謝希大，兩人下馬唱喏，問道：「哥怎的一向不見？」陳敬濟和西門慶均處於「好」的生活狀態下，在路上撞見舊識。在陳敬濟一路落魄時，從未在路上巧遇朋友，或許是他們的酒肉朋友只會在他們「好」的時候，才會在路上和他不期而遇吧！作者反諷陳敬濟毫無詩人筆下落第書生的反省能力，他甚至安於現狀，渾然不覺「我如今又好了」的狀態，其實是建築在別人的接濟之上。

《金瓶梅》以其獨特的敘事，建構出中國古典小說的起點，人物形象複雜多變，一如真實世界裡頭什麼人都有，而且還是無奇不有。作者之於書中角色，不作論斷、不予批評，全憑讀者個人詮釋，把闡述權交還給讀者。散文如此，韻文更是。吳世昌認為：「有時詞句因受格律限制，往往有所節省，需讀者憑自己的想像力去補足它。」[71]因此，論讀韻文須有想像力，詩人或詞人「只能提出幾個要點，其餘的部分要靠讀者自己去想像、配合、組織。……讀者但憑幾個有限的字句，要能神遊冥索，去迎合作者所暗示的境界、情調。」[72]精簡短小篇制的韻文必須通過讀者海闊天空、無限遐思、盡其所以地自由聯想。這些略帶戲謔筆墨的回首詩詞時而嘲諷，時而反譏，總之在與正文敘事對照之下，盡其所以地描摹世情、極盡諷刺之能事。

崇禎本《金瓶梅》回首詩詞夾帶感性的詩意，其詩性美拂過《金瓶梅》裡每個不堪的角落，更以燦爛的筆觸重新闡述灰暗的世界。除勸勉世人戒貪財色外，尚且提醒讀者

70　田曉菲說：「凡九個『了』字寫出有錢人家不肖子弟的敗落之狀，歷歷如見，淒涼之中，又有黑色幽默。」田曉菲：《秋水堂論金瓶梅》，頁 277。

71　吳世昌（著），吳令華（編）：《詩詞論叢》（北京：北京出版社，2000 年），頁 83。

72　同上注，頁 95-96。

人生的諸多命題，以揭示其思想主旨，並且或直接或間接地呼應正文敘事，對世態人情予以反諷譏刺。《金瓶梅》藉「武松殺嫂」的故事來諧擬《水滸傳》。表面上看似剽竊《水滸傳》的部分橋段而來，但從《金瓶梅》對《水滸傳》情節的修改，可以清楚地看出作者的批判。「崇禎本」回首詩詞或直接或間接地對正文敘事予以反諷，對世情無所不在的譏刺，在在負載著作者的深意。「崇禎本」回首詩詞飽涵作者對世情「大旨」的意蘊，回首詩詞一方面揭示作品的思想主旨；另一方面又將正文敘事所無法傳遞的訊息、人物心理的活動、反諷譏刺的張力，一首首呈現於讀者眼底。此外，「崇禎本」通過回首詩詞對小說人物進行諷刺的同時，其實也隱含著作者個人對正文敘事的另類評點。那麼，「崇禎本」回首占極高比重的抒情詩詞，甚至明確指涉小說人物的詩歌，又該如何詮釋作者的意圖呢？本書將於下一章繼續探討，並檢視崇禎本《金瓶梅》的作者如何藏身於回首詩詞中，以傳達其獨特的女性觀。

第四章　關注女性議題

　　承前章所論，崇禎本《金瓶梅》藉回首詩詞以揭示其主題思想和強化作品的諧擬諷刺，那麼回首占多數的抒情詩詞又有何作用？且蘊涵作者什麼樣的創作深意呢？「崇禎本」回首詩詞除表象的指涉外，本書以為作者另有其弦外之音，因回首詩詞指涉小說人物者，計五十七首，[1]尤以女性占多數。其中指涉潘金蓮一十七首居冠，以及李瓶兒一十四首居次。作為時空和意境極度濃縮的詩詞，在極其有限的文字裡，不可能涵蓋所有小說正文的內容。況且我們也無法完全貼近詩人為文時的心境，更無從得知詩人真正的創作意圖，僅能憑藉讀者的理解，仰賴讀者的想像，發揮其闡述的空間，深掘其另有所指且意味深遠的弦外之音。一首詩詞，萬般表述。詩歌的特質，有其多義性，本就曖昧難以界定，因此也就有了多重性的功能。「崇禎本」回首詩詞時而指涉人物；時而藉詩歌發微；時而影射情節；時而抒發情感；時而渲染氛圍。本書通過回首詩詞和正文敘事兩相對照，藉詩詞多義語境的本質，透析其意象之「意」，還原其創作意識，以闡釋作者引用回首詩詞的作意為何。探討飽蘊抒情成份的回首詩詞，在指涉小說人物的同時如何與正文敘事產生連結？以何種樣貌觀照晚明女性的生命困境？又對文本起到了什麼再創造的功能？本章將回首詩詞依其主要功能屬性分：抒發情感幽隱、補充人物形象、承載生命困境三個層面進行論述。通過詩詞意象之「象」，還原意境之「境」，藉以闡釋作者通過回首抒情詩詞以夾帶其意有所指的言外之意，以理解當時社會的人文底蘊，透析作者潛藏在內的女性觀。

第一節　抒發情感幽隱

　　《段注說文解字》曰：「詞，意內而言外也。（注：）有是意於內，因有是言於外，

1　「崇禎本」回首詩詞指涉人物者，分別為第 2、3、4、7、8、9、10、12、13、14、15、16、17、19、20、22、23、24、25、26-1、26-2、28、29、30、32、35、38、41、46、51、54、55、56、58、59、60、61、62、63、64、65、67、69、71、72、73、77、85、86、87、88、89、90、91、94、98回，計五十七首。

謂之詞。」[2]又，司馬遷《史記·太史公自序》：「詩以達意。」[3]指詩要能傳達真正的旨意所在，但有時作者意非表意，實則「意在言外」，亦即北宋司馬光《溫公續詩話》所云：「古人為詩，貴于意在言外，使人思而得之。」[4]因此，中國古典詩歌不論詩或詞均貴於「意在言外」，而這涵義最早出現在《詩經·小雅》：「牂羊墳首。三星在罶。人可以食，鮮可以飽！」[5]意指母羊的頭很大，身體卻很瘦小；天上的三星映照在平靜無水紋的魚簍上，表示魚簍裡無魚。此詩喻老百姓永遠吃不飽，已到了人吃人的悲慘世界，「言外之意」實指荒年饑饉、生活困頓，而古人吟唱詩歌含蓄蘊藉，意非表意，實則意在言外。中國古典詩歌繼承《詩經》以降的抒情傳統，[6]將其言外之意迂曲表出，崇禎本《金瓶梅》乃藉回首詩詞代小說中的女性抒發情感，為其幽隱發微。

一、潘金蓮

「崇禎本」藉回首詩詞代小說裡的女性抒發幽隱，其中指涉潘金蓮者，計一十七首。[7]可知，金蓮確實是作者心中的第一女主角。第 2 回寫金蓮的美貌妖嬈。第 3 回指涉金蓮與西門慶郎有情女有意。第 4 回引唐畢耀〈古意〉影指金蓮與西門共赴巫山雲雨。第 8 回訴說金蓮對西門的相思，而他卻與孟玉樓燕爾新婚。第 9 回西門慶計娶潘金蓮後兩人的濃情蜜意。第 11 回暗喻金蓮與李桂姐的明爭暗鬥。第 12 回影射金蓮的無依無恃。第 20 回則是遞延指涉潘金蓮於第 23 回裡躡手躡腳偷窺的場景。第 28 回暗指金蓮掉落「金蓮」，埋下日後與陳敬濟偷情的發展。第 29 回直指金蓮邀西門「蘭湯午戰」。第 38 回指涉潘金蓮雪夜裡獨弄琵琶。第 51 回是金蓮對西門薄情的控訴。第 58 回指金蓮怒打秋菊。第 85 回金蓮與敬濟「好事多磨」。第 86 回抒發金蓮與敬濟兩地相思。第 88 回敬濟

2　〔漢〕許慎（撰），〔清〕段玉裁（注），王瓊珊（編寫）：《段注說文解字》（臺北：廣文書局，1969 年），頁 434。

3　〔漢〕司馬遷（撰），〔劉宋〕裴駰（集解），〔唐〕司馬貞（索隱），〔唐〕張守節（正義）：《史記》（臺北：鼎文書局，1981 年），頁 3297。

4　〔宋〕司馬光：《溫公續詩話》，收入〔清〕何文煥（輯）：《歷代詩話》（臺北：漢京文化公司，1983 年），頁 277。

5　語自《詩經·魚藻之什·苕之華》，高亨（注）：《詩經今注》（上海：上海古籍出版社，2010 年），頁 366。

6　陳世驤〈中國的抒情傳統〉：「中國文學的榮耀並不在史詩；它的光榮在別處，在抒情的傳統裏。抒情傳統始於詩經。詩經是一種唱文（詩者，字的音樂也）。因為是唱文，詩經的要髓整個說來便是音樂。因為它瀰漫著個人弦音，含有人類日常的掛慮和切身的某種哀求，它和抒情詩的要義各方面都很吻合。」陳世驤：《陳世驤文存》（臺北：志文出版社，1975 年），頁 33。

7　指涉潘金蓮之回首詩詞，有第 2、3、4、8、9、11、12、20、28、29、38、51、58、85、86、88、89 回，共一十七首。其中八首單獨指涉；九首與他人共同指涉。

悼念已逝的金蓮。第89回讚嘆金蓮「既賦嬌容，又全慧性」，可卻是「佳人命薄」。

第12回回首詩徵引南朝梁王僧孺〈為人寵姬有怨〉詩：

> 可憐獨立樹，枝輕根亦搖。雖為露所溢，復為風所飄。錦衾褷不開，端坐夜及朝。是妾愁成瘦，非君重細腰。[8]

原詩為「枝輕根易搖」，符合前後文詩意，而回首引詩用同音異義字「亦」，應為作者誤植或刊刻有誤。詩中滿溢女子濃濃的閨怨與相思愁苦之情。整首詩指涉金蓮的無依無恃，唯獨仰賴西門慶的寵愛，方能保有她在西門家的地位與經濟支援。一旦失寵，只能隨風飄散、零落他方。田曉菲謂：「金蓮一無娘家勢力撐腰，二無豐厚的嫁妝，三無子以鞏固其地位，孑然一身，形影相弔，除了西門慶的寵愛之外，一無可恃，而『寵』又是最難倚恃的也。」[9]除了回首詩外，該回正文裡尚有許多韻文為金蓮表情達意，抒發她澎湃卻遭西門薄倖的曲折情感。「從這些詩詞曲裡表露出來的潘金蓮複雜矛盾的心情與前回書裡所敘說的風流殘忍故事結合起來看，令人感到對這個形象作道德上的審判是十分牽強和蒼白的，這是一個十分複雜而又豐富的形象。」[10]文本通過含蓄蘊藉的韻文款曲人物心境，並與直白露骨的情節描繪，彼此對話，產生共鳴。王僧孺將此詩題名為〈為人寵姬有怨詩〉，替女性們發生不平之聲。作者深切同情金蓮，以「獨立樹」影射潘金蓮的無依無恃，既無娘家後盾，又無所出，且身無分文，每每須借徑性交以向西門慶索討財物，宛如根淺枝輕，柔弱無力的小樹苗，不堪風吹雨淋。西門慶就像露水般滋潤著她，遠離昔日不斷地被轉賣的命運。她雖有西門慶的寵愛，然而在這一夫一妻多妾的婚姻底下生活何其艱難，有朝一日失去西門慶的寵愛，或是抽離他的庇護，金蓮將回到最初，脆弱且孤寂的生命，狂風來襲，只能任其飄落他方。〈為人寵姬有怨詩〉，即強調寵姬之「怨」，但「怨」又奈若何？此回正文中，西門慶忙於梳籠妓院的李桂姐，約莫半個月沒回家，正文描述金蓮的心情：

8　張竹坡於此詩「可憐獨立樹，枝輕根亦搖。雖為露所溢，復為風所飄。」處夾批：「上解，比也。」；「錦衾褷不開，端坐夜及朝。是妾愁成瘦，非君重細腰。」處夾批：「下解，賦也。」蓋指前詩作前兩句，為《詩經》所謂賦、比、興手法之「比」。「比」，是比喻，「以彼物比此物。」即指以「可憐獨立樹」比金蓮；「賦」，乃對詩歌內容進行直接的鋪陳描寫，即「敷陳其事而直言之也。」即描寫金蓮背腹受敵，內憂外患，成天面對家裡與外面的競爭。詳見〔明〕蘭陵笑笑生（著），王汝梅、李昭恂、于鳳樹（校點）：《張竹坡批評第一奇書金瓶梅》（濟南：齊魯書社，1991年），頁179-180。

9　田曉菲：《秋水堂論金瓶梅》（天津：天津人民出版社，2008年），頁40。

10　陳東有：《金瓶梅詩詞文化鑑析》（成都：巴蜀書社，1994年），頁39-40。

> 別人猶可，惟有潘金蓮這婦人，青春未及三十歲，慾火難禁一丈高。每日打扮的
> 粉妝玉琢，皓齒朱唇，無日不在大門首倚門而望，只等到黃昏。到晚來歸入房中，
> 粲枕孤幃，鳳臺無伴，睡不著，走到花園中，欹步花苔。

金蓮朝暮盼夫，內心滿是為「妾」之「怨」與苦悶，潘金蓮自第9回嫁入西門家至此回，不過歷經四回，作者筆鋒急轉直下，小說狀摹金蓮由恃寵而失寵的心境。其「捱一刻似三秋，盼一時如半夏」，金蓮好風月，但並非意味她只有枕邊風月的本事，她是西門慶妻妾中少數上過女學，能詩懂樂的才女。她曾為教夫婿雙足步出妓院，寫了一幅迴文錦箋給西門慶，詞牌名為〈落梅風〉：

> 黃昏想，白日思，盼殺人多情不至。因他為他憔悴死，可憐也繡衾獨自。　　燈
> 將殘，人睡也，空留得半窗明月。眠心硬渾似鐵，這淒涼怎捱今夜？（第12回）

金蓮能自創詩作，抒發心境，欲藉情詩教夫婿回心轉意，可見金蓮也有她文明的一面。無奈西門慶乃一介市井商人，詩文造詣貧乏，使得她徹夜未眠，引「明月」為燈寫就的情詩，看來頗似對牛彈琴，又有妓女李桂姐從中作梗，更辜負了金蓮的一片心。正呼應回首詩「錦衾劈不開，端坐夜及朝」，在在傳達女性處於傳統制度底下，為「妾」的無恃與無奈，「愁」已是無可避免的日常功課。第51回回首詩：

> 羞看鸞鏡惜朱顏，手托香腮懶去眠。瘦損纖腰寬翠帶，淚流粉面落金鈿。薄倖惱
> 人愁切切，芳心撩亂恨綿綿。何時借得東風便，刮得檀郎到枕邊。

兩大版本系統所引之回首詩相同，意境亦和「崇禎本」第12回回首詩頗為近似。此詩頷聯：「瘦損纖腰寬翠帶，淚流粉面落金鈿。」乃化用自李清照〈醉花陰〉[11]，以及〈聲聲慢〉這兩闋詞的詞意。因相苦之苦，以致佳人憔悴瘦損、細了纖腰，淚流滿面、金鈿髮飾散亂，卻無心梳理。這首思婦詩堪稱代金蓮發聲的情詩，面對風流的西門慶，她不僅要應付家中妻妾，家僕之妻也是她的勁敵，甚至連外頭的妓女都成了她的情敵。她又無傳宗接代的子嗣可鞏固她在家中的地位，更無娘家做靠臺、經濟作後盾，她可說是無

11　李清照〈醉花陰〉：「薄霧濃雲愁永晝，瑞腦消金獸。佳節又重陽，玉枕紗廚，半夜涼初透。　　東
　　籬把酒黃昏後，有暗香盈袖。莫道不銷魂！簾捲西風，人比黃花瘦。」〈聲聲慢〉：「尋尋覓覓，
　　冷冷清清，悽悽慘慘戚戚。乍暖還寒時候，最難將息。三盃兩盞淡酒，怎敵他、晚來風急！雁過也，
　　正傷心、卻是舊時相識。　　滿地黃花堆積，憔悴損，如今有誰堪摘？守著窗兒，獨自怎生得黑？
　　梧桐更兼細雨，到黃昏、點點滴滴。這次第，怎一箇、愁字了得！」張夢機、張子良（選注）：《唐
　　宋詞選注》（臺北：華正書局，2010年），頁215、218。

依無恃，仰賴的只是迎合漢子的枕邊風月。一旦漢子不進她房，她連這些微機會都要喪失了，不安與怨懟自然時常伴隨左右。第 38 回指涉金蓮的回首詩：

> 銀箏宛轉，促柱調弦，聲遠梁間。巧作秦聲獨自憐。指輕妍，風迴雪旋，緩揚清曲，響奪鈞天。說甚麼別鶴烏啼，試按「羅敷陌上」篇，休按「羅敷陌上」篇。
> ——〈綿搭絮〉

藉「風迴雪旋」中「秦聲獨自憐」，烘托此回「潘金蓮雪夜弄琵琶」的淒楚。西門慶對潘金蓮越來越冷淡，此回正文中寫到西門久不進金蓮房裡，她每日「翡翠衾寒，芙蓉帳冷」，皆是「冷」的意象，作者有意塑造「冷宮」的氛圍。詞中「試按『羅敷陌上』[12]篇，休按『羅敷陌上』篇。」正好映照金蓮一會兒撥弄琵琶，一會兒又懶待動彈。她特地把角門兒開著，彈弄琵琶，「又使春梅連瞧數次，不見動靜」，於是「銀箏夜久殷勤弄，寂寞空房不忍彈。」接著取過琵琶低聲彈〈二犯江兒水〉，此時金蓮「猛聽得簷上鐵馬兒一片聲響，只道西門慶敲的門環兒響，連忙使春梅去瞧。」結果，其實是起風、下雪，「冷」到極致的景況。「一回兒燈昏香盡，心裡欲待去剔，見西門慶不來，又意兒懶的動且了。」在此，連一向對金蓮總不懷好意的「崇批」都不忍心地評點道：「人只知隔越相思之苦，孰知眼前相思之苦如此。人只知野合相思之苦，孰知閨閨夫妻相思之苦尤甚。可勝嘆息。」[13]正文繼續呼應回首詩，當「銀箏宛轉，促柱調弦，聲遠梁間」，金蓮只能「秦聲獨自憐」，田曉菲以為：

> 《金瓶梅》的好處在於賦予抒情的詩詞曲以敘事的語境，把詩詞曲中短暫的瞬間鑲嵌在一個流動的上下文裡，這些詩詞曲或者協助書中的人物抒發情感，或者與書中的情事形成富有反諷的對照，或者埋伏下預言和暗示。[14]

金蓮再遣春梅瞧瞧西門慶歸家與否？誰知雪夜中漫漫長夜的等待，結局竟是：西門早已歸家，逕入瓶兒房裡。此時，金蓮「聽了如同心上戳上幾把刀子一般」，「簌不得樸簌簌眼中流下淚來」，「一逕把那琵琶兒放得高高的」。這整個夜晚，金蓮本是「指輕妍」、「低低彈」〈二犯江兒水〉，誤將起風下雪聲，幻想成是西門歸來敲門環兒的聲響。繼之，在「風迴雪旋」的夜裡，「緩揚清曲」。最後傳來不幸的消息，雪夜中苦等歸來的夫婿

12　「羅敷陌上」語出漢詩樂府歌辭〈陌上桑〉，一曰〈艷歌羅敷行〉。詳請見〔清〕沈德潛（輯），王莼父（箋註），劉鐵冷（校刊）：《古詩源箋注》（臺北：華正書局，2005 年），頁 72。
13　〔明〕蘭陵笑笑生（著），閭昭典、王汝梅、孫言誠、趙炳南（校點）：《新刻繡像批評金瓶梅》（香港：三聯書店，2009 年），頁 498-499。
14　田曉菲：《秋水堂論金瓶梅》，頁 122。

竟逕入情敵房裡，她就乾脆把琵琶聲放高，使其「響奪鈞天」。整個場景，從「不忍彈」、
「低低彈」到「一逕把那琵琶兒放得高高的」，由金蓮彈琵琶串起思婦情緒的波折起伏，
頗似唐劉禹錫〈阿嬌怨〉：

> 望見葳蕤舉翠華，試開金屋掃庭花。須臾宮女傳來信，言幸平陽公主家。

漢武帝與其皇后阿嬌的故事，人稱「金屋藏嬌」。[15]後陳阿嬌失寵，幽禁長門宮，「金
屋」成了「冷宮」，因而落得「金屋無人下翠簾」的窘境。阿嬌幽居長門宮時，日日盼
帝輦到來。遠遠望見翠羽所做的旗飾，以為是天子駕到，打發宮女探聽消息，最後傳來
音訊，武帝其實是臨幸平陽公主家的歌妓衛子夫去了。金蓮的處境一如阿嬌，盼著西門
慶歸家，好似聽見什麼聲響，打發春梅探聽消息，誰知西門慶其實早已進李瓶兒房裡去
了。寵妾恃寵後卻失寵，「金屋」自此崩塌，這兩首詩都是描寫思婦漫漫等待，最後期
待落空、心酸淒楚的意境，直是徹頭徹尾地「冷」。第 89 回回首引明邱浚詞作：

> 佳人命薄，嘆絕代紅粉，幾多黃土。豈是老天渾不管，好惡隨人自取。既賦嬌容，
> 又全慧性，卻遣輕歸去。不平如此，問天天更不語。　　可惜國色天香，隨時飛
> 謝，埋沒今如許。借問繁華何處在？多少樓臺歌舞，紫陌春遊，綠窗晚坐，姊妹
> 嬌眉嫵。人生失意，從來無問今古。——〈翠樓吟〉

永福寺是周守備府的香火院，龐春梅將潘金蓮收葬於此。「白楊樹下，金蓮墳上」，如
同孟玉樓眼底所見「三尺墳堆，一堆黃土，樹柳青蒿」。作者引這曲〈翠樓吟〉惋惜金
蓮「佳人命薄」，「絕代紅粉」今僅存一抔「黃土」。亦感嘆金蓮「既賦嬌容，又全慧
性」，惋惜如此聰慧佳人，下場竟荒涼至此。

　　永福寺——文本中一個充滿諷刺的所在地，[16]吳月娘與龐春梅在此相逢，兩人一反
過去的身分地位，此時月娘成了一介寡婦，而春梅則貴為守備夫人。春梅「不慌不忙」、
落落大方，展現守備夫人的格局；反觀月娘卻道：「我的姐姐，說一聲兒就勾了，怎敢
起動你？容一日，奴去看姐姐去。」月娘態度前倨後恭。昔日她要薛嫂領賣春梅時，下
令「打發他，箱籠兒也不與，又不許帶一件衣服兒，只教他罄身兒出去」（第 85 回）的

15　漢武帝：「若得阿驕作婦，當作金屋貯之也。」詳見〔宋〕李昉等奉敕（編）：《太平御覽》（臺
　　北：臺灣商務印書館，1975 年），頁 549-2。

16　張竹坡〈《金瓶梅》意寓說〉，其對永福寺於文本中意寓之詮釋：「夫永福寺，湧於腹下，此何物
　　也？其內僧人，一曰胡僧，再曰道堅，一肖其形，一美其號。永福寺真生我之門死我戶，故皆於死
　　後同歸於此，見色之利害。」收入〔清〕張竹坡：《皋鶴堂批評明代第一奇書金瓶梅讀法》（臺北：
　　廣文書局，1981 年），頁 6。

苛刻與高傲的姿態。再對照今日相遇情景，月娘自稱「奴」，尊稱春梅為「姐姐」，不敢勞駕春梅，因此說「奴去看姐姐去」，態度如此屈膝謙恭。「崇禎本」無名氏評點批道：「月娘前何倨而後何恭？人情乎？勢力乎？君子乎？小人乎？思之可笑。」對月娘極盡譏諷。從前西門宅邸「多少樓臺歌舞」、「門前放煙火」逞豪華、舉家「賞雪」，姊妹們「翫賞芙蓉亭」、「笑賞翫燈樓」、「賞元宵」、走百病，而今「繁華何處在」？「吳月娘和春梅的這一尷尬會面正尖銳地宣示著，正如西門慶所擔憂的，在他死後不久他的家庭便急遽衰敗。見證了西門慶最初的繁盛與迅速的衰亡，永福寺是一個頗具反諷意味的場所。」[17]春梅改嫁，貴為守備夫人的「成功」範例，給了玉樓新人生的啟迪，第91回回首詩即點染「織女佳期近」孟玉樓改嫁李衙內，終於如願成為正室夫人，不再為人小妾。西門慶的小妾們陸續離散罄盡，妻妾間的紛紛擾擾畫下句點，西門家族正式走向破敗之路。

　　作者曲賦金蓮的聰慧與美貌，同情她自小慘遭生母賣入王昭宣府，又轉賣張大戶，後轉嫁武大郎，好不容易嫁入西門家，過了幾年好日子，西門一死，金蓮不久亦亡。作者感嘆「絕代紅粉」之餘，也只能道聲「佳人命薄」。「繡像本其實藉高達五、六十首的回首抒情詩，以及為數也還不少的樂曲、戲曲，提醒讀者正視女性處境的艱難，這在小說史上也是空前的！」[18]崇禎本《金瓶梅》不斷地藉一首首的回首詩詞，傳達女性無奈的心聲，並向讀者揭露長久以來中國歷史上缺席的聲音。

二、李瓶兒

　　「崇禎本」回首詩詞本身即已串起正文敘事，為個人立傳。回首詩詞指涉李瓶兒者計一十四首。[19]第13回指涉登場不久的瓶兒。第14回反諷瓶兒為改嫁西門而氣死花子虛。第17回繼續譏諷瓶兒，花子虛死後，她欲改嫁西門未果，竟成了「夢中魂」，又急於許嫁蔣竹山。第19回瓶兒終於如願嫁入西門家。第54回瓶兒已病入膏肓，此時的詩詞一反諷刺之作，改以抒情詩詞代之。從第59回到第65回，瓶兒重病至去世這段期間，連用7首回首詩詞，悉數指涉瓶兒的深情。第67、71回再度潤飾她轉變後的性格。通過指涉瓶兒的這一十四首回首詩詞，讀者即可約略掌握李瓶兒與西門慶感情的發展狀態，她的心理活動、性格轉變。第13回引宋李清照〈浣溪紗〉這闋詞，以狀摹瓶兒與西門初識

---

17 〔美〕黃衛總（著），張蘊爽（譯）：《中華帝國晚明的欲望與小說敘述》（南京：江蘇人民出版社，2010年），頁89。

18 胡衍南：《金瓶梅到紅樓夢——明清長篇世情小說研究》（臺北：里仁書局，2009年），頁172。

19 指涉李瓶兒之回首詩詞，有第13、14、17、19、54、59、60、61、62、63、64、65、67、71回，共一十四首。其中十一首單獨指涉；三首與西門慶共同指涉。

時，懷春女子怕羞之情：

> 繡面芙蓉一笑開，斜飛寶鴨襯香腮。眼波纔動被人猜。　　一面風情深有韻，半箋嬌恨寄幽懷。月移花影約重來。——〈山花子〉

兩人初次見面時，係因花子虛給了西門請帖，西門慶接到帖子，逕往花家，不料子虛不在家，卻不巧與其妻李瓶兒「撞了箇滿懷」[20]。初識時，瓶兒就對西門說出「奴恩有重報，不敢有忘」之類的曖昧話語，兩人「眼意心期，已在不言之表」。第二次見面，瓶兒又是那句「恩有重報，決不敢忘」的暗示性話語。第三次見面，再來一次「撞了個滿懷」。對照李清照這闋〈閨情〉的上片，形容女子巧笑動人，再加上精心打扮，又恐人看透自己的心事，指涉瓶兒精心打扮、風姿綽約。初識前刻，瓶兒「帶著銀絲鬢髻，金鑲紫瑛墜子，藕絲對衿衫，白紗挑線鑲邊裙，裙邊露一對紅鴛鴦嘴尖尖趫趫小腳，立在二門裡臺基上。」後與西門「撞了箇滿懷」，兩人自此展開互動。

下片中女子風情萬種，以「半箋」信紙寄語良人，再度邀約月光下、花叢中相會，指涉瓶兒大膽、主動的行徑。後瓶兒要求花子虛具束請西門來賞菊、飲酒，席間「西門慶忽下席來外邊解手。不妨李瓶兒正在遮檻子邊站立偷覷，兩個撞了個滿懷。」當天瓶兒暗使綉春邀約西門晚夕再來。西門回家去，往前邊花園坐等瓶兒的信息；瓶兒這方則由「丫鬟迎春黑影裡扒著牆，推叫貓，看見西門慶坐在亭子上，遞了話。這西門慶就掇過一張桌檯來踏著，暗暗扒過牆來，這邊已安下梯子。」正文這段有趣的敘述，猶如詞中的「月移花影約重來」，崇禎本《金瓶梅》的無名氏在此評點：「趕狗叫貓，俗事一經點染，覺竹聲花影，無此韻致。」[21]而迎春在此所扮演的角色，彷若《鶯鶯傳》裡幫崔鶯鶯代傳詩箋給張生的紅娘。瓶兒正視自己的情欲，大膽、主動「墻頭密約」西門慶巫山雲雨，由此可見兩人的關係，打從一開始就是李瓶兒主動輸誠。

第14回回首詩延續前回瓶兒與西門兩人「眼意心期」的情節，此回則是「眼意心期未即休」。此詩藉卓文君與司馬相如的典故，嘲諷瓶兒「思伉儷」、「盼綢繆」，為與

20　小說第22回西門慶與宋蕙蓮，也是由「兩個撞個滿懷」展開關係。意味雙方彼此有意於對方，而非僅西門慶單方面「留心已久」，誠如「崇批」所云：「此一撞未必無心。」（第13回）第22回正文裡原名也喚金蓮的宋蕙蓮則把「鬆鬢墊的高高的，頭髮梳的虛籠籠的，水鬢描的長長的，在上邊遞茶遞水，被西門慶瞧在眼裡。」最後再安排了個「撞箇滿懷」，彼此心知肚明，卻心照不宣。而李瓶兒則在第13回連續安排了兩次「撞了箇滿懷」，而作者精細描寫兩婦人的服飾與打扮後，接寫有意為之的行為舉止，充分展現企圖吸引西門慶注意的意圖。

21　〔明〕蘭陵笑笑生（著），閻昭典、王汝梅、孫言誠、趙炳南（校點）：《新刻繡像批評金瓶梅》，頁164-165。

西門慶鳳凰于飛，而活活氣死花子虛。第 16 回正文述及五月十五日，瓶兒燒了花子虛的靈位，又主動向西門提婚事：「今日靈已燒了，蒙大官人不棄，奴家得奉巾櫛之歡，以遂于飛之願。」當下才喝了一回酒，瓶兒又再度催婚：「你既真心要娶我，可趁早些。你又往來不便，休丟我在這裏日夜懸望。」事後證明瓶兒的擔憂是對的。接著一陣雲雨，馬上出現回末詩：「情濃胸湊緊，歡洽臂輕籠；臉把銀缸照，猶疑是夢中。」道出瓶兒不安的預感，擔心不早點過門，自己將「日夜懸望」，而眼前這一切，對憂心忡忡的瓶兒而言，確實「猶疑在夢中」。果不其然，第 17 回回首詩引唐袁暉〈長門怨〉：

> 早知君愛歇，本自無容妒；誰使恩情深，今來反相誤。愁眠羅帳曉，泣坐金閨暮；獨有夢中魂，猶言意如故。

「獨有夢中魂」立即應驗了瓶兒的預感，情節出現重大轉折，西門的親家受楊提督波及，怕官司牽累而不出門，以致無法即刻迎娶瓶兒。瓶兒這方則是「朝思暮盼，音信全無，夢攘魂勞，佳期間阻。」於是乎夜夜「愁眠羅帳曉，泣坐金閨暮」，起初只是性幻想，後來夜夜思春，夢見與狐狸做愛，「夢境隨邪，夜夜有狐狸假名抵姓，攝其精隨」，漸漸形容黃瘦，「獨有夢中魂，猶言意如故。」郎中蔣竹山為其把脈，知她「夢與鬼交」，醫治好她的病。短短一個月，瓶兒再度為自己做媒，招贅了蔣太醫。但因蔣竹山是「中看不重吃」、「腰裡無力」的「蝦鱔」，無法滿足瓶兒的性欲，而被瓶兒逐出家門，「舀了一盆水，趕著潑去」。第 19 回徵引三國時期徐幹〈室思〉，該詩原作長達六十句，作者只引了後幾句：

> 人靡不有初，想君能終之。別來歷年歲，舊恩何可期。重新而忘故，君子所猶譏。寄身雖在遠，豈忘君須臾。既厚不為薄，想君時見思。

詩意描寫女子對良人的思念，良人離去而無歸期，音訊全無，思念無用，盼望總成空。這兩首回首詩象徵瓶兒飽受情與欲最煎熬的時期。劈頭道：「人靡不有初，想君能終之。」化用《詩經·大雅·蕩》：「靡不有初，鮮克有終。」[22]瓶兒單方面希望西門能記得初衷，有始有終，無奈事與願違。此時，瓶兒心中甚是懊悔，「寄身雖在遠，豈忘君須臾」，她每日「把門兒倚遍，眼兒望穿」，就是盼不到西門的到來。「舊恩何可期？」因此，她決定主動出擊，趁吳月娘生日當天，使了玳安為其送禮、說情。最後，瓶兒終於如願

22　高亨（注）：《詩經今注》，頁 429。「靡不有初，鮮克有終。」本指人們為善多有始無終，因而幸福也有始無終。然而作者引徐幹〈室思〉其六。〈室思〉組詩共六首，描寫妻子對夫婿的思念。原意則是貼合李瓶兒希望幸福能長遠至終。

嫁了西門慶,可他卻一連三天空她新房,逞家長權威,欲震懾新婦,瓶兒無奈,「用腳帶吊頸懸梁自縊」。可她自殺未遂,西門卻皮鞭伺候,瓶兒「想君時見思」,並道出:「你是醫奴的藥一般,一經你手,教奴沒日沒夜只是想你。」西門慶才回嗔作喜,她感動了西門慶,瓶兒最終為自己的情與欲找到了安頓之所。

　　「崇禎本」指涉李瓶兒的回首詩詞,前四首富含譏刺,然而自第 54 回起,詩詞風格大變,此後多為其情感抒發,屬抒情之作。第 54 回回首詞引明王慎中詞作:

> 美酒門十千,更對花前。芳樽肯放手中閒?起舞酬花花不語,似解人憐。不醉莫言還,請看枝間。已飄零一片減嬋娟。花落明年猶自好,可惜朱顏。──〈浪陶沙〉

瓶兒歷經了人生最艱困的階段後,順利嫁進西門家,入住花園前的「玩花樓」。產下子嗣,母以子貴,備受西門寵愛,享盡天倫之樂。何以「起舞酬花花不語」呢?實則暗示瓶兒大限已近,不久將「飄零」、「花落」。未幾,瓶兒的人生急轉直下,獨子慘遭潘金蓮間接加害致死,自己的健康也開始走下坡。接下來回首詩詞再度指涉瓶兒時,她已病入膏肓,此時的詩詞一反先前對其諷刺之作,改以著重個人情感抒發,道出其「已飄零一片減嬋娟」的淒美結局,滿是對瓶兒「朱顏」改的惋惜之情。自第 59 回至第 65 回瓶兒重病至去世這段期間,作者接連用了七首回首詩詞,先後影射瓶兒因喪子而睹物思兒、疾病纏身、又「帶病宴重陽」。第 60 回回首引明秦公庸〈憶舊〉:

> 倦睡懨懨生怕起,如痴如醉如慵,半垂半捲舊簾櫳。眼穿芳草綠,淚襯落花紅。
> 追憶當年魂夢斷,為雲為雨為風。淒淒樓上數歸鴻。悲淚三兩陣,哀緒萬千重。
> ──〈臨江仙〉

整個人病懨懨地睡,害怕起來清醒面對這一切,好似癡傻,如同酒醉,人更加慵懶了,竹簾就讓它半垂半捲吧!放眼望去,外面是一片綠油油的芳草。不意看見落花,眼淚竟撲簌地流個不停。不斷追憶當年的情景,魂縈夢牽,偶見樓上幾隻飛鳥歸來,內心更感悽涼悲痛。悲傷痛哭個兩三陣,止不住的淚水,揮不去的思念,這離情愁緒,好似萬千重般湧向心中。張竹坡於詞末批:「辭亦淒惻動人。」此時瓶兒已命在旦夕。這回瓶兒「一者思念孩兒,二者著了重氣」,「漸漸容顏頓減」,已病入膏肓。她又再度夢見花子虛,「彷彿見花子虛抱著官哥兒叫他,新尋了房兒,同去居住。李瓶兒還捨不的西門慶,不肯去,雙手就抱那孩兒,被花子虛只一推,跌倒在地。」瓶兒思念官哥兒,不捨西門慶,作者引這闋回首詞道出瓶兒「淒惻動人」的真情。

　　李瓶兒命歸黃泉後尚且兩度向西門慶託夢,作者以回首詞描寫瓶兒的深情款款,第

67 回這首半模仿半抄襲范仲淹的〈蘇幕遮〉[23]：

> 朔風天，瓊瑤地。凍色連波，波上寒煙砌。山隱彤雲雲接水，衰草無情，想在彤
> 雲內。　　黯香魂，追苦意。夜夜除非，好夢留人睡。殘月高樓休獨倚，酒入愁
> 腸，化作相思淚。──〈蘇幕遮〉

范仲淹這闋〈蘇幕遮〉在作者有意識地改動下，轉而指涉李瓶兒思家、惦念親人之情，尤指對夫婿西門慶的相思情懷。小說敘事中雪花紛飛，故將「秋色」改為「凍色」；「山映斜陽天接水」改為「山隱彤雲雲接水」，因為既是雪天，自然不會有斜陽，沒有斜陽當然也就不能出現「更在斜陽外」，而改成「想在彤雲內」。此時的瓶兒早已魂歸黃泉，「黯鄉魂」則巧妙地改成了同音的「黯香魂」，中國古典詩詞裡多以「香魂」指女子魂魄，詞作將范仲淹羈旅他鄉遊子的「鄉魂」，一改為零落他方、無處安頓的「香魂」。這麼一改動，反倒更深切地點出李瓶兒「香魂」零落的淒楚，已然回天乏術的無奈，香魂宛若一縷遊絲，穿梭於虛實之間，不知情歸何處的深邃。一縷「香魂」千古愁，頗有清王士禎〈浣溪沙〉：「香魂零落使人愁，澹烟荒草舊迷樓」的淒美意象。小說正文通過西門慶的夢境，指涉瓶兒對西門的深情，而西門夢中哭醒後，「簾影射入，正當日午」，此時作者所題回中詩：「殘雪初晴照紙窗，地爐灰燼冷侵牀。個中邂逅相思夢，風撲梅花鬥帳香。」映照回首詩詞的雪天「凍色」，又因「殘雪初晴」，融雪時寒氣逼人更甚下雪時，故「冷侵牀」而錦衾寒，呈現孤枕難眠的意象，彼此兩地相思不言而喻。同時點出天氣的轉變，由大雪紛飛，到「殘雪初晴」。作者又將范仲淹的「明月樓高休獨倚」改成「殘月高樓休獨倚」，「殘月」乃清晨，天空尚存薄薄月色。顯見詞中女子徹夜未眠，而這份孤寂更貼切瓶兒天人永隔的殘破感，瓶兒唯有藉「夢」，才得以「訴幽情」。這是寫實小說所難以呈現的一幕，寫實小說呈現當下的現實感，透過詩詞淒美的意象，更增添瓶兒多情幽魂的遊離。第 71 回回首詞則是改動自北宋蘇軾〈蝶戀花〉[24]：

---

[23] 范仲淹〈蘇幕遮〉原詞：「碧雲天，黃葉地。秋色連波，波上寒煙翠。山映斜陽天接水。芳草無情，更在斜陽外。　　黯鄉魂，追旅思，夜夜除非，好夢留人睡。明月樓高休獨倚。酒入愁腸，化作相思淚。」引自張夢機、張子良（選注）：《唐宋詞選注》，頁 50。牛貴琥也認為是對范仲淹〈蘇幕遮〉的改動。見牛貴琥：〈略談古代通俗小說中詩詞之弊端〉，《廈門教育學院學報》第 8 卷第 2 期（2005 年 6 月），頁 8-14、23。荒木猛的考證則為「《草堂詩餘新集》卷 4，林鴻作，題〈留別〉。」見荒木猛：〈關於崇禎本《金瓶梅》各回的篇頭詩詞〉，中國金瓶梅學會（編），《金瓶梅研究》第四輯（南京：江蘇古籍出版社，1993 年，頁 204-221），頁 216。

[24] 蘇軾〈蝶戀花〉原詞為：「春事闌珊芳草歇，客裡風光，又過清明節。小院黃昏人憶別，落紅處處聞啼鴃。咫尺江山分楚越，目斷魂銷，應是音塵絕。夢破五更心欲折，角聲吹落梅花月。」

花事闌珊芳草歇，客裡風光，又過些時節。小院黃昏人憶別，淚痕點點成紅血。咫尺江山分楚越，目斷神驚，只道芳魂絕。夢破五更心欲折，角聲吹落梅花月。

——〈蝶戀花〉

這回李瓶兒到何家托夢給西門慶，兩人「相抱而哭」，是以「淚痕點點成紅血」。告知她未來歸處與他「咫尺不遠」，可知近在「咫尺」卻是天人永隔？詞中「咫尺江山分楚越」，西門慶夢醒「恍然驚覺」，他「只道芳魂絕」。然而東坡原詞作「音塵絕」，間阻的是入世與出世之間的紅塵俗事。回首詞改動為「芳魂絕」，「芳魂絕」指涉瓶兒香消玉殞，因此阻隔夫妻的「咫尺江山分楚越」，竟是天人永隔——陰陽永遠無法跨越的界線。作者在第 67、71 回分別改寫了范仲淹〈蘇幕遮〉、蘇軾〈離別〉，為這位原本河東獅吼，「形象」[25]轉變為賢妻良母的瓶兒抒發感情。朱星認為李瓶兒的人物性情大變，太過矛盾，「同時也沒有敘述她性格的轉變過程，這是一個漏洞。」[26]朱星此論其實有待商榷，若我們就回首詩詞與人物形象做一對照，對應瓶兒的回首詩詞，也同正文敘事有著微妙的轉變，回首詩詞其實已串連正文敘事，為瓶兒立小傳。瓶兒兩次託夢給西門都要他「早早回家」，透顯賢妻形象，而西門慶這兩次入夢，兩度落淚。夢裡相逢，「二人抱頭而哭」，「西門慶從睡夢中直哭醒來」，夢境裡外，兩人猶如詞句「淚痕點點成紅血」，夫妻倆情深意濃，西門慶夢醒之際，仍「絲不的心中痛切」。誠如西門慶自道：「自古夢是心頭想。」（第79回）可見西門慶對瓶兒真摯的夫妻情。另一方面，作者也很清楚地，希望透過回首詩詞讓讀者體會李瓶兒賢妻良母形象，人的性情很可能因為時空的轉移而改變，或者為保護己出的官哥兒不得不的改變，甚至必須調整自己以求在西門大宅院中生存的無奈。

三、眾妻妾

「崇禎本」回首詩詞於一首內同時指涉西門「眾妻妾」者，共五首。[27]第 10 回詞作，上片指涉「眾妻妾」；下片則指涉此時尚未「歸隊」的瓶兒與未被西門「收用」的春梅。第 15 回詩作前兩句指涉「眾妻妾」；後兩句卻指涉妓女李桂姐，頗富譏刺之味。第 25

25　陳東有：「這個形象在我們面前竟展現了這樣一個真實而又殘酷的現實：妻妾制度和子嗣制度給這個選擇了逆來順受、溫柔敦厚性格的女人鋪展了一條平坦大道，帶來了一片光明，然而坦途只是曇花一現，光明如同閃電一瞬，瓶兒面臨了重重路障陷阱，承受的是更為沉重的黑暗。」引自陳東有：《金瓶梅文化研究》（臺北：貫雅文化公司，1992年），頁 254。

26　朱星：《金瓶梅考證》（天津：百花文藝出版社，1981年），頁 95。

27　指涉眾妻妾者，有第 10、15、25、30、46 回，計五首。

回嘲諷西門「眾妻妾」全無詞中女子的嬌羞模樣，使得回首詩詞與正文內容彼此拉扯，形成一鮮明諷刺的對比。第 30 回上片敘寫西門慶「加官」，下片影指瓶兒「生子」，「閨中姐妹」各自為自己無子的境遇憂愁。第 46 回則以「眾妻妾」卜龜子算命，預示各人未來命運，最後西門家「樹倒猢猻散」的結局，回首詩詞本身即頗具敘事性。回首詩詞指涉眾妻妾的第一首，是第 10 回的回首詞：

> 八月中秋，涼颷微逗，芙蓉卻是花時候。誰家姊妹鬥新粧，園林散步頻攜手。　　折得花枝，寶瓶隨後，歸來翫賞全憑酒。三盃酩酊破愁城，醒時愁緒應還又。——〈踏莎行〉

正文描述武松因誤殺李皂隸，而遭充配孟州，西門慶於焉在後花園芙蓉亭擺宴慶祝，西門慶率眾妻妾，請了一起樂人，在芙蓉亭上，吹彈歌舞，闔家歡喜飲酒，一派歡樂的氣氛貼合上片的意境。正飲酒間，「隔壁花家，送花兒來與娘們戴」，「崇批」在此評：「似為李瓶兒出筍，卻又暗伏收春梅機緣。」隔日西門慶便收用了春梅。而詞中「折得花枝，寶瓶隨後」，田曉菲則認為是採取比喻的手法：「蓋以花枝喻金蓮、春梅，以寶瓶喻瓶兒。」以及「對金蓮得寵、春梅被收用、妻妾開宴芙蓉亭、瓶兒意味深長的送花等情事都進行了若隱若現的書寫。」[28] 翫賞芙蓉，闔家飲酒作樂，詞中卻隱入了兩個「愁」字，詩詞篇幅極短，原是忌諱意象的重現，然而詩人或詞人為強調情緒或情感，方重出疊象——「愁」。西門大宅內群芳鬥艷，西門慶情場得意，潘金蓮此時最是受寵，可詞中點出西門「收用」春梅，預示瓶兒即將現身，「金」、「瓶」、「梅」就要到位了，作者卻重出「愁」字，暗指一場腥風血雨將席捲這個家庭。

　　第 25 回引用李清照〈點絳唇〉，在打鞦韆歡樂的氣氛過後，下一回旋即出現《金瓶梅》裡的女性首位「出局」者——宋蕙蓮。作者總不忘在熱與冷之間徘徊，提醒讀者天地間「物極必反」[29] 的真理，第 30 回「西門慶生子加官」這回回首詞同樣採冷／熱筆法，上片熱，下片冷：

> 十千日日索花奴，白馬驕駝馮子都。今年新拜執金吾。　　侵悵露桃初結子，妬花嬌鳥忽嗔雛。閨中姊妹半愁娛。——〈浣溪沙〉

28　田曉菲：《秋水堂論金瓶梅》，頁 31、33。

29　「天地盈虛，寒暑周迴。言物極必反也。」天地間的事物，氣候寒暑循環，一旦發展到了極點，必定會轉向發展。《金瓶梅》總在極寫「熱」後，接寫極「冷」，或冷／熱對比描寫。〔梁〕蕭統（編），〔唐〕李善（注）：《文選》（上海：上海古籍出版社，1986 年），頁 1184。

這闕詞部分化用自東漢辛延年〈羽林郎〉。「執金吾」，指掌管京師的治安警衛。西門慶「新拜執金吾」，象徵他新任武職的官階。身騎白馬，風光過大街，顯見他「交通」官場，成績斐然。「結子」，指生兒子。「初結子」，意謂六房李瓶兒產下西門家第一個子嗣。此時，西門慶可謂家庭事業兩得意。但，這卻大大地破壞了妻妾間的平衡生態。「嗛」，有懷恨之意。「妒花」暗喻妒婦。「妒花嬌鳥忽嗛雛」，即暗指其他妻妾雖也歡喜迎接西門家第一個子嗣的誕生，然而嫉妒在所難免。對比上片的熱與下片的冷，回首詩詞有意打破上一闕詞中「誰家姊妹鬪新粧，園林散步頻携手」（第10回）的和諧氣氛，原本所維持的平衡生態，因瓶兒產子而毀壞，其他未有所出的姊妹，各自內心開始擔憂自己在家中的地位不穩固、處境更艱難。是以「閨中姊妹半愁娛」，載不動的「愁」字，破壞了原本和諧的狀態。第10回回首詞中所複沓的「愁」字，再度重現，強調這個家庭內部的矛盾與紛爭逐漸擴大。第46回回首詞引五代張泌〈浣溪沙〉：

> 小市東門欲雪天，眾中依約見神仙。蕋黃香畫貼金蟬。　　飲散黃昏人草草，醉容無語立門前。馬嘶塵哄一街煙。──〈浪淘沙〉

這回主要著墨於小說的第三次元宵節，在熱鬧的元宵夜裡，吳月娘忽感「涼凄凄的起來」，原來是「外邊天寒下雪」，正文對應詞中「欲雪天」之景。「妻妾戲笑卜龜兒」，通過「神仙」之口預告個人未來命運，獨金蓮由自己口中道出生命結局。回中詩：「香消燭冷樓臺夜，挑菜燒燈掃雪天。」極寫「冷」字。「書中三次元宵夜，惟有這一次花費的筆墨最多，結局也寫得最為冷清。一來反映月娘的心境，二來預示著熱鬧高潮過去後的尾聲。」[30]西門家極盛的元宵，人生甚得意之時，很快地，將如同一縷煙絲，煙消雲散，詞中「馬嘶塵哄一街煙」，詞作由熱鬧的眾人相約見神仙，到「飲散黃昏」前仍有眾人相伴。「飲散」過後卻是獨自一人，帶著幾分醉意回到家門前，驀地發現，馬兒駕車馳駛過街道，陣陣馬啼聲的熱鬧氣氛，卻漸行漸遠，眼底只剩馬兒揚起的飛塵，整條街道僅存靜悄悄的「煙」兒。最後，好像什麼也沒發生過。「煙」的意象，傳遞生命曇花一現，榮華富貴轉眼成空。崇禎本《金瓶梅》由首回西門慶「熱結十弟兄」開卷，娶了六房妻妾，享盡「潑天富貴」的人生，歷經人間一切繁華。當年姊妹們開心「約見神仙」，卜龜卦算命的情景，如過眼雲「煙」般。最後闔卷時，只剩吳月娘一人享壽七十歲，卻是無夫無子，孤獨終身。黃永武《中國詩學──鑑賞篇》認為作品的詩境，可運用所謂的「情景交融」之筆法：

30　田曉菲：《秋水堂論金瓶梅》，頁143。

許多詩是情感與時空景色交融不分的，詩人將時空景物作為發抒自己心中壘塊的
機緣罷了，所以景中可以含情，情中可以寓景，至於託物起興，摹景寫心，更覺
詞旨深渾，妙境無窮。[31]

誠如王國維所言：「一切景語，皆情語也。」[32]而回首這闋〈浪淘沙〉既寫景亦書情，
一如唐王維〈使至塞上〉詩中的「大漠孤煙直，長河落日圓」[33]，詩人眼睛所及盡是大
漠荒煙，內心孤獨悲戚之感，宛若那縷「孤煙」直上天際。如馬奎斯《百年孤寂》是寫
拉丁美洲一世紀孤寂的魔幻寫實小說，那麼《金瓶梅》就是寫中國明代跨越三世紀孤寂
的寫實小說，而崇禎本《金瓶梅》回首詩詞所現之孤寂感更甚正文。

四、宋蕙蓮

宋蕙蓮自第 22 回登場，到第 26 回隨即退場，她才搬演五回，而指涉宋蕙蓮的回首
詩詞就有五首。[34]作者同樣以回首詩詞為蕙蓮立小傳，以記錄她短暫的生命舞臺，第 22
回「蕙蓮兒偷期蒙愛」，指涉蕙蓮初與西門慶偷情得手的心境，回首詞部分引用南宋范
端臣〈念奴嬌〉：

> 今宵何夕？月痕初照。等閒間一見猶難，平白地兩邊湊巧。向燈前見他，向燈前
> 見他，一似夢中來到。何曾心料，他怕人瞧。驚臉兒紅還白，熱心兒火樣燒。
> ——〈桂枝香〉

晚出的《巫山艷史》第 11 回回首亦徵引此詞。回首詞影射宋蕙蓮和西門慶偷情時，擔心
被人發現的有趣畫面，作者分明是戲謔之語。這回作者回首開頭便介紹宋蕙蓮登場，強
調她「生的白淨」，這是李瓶兒的化身；「比金蓮腳還小些兒」，這是潘金蓮的優勢，
有這兩個強項，自然很快地就被西門慶發現了。並且「性明敏，善機變，會粧飾，就是
嘲漢子的班頭，壞家風的領袖。」還說她的本事是：「斜倚門兒立，人來側目隨。托腮
並咬指，無故整衣裳。坐立頻搖腿，無人曲唱低。開窗推戶牖，停針不語時。未言先欲
笑，必定與人私。」蕙蓮初到西門家時，本跟著眾僕婦上竈，沒什麼妝飾，一個多月後，
「因看見玉樓、金蓮打扮，他便把鬚髻墊的高高的，頭髮梳的虛籠籠的，水鬢描的長長的，

31　黃永武：《中國詩學——鑑賞篇》（臺北：巨流圖書公司，1988 年），頁 86。
32　王國維：《人間詞話·人間詞話刪稿》〔肆〕條（上海：上海古籍出版社，2009 年），頁 127。
33　王維〈使至塞上〉原詩為：「單車欲問邊，屬國過居延。征蓬出漢塞，歸雁入胡天。大漠孤煙直，
　　長河落日圓。蕭關逢候騎，都護在燕然。」見〔清〕高步瀛：《唐宋詩舉要》，頁 427。
34　指涉宋蕙蓮者，有第 22、23、24、26-1、26-2 回，共五首。這五首全部單獨指涉。

在上邊遞茶遞水，被西門慶睃在眼裡。」兩人第一次交手前，「西門慶安心早晚要調戲他這老婆」，可「等閒間一見猶難」，若在一般妻妾眾多的家庭，僕婦要想與主子偷情並非易事，但在西門家似乎成了稀鬆平常之事。於是乎，便安排她的夫婿來旺兒前往杭州為蔡太師製作慶賀生辰的錦繡蟒衣，支開來旺兒以方便行事。一日，「平白地兩邊湊巧」，他倆「兩個撞箇滿懷。西門慶便一手摟過脖子來，就親了個嘴。」極其迅速，西門慶立即派遣玉簫當牽頭，兩人第一次在「藏春塢」裡交歡，因「他怕人瞧」，派了玉簫在「藏春塢」門口把風。豈知被金蓮發現兩人偷情，「婦人聽見有人來，連忙繫上裙子往外走，看見金蓮，把臉通紅了。」這段敘事對應詞作「何曾心料，他怕人瞧。驚臉兒紅還白，熱心兒火樣燒。」以奚落蕙蓮敢於偷情卻又怕人瞧見，當被人發現時，還驚嚇得臉頰一陣紅一陣白的可笑模樣。宋蕙蓮自與西門慶私通之後，「只銀子成兩家帶在身邊，在門首買花翠胭脂，漸漸顯露，打扮的比往日不同。」蕙蓮心底盼藉與西門的關係能「更上一層樓」，第一首回首詞中的她還具羞澀模樣。爾後，在虛榮心的驅使下蕙蓮行徑更加狂妄，從第 23 回這首開始，蕙蓮的心思便更大膽地想飛上枝頭當鳳凰：

> 心中難自泄，暗裡深深謝。未必娘行，恁地能賢哲。衷腸怎好和君說？　說不願丫頭，願做官人的侍妾。他堅牢望我情真切。豈想風波，果應了他心料者。
> ——〈梧桐樹〉

一句「不願丫頭，願做官人的侍妾」，道出宋蕙蓮愛慕虛榮的心思，盼能當西門大官人的侍妾。蕙蓮似乎忘卻自己僕婦的身分，摹仿主子夫人們的妝扮、行徑，甚至是生活模式。一回主子夫人們一同下棋，蕙蓮故作揚聲下指導棋，惹惱了孟玉樓，說道：「你這媳婦子，俺們在這裡擲骰兒，插嘴插舌，有你甚麼說處？」（第 23 回）這是玉樓少見訓斥下人的言語，足見連玉樓都看不慣她的輕狂態度。一如回首詞指涉蕙蓮自謂的「說不願丫頭，願做官人的侍妾。」然而，正如平安對蕙蓮奚落道：「我曉得你往高枝兒上去了。」蕙蓮不甘只是做為西門家的女僕，她希冀藉與西門的性關係換取財物。潘金蓮雖發現他們的姦情，卻不舉發，比照當初知曉李瓶兒與西門慶姦情時的一貫態度，為牢攏漢子的心，圖漢子歡喜——身為小妾極為卑微的願望——只求詳知實情。很快地，蕙蓮在金蓮的默許下，「每日與金蓮、瓶兒兩個下棋、抹牌，形成夥兒」，看似已飛上枝頭當鳳凰之際，蕙蓮「不願丫頭，願做官人的侍妾」，可「豈想風波」就此而起，只是這個「風波」卻是延宕至第 26 回才敘述。《金瓶梅》向來以冷／熱筆法著稱，作者先預告一場「風波」即將到來，隨即插入熱鬧的節慶，第 24 回回首詩：

> 銀燭高燒酒乍釅，當筵且喜笑聲頻。蠻腰細舞章臺柳，素口輕歌上苑春。香氣拂

衣來有意，翠花落地拾無聲。不因一點風流趣，安得韓生醉後醒。

該回正文描寫小說中的第二個元宵節，「銀燭高燒酒乍醺，當筵且喜笑聲頻」，西門大宅「張掛花燈，鋪陳綺席」，闔家歡樂飲酒，還有春梅、玉簫、迎春、蘭香四名家樂，在旁助興，各個「蠻腰細舞章臺柳，素口輕歌上苑春」。回首詩詞則如同小說正文在一片熱鬧非凡的景象中，突然收煞。元宵節「月色之下，恍若仙娥」的蕙蓮，套著金蓮的「三寸金蓮」與眾人走百媚兒時，「一回又落了花翠，拾花翠；一回又吊了鞋，扶著人且兜鞋；左來右去，只和敬濟嘲戲」，應了「香氣拂衣來有意，翠花落地拾無聲，不因一點風流趣，安得韓生最後醒」的詩意，而蕙蓮此舉自是回敬金蓮前回「簪銷著門」之事。詩作前四句指西門大宅的酒宴歡樂場景；後四句則暗指潘金蓮與陳敬濟於席間調情，兩人關係曖昧。詩中「韓生」[35]泛指風流子弟；這裡自然是影射陳敬濟，回目明白點出「敬濟元夜戲嬌姿」，然而敬濟所戲之「嬌」，乃指金蓮與蕙蓮「雙嬌」。他先在筵席上與金蓮「調情玩耍」，且「在下戲把金蓮小腳兒踢了一下」，巧地被蕙蓮瞧見；後走百媚兒蕙蓮「只和敬濟嘲戲」。「後次這宋蕙蓮越發倡狂起來，仗西門慶背地和他勾搭，把家中大小都看不到眼裡，逐日與玉樓、金蓮、李瓶兒、西門大姐、春梅在一處玩耍。」可見，此時蕙蓮同春梅都已與眾妾平起平坐。清明將至，正當眾婦人歡喜打鞦韆，作者形容蕙蓮「飛仙一般，甚可人愛」，小說情節卻急轉直下，來旺兒遭西門慶陷害，並遞解徐州，第26回回首連引兩首抒情詩：

與君形影分吳越，玉枕經年對離別。登臺北望煙雨深，回身哭向天邊月。[36]

又：

夜深悶到戟門邊，卻繞行廊又獨眠。閨中只是空相憶，魂歸漠漠魄歸泉。

上一首引用唐姚月華〈古怨〉；下一首則結合了中、盛、晚唐詩人的詩句。「夜深悶到戟門邊，卻繞行廊又獨眠。」引自中唐元稹〈憶事〉；「閨中只是空相憶」為盛唐岑參

35 「韓生」引自唐韓翃之典故，典出唐許堯佐《柳氏傳》，柳氏為李生之愛妾，其得知柳氏仰慕其友韓紘之才，又「李生素重翃，無所恡惜。後知其意，乃具饌請翃飲。酒酣，李生曰：『柳夫人容色非常，韓秀才文章特異。欲以柳薦枕於韓君，可乎？』翃驚慄避席曰：『蒙君之恩，解衣輟食久之，豈宜奪所愛乎？』李堅請之。」後世因此認為「翃仰柳氏之色；柳氏慕翃之才」，表兩人互有仰慕對方之情。韓紘於《新唐書》、《全唐文》記為韓翃，於《太平廣記》則載為韓翊。引自〔宋〕李昉等奉勅（編）：《太平廣記》（北京：中華書局，1961年），頁3995。
36 引自唐姚月華〈怨詩寄楊達〉，原詩為：「春水悠悠春草綠，對此思君淚相續。羞將離恨向東風，理盡秦箏不成曲。與君形影分吳越，玉枕經年對離別。登臺北望煙雨深，回身泣向寥天月。」

〈題首蓓峰寄家人〉的詩句;而「魂歸漠漠魄歸泉」則是晚唐朱褒〈悼亡奴〉詩句。詩作指涉蕙蓮與來旺兒「形影分吳越」,她先跪求月娘,次「關閉房門哭泣,茶飯不吃」,而西門慶卻玩兩面手法,一邊哄蕙蓮,一邊在金蓮的教唆下陷害來旺兒,當蕙蓮發現真相時便「懸梁自縊」,可自殺未遂。後次遭金蓮設計她與孫雪娥鬥氣。雪娥對蕙蓮說了「致命」的一句話:「不得你他也不得死,還在西門慶家裡。」雪娥一席話激怒了她,蕙蓮「忍氣不過,尋了兩條腳帶」,自縊身亡。孫述宇認為《金瓶梅》之所以了不起,乃因「作者嘲諷儘管嘲諷,但並不因之失去同情心,而且對人生始終有很尊重的態度。」[37]正文介紹她出場時,說蕙蓮嫁與廚役蔣聰為妻時,就曾與來旺兒偷情,可蔣聰被人戳死時,蕙蓮仍仗義為夫婿報仇。因此,不難想像當西門慶在潘金蓮的教唆下,她勇敢地對西門慶直言:「你原來就是箇弄人的劊子手,把人活埋慣了,害死人還看出殯的!」(第26回)作者儘管嘲諷蕙蓮,可也非一面倒地批判她,仍尊敬蕙蓮替前後兩任夫婿仗義直言的態度。「魂歸漠漠魄歸泉」的蕙蓮,原只是愛慕虛榮,自覺是她害來旺兒被打得稀爛,並發配徐州去,在看清西門的真面目時,心裡應是悔不當初。而對於她的死,西門也只說了句:「他恁箇拙婦,原是沒福。」「崇禎本」無名氏在此評點:「只淡淡一語作結便了,蓋無情以繫心也。」西門對蕙蓮原便無真情,充其量不過換換口味罷了!於焉蕙蓮成了《金瓶梅》裡第一位去世的女性。

「崇禎本」回首詩詞指涉人物亦透顯作者個人對小說人物的喜好偏愛。「詞話本」與「崇禎本」雙雙收入東吳弄珠客所題之序:

> 《金瓶梅》,穢書也。袁石公亟稱之,亦自寄其牢騷耳,非有取於《金瓶梅》也。然作者亦自有意,蓋為世戒,非為世勸也。如諸婦多矣,而獨以潘金蓮、李瓶兒、春梅命名者,亦楚《檮杌》之意也。蓋金蓮以奸死,瓶兒以孽死,春梅以淫死,較諸婦為更慘耳。……讀《金瓶梅》而生憐憫心者,菩薩也。[38]

作者極為認同序中所言:「讀《金瓶梅》而生憐憫心者,菩薩也。」他以「菩薩」之姿,懷抱憐憫心,俯瞰人世間,同情潘金蓮、李瓶兒這樣為生存奮鬥的女子,讚賞像玉樓這樣有智慧的女性。但並不同情龐春梅在無須為生存努力之後,卻反倒放縱自己淫欲無度,年方二十九歲,竟「死在周義身上」。誠如張竹坡所言:「金瓶梅是一部史記。然而史

---

37 孫述宇:《金瓶梅的藝術》(臺北:時報文化公司,1985年),頁33-34。

38 東吳弄珠客:《金瓶梅・序》分別收入〔明〕蘭陵笑笑生(著),梅節(校訂),陳詔、黃霖(注釋):《金瓶梅詞話》,頁4。以及〔明〕蘭陵笑笑生(著),閻昭典、王汝梅、孫言誠、趙炳南(校點):《新刻繡像批評金瓶梅》,頁1。

記有獨傳、有合傳，卻是分開做的。金瓶梅卻是一百回共成一傳，而於百人總合一傳，內卻又斷斷續續，各人自有一傳。」[39]是以，「崇禎本」指涉女性的回首詩詞，大抵可串連成人物「獨傳」，意即作者以回首詩詞為小說人物立傳。中國古代女性生活在傳統社會裡，往往芒刺在背，日常的挑戰不斷發生，每每備受壓力，爭寵是稀鬆平常之事，生子成了人生努力的目標。《金瓶梅》活生生再現中國古代女性生存的壓力，為生活所做的奮鬥。而由崇禎本《金瓶梅》回首詩詞所指涉者，可以看出作者個人的好惡與價值判斷，企圖以回首詩詞指涉小說人物，向讀者宣示其女性觀、人生觀和價值觀。

　　作為一部偉大的寫實主義小說，狀摹社會百態、人情世故。曼殊說：「《金瓶梅》之聲價，當不下於《水滸》、《紅樓》。」[40]平子認為《金瓶梅》描寫當時社會情狀多側筆、多暗刺、多痛語、隱抑淒惻，「且其中短簡小曲，往往雋韻絕倫，有非宋詞、元曲所能及者，又可征當時小人女子之情狀，人心思想之程度。」[41]其中提供讀者諸多思考的面向，同時為避免讀者閱讀小說的阻斷，通過回首詩詞含蓄蘊藉的隱喻，不僅可達到雅化小說的目的，同時傳遞給讀者多面向的思考空間。「崇禎本」回首詩詞表面上看似游離於正文敘事之外，然而細細品味，慢慢咀嚼，其實仍與正文相關，而詩詞所指涉的小說人物，大多集中於潘金蓮與李瓶兒兩位女性身上。「只有緊密結合人物性格，韻文才能恰到好處。如果意在推動情節，韻文就可能與人物性格有距離。」[42]回首詩詞指涉人物者高達五十七首之多，「崇禎本」這些為數眾多的回首詩詞多為抒情詩歌，「這些情詩又多是代女子發聲。」[43]意使讀者通過詩詞管窺小說人物的心底波瀾，傳達女性心聲——長久以來在中國歷史上缺席的聲音。

第二節　補充人物形象

　　「崇禎本」回首詩詞在指涉人物的同時，亦進行重建人物形象的功能，「凡是在小說中有助於塑造人物性格特點和環境的詩詞，對於小說來講就是成功的。」[44]「崇禎本」

39　〔清〕張竹坡：《皋鶴堂批評明代第一奇書金瓶梅讀法》第三十四則，頁15。

40　曼殊：〈新小說〉，收入朱一玄（編）：《金瓶梅資料彙編》（天津：南開大學出版社，2004年），頁677。

41　平子：〈小說叢話〉，收入朱一玄（編）：《金瓶梅資料彙編》，頁675。

42　董國炎：〈論小說韻文的價值與類別〉，《明清小說研究》（2005年第3期，總第77期，頁4-15），頁7。

43　胡衍南：《金瓶梅到紅樓夢——明清長篇世情小說研究》，頁161。

44　林辰：《古代小說與詩詞》（瀋陽：遼寧教育出版社，1993年），頁82。

回首詩詞人物形象頗有成績。除了詩詞本身的意趣外，對於作者以白描手法狀摹人物性格的寫實性，詩詞則以另一種角度闡述人物的心境、情感，不同的詮釋方式，使得人物更形豐富且飽滿。

一、孫雪娥

「崇禎本」作者對孫雪娥的遭遇寄予同情，從回首詩有兩首單獨指涉雪娥，超越孟玉樓的一首，甚至勝於吳月娘、李嬌兒毫無單獨指涉者，可見一斑。這兩首分別是第 90 回與第 94 回，先看第 90 回回首詩：

> 菟絲附蓬麻，引蔓原不長。失身與狂夫，不如棄道傍。暮夜為儂好，席不暖儂床。昏來晨一別，無乃太匆忙。行將濱死地，涊痛迫中腸。

這首改自唐杜甫五言古詩〈新婚別〉[45]的前八句與第十七、十八句。「菟絲」為寄生植物，僅能依附其他植物生長，但倘若所附植物是軟而無力的「蓬麻」，它所能生長的空間自然很有限，因此用以比喻微賤的事物。此回回目為「來旺盜拐孫雪娥」，作者作意明顯地認為孫雪娥與來旺的私奔，誠為不智之舉。來旺也非明智之人，回首詞指涉雪娥「失身與狂夫」，來旺確實是個莽撞的「狂夫」，他與主子西門慶的四房偷情，卻不滿主子勾搭自己的老婆，酒後揚言殺害主子，分明是搞不清楚自己的身分地位處於劣勢。他跟著主子多年，見識西門慶的各種手段，如何「計娶」潘金蓮、如何人財兩得李瓶兒與花家資產。來旺不知引以為借鏡，況且太歲頭上動土，自投羅網。西門去世後，雪娥無知地與來旺相約私奔，東施效顰，摹仿當年李瓶兒「牆頭密約」西門慶，只是「紅娘」一職由迎春換成來昭與一丈青夫婦。「這來旺兒踏著梯橙，黑影中扒過粉牆。雪娥那邊用橙子接著。」兩人活脫脫是主子西門慶與李瓶兒當年的翻版，殊不知此時兩人皆已作古，差別在於當年主子都各有家室，而今來旺與雪娥則是「曠夫寡婦」，無怪乎「崇禎本」無名氏評點：「所籌亦是。既有此籌，何不稟月娘，擇一夫嫁之，為正大也。」以及評曰：「私奔乃千古佳人偶為奇事，豈愚夫愚婦所可效也？雪娥、來旺宜其敗也。」兩人因犯了通姦盜拐財物等罪，月娘不願領回，因此雪娥遭官府判「當官辦賣」。龐春

---

45 杜甫〈新婚別〉原詩為：「兔絲附蓬麻，引蔓故不長；嫁婦與微夫，不如棄路旁。結髮為妻子，席不煖君床。暮婚晨告別，無乃太匆忙。君行雖不遠，守邊赴河陽。妾身未分明，何以拜姑嫜。父母養我時，日夜令我藏。生女有所歸，雞狗亦得將。君今往死地，沉痛迫中腸。誓欲隨君去，形勢反蒼黃。勿為新婚念，努力事戎行。婦人在軍中，兵氣恐不揚。自嗟貧家女，久致羅襦裳。羅襦不復施，對君洗紅粧。仰視進鳥飛，大小必雙翔。人事多錯迕，與君永相望。」引自〔清〕高步瀛：《唐宋詩舉要》，頁 67。

梅為報當年之仇，把雪娥買來家裡上竈。而「雞尖湯」（第 94 回）的橋段，其實是春梅怕雪娥揭穿她與敬濟非姊弟的實情，刻意刁難，為把雪娥趕出周守備府，免得壞了她的好事。她堅持要薛嫂將雪娥賣入娼門，以報當年的一箭之仇。第 94 回回首詩指涉雪娥「歸娼」後的慘況：

> 骨肉傷殘產業荒，一身何忍去歸娼。淚垂玉筯辭官舍，步蹴金蓮入教坊。覽鏡自憐傾國色，向人初學倚門粧。春來雨露寬如海，嫁得劉郎勝阮郎。

孫雪娥的不智，正如宋惠蓮自縊身亡前與雪娥嘔氣所言：「我養漢養主子，強如你養奴才。」落得下場如此不堪。西門慶已世，她大可光明正大請求月娘讓她改嫁來旺，完全無須走「私奔」一途。月娘即便愛財，也不致吝於給她一點「嫁妝」，何須牆頭搬送盜物呢？大抵世情小說在人物的塑造，總力求逼近現實生活，如此方能互為對照參看，更突顯人物形象。

　　本書無意將雪娥歸入 E. M. Forster 所謂的「扁平人物」（Flat character）[46]，因為雪娥不完全歸屬「扁平人物」的特質，但她在小說中倒也真的不智至極，雖有小聰明，卻缺乏智慧。難怪宋惠蓮對她這四房主子娘不服氣，嗆她：「我養漢養主子，強如你養奴才！」（第 26 回）雪娥自登場到出場，一貫地不聰慧，作者讓讀者澈澈底底地相信，她的世界是貧乏的。可她的登場卻很詩意，作者藉潘金蓮的眼睛告訴讀者，孫雪娥有「能造五鮮湯水，善舞翠盤之妙」（第 9 回）的手藝。水能載舟，亦能覆舟；她是成也美食，敗也美食。雪娥當年曾為「荷花餅、銀絲鮓湯」而得罪春梅，遭西門慶踢踹（第 11 回）；後因「雞尖湯」而被逐出周守備府。作者往往將美食與雪娥並置描寫，突出她的料理手藝。弔詭的是，只要有雪娥的戲分，就沒好事。文本中雪娥幾次在較大情節的出現，卻都安排在家庭風暴之前。如第 11 回雪娥因「荷花餅」、「銀絲鮓湯」被西門慶暴力相向。第 26 回雪娥開口說句「不得你他也不得死」，惠蓮便自縊身亡。第 90 回她與來旺相約私奔，卻被官府判「當官辦賣」。第 94 回又因「雞尖湯」，被賣入娼門。雪娥竟是作者安排聯結美食與暴力的場景，卻也有幾分「扁平人物」的特性。

---

[46] E. M. Forster：「在最純粹的形式中，他們依循著一個單純的理念或性質而被創造出來。……扁平人物的好處之一是易於辨認，只要他一出現即為讀者的感情之眼所察覺。感情之眼與一般視覺之眼不同再於前者只注意概念而非真實的人物。……第二好處再於他們易於為讀者所記憶。他們一成不變的存留在讀者的心目中，因為他們的性格固定不為環境所動；而各種不同的環境更顯出他們性格的固定，甚至使他們在小說本身已經淹沒無聞之後還能繼續存在。」〔英〕佛斯特（E. M. Forster）（原著），李文彬（譯著）：《小說面面觀》（臺北：志文出版社，1973 年），頁 59-60。

二、孟玉樓

　　孟玉樓稱得上是《金瓶梅》裡少有的正面形象人物。「小說中雖寫她和金蓮交好，但是最擅排解妻妾糾紛的也是她，在西門家唯一能不惹塵埃的也是她。」[47]回首詩詞單獨指涉孟玉樓者僅第 91 回這一首，然而這首回首詩卻也是少有輕快、愉悅的詩作，教讀者幸福感油然而生，也感染了玉樓好事近矣的氣氛：

> 簟展湘紋浪欲生，幽懷自感夢難成。倚床剩覺添風味，開戶羞將待月明。擬倩蜂媒傳密意，難將螢火照離情。遙憐織女佳期近，時看銀河幾曲橫。

　　上一回清明節寡婦上新墳後，玉樓巧遇知縣相公兒子李拱璧，回中詩題她倆「有緣千里來相會」。這回正文描述兩人：「彼此兩情四目都有意，已在不言之表」，而玉樓「倚床剩覺添風味，開戶羞將待月明」。玉樓尋思漢子已死，自己身邊又無己出，不如尋個落葉歸根之處，「正在思慕之間」，陶媽媽來西門家說親事，「擬倩蜂媒傳密意」，提親人正是李衙內。該回回目明白點出「孟玉樓愛嫁李衙內」，契合「織女佳期近」句中女子待嫁女兒心的幸福氛圍。第 21 回裡眾妾在家準備了一桌酒席，全家賞雪並擲骰猜枚行令，玉樓行的令是：「念奴嬌，醉扶定四紅沉，拖著錦裙襴，得多少春風夜月銷金帳。」作者安排每人所行之令，實則預示個人未來的命運，「崇批」謂：「行一令，卻又自家道出自家病痛，弄筆極矣。」然而玉樓並非道出自家病痛，而是預約自己日後與李衙內幸福美滿的婚姻。此外，作者也早已於第 89 回引了一首回中詩指涉玉樓：

> 清明何處不生煙，郊外微風掛紙錢。人笑人歌芳草地，乍晴乍雨杏花天。海棠枝上綿鶯語，楊柳堤邊醉客眠。紅粉佳人爭畫板，彩繩搖拽學飛仙。

　　讀來輕鬆、愉悅，有股莫名的雀躍之喜，感染春天欣欣向榮的氣息，此時讀者當然還不知玉樓好事近矣！詩作教讀者看來甚覺眼熟，原來「芳草地」、「杏花天」都曾出現在玉樓個人專屬的簪子，上面鈒著兩溜字兒：「金勒馬嘶芳草地，玉樓人醉杏花天。」第 8 回提到金蓮無意間在西門慶頭上發現了一根點油金簪兒，上頭鈒著這段詩句，原來是玉樓送給西門慶的訂情之物。第 82 回則是陳敬濟撿到了一根金頭蓮瓣簪兒，上面同樣鈒著這行詩，一眼便認出是玉樓的簪子。張竹坡回評道：「觀其命名，則作者待玉樓，自是特特用異樣筆墨，寫一絕世美人，高眾人一等。」[48]玉樓的確與眾不同，不同於潘金

47　胡衍南：《飲食情色金瓶梅》（臺北：里仁書局，2004 年），頁 157。

48　〔明〕蘭陵笑笑生（著），王汝梅、李昭恂、于鳳樹（校點）：《張竹坡批評第一奇書金瓶梅》，
　　頁 109。

蓮和李瓶兒的先姦後婚。「玉樓來西門家，合婚過禮，以視『偷娶』、『迎奸赴會』，何啻天壤？其吉凶氣象已自不同。其嫁李衙內，則依然合婚行茶過禮，月娘送親。」[49]意謂孟玉樓三次婚姻都是明媒正娶。上回玉樓改嫁西門慶時，是薛嫂作媒，「西門慶一頂大轎，四對紅紗燈籠，他小叔楊宗保頭上扎著髻兒，穿著青紗衣，撒騎在馬上，送他嫂子成親。」（第7回）而這回改嫁李衙內，則是官媒陶媽媽作媒，「一頂四人大轎，四對紅紗燈籠，八個皂隸跟隨來娶。」氣勢尤勝當年改嫁西門慶。回首詩以滿是幸福的氛圍指涉玉樓這次的改嫁，回中詩更形容兩人：

堪誇女貌與郎才，天合姻緣理所該。十二巫山雲雨會，兩情願保百年偕。

映照玉樓與李衙內，每日燕爾新婚，形影不離，琴瑟和鳴。玉樓處事極有智慧，因此每回總能把自己光明正大、風風光光地嫁出去，而不落人把柄。故「金蓮與瓶兒進門皆受辱。獨玉樓自始至終無一褒貶。」[50]第三次她對來提親的媒人陶媽媽說：「保山，你休怪我叮嚀盤問。你這媒人們，說謊的極多，奴也吃人哄怕了。」（第91回）雖第二次婚姻，在薛媒婆「善意的謊言」下，嫁入西門家，本以為是個當家娘子，結果竟排行三房，但玉樓隨遇而安，不忮不求，待人明哲保身，因而能與其他妻妾相安無事，並且常常充當妻妾紛爭時的和事佬。雖作者亦曾敘述她「含酸」，性格向來低調的玉樓，讓讀者驚覺到，原來她也有屬於常人該有的七情六慾。

　　此外，《金瓶梅》作者向來總是精細描繪女性身上的服飾。孟玉樓改嫁李衙內當天，「玉樓戴著金梁冠兒，插著滿頭珠翠、胡珠子，身穿大紅通袖袍兒。」次日赴席，「吳月娘那日亦滿頭珠翠，身穿大紅通袍兒」，形容兩人近似的裝扮。作者在此強調了個「亦」字，提醒讀者兩人儘管外在服飾相近，然而環境、心境卻是兩樣情，「月娘回家，因見席上花攢錦簇，歸到家中，進入後邊，院落竟悄悄，無個人接應。……一面撲著西門慶靈床兒，不覺一陣傷心，放聲大哭。」作者續以回中詩，「平生心事無人識，只有穿窗皓月知」，映照月娘處淒涼落寞的場景。張竹坡評《金瓶梅》女性們，謂：「內中獨寫玉樓有結果。」[51]通過女性服飾的對照描繪與回中詩的對比映襯，作者以回首詩正面肯定像玉樓這樣有智慧的女性，該有個好的結局。

49　〔清〕張竹坡：《皋鶴堂批評明代第一奇書金瓶梅讀法》第三十則，頁13。

50　〔清〕張竹坡：《皋鶴堂批評明代第一奇書金瓶梅讀法》第三十一則，頁13。

51　〔清〕張竹坡：《皋鶴堂批評明代第一奇書金瓶梅讀法》第二十八則，頁12。

三、媒婆

　　《金瓶梅》裡描繪了幾位職業媒婆，如薛嫂、文嫂、馮媽媽、陶媽媽，與以賣茶做非法掩護的王婆。這幾人各有千秋，人物形象極為生動豐富，王婆的「十分挨光計」即傳承自《水滸傳》，實因過於經典，《金瓶梅》作者將整個橋段統統抄錄。中國古典文獻很早就有關於媒婆的記載，在《詩經·齊風·南山》：「娶妻如之何？匪媒不得。」[52]亦即娶妻必須有媒人。《周禮·地官司徒下》：「媒氏，掌萬民之判。判，半也。得耦為合，主合其半成夫婦也。」[53]判為半之意，即媒合兩半為偶。《戰國策·燕策》：「處女無媒，老且不嫁。」[54]所謂婚姻應經媒妁之言、明媒正娶之意。但媒婆被歸為「三姑六婆」之屬。[55]「三姑」，即尼姑、道姑、卦姑；「六婆」，即牙婆（人販）、媒婆、師婆（女巫）、虔婆（賊婆、鴇母）、藥婆、穩婆（接生婆）。但古代人們即對「三姑六婆」缺乏好感，因為她們大多從事誨盜誨淫的角色，故小說作者往往警惕世人「三姑六婆」之言不可信。第12回回末作者即引：「堂前切莫走三婆，後門常鎖莫通和。院內有井防小口，便是禍少福星多。」四句格言以為警世之用。第7回回首詩堪稱媒婆自報家門的代表作，寫媒婆的能耐，他們的有趣與不堪之處：

> 我做媒人實自能，全憑兩腿走慇勤。唇槍慣把鰥男配，舌劍能調烈女心。利市花常頭上帶，喜筵餅錠袖中撐。只有一件不堪處，半是成人半敗人。

「利市花」語自《東京夢華錄·娶婦》：「迎客先回至兒家門，從人及兒家人乞覓利市錢物花紅等，謂之『攔門』。」[56]由於中國幅員廣大，各地風俗習慣不盡相同，然媒婆頭

---

[52] 高亨（注）：《詩經今注》，頁134。

[53] 《重刊宋本十三經注疏附校勘記·重栞宋本周禮注疏附校勘記》（臺北：藝文印書館，1965年），頁216-1。

[54] 〔漢〕劉向（集錄）：《戰國策》（上海：上海古籍出版社，1978年），頁1075。

[55] 《南村輟耕錄》：「『三姑六婆』三姑者，尼姑、道姑、卦姑也。六婆，牙婆、媒婆、師婆、虔婆、藥婆、穩婆也。蓋與三刑六害同也。人家有一於此，而不致姦盜者，幾希矣。若能謹而遠之，如避蛇蝎，庶乎淨宅之法。」引自〔明〕陶宗儀：《南村輟耕錄》卷十（北京：中華書局，1997年），頁126。《官箴集要·正內篇·防出入》：「三姑六婆，往來出入，勾引廳角關節，搬挑奸淫，沮壞男女。三姑者，卦姑、尼姑、道姑；六婆者，媒婆、牙婆、鉗婆、藥婆、師婆、穩婆，斯名三刑六害之物也，近之為災，遠之為福，淨宅之法也。犯之勿恕，風化目興焉。」引自〔明〕汪天錫（輯）：《官箴集要》（明嘉靖十四年刊本），頁11。

[56] 〔宋〕孟元老（撰），鄧之誠（注）：《東京夢華錄注》（香港：商務印書館，1961年），頁152。

上大多戴紅花，以象徵吉祥如意好采頭。「利市」，「此處指喜慶、節日的喜錢。」[57]關於「喜筵餅錠」，《東京夢華錄·娶婦》記載：「三日，女家送綵段、油蜜蒸餅，謂之『蜜和油蒸餅』。」[58]各地嫁娶習俗，至今仍保留送糕餅給至親好友，以為喜慶之分享。嫁娶過程中有配戴「利市花」的媒婆，以及將「喜筵餅錠」分贈親友，表示明媒正娶之意。「這首回首詩是寫媒婆本事的，以第一人稱自述的口吻，很像古戲中丑角自報家門一類的打油詩。內中有褒有貶，語調風趣，又像古戲中淨丑的插科打諢。」[59]這回小說描述薛媒婆如何「說嫁孟三兒」。薛嫂與西門慶故意誤導、含糊其辭，以騙娶玉樓。首先是西門慶開言故意誤導一：「小人妻亡已久，欲娶娘子管理家事，未知尊意為何？」薛嫂媒人嘴道：「姑奶奶聽見大官人說此椿事，好不歡喜！說道，不嫁這等人家，再嫁那樣人家我就做硬主媒，保這門親事。」表示玉樓的再婚不但是透過媒妁之言明媒正娶，且事先經過夫家姐姐做主同意這椿婚事。薛嫂特意誤導二：「就有房裡人，那箇是成頭腦的？我說是謊，你過去就看出來。」薛嫂的確說謊，玉樓嫁過去當然就看出來了，只是為時已晚，而她的媒婆錢早已到手，是以回首詩句「半是成人半敗人」即點破媒婆形象，張竹坡則在此旁批：「含酸在此。」即呼應「崇禎本」第75回回目「因抱恙玉姐含酸」。在西門慶娶親當天，楊姑娘與張四舅雙方各自為己利而吵得不可開交之際，「薛嫂見他二人嚷做一團，率領西門慶家小廝伴當，並發來眾軍牢，趕人鬧裡，七手八腳將婦人床帳、裝奩、箱籠，扛的扛，擡的擡，一陣風都搬去了。」媒婆的伶俐沉穩，活靈活現於讀者眼前。

媒婆們的形象塑造在《金瓶梅》稱得上是中國古典小說之最，且各有各的人物臉譜，除薛嫂外，另有自《水滸傳》即以「十分挨光計」聞名的王婆；玉樓三度改嫁時的官媒婆陶媽媽；給西門慶與林太太作牽頭的文嫂；發賣孫雪娥的張媽；為陳敬濟與葛翠屏作媒的張媒人等等。而薛嫂的人物形象在第86回吳月娘發賣龐春梅時，再次得到傳神的補塑。薛嫂不滿月娘要以原價發賣春梅，在媒婆的一番說詞之下，「當下與月娘砸死了價錢」。後周守備兌了「五十兩一錠元寶」買下春梅，薛嫂「鑿下十三兩銀子」交付月娘，另故意亮出一兩，聲稱是守備給的「喜錢」，「那吳月娘免不過，只得又秤出五錢銀子與他，恰好他還禁了三十七兩五錢銀子。十箇九箇媒人，都是如此賺錢養家。」果真應了「利市花常頭上帶」。第91回官媒婆陶媽媽說嫁孟玉樓時，玉樓與媒婆一番有趣的對

57 引自孫遜（主編）：《金瓶梅鑑賞辭典》「方言俗語」之〔利市〕條（上海：漢語大詞典出版社，2005年），頁335。

58 〔宋〕孟元老（撰），鄧之誠（注）：《東京夢華錄注》，頁153。

59 陳東有：《金瓶梅詩詞文化鑒析》，頁33。

話：「玉樓笑道：『媽媽休得亂說。……從實說來，休要搗謊。』陶媽媽道：『天麼，天麼！小媳婦是本縣官媒，不比外邊媒人快說謊』……，這孟玉樓被陶媽媽一席話，說得千肯萬肯。」這段對話透露出，媒人都是「快說謊」，結果聰慧如孟玉樓仍又被說服得「千肯萬肯」。其實玉樓早在改嫁西門慶那次已上過媒人的當了，才會如此小心翼翼地盤問媒人，但最後還是又被說服了，傳神地狀摹媒婆「半是成人半敗人」，無怪乎「崇禎本」同「詞話本」的回首皆徵引這首詩。是以，「崇禎本」回首詩詞具備補塑人物形象的功能。此詩不但指涉薛嫂，並且評論了《金瓶梅》裡的眾多媒婆的嘴臉：

> 這薛嫂兒一席話，說的西門慶歡從額角眉尖出，喜向腮邊笑臉生。看官聽說：世上這媒人們，原來只一味圖賺錢，不顧人死活。無官的說做有官，把偏房說做正房。一味瞞天大謊，全無半點兒真實。正是：媒妁殷勤說始終，孟姬愛嫁富家翁。有緣千里能相會，無緣對面不相逢。（第7回）

然而不同於「詞話本」的是：「崇禎本」裡沒有這首回中詩，以及「看官聽說」中間這段批評薛嫂的文字。一來，「崇禎本」作者認為回首詩即足以表達，無須再來一段「看官聽說」滿嘴說教；二來，小說的閱讀因讀者個人詮釋而有不同的闡述方式，增加閱讀樂趣，不依賴作者強勢引導讀者的閱讀，作者開放更大的閱讀空間給讀者，不侷限讀者的閱讀思考。因此，使我們更加確定「崇禎本」回首詩詞的徵引，是作者有意識為之——將讀者納入文本——作者此有意識為之的動機，即讀者參與文本的行為，因為作者本身就是文本的讀者之一。

　　《金瓶梅》裡的女性有無自主性，其經濟能力乃關鍵指標，李瓶兒財力雄厚，在與西門慶勾搭上之後，便氣死夫婿花子虛，本欲改嫁西門慶，因楊戩事件，西門慶爽約未果。她立即自行改嫁郎中蔣竹山，因蔣無法滿足她的性欲，故休掉蔣太醫，再改嫁西門慶。再看孟玉樓，她是《金瓶梅》裡少數的正面人物，玉樓對婚姻的自主性與潘金蓮面對婚姻的毫無自主性，形成極大的反差，金蓮甚至連「人身」自主權都沒有。財力決定她倆命運的歧點。文本中玉樓甫登場，即由薛嫂介紹她的財力，說她是「南門外販布楊家的正頭娘子。手裡有一分好錢。南京拔步床也有兩張。四季衣服，插不下手去，也有四五隻廂子。金鐲銀釧不消說，手裡現銀子也有上千兩。好三梭布也有三二百筒。」（第7回）玉樓財力之驚人，也正因她有雄厚的經濟後盾，是以兩度為自己改嫁，均得以充分自主，無須受制於他人。「孟玉樓正是有金錢做後盾，才可以自由地支配自己的婚姻。」[60]而指涉玉樓的回首詩，亦呈現「佳期近」了的歡愉意象。齊慧源對明代婦女的自我意

60　王齊洲：《四大奇書與中國大眾文化》（武漢：湖北教育出版社，2000年），頁167。

識提出以下看法：

> 明代婦女追求自由的婚姻、追求華麗的服飾、參加戶外活動，是對封建禮教的抗
> 爭，對自我生存權利的追求，是女性自我意識的覺醒和張揚。[61]

的確，當明代小部分的女性有了受教育的機會、有了經濟能力，她們的自我意識開始覺
醒、萌芽、抬頭，但齊氏卻忽略了背後的事實是，女性必須擁有獨立的經濟能力作為後
盾方能為之。孟玉樓倘非繼承了前兩任夫婿豐厚的遺產，哪能在第一次改嫁時，敢於眾
人面前和張四舅論辯，堅持改嫁西門慶呢？再者，玉樓稱得上是個新時代女性，從她選
擇改嫁商人西門慶而非尚舉人，足見玉樓早已摒棄士農工商士為先、「仕而優則學，學
而優則仕」[62]的傳統觀念，且明代正值資本主義萌芽階段，當然這也與玉樓的首任夫婿
是商人有關，長時間耳濡目染之下，玉樓早已透析時代的經濟浪潮。因此，相對於《金
瓶梅》裡的其他女性而言，玉樓是幸福感較強的女性。

再看看身無分文的潘金蓮，金蓮因裁縫父親去世，母親「度日不過」（第1回），九
歲將她賣在王昭宣府裡學習彈唱、讀書寫字。也或許是母親貪財所致，因她「七歲沒了
老子」，且母親讓她「七歲兒上女學，上了三年」（第78回），家裡「度日不過」（第1
回）哪還有餘力送她去上女學呢？同年母親把金蓮送到余秀才家去上女學，三年後金蓮
剛好九歲，正好以「高價」賣入王昭宣府。金蓮母親的動機可以解釋為貪財，但由此也
可以看出當時社會的價值觀。這就可以理解何以自金蓮嫁入西門家後潘姥姥便經常出入
西門府，先前小說不曾提到潘姥姥到武大郎家作客的描寫。更精準地說應該是，潘姥姥
兩度變賣女兒後便失蹤了，直至潘金蓮成為商人西門慶的五房後，銷聲匿跡的潘姥姥才
又現身。讀者更可理解，何以潘姥姥到西門府，窮到沒法給轎錢時，金蓮不但不肯出轎
錢，還數落了母親一頓。一來，金蓮沒面子；二來，金蓮沒錢，也或許是她內心潛藏著
對母親嗜錢如命的怨恨，金蓮的處境如同第12回回首詩所言：「可憐獨立樹，枝輕根亦
搖。雖為露所浥，復為風所飄。」金蓮母親送她上女學是圖將之「高價售出」，王昭宣
去世後，又將之轉賣張大戶，全然不考慮女兒幸福與否，最後又被張大戶轉送給武大郎
為妻。好不容易嫁給自己所選、所愛的西門慶，潘姥姥就在金蓮成為五房娘子後，才頻
頻進出西門大宅。平子以為：「《金瓶梅》一書，作者抱無窮冤抑，無限深痛，而又處
黑暗之時代，無可與言，無從發泄，不得已藉小說以鳴之。其描寫當時之社會情狀，略

61 齊慧源：〈《金瓶梅》家庭婚姻簡論〉吳晗、鄭振鐸等（著），胡文彬、張慶善（選編）：《論金
瓶梅》（北京：文化藝術出版社，1984年，頁131-141），頁138。
62 〔春秋〕孫欽善（譯注）、宗福邦（審閱）：《論語》（臺北：暢談國際文化，2003年），頁513。

見一斑。」[63]作者寫就《金瓶梅》時，或許沒有所謂的「冤抑」，因為我們無從得知。然而當時社會的情狀，確實可略見一斑，隨性的人口買賣，為數眾多的女性成為經濟市場的商品。更教人怵目驚心的是，賣方竟是自己的親生母親，小小女子自幼心靈已不健全，遑論成長後的婚姻仍是經他人之手，經手人也非現代撮合婚姻的媒婆。嚴格說來，其實是「婚姻買賣」市場的仲介人，敲定這場婚姻的買價和賣價，不論這婚姻是不是你願意要的，進入婚姻的女性又得面對一夫一妻多妾家庭的諸多挑戰，《金瓶梅》直是一部真正的社會寫實小說，「崇禎本」更藉回首詩詞為女性困境發微。

第三節　承載生命困境

　　崇禎本《金瓶梅》回首詩詞以抒情詩歌為主軸，表現中國抒情傳統特有的「溫柔敦厚」。[64]藉以傳遞詩歌意境的境外之境，正如清劉熙載《藝概》所云：「以言內之事實，寫言外之重旨。」[65]藉由表層意象，讓讀者產生自由聯想，因而生發出更深一層的意境，形成境外之境，飽蘊言外之意。

　　中國一夫一妻多妾的婚姻狀態起自西周的宗法制度，而傳統宗法制度使得父權社會裡男權的擴張。妻妾間不平等的社會地位，導致妻妾間衝突不斷產生，而妻妾角力，則源自宗法制度下的產物——「嫡庶制度」[66]。而《金瓶梅》不僅是一幅「浮世繪」，且保留許多值得研究的參考史料。[67]小說正文描寫西門大宅院裡，妻妾間的角力，「崇禎本」作者又另闢戰場——回首詩詞。詩詞與小說，文字的軟硬度不同，意蘊不同，境界

63　平子〈小說叢話〉刊於 1904 年《新小說》第八號，收入黃霖（編）：《金瓶梅資料彙編》（北京：中華書局，2006 年），頁 303。

64　《詩》：「溫柔敦厚，詩教也。」引自《重刊宋本十三經注疏附校勘記·重栞宋本毛詩注疏附挍勘記》，頁 15-1。

65　〔清〕劉熙載：《藝概》（臺北：漢京文化公司，2004 年），頁 97。

66　「嫡庶制度」是傳統宗法制度下的產物，乃由中國古代婚姻制度所延伸出來，傳統社會裡存在著「妻妾不分則家室亂，適孽無別則宗族亂」的傳統禮教。「適孽」即「嫡庶」。「嫡庶」存在於一夫一妻多妾的制度底下，「嫡庶」之分，蓋因妻與妾之間地位的不平等所造成。「嫡」指正妻及其所出之子女；「庶」則指除了正室夫人以外的女性及其所出之子女。〔戰國〕呂不韋（著），陳奇猷（校注）：《呂氏春秋》（上海：上海古籍出版社，2002 年），頁 454。

67　鄭振鐸：「在《金瓶梅》裡所反映的是一個真實的中國社會。這社會到了現在，似還不曾成為過去。要在文學裡看出中國社會的潛伏的黑暗面來，《金瓶梅》是一部最可靠的研究資料。」鄭振鐸：〈談《金瓶梅詞話》〉原載《文學》創刊號，北京生活書店（1933 年 7 月），收入周鈞韜（編）：《金瓶梅資料續編（1919-1949）》（頁 74-90），頁 75。另外，朱星認為《金瓶梅》書中多雜學知識，「這些都是寶貴的史料」。詳見朱星：《金瓶梅考證》，頁 93。

也不同，頗有以柔制剛的韻味。這些回首詩詞除了代小說中的女性發聲外，亦承載著她們生命中共同的處境和困境。首先看指涉潘金蓮的詩歌，第 8 回回首詞：

> 紅曙卷窗紗，睡起半拖羅袂。何似等閒睡起，到日高還未。　　催花陣陣玉樓風，樓上人難睡。有了人兒一箇，在眼前心裡。

晚出的清《巫山艷史》第 6 回回首同樣徵引這闕詞。作者引用了一闕缺題的詞作，詞的上片透顯了新歡舊愛，兩樣情態。這邊的金蓮因相思情郎，天方破曉便已醒過來，起床披上外衣，再也睡不著了；那邊孟玉樓與西門慶燕爾新婚，濃情蜜意，每每太陽高掛還捨不得起床。下片則敘寫金蓮仍在武大家裡苦等西門慶，她獨守空房，日思夜念惦記著西門慶，卻因盼不到情郎而輾轉難眠。「玉樓之風摧花，暗喻不久的將來，在西門慶的花園裡眾女畢集，有如群芳吐艷，尤以金蓮、春梅為最。」[68]寫實小說的直白露骨與回首詩詞的含蓄蘊藉，詩文共舞，相互共鳴，款曲人物心境。身處一夫一妻多妾婚姻制度的社會，為人小妾或外室（此時金蓮尚未過門）的無奈與不堪。若非一夫一妻多妾的婚姻制度，妻妾間的角力，也就不會有第 38 回「潘金蓮雪夜弄琵琶」的辛酸和淒楚。再如第 51 回：

> 羞看鸞鏡惜朱顏，手托香腮懶去眠。瘦損纖腰寬翠帶，淚流粉面落金鈿。薄倖惱人愁切切，芳心撩亂恨綿綿。何時借得東風便，刮得檀郎到枕邊。

此詩亦同「詞話本」的回首詩。這首抒情詩前半首回溯金蓮「雪夜弄琵琶」的情節，待睡不睡，既睏且寒，攬鏡自憐，見自己「為郎憔瘦減容光」。黃湯淡水未嚐，瘦了纖腰，責怪西門慶「撇得人有上稍來無下稍」，她的苦惱無人知曉，眼淚流過她的臉頰，簪釵斜落，卻無心打理自己的顏容。後半首映照此回正文一開頭：「話說潘金蓮見西門慶拿了淫器包兒，與李瓶兒歇了，足惱了一夜沒睡，懷恨在心。」金蓮之所以會「足惱了一夜沒睡」，自是「愁切切」，心煩意亂總為那「恨綿綿」。只能苦等夫婿回心轉意，來到自己房裡同眠共枕，但要等到何時呢？又該向誰借「東風」[69]呢？「崇批」於此夾批：「此妒婦之苦。」因其起嫉妒心，方有「妒婦之苦」，何以會有「妒婦之苦」，蓋因夫婿無法獨占，僅能與她人共享，這個一夫一妻多妾的家庭內妻妾間不斷的角力，看似無法

68　田曉菲：《秋水堂論金瓶梅》，頁 31。

69　《三國演義》第 49 回孔明密書十六字給周瑜：「欲破曹公，宜用火攻；萬事俱備，只欠東風。」該回回中詩論道：「七星壇上臥龍登，一夜東風江水騰。不是孔明施妙計，周郎安得逞才能？」小說描寫孔明借東風，贏得赤壁之戰。〔明〕羅貫中（編著），〔清〕毛宗崗（批評），饒彬（校訂）：《三國演義》（臺北：三民書局，1989 年），頁 302。

避免了。

再看李瓶兒，她雖為西門家產下唯一的子嗣，表面看似既得利益者，但水能載舟，亦能覆舟，李瓶兒其實也是傳統宗法制度底下的受害者。第 14 回回首詩：

> 眼意心期未即休，不堪拈弄玉搔頭。春回笑臉花含媚，黛蹙娥眉柳帶愁。粉暈桃腮思伉儷，寒生蘭室盼綢繆。何如得遂相如意，不讓文君詠白頭。[70]

影寫瓶兒盼西門慶的心情，固然反諷瓶兒的外遇姦情，然而一夫一妻多妾的婚姻，深為小妾的瓶兒「何如得遂相如意」？又如何「不讓文君詠白頭」呢？這樣的婚姻制度對女性是嚴厲的考驗。陳東有以為尾聯包含了兩層深意：「一是從瓶兒角度來看，她希望西門慶能喜歡自己一人，莫生二心；二是從作者的角度來看，用這兩句都是隱伏著將來瓶兒的悲劇結局：西門慶不僅不可能專心愛一，而且李瓶兒勢必要夾在西門家種種的矛盾之中。」[71]李瓶兒原為梁中書的小妾，視野自是西門慶其他妻妾所不及。梁中書死後，她攜帶大批金銀珠寶改嫁花子虛，然卻與花太監有曖昧關係，與花子虛反倒「等閒不沾身」。尚未改嫁西門慶前即「牆頭密約」西門慶，並且「隔牆」運送財物到西門宅邸，存放於上房，她的財物最後大多被吳月娘獨吞。改嫁西門慶未果，卻先行招贅了蔣竹山。正因她為西門家帶來大量錢財與花家的不動產，西門慶的事業資金更雄厚、政界資本更厚實，自此打通西門慶政商關係的任督二脈，更打造其性愛遊戲的王國，使得西門慶情場、官場、商場皆得意。

可當瓶兒生下官哥兒後，她雖母以子貴，地位瞬間凌駕於其他小妾之上，卻也因此種下禍根，成為眾妻妾的「箭靶」，加速母子生命的快速消亡。先是官哥兒疑似被潘金蓮害死，瓶兒後又思兒帶病，以致早死。潘金蓮因嫉妒李瓶兒而欲加害其子，她養的貓兒雪獅子，「每日不吃牛肝乾魚，只吃生肉，調養的十分肥壯，毛內可藏一雞彈。甚是愛惜他，終日在房裡用紅絹裹肉，令貓撲而搣食。」（第 59 回）可見金蓮確實是預謀讓貓兒抓傷官哥兒，最後把他活活嚇死了。是以，從瓶兒臨終前的一小段情節，可看出瓶兒心中對金蓮害死其子的怨恨：

> 不一時，孟玉樓、潘金蓮、孫雪娥都進來看他，李瓶兒都留了幾句姊妹仁義之言。

---

70 「眼意心期未及休」和「應弄玉搔頭」二句，化用自韓偓《香奩集·青春》：「眼意心期卒未休，暗中終擬約秦樓。光陰負我難相遇，情緒牽人不自由。搖夜定嫌香蔽膝，悶時應弄玉搔頭，櫻桃花謝梨花發，腸斷青春兩處愁。」其意蘊頗似此詩。引自〔唐〕李世民等（著）：《全唐詩》第十函，第七冊，韓偓四卷《香奩集》（臺北：宏業書局，1982 年），頁 4081。

71 陳東有：《金瓶梅詩詞文化鑒析》，頁 56。

> 落後，待的李嬌兒、玉樓、金蓮眾人都出去了，獨月娘在屋裡守著他，李瓶兒悄
> 悄向月娘哭泣道：「娘到明日好生看養著，與他爹做個根蒂兒，休要似奴粗心，
> 吃人暗算了。」

金蓮被認定是害死官哥兒的兇手一事，由瓶兒對月娘所言可得到印證。嫁入西門家後，她的性情逐漸轉變為溫良恭儉讓的賢妻良母形象，平時為求和諧，瓶兒不願與其他妻妾鬥，並盡力維持家庭和氣。此外，她也掌握了其他人所沒有的優勢。首先，李瓶兒嫁入西門慶帶來了龐大財產和不動產；其次，在中國傳統的宗法制度下她為西門家生下可以傳宗接代的兒子；再次，自嫁入西門家後，她的感情找到了停泊靠岸之處，一改從前河東獅吼的性兒，變成忍氣吞聲、溫柔和順的賢妻良母，以上條件的加總遠遠超過其他妻妾的總和。心理學家馬斯洛（Masiow）將人類的需求分為五大類：「生理的需要、安全的需要、愛與歸屬的需要、尊重的需要以及自我實現的需要。」[72]她提供了滿足西門慶「愛與歸屬感」的需求，自官哥兒出生後，西門慶每天早晚「晨昏定省」，到瓶兒房裡看視兒子，並與瓶兒飲酒聊天。由此可見兒子的出生，確實引發西門慶強烈的父愛，以及對「家」的歸屬感。即便這個「家」的空間僅侷限於瓶兒房內，而意義上則是——他與瓶兒母子三人的幸福小家庭。況且李瓶兒自始至終從未流露出一絲一毫對西門慶的不滿情緒，難怪西門慶對李瓶兒病危與死亡時那麼地痛不欲生、難以割捨。可她依然成為被「暗算」的對象，官哥兒將死前，她才警覺到遭金蓮「暗算」。在這一夫一妻多妾的婚姻底下，每位女性——得寵的、不得寵的、失寵的，都必須努力為生存做奮鬥。有時教人喪失理性，不擇手段，甚至做出傷天害理的事出來。然而，溯其源流，迫使金蓮失去人性、害瓶兒母子喪命的罪魁禍首，不正是這個不合理的婚姻制度嗎？答案，肯定是的。但為時已晚。

官哥死時，瓶兒自言：「寧可我同你一答兒裡死了罷，我也不久活在世上了。」（第59回）自此瓶的健康便每況愈下。她的自我預言，不久成真。第61回回首詞，引北宋秦觀〈菩薩蠻〉：

> 蛩聲泣露驚秋枕，淚濕鴛鴦錦。獨臥玉肌涼，殘更與恨長。　　陰風翻翠幌，雨
> 澀燈花暗。畢竟不成眠，鴉啼金井寒。——〈菩薩蠻〉

整闋詞徹頭徹尾地「冷」到底。上片先是「泣露」引出「秋枕」的寒意，接著「鴛鴦錦」

---

72 馬斯洛（Masiow）原著，劉燁（編譯）：《馬斯洛的智慧》（臺北：正展出版公司，2006年），頁33。

也「淚濕」了，豈不是更冷？「獨臥」導出心中的淒楚，蒼白冰涼的「玉肌」，自然毫無溫暖可言，緊接著再下一個「涼」字，此刻的「涼意」已然從背脊發涼。「殘更」，指五更；寅時；半夜三點到五點，表示快接近清晨，氣溫下降，心中的「恨」竟與漫漫長夜般長久，此時「涼意」應是打從心底發「涼」，因「獨臥」，無人可與之相互取暖，更形淒涼。下片先來場「陰風」，在這秋意蒼涼的長夜裡，枕頭、錦衾皆已為淚所浸濕，怎生禁得起再刮一場濕冷的「陰風」呢？接著又下起「雨」來，中國古典詩詞裡的「雨」，往往含有「冷意」、「愁緒」、「思念」之意。最後「鴉啼金井寒」，方破題點出「寒」意，如此寂寥淒冷的夜晚，自是難以成眠。這闋詞「冷」的意象，反襯小說該回正文裡重陽節令的「熱」，闔家團圓的佳節，「在花園大捲棚聚景堂內，安放大八仙桌席，合家宅眷，慶賞重陽」的熱鬧圖景，而西門慶宴席上所點唱的曲名卻是「四夢八空」，提醒讀者「今西門冷落已來，瓶罄花殘。」[73]回首詩映照李瓶兒「帶病宴重陽」的「冷」極，「闔家一總，行見凋零矣。」[74]小說下一回瓶兒便已香消玉殞。

　　恩格斯在《家庭、私有制和國家的起源》一書中說：「群婚制傳給文明時代的遺產是兩重的，正如文明時代所產生的一切都是兩重的、口不應心的、分裂為二的、自相矛盾的一樣：一方面是一夫一妻制，另一方面是雜婚制以及它的最極端的形式──賣淫。」[75]恩格斯所謂的「雜婚」，「一是指姦通，二是指嫖娼和賣淫。」[76]一如韓道國之妻王六兒，為「改善」家庭經濟而「賣淫」，使得原本已經複雜的家庭關係更加棘手，婦女的處境更加艱難，是以一夫一妻多妾的婚姻裡紛爭、矛盾、衝突不斷。如第 12 回回首詩所云：「錦衾褻不開，端坐夜及朝。」身處一夫一妻多妾婚姻制度底下的女性除了與同門婚姻下的女性們角力外，還必須與婚姻外的其他女性競爭，諸如情婦、妓女及一切夫婿可能喜歡的對象。第 12 回正文描寫西門慶為討好新梳籠的妓女李桂姐，而以鞭打恫嚇的手段，迫使金蓮剪下一綹烏髮，贈與桂姐，以顯其大家長的威重如山。「崇禎本」評點者批道：「割所愛以奉所愛」、「金蓮此時情亦苦矣！」次日，西門慶贈與桂姐，桂姐「走到背地裏，把婦人頭髮早絮在鞋底下，每日踹踏。」導致金蓮「心中不快」、「茶飯慵餐」，後吳月娘請來劉婆子為其「回背」，方化解這段不愉快。無怪乎作者自云：「為人莫作婦人身，百年苦樂由他人。」（第 12 回）

73　引自《張竹坡批評第一奇書金瓶梅》第 61 回回評。〔明〕蘭陵笑笑生（著），王汝梅、李昭恂、于鳳樹（校點）：《張竹坡批評第一奇書金瓶梅》，頁 898。

74　引自《張竹坡批評第一奇書金瓶梅》第 61 回旁批，頁 907。

75　中共中央馬克思恩格斯列寧斯大林著作編譯局（編）：《馬克思恩格斯選集》（第四卷）（北京：人民出版社，1977 年），頁 62。

76　任寅虎：《中國古代婚姻》，頁 158。

　　「崇禎本」作者將《金瓶梅》裡女性的感情世界，藏身於回首詩詞，隱喻其面對情感的糾結，纏繞生命卻無力解套的困境寄予無限同情。第31、43回暗指潘金蓮面對西門慶的薄情，無力回天的心境。「酒」不僅僅作為正文裡所謂的「色媒人」，有時佳人無奈愁更愁，則藉「酒」以「澆心中壘塊」[77]，第31回回首詩：

> 幽情憐獨夜，花事復相催。欲使春心醉，先教玉友來。[78]濃香猶帶膩，紅暈漸分腮。莫醒沉酣恨，朝雲逐夢回。

上一回小說寫西門慶「生子加官」，這回回首詩則暗喻金蓮失寵前兆。喜筵結束，清點傢伙，發現少了一只壺。玉簫推小玉，小玉推玉簫。原來是瓶兒的小廝琴童為戲書童與玉簫偷情，故意將壺交給迎春，迎春將壺藏放在瓶兒房裡。當西門慶查問時，迎春送壺進來，並說明原委。潘金蓮言語帶刺地譏諷李瓶兒，惹怒了西門慶，他睜眼看金蓮，說道：「依著你恁說起來，莫不李大姐他愛這把壺？既有了，丟開手就是了，只管亂甚麼！」一席話把金蓮羞得臉飛紅。當晚西門慶進了瓶兒房裡。「幽情憐獨夜」即影射金蓮滿懷幽恨之情，獨自一人在淒冷夜色中，想像有孩子屋裡熱鬧、沒孩子屋裡冷清。續想花開花謝，「花事復相催」，鮮花般的自己，已逐漸枯萎，與其清醒幽恨不如醉去。「先教玉友來」，即影射金蓮幽恨無以消解，暫且以酒澆心中之壘塊，並將其濃稠的閨怨延宕至下回。因下一回小說正文提到：「單表潘金蓮自從李瓶兒生了孩子，見西門慶常在他房裡宿歇，於是常懷嫉妒之心，每蓄不平之意。」（第32回）回首詩延宕金蓮心懷「不平」，濃得化不開的閨怨，須以酒澆其「心中壘塊」。頸聯：「濃香猶帶膩，紅暈漸分腮」，指酒香氣味濃膩，讓自己喝得醉醺醺的，臉頰漸漸泛起了紅暈。尾聯：「莫醒沉酣恨，朝雲逐夢回」，可沉酣過後終須醒，醒時幽恨猶在，想要翻雲覆雨一番都已如夢般，一旦醒來就幻滅了。西門慶早晚在瓶兒房裡享受天倫之樂，金蓮強烈的情慾無處發洩，懷嫉成恨，終釀大禍。然而嫉妒瓶兒者豈獨金蓮？不平者豈止金蓮？正妻吳月娘努

---

[77] 《世說新語·任誕》王大曰：「阮籍心中壘塊，故須酒澆之。」〔南朝宋〕劉義慶（著），〔南朝梁〕劉孝標（注），余嘉錫（箋疏），周祖謨等（整理）：《世說新語箋疏》（上海：上海古籍出版社，1996年），頁762。

[78] 「玉友」，乃白酒之別名，泛指美酒。《齊民要術》學者研究提到：「北宋朱翼中《北山酒經》（杭州地區）的『玉友麴』等小麴，則已經是現在的酒藥了。」另，宋張表臣《珊瑚鉤詩話》卷三云：「近時以黃柑釀酒，號『洞庭春色』，以糯米藥麴作白醪，號『玉友』。」是以，宋代以糯米藥麴所製之酒，因色澤瑩白如玉，故曰「玉友」。〔後魏〕賈思勰（著），繆啟愉（校釋），繆桂龍（參校）：《齊民要術校釋·造神麴并酒》（北京：農業出版社，1982年），頁358。〔宋〕張表臣：《珊瑚鉤詩話》，收入〔清〕何文煥（輯）：《歷代詩話》（臺北：漢京文化公司，1983年），頁473。

· 117 ·

力把持家中所有財物，凡貴重錢財盡搬往上房堆放，好納入私囊，掌控經濟大權。沒有
聲音的二房李嬌兒則伺機竊取家中財物，而向來不與人爭的孟玉樓也有「含酸」帶醋之
時，就連西門慶最瞧不上眼的四房孫雪娥，得不到夫婿關愛的眼神，也與家僕來旺兒偷
情，那麼潘金蓮後來與陳敬濟偷情也不足為怪了！接著第 43 回引北宋詞人秦觀〈滿庭芳〉
的下半闋，表現金蓮對西門慶悵然若失的情緒糾葛：

> 情懷增悵望，新歡易失，往事難猜。問籬邊黃菊，知為誰開？謾道愁須滯酒，[79]酒
> 未醒、愁已先回。憑欄久，金波漸轉，白露點蒼苔。——〈滿庭芳後〉

「謾道愁須滯酒，酒未醒、愁已先回。」詞意呼應上一首「濃香猶帶膩，紅暈漸分腮。莫
醒沉酣恨，朝雲逐夢回」之詩意，迴旋金蓮對西門慶薄倖的無奈與控訴。金蓮對西門慶
越來越失望，從第 31 回回首詩隱忍的情緒，到了第 43 回回首詞不再只是含蓄的「幽情
憐獨夜」，而是發出「問籬邊黃菊，知為誰開？」強烈地抗議、不滿地質問。詞作透出
獨自相思，借酒澆愁愁更愁，酒醉未醒，奈何愁緒早已再次盈滿胸懷。倚靠欄杆久矣，
月光漸漸淡了，天色漸漸亮了，露珠輕滴在蒼苔上，愁意卻仍未散去，頗似宋蘇軾〈洞
仙歌〉：「試問夜如何？夜已三更，金波淡、玉繩低轉。」[80]夜已深，月光淡明，玉、
繩二星位置逐漸低落，夜更深了。詞中人獨自相思、借酒澆愁，又好似李清照〈醉花陰〉
裡的「東籬把酒黃昏後」的意象。「東籬」指「菊花」，取自陶淵明「採菊東籬下」，
作為孤獨的意象，既然四下無人，詞人乾脆代金蓮「問籬邊黃菊，知為誰開？」好似她
每日「粉粧玉琢」、「門兒倚遍、眼兒望穿」，獨不見西門慶臨幸。這回正文敘述西門
慶險些對金蓮家暴，為的是家裡弄丟了一錠金鐲兒，西門慶把李智、黃四准折利錢的四
錠金鐲兒拿到瓶兒房裡給官哥兒玩，掉了一錠在地上，被李嬌兒房裡的丫鬟夏花兒偷撿
去了。為此金蓮再次以言語挑釁瓶兒，「幾句話說的西門慶急了，走向前把金蓮按在月
娘炕上，提起拳來，罵道：『狠殺我罷了！不看世界面上，把你這小歪剌骨兒，就一頓
拳頭打死了！單管嘴尖舌快的，不管你事也來插一腳。』」幸好機靈的金蓮立刻語帶戲
謔，一番言語反逗得西門慶「呵呵笑」，化解了這場危機。危機雖化，然而這已是西門
慶為了瓶兒第三次罵金蓮了，甚至險釀家暴。再者，那天和官哥兒結親的喬大戶家眷
來訪，席間僅月娘和瓶兒遞酒，喬太太和眾親戚，也與瓶兒把盞祝壽，當晚瓶兒出盡鋒

---

79 「滯酒」一詞，秦觀原詞作：「瀣酒」。秦觀頗好「瀣酒」一詞，其〈揚州夢〉：「瀣酒為花，十
載因誰淹留？」又，北宋辛棄疾〈賀新郎〉也有類似的詩句：「愁瀣酒，又獨醒。」唐圭璋：《全
宋詞》（臺北：中央輿地出版社，1970 年），頁 456、1873。

80 張夢機、張子良（選注）：《唐宋詞選注》，頁 112。

頭，金蓮毫無表現機會，這當然更加深金蓮的不平，金蓮心灰意冷可想而知。

「嫡庶制度」底下，「子嗣」成了妻妾們耗盡心力，共同追逐的目標。無子將危及自身的生存，生子方能鞏固家中地位。妾身的地位能否提升，全憑是否生下子嗣，正因如此潘金蓮才會這麼嫉妒李瓶兒，甚至加害官哥兒。雖說「嫡庶制度」保障了正妻的權力，不代表吳月娘的地位就是穩固的，月娘仍有其無子的「危機意識」，因為正妻若一直未有嫡長子，她的地位將搖搖欲墜，恐遭有子之妾所取代。中國古代婚姻有「七出」[81]的緊箍棒。「無子」，為「七出」之一，因「無子，為絕其世也。」「七出」的緊箍棒把女性緊緊捆住，因此文本才會有薛姑子悄悄遞給吳月娘「安胎氣的衣胞符藥」（第73回）的情節描寫，要她撿個「壬子日空心服」，保證結男胎之事。宗法制度底下的女性，都有著生子的焦慮，特別是指生下可以傳宗接代的男孩，如三國曹植〈棄婦詩〉之句詩：「拊心長嘆息，無子當歸寧。有子月經天，無子若流星。」[82]詩作道出無子嗣女性的心酸和悲哀，隨時有遭夫遺棄的不堪處境。唐張籍〈離婦〉詩曰：「十載來夫家，閨門無瑕疵。薄命不生子，古制有分離。……有子未必榮，無子坐生悲。為人莫作女，作女實難為。」[83]此詩反映妻無所出而遭離棄的慘況。文學作品反映社會現象，從三國〈棄婦詩〉到唐〈離婦〉，再到晚明《金瓶梅》，文人們均深切同情處於「嫡庶制度」底下女性們

---

81 所謂「七出」，指中國古代丈夫可以離棄妻子的七種原由。按《大戴禮·本命》云：「婦有七出：不順父母，去；無子，去；淫，去；妒，去；有惡疾，去；口多言，去；竊盜，去。不順父母，為逆德也；無子，為其絕世也；淫，為亂其族也；妒，為亂其家也；有惡疾，為其不可共粢盛也；口多言，為其離親也；竊盜，為其反義也。」引自《重刊宋本十三經注疏附校勘記·重栞宋本禮記注疏附挍勘記》，頁 521-2。

82 曹植〈棄婦詩〉原詩為：「石榴植前庭。綠葉搖縹青。丹華灼烈烈。璀彩有光榮。光榮曄流離。可以戲淑靈。有鳥飛來集。拊翼以悲鳴。悲鳴夫何為。丹華實不成。拊心長嘆息。無子當歸寧。有子月經天。無子若流星。天月相終始。流星沒無精。棲遲失所宜。下與瓦石并。憂懷從中來。嘆息通雞鳴。反側不能寐。逍遙於前庭。跳躑還入房。蕭蕭帷幕聲。搴帷更攝帶。撫節彈鳴箏。慷慨有余音。要妙悲且清。收淚長嘆息。何以負神靈。招搖待霜露。何必春夏成。晚獲為良實。願君且安寧。」逯欽立（輯校）：《先秦漢魏晉南北朝詩》（北京：中華書局，1983 年），頁 455。

83 張籍〈離婦〉原詩為：「十載來夫家，閨門無瑕疵。薄命不生子，古制有分離。託身言同穴，今日事乖違。念君終棄捐，誰能強在茲。堂上謝姑嫜，長跪請離辭。姑嫜見我往，將決復沉疑。　　與我古時釧，留我嫁時衣。高堂拊我身，哭我於路陲。昔日初為婦，當君貧賤時。晝夜常紡績，不得事蛾眉。辛勤積黃金，濟君寒與飢。洛陽買大宅，邯鄲買侍兒。夫婿乘龍馬，出入有光儀。　　將為富家婦，永為子孫資。誰謂出君門，一身上車歸。有子未必榮，無子坐生悲。為人莫作女，作女實難為。」引自〔唐〕李世民等（著）：《全唐詩》第六函，第六冊，張籍二（臺北：藝文印書館，1960 年），頁 2272。

的共同處境。馬克夢以為：「對一夫多妻以明確的否定出現在明末清初小說。」[84]而《金瓶梅》的問世，在某種程度上，大大影響了後世的小說。有趣的是，張竹坡認定「屈指不二色」[85]的吳月娘，並未出現任何單獨指涉的回首詩詞，顯然衛道之士對傳統婦道的好評，與作者的思想意旨相扞格。〈滿文版《金瓶梅序》〉對吳月娘的評語如下：

> 吳月娘背其夫，寵其婿使入內室，姦淫西門慶之婢，不特為亂于內室。吳月娘並無婦人精細之態，竟至殷天錫疆欲逼姦，來保有意調戲。[86]

顯見「崇禎本」的思想主旨非意在衛道，且回首詩詞所對應的女性人物，亦非同吳月娘之屬——擁有大房實權，受傳統宗法制度庇護者，或者是張竹坡心中「不二色」的婦女。而是類潘金蓮、李瓶兒等人於一夫一妻多妾制度底下，為生存奮鬥的小妾。《金瓶梅》是如此深切世情且底蘊豐富的一部小說，無怪乎姚靈犀盛讚其為「小說之小說」[87]。《金瓶梅》之所以深切世情，正因為它涵蓋了那個大時代的悲歌。中國古代宗法制度對女性的嚴厲，盡展於嫡庶制度與一夫一妻多妾的婚姻，崇禎本《金瓶梅》通過回首詩詞以其意在言外、言意不盡的特質，為這群女性的生命困境發微。

接下來我們看李瓶兒，第 44 回引北宋周邦彥〈滿江紅〉上半闋：

> 晝日移陰，攬衣起、春悰睡足。臨寶鑑、綠鬟繚亂，未斂妝束。蝶粉蜂黃渾褪了，枕痕一線紅生玉。背畫闌、脈脈悄無言，尋棋局。——〈滿江紅前〉

這闋詞暗指瓶兒是個受寵者同時也是受傷者，瓶兒心中積怨久矣，小說至此方敘出。詞

84　〔美〕馬克夢：〈《金瓶梅》與明清小說對一夫多妻制之異議〉，收入中國金瓶梅學會（編）：《金瓶梅研究》第二輯（頁 134-135），頁 134。

85　張竹坡：「《金瓶》雖有許多好人卻都是男人，並無一個好女人，屈指不二色的，要算月娘一個。」但張氏並未指出哪些「男人」是「好人」？也無從得知他所謂「好人」的定義為何？然而根據筆者統計，回首詩詞對應者以女性居多，其中票數最高者，以潘金蓮 28 票拔得頭籌；次為李瓶兒 17 票；吳月娘 0 票；眾妻妾 4 票，意即吳月娘並非作者心目中的女主角，她的分量僅止於「眾妻妾」成員之一。這一點從「詞話本」作者對小說的命名亦可側證。張竹坡厭惡月娘的程度，可由其反駁「崇禎本」無名氏的評點中得見，第 1 回無名氏評點：「如此賢婦，世上有幾？」（頁 5-6）。張竹坡於第 75 回回評：「誰謂月娘為賢婦哉？吾生生世世不願見此人也。」（頁 1157）又，第 84 回回評：「此書中月娘為第一惡人罪人，予生生世世不願見此等男女也。」（頁 1343）：張氏語引自〔清〕張竹坡：《皋鶴堂批評明代第一奇書金瓶梅讀法》第九十條，頁 31。回評引自蘭陵笑笑生（著），王汝梅、李昭恂、于鳳樹（校點）：《張竹坡批評第一奇書金瓶梅》。

86　黃霖（編）：《金瓶梅資料彙編》，頁 5。

87　引自姚靈犀《瓶外卮言·序》：「《金瓶梅》一書，摘《水滸傳》之回目，而演為奇文，可謂小說之小說。」姚靈犀：《瓶外卮言》（天津：天津書局，1940 年），頁 1。

中勾勒出佳人慵懶懶地起床、更衣、照鏡，鬢髮微亂、衣帶未繫、顏容憔悴，雪白的臉頰上還掛著一線紅色枕痕，也或許是昨晚哭成淚人兒留下的痕跡。田曉菲以為：「這半闋詞，全為描寫瓶兒、銀兒下棋消夜而引。詞裡所說的棋局，卻不是象棋，而是彈棋，取彈棋局『心中不平』之意，是南朝樂府常見的諧音雙關手法。」[88]第 32 回作者也說金蓮「每蓄不平之意」，待西門慶死後，月娘也將瓶兒的房「一把鎖鎖了」，把她的不平統統鎖住。玉樓「含酸」、雪娥偷情不也都是「心中不平」嗎？這個家庭裡的成員人人不平。正文敘及瓶兒與銀兒燈下下棋消夜的溫馨恬適，對比金蓮的空房久冷，張竹坡於此夾評道：「與彈琵琶作映。」因金蓮「雪夜弄琵琶」直是「冷」的極致。這回已是瓶兒第三次攛掇西門慶到金蓮房裡過夜，「金蓮聽見西門慶進房來，天上落下來一般，向前與他接衣解帶，鋪陳牀鋪，展放鮫綃，吃了茶，兩個上床歇宿不題」。田曉菲注意到，自從瓶兒生子後，作者極少描寫西門慶和金蓮的做愛情景，只用「上床歇宿不題」，或者是「如被底鴛鴦、帳中鸞鳳」之類的字眼籠統帶過。她特別強調：

> 《金瓶梅》裡面的做愛描寫都是作者有目的、有計畫的組織安排，不能被視為書中的點綴或者作者媚俗的手段，否則豈可放過西門慶去金蓮屋裡歇宿這樣的機會？
> ──作者不過是在表現近日以來，自從瓶兒生子，金蓮屢屢因出言諷刺而觸西門慶之怒，西門慶對金蓮的感情和興趣不如從前罷了。[89]

金蓮的處境更加不堪了。張竹坡亦夾評曰：「自生子後，凡入金蓮房中必用瓶兒勸去，其寵瓶兒，冷金蓮自見。」瓶兒生子後西門慶對官哥兒「晨昏定省」，專寵瓶兒，冷落金蓮，每每在瓶兒攛掇下，才進金蓮房裡，金蓮如今唯有在瓶兒的施捨、分惠下，方得以與西門慶同眠共枕，處境越發不堪。反觀瓶兒有別於先前的隱忍，下棋消夜時，向銀兒發洩滿腔怨言，道出其為求孩子平安成長而委曲求全的「不平」。有怨的也不只瓶兒和金蓮，月娘也怨西門慶聽了李桂姐的話就留下偷金子的夏花兒。說不定夏花兒的主子李嬌兒也怨西門慶沒同她商量，便說要賣掉夏花兒，只是小說極少描寫沒有聲音的李嬌兒，但這一回已說明了這個家庭內部的矛盾和紛爭正逐步擴大，家庭成員們的「不平」持續燃燒。再如第 58 回的回首詞，改動自宋李甲〈帝臺春〉下片：

> 愁旋釋，還似織；淚暗拭，又偷滴。嗔怨著丫頭，強開懷，也只是恨懷千疊。拚則而今已拚了，忘只怎生便忘得！又還倚欄杆，試重聽消息。──〈帝臺春後〉

88　田曉菲：《秋水堂論金瓶梅》，頁 139。
89　同上注，頁 138。

詞作不僅回應回目「潘金蓮打狗傷人」，且對應金蓮此時的心境與困境。這回小說描述西門慶專寵李瓶兒，多日不進金蓮房，金蓮已是「恨懷千疊」，借故責打丫鬟秋菊，一來洩恨，二來驚嚇官哥兒，欲除之而後快。詞作刻畫她千迴百轉的愁緒才剛剛釋放掉，此刻又無情地織續起來；才暗自拭去淚水，此時又偷偷滴下。打罵丫頭，排遣情緒，可這恨意疊湧，情意難忘，只好再度倚著欄杆，派丫頭再去打探良人的消息。金蓮之所以「嗔怒著丫頭」，又得「強開懷」，皆因生活在西門大家庭裡，其實存在著眾多艱難的處境。

西門家庭的紛紛擾擾，纏繞著這個家庭的眾多成員，前闋詞影射瓶兒的「心中不平」，上一闋詞影寫金蓮「恨懷千疊」，第75回回首詩則影指玉樓和金蓮的「酸」與「醋」：

> 雙雙蛺蝶繞花溪，半是山南半水西。故院有情風月亂，美人多怨雨雲迷。頻開檀口言如織，漫托香腮醉似泥。莫道佳人太命薄，一鶯啼罷一鶯啼。

此詩道盡孟玉樓和潘金蓮二佳人，鬱積在心裡的氣憤和愁悶，一個「含酸」，一個「潑醋」。李瓶兒曾形容他倆：「兩個天生的打扮，也不相兩個姊妹，只相一個娘兒生的一般。」（第16回）「一鶯啼罷一鶯啼」，指金蓮「潑醋」、玉樓「含酸」，這回兩人輪番上陣，無意間啟動了這個家庭內部的諸多爭端。春梅請申二姐唱，申二姐不動身，惹火春梅，遂趕她出門。金蓮維護春梅，春梅恃寵而驕，這又惹來月娘不快。月娘還在氣西門慶未經她同意擅自拿瓶兒的皮襖給金蓮。金蓮為圖「壬子日」與西門慶行房以求結胎生子，到上房叫西門慶往前邊去，月娘偏不放行，便道玉樓身體不適，西門慶轉而探視玉樓。玉樓「含酸」向西門慶說出：「俺每不是你老婆，你疼你那心愛的去罷。」以及「自有那心愛的扯落著你哩。把俺們這僻時的貨兒都打到贅字號聽題去了，後十年挂在你那心裏。」向來穩重、貞靜自持的玉樓此時方道出隱忍已久的嫉妒心，「崇批」在此評道：「口說不爭，卻語冷情凄，猶深于爭。讀之，一回心酸，一回心癢。玉樓、金蓮素稱莫逆，一到此際，含酸帶刺有無限低徊。可見利害一切于己，交情知愛又落第二義矣。」玉樓口中的「心愛的」乃指金蓮，瓶兒去世後，金蓮仍是西門慶最「心愛的」小妾。金蓮和玉樓兩人在這個家庭中的立場相當，平時又交好，然而面對好姊妹受寵，自己卻徹頭徹尾地待在「冷宮」，其實也很不是滋味！同為小妾，同病相憐，不同的是，金蓮吃醋是常有的事，玉樓則是頭一遭，此回牽動的豈止是兩名小妾的「醋」與「酸」，實則是整個西門家庭「故院有情風月亂」，導致「美人多怨雨雲迷」，房事配置不公，導致爭端。

中國傳統的「宗法制度」，一夫一妻多妾本意在傳宗接代，而西門慶娶了多妾回家，本欲逞私欲，然而作者此回卻是極寫西門慶忙於協調妻妾們的紛爭。月娘此時有孕在身，

張竹坡回評道：「寫月娘挾制西門處，先以胎挾之，後以死制之，再以瓶兒之前車動之。」西門慶只得摟抱月娘在懷裡，百般撫慰，罵諸妾給她聽，問她吃了什麼沒，請王醫官來為她看病，弄得「西門慶只在屋裡廝守著月娘，分付丫頭連忙熬粥兒拿上來，勸他吃，月娘又不吃。」一會兒又叫人去請吳大妗子來陪她吃飯，又要叫郁大姐來唱給她聽，西門慶百般討好懷著身孕的妻子。在這場戰爭中，月娘肯定是勝出的，非其為正妻，乃因其有子。這回刻畫出一夫一妻多妾家庭的矛盾與紛爭，有子者嬌，無子者慮，房事配置的不公允，眾妻妾的權力爭奪戰，以及男主角忙於調停妻妾紛爭的無奈。「宗法制度」底下的男性，未必全盤獲勝，而糾結這群女性情感的社會制度，也引發「崇禎本」作者的質疑，因而以回首詩詞蘊其弦外之音。如斯詩歌傳統可從諸多評論中嗅出端倪，《文心雕龍・隱秀》曰：「是以文之英蕤，有秀有隱。隱也者，文外之重旨者也。秀也者，篇中之獨拔者也。隱以複意為工，秀以卓絕為巧。」[90]「重旨」、「複意」皆指文學作品在本義之外仍蘊藏弦外之音，唐末詩人司空圖《二十四詩品・含蓄》云：「不著一字，盡得風流。」[91]意同此，皆謂不直陳其意，然飽蘊弦外之音、言外之意。又，北宋歐陽修於《六一詩話》中載錄其與摯友梅堯臣兩人論詩的對話：

> 聖俞嘗語余曰：「詩家雖率意，而造語亦難。若意新語工，得前人所未道者，斯為善也。必能狀難寫之景，如在目前，含不盡之意，見於言外，然後為至矣。」……余曰：「語之工者固如是，狀難寫之景，含不盡之意，何詩為然？」聖俞曰：「作者得於心，覽者會以意，殆難指陳以言也。」[92]

從上述文學批評中可看出，士人對文學作品能否蘊涵言外之意、暗藏弦外之音，文章主旨是否發人深省，被視為為學作文的第一要務。而飽蘊弦外之音的「崇禎本」回首詩詞與小說正文猶如敘事二重奏，小說正文譜出社會寫實的主旋律，回首詩詞宛如輕柔微婉的和絃樂，若沒有低調的和絃伴奏，肯定無法彰顯主旋律的澎湃激烈。當正文敘事以赤裸的形式直陳社會寫實面且公諸於世的同時，回首詩詞選擇以溫柔婉約的樣貌，採探女性世界深層的幽微。兩種風格迥異的音樂，共譜晚明社會女性的生命樂章。

　　長期禁錮人們思維的程朱理學，到了明代逐漸式微，人文思想得以開展，伴隨而生的是對女性觀和愛情觀的重新審視。中國社會裡傳統重男輕女的觀念，到了明代已經開

90　〔梁〕劉勰（撰），黃叔琳（注）：《文心雕龍》（臺北：臺灣商務印書館，1968 年），頁 45。
91　〔唐〕司空圖：《二十四詩品》，收入〔清〕何文煥（輯）：《歷代詩話》（臺北：漢京文化事公司，1983 年），頁 40。
92　〔北宋〕歐陽修：《六一詩話》，收入〔清〕何文煥（輯）：《歷代詩話》，頁 267。

始起了變化。女性於經濟上得以自立，使得女性的社會地位帶來較平等的意識。[93]並且「代表社會輿論的士人對於女子的觀念也反映了女子地位的變化。」[94]明代王學左派的代表人物李贄則十分關注女性，其於《焚書》論道：

> 余竊謂欲論見之長短者當如此，不可止以婦人之見為見短也。故謂人有男女則可，謂見有男女豈可乎？謂見有長短則可，謂男子之見盡長，女人之見盡短，又豈可乎？[95]

李贄反對男尊女卑的禮教禮法，主張男女平等，主張人的價值高低，論才智而不論性別。他新穎的觀念與開放的思維，對於當時女性地位的提升無疑起了相當大的影響，女性觀自然或直接、或間接地左右當時文人的思維。《金瓶梅》誕生於明代，小說中潘金蓮七歲以前上過女學，她不但能作詩，對時曲亦琅琅上口，但知曲牌便會其意，可知她對詩詞曲的熟悉度，自是來自她所受的教育。值得注意的是，「崇禎本」回首詩詞所指涉的女性人物，以潘金蓮與李瓶兒為主要角色。身為主要和次要男主角的西門慶和陳敬濟，通常都是伴隨女主角出現在詩詞之中，較少單獨指涉。顯見「崇禎本」的作者，意在轉移讀者對男主角西門慶的關注，企圖通過回首詩詞指涉女性人物，傳遞作者的作意。胡衍南強調：

> 回首的朦朧情詩，正文的赤裸世態……。在小說敘事架構、人物命運不得改變的前提下，繡像本為了避免讀者將焦點集中於暴發戶西門慶、集中於男女床第之事、集中於各式流動的饗宴或其他，才不斷藉由回首的抒情詩來提示讀者——女性命運才是整部小說關懷的重心。[96]

---

93 李伯重認為中國社會從「夫婦並作」到「男耕女織」的分工，由於社會大環境的改變，使得婦女得以於經濟上撐起「半邊天」。有的家庭甚且由婦女一肩扛起經濟重擔，她們同時體認到女兒也應有教育的機會，因而願意送女兒上學堂，女性教育較前朝普及，明代才女人數亦勝於前朝。而這股勢力便逐漸擴展到其他城市。李伯重：〈從「夫婦並作」到「男耕女織」——明清江南農家婦女勞動問題探討之一〉，《中國經濟史研究》（1996年第 3 期），頁 99-107。李伯重：〈「男耕女織」與「婦女半邊天」角色的形成——江南農家婦女勞動問題探討之二〉，《中國經濟史研究》（1997年第 3 期），頁 10-22。

94 藺文銳：〈情色誘惑：明代通俗小說讀者的題材選擇〉，《中國戲曲學院學報》第 28 卷第 2 期（2007年 5 月，頁 26-30），頁 27。

95 引自李贄：〈答以女人學道為見短書〉卷二，收入〔明〕李贄：《焚書》（臺北：河洛圖書出版社，1974 年），頁 57。

96 胡衍南：《金瓶梅到紅樓夢——明清長篇世情小說研究》，頁 161-162。「世情小說」，指的是「『以

回首詩詞中有許多不僅對應當回敘事內容，作者更是有意藉抒情詩詞代女性人物發聲。雷勇亦云：「作為世情小說的開山之作，《金瓶梅》對《紅樓夢》的影響不可低估，僅以揭示女性命運這一點而論，二者也有許多共同之處。」[97]他同樣認為這兩部世情小說旨在「揭示女性命運」。「崇禎本」回首詩詞所對應的主要女性角色，大多為抒情詩詞。不論是作者自創，或整首一字不動的直接採錄，或稍加更動，或甚至於大幅改寫之作，在在傳遞作者意圖引導讀者進入詩意的境界，將小說人物置於詩境中，對小說正文的理解和詮釋，以回首詩詞傳達其境外之境，其所呈顯的女性觀早已力透紙背。

　　《金瓶梅》創造了豐富的女性世界，而「崇禎本」更藉一首首的詩詞關注小說中的女性，企圖以回首詩詞將讀者從男權世界導引至女性世界。「崇禎本」往往以回首詩詞向讀者展示小說人物最最細微綿密的情感，卻也易為讀者所忽略。作者將之作為言外之意的延伸，意使回首詩詞參與正文敘事，詩文互為滲透，從而成為文本的整體。「崇禎本」的回首詩詞，大抵意非本意，而是跳脫原本詩意的表象，飽蘊弦外之音，以起到小說正文和回首詩詞互為滲透的交融。此外，回首詩詞指涉小說人物，它們夾帶著作者的言外之意，旨在代女性抒發她們情感的幽隱，對人物形象進行補塑，並為女性的生命困境發微。於此同時，我們也發現到這些作品或多或少蘊含抒情成分。「崇禎本」引用這類抒情詩歌不論正筆、側筆、或反筆，若有似無地與正文敘事做對照，更重要的理想目標是建立在一個以人為本的世界，詩詞裡頭的抒情意境才是作者關注的焦點。上述證實，崇禎本《金瓶梅》回首詩詞並非獨立於文本之外可有可無的朦朧詩篇，而是以其感性的、詩性的美與正文敘事互相參照、互為滲透，從而成為文本的整體，使得回首詩詞之於文本的再創造，起到了積極的作用。《金瓶梅》挑起中國古典小說中女性觀的初期覺醒，女性觀乍現，微露曙光，其所承載的女性觀是柔和婉約，非西方女性主義激烈的抗男權運動，而是中國古典詩學特有的「溫柔敦厚」。

家族（家庭）生活為背景』所寫成的『家庭─社會』型的世情小說。它表面上寫一人、一家、一族於日常生活的婚戀性愛倫常關係，實際上卻意在反映社會整體及眾生群相。」同書，頁9。

[97] 雷勇：〈明末清初世情小說對《紅樓夢》的影響〉，《紅樓夢學刊》（2003年第3期，頁66-78），頁66。

第五章　照應正文敘事

　　本章旨在探討崇禎本《金瓶梅》回首詩詞如何照應正文敘事，怎麼藉由「宮體詩」和「花間詞」的引用以雅化小說裡的風月筆墨，進而作為「崇禎本」回首詩詞視覺詩學的藝術觀照。崇禎本《金瓶梅》徵引了三分之一強具「宮體詩」或「花間詞」性質的回首詩詞，[1]而這類詩詞最主要的特色就是以女性閨幃生活為書寫中心。於此同時，本書亦發現這些對應小說描寫的詩歌或多或少蘊含抒情成分。「崇禎本」引用這類抒情詩歌不論正筆、側筆、或反筆，若有似無地與正文敘事做對照，以此影射小說正文的部分情節，或呼應小物件「草蛇灰線」[2]的敘事策略，或者藉以渲染情境氛圍。更重要的理想目標是建立在一個以人為本的世界，詩詞裡頭女性的抒情意境才是作者最關注的焦點。回首詩詞照見情節描繪，串起人物情感的發展過程，並為人物立小傳。而《金瓶梅》一書，以潘「金」蓮、李「瓶」兒、龐春「梅」三位女性的名字，各取其一字，組合而成書名。按理說春梅做為第三女主角，在瓶兒與金蓮相繼去世後，獨佔第一女主角的地位，享有後幾回的榮耀。然而回首詩詞竟未有任何一首明白指涉春梅，是否係因最後春梅以「淫」而死，[3]故反不若以「性」作為交易手段的王六兒？「崇禎本」回首詩詞指涉人物，是否關係到作者個人的價值觀選擇？

1　崇禎本《金瓶梅》回首詩詞共計一〇二首，其中具「宮體詩」或「花間詞」性質者占了三十六首，分別是第 2、3、4、9、11、12、13、14、17、18、21、22、24、26-1、26-2、27、28、29、31、33、34、35、37、44、50、51、60、61、68、69、75、78、82、86、91、97 回。

2　「豈知《金瓶》一書，從無無根之線乎？試看他一部內，凡一人一事，其用筆必不肯隨時突出，處處草蛇灰線，處處你遮我映，無一直筆、呆筆，無一筆不作數十筆用。」見〔明〕蘭陵笑笑生（著），王汝梅、李昭恂、于鳳樹（校點）：《張竹坡批評第一奇書金瓶梅》第二十回回評，頁 299。「有草蛇灰線法，如景陽崗勤敘許多「哨棒」字，紫石階連寫若干「簾子」等是也。驟看之，有如無誤；及至細尋，其中便有一條線索，拽之通體俱動。」見〔明〕金聖嘆：《金聖嘆全集》第一冊（臺北：長安出版社，1986 年），頁 231。

3　東吳弄珠客〈金瓶梅序〉：「如諸婦多矣，而獨以潘金蓮、李瓶兒、春梅命名者，亦楚《檮杌》之意也。蓋金蓮以姦死，瓶兒以孽死，春梅以淫死，較諸婦為更慘耳。」收入〔明〕蘭陵笑笑生（著），閻昭典、王汝梅、孫言誠、趙炳南（校點）：《新刻繡像批評金瓶梅》（香港：三聯書店，2009 年），頁 1。

第一節　雅化風月筆墨

　　翻開中國文學史，古典詩歌在「文以載道」[4]、「詩言志」[5]、「詩以道志。」[6]的傳統思維建構下，整個中國文學史的歷史，對「宮體詩」、「花間詞」幾乎是清一律的撻伐聲。文學史的歷史固然有其理應繼承的優秀傳統，但在一面倒地浪潮下，「宮體詩」、「花間詞」不斷遭受排擠。士大夫視其為不倫不類的詩作，甚至不齒創作這類詩詞，使得這類詩歌難登古典詩學的殿堂。《梁書·徐摛列傳》曰：「摛文體既別，春坊盡學之，『宮體』之號，自斯而起。」[7]是以，「宮體」文學自宮廷發展，擴及朝官、文人，後遂自成一體。而梁簡文帝蕭綱〈答張纘謝示集書〉載：「沉吟短翰，補綴庸音。寓目寫心，因事而作。」[8]意即以無所欲求的自在閒情「寫心」，即「吟詠情性」[9]、直露真性情，表現世俗情態的幸福感。強調詩歌中的視覺美感，切身體會後方可入詩，「寓目寫心」因而成了「宮體詩」的創作準則，而這類創作動機則不同於以往中國古典詩歌「載道」、「言志」的傳統。

　　然而中國古典詩歌的傳統到了南朝出現了轉折，在蕭綱等人倡導的文學「新變」[10]下，轉以「寓目寫心」正視個人情感的真實抒發，以詩歌寫下個人的生活心情。尤以女性生活為書寫中心，記錄她們生活情景的真實寫照，以及情感心境的切片。蕭綱〈序愁賦〉曰：「情無所治，志無所求，不懷傷而忽恨，無驚猜而自愁。玩飛花之入戶，看斜暉之廣寮。雖復玉觴浮椀，趙瑟含嬌，未足以袪斯耿耿，息此長謠。」[11]蕭綱此說已是直接否定中國詩歌「詩言志」的傳統精神，而正面肯定個人的心靈感受、情感抒發、閨

4　朱熹：「蓋文以載道，理明意達，則辭自成文。」引自〔宋〕黎靖德（編），王星賢（點校）：《朱子語類》（北京：中華書局，1986 年），頁 7。

5　「詩言志，歌永言；聲依永，律和聲。」虞書校曰：「永古本作詠。」引自《重刊宋本十三經注疏附校勘記·重栞宋本尚書注疏附校勘記》（臺北：藝文印書館，1965 年），頁 46-2。

6　《莊子·天下》云：「詩以道志，書以道事。」引自〔清〕郭慶藩（撰），王孝魚（點校）：《莊子集釋》（北京：中華書局，1995 年），頁 1067。

7　〔隋〕姚察、〔隋〕謝炅、〔唐〕魏徵、〔唐〕姚思廉（合撰），楊家駱（主編）：《梁書》（臺北：鼎文書局，1980 年），頁 446-447。

8　〔梁〕蕭綱（著）：《梁簡文帝集》二卷（清光緒己卯夏（1879）信述堂重刻），頁 62-63。

9　孔穎達注疏《詩·關雎》曰：「動聲曰吟；長言曰詠；作詩必歌，故言吟詠情性也。」《重刊宋本十三經注疏附校勘記·重栞宋本毛詩注疏附校勘記》（臺北：藝文印書館，1965 年），頁 172-2。

10　〈徐摛列傳〉：「屬文好為新變，不拘舊體。」收入《梁書》，頁 446。又，〈庾於陵列傳〉：「齊永明中，文士王融、謝朓、沈約文章始用四聲，以為新變」收入《梁書》，頁 690。

11　〔梁〕蕭綱（著）：《梁簡文帝集》二卷，頁 5。

情離緒等等。在詩歌內容上求新，於情感表達上求真，故講求「性情卓絕，新致英奇」[12]、「盡遊飫之美，致足樂耶。」[13]詩人經外物激發，而心有所感，方訴諸筆端，藉遊戲筆墨表達內心的情感，這就呼應了前文所論崇禎本《金瓶梅》回首詩詞具寄寓女性情感的功能，誠如西漢揚雄所云：「言，心聲也；書，心畫也。」[14]言語是心裡的聲音；文章是心情的表現。而「宮體詩」、「花間詞」基本上也都是以女性和她們的日常生活為書寫中心，發乎其最真摯的情感，描寫平凡生活的心情，一如《金瓶梅》主要描寫的對象正是一群婦女以及她們日常生活的家庭瑣事。「宮體詩」、「花間詞」以女性閨幃生活為布幕，所呈現的風景自是以女性為主角，文人細細勾勒女性世界特有的陰柔美，呈現王維所謂「詩中有畫，畫中有詩」的視覺美感。

　　本書不否認部分的「宮體詩」、「花間詞」寫作過於外放，的確缺乏一份含蓄蘊藉的靈性美，然而卻不能因此而以偏概全。後世對「宮體詩」的偏見來自梁簡文帝蕭綱的「放蕩」說[15]。殊不知，蕭綱所謂的「放蕩」並非情欲的放蕩，而是指為文無須過度拘謹，要能自由創作、自在揮灑，更不須背負「詩言志」、「文以載道」、「化成天下」[16]的重責大任，因為唯有摒棄這些拘束文學創作的傳統，文學作品方能達到「寓目寫心」之境界。「宮體詩」、「花間詞」的詩意全然無關乎中國詩歌傳統——「載道」、「言志」，只須將個人感官發揮到淋漓盡致，無須承擔「化成天下」的職責，然而不能因其卸下「化成天下」的傳統包袱，僅追求單純的感官美而將之視為「色情文學」[17]。中國文學史的歷史將「宮體詩」視為「色情文學」的刻板印象，不僅是對「宮體詩」不公平的對待，

12　蕭綱：〈答新渝侯和詩書〉，收入〔梁〕蕭綱（著）：《梁簡文帝集》二卷，頁61-62。

13　蕭綱：〈答湘東王書〉，收入〔梁〕蕭綱（著）：《梁簡文帝集》二卷，頁57。

14　〔漢〕揚雄（著），汪榮寶（撰）、陳仲夫（點校）：《法言義疏》（北京：中華書局，1996年），頁160。然而附帶一提的是，元好問卻質疑揚雄所謂的「言，心聲也；書，心畫也。」之說，元好問於其〈論詩三十首〉云：「心畫心聲總失真，文章寧復見為人？高情千古〈閒居賦〉，爭信安仁拜路塵。」這首七言絕句即反對揚雄的說法，此詩收入姚奠中（主編）：《元好問全集》（太原：山西人民出版社，1990年），頁338。

15　〈誡當陽公大心書〉云：「立身之道與文章異。立身先須謹重，文章且須放蕩。」〔梁〕蕭綱（著）：《梁簡文帝集》二卷，頁62。

16　《易》：「觀乎天文，以察時變，觀乎人文，以化成天下。」引自《重刊宋本十三經注疏附校勘記‧重栞宋本周易注疏附校勘記》（臺北：藝文印書館，1965年），頁62-2。

17　劉大杰認為：「宮體詩的色情文學，這種文學的內容，……用最艷體的辭句，和諧的音律，增加這種作品的虛華，……實在是盡其放蕩、淫靡、墮落的能事。這種文學的產生，主要是當代的文學，掌握在荒淫的君主貴族的手裡。這些作品的內容，正是他們那種荒淫生活的反映。自宋至隋的二百年間，君主臣僚，都是荒於酒色，流連聲伎，風俗的敗壞，生活的奢淫，是歷史上有名的。」劉大杰：《中國文學史》（臺北：華正書局，1977年），頁298。

也是一種偏見。此外,葉嘉瑩則謂:

> 宮體詩中的女性遂只為一些美麗的被物化了的形象而已,而《花間》詞中的女性
> 則因為有著愛之投注,而具含有一種象喻的潛能。[18]

葉氏指的「物化」非商品性質的物化,而是「宮體詩」往往將女性的身體物象化,把女
體的部分放大做特寫。「宮體詩」果真如同葉氏所言,純然為物化女性的詩作嗎?恐非
也!詞人從欣賞的角度,觀察生活周遭,表現眼睛所見、傳達心中所感,達到「寓目寫
心」的藝術境界,亦即寓目所見之物,寫心所表之情。有些「宮體詩」不乏文人手筆,
甚至有出自如歐陽修之流,大官而為小詞者。[19]就有學者指出:「唐代詩人善於運用物
性創造意象,不但用語種類繁多新穎,能反映出視覺上的感受。」[20]中國古典詩歌大抵
善用意象、呈現多重意境,反應視覺感受。有些「宮體詩」確實如葉氏所言,缺乏主觀
感情的投注,然而並非全盤皆墨,有些實則挹注大量情感,飽蘊深厚情誼。「崇禎本」
回首部分的「宮體詩」和「花間詞」或許沒有明確指涉小說人物,然而卻是同樣以「寫
心」為創作的藝術準則為依歸,如第68回回首乃明林鴻詞作之上半闋:

> 鍾情太甚,到老也無休歇。月露烟雲都是態,況與玉人明說。軟語叮嚀,柔情婉
> 戀,鎔盡肝腸鐵。岐亭把盞,水流花謝時節。——〈翠雲吟半〉[21]

這闋詞是林鴻宦遊京師前寫給妻子的深情之作。原詞的上片寫離別之情,下片抒相思之
苦。「玉人」指其妻張紅橋。整闋詞以敘事結構鋪寫新婚夫妻的濃情密意,先敘兩人平
日生活的浪漫情態,相偕到老的初衷。林鴻以「軟語叮嚀,柔情婉戀」突顯妻子的形象,

---

18 繆鉞、葉嘉瑩:《詞學古今談》(臺北:萬卷樓圖書公司,1992 年),頁 460。

19 〔宋〕魏泰(撰),李裕民(點校)《東軒筆錄》卷之五:「王安國性亮直,嫉惡太甚。王荊公初
    為參知政事,聞日因閱讀晏元獻公小詞而笑曰:「為宰相而作小詞,可乎?」平甫曰:「彼亦偶然
    自喜而為爾,顧其事業豈止如是耶!」時呂惠卿為館職,亦在坐,遽曰:「為政必先放鄭聲,況自
    為之乎!」平甫正色曰:「放鄭聲,不若遠佞人也。」呂大以為譏己,自是尤與平甫相失也。」(北
    京:中華書局,1997 年),頁 52。

20 梅祖麟、高友工(著),黃宣範(譯):〈論唐詩的語法、用字與意象〉,收入《中外文學》第 1
    卷第 10 期(1973 年 3 月,頁 30-63),頁 49。

21 林鴻〈大江東去〉原詞為:「鍾情太甚,任笑吾、到老也無休歇。月露煙雲都是恨,況與玉人離別?
    軟語叮嚀,柔情婉轉,熔盡肝腸鐵。岐亭把酒,水流花謝時節。應念翠袖籠香,玉壺溫酒,夜夜銀
    屏月。蓄喜含嗔多少態,海嶽誓盟都設。此去何之?碧雲春樹,晚翠千千疊。圖作羈思,歸來細與
    伊說。」收入饒宗頤(初纂),張璋(總纂):《全明詞》(北京:中華書局,2004 年),頁 191。
    一作〈念奴嬌〉收入唐圭璋(主編)、鍾振振(副主編):《金元明清詞鑑賞辭典》(臺北:新地
    文學出版社,1992 年),頁 594。

嬌妻足以教「肝腸鐵」的漢子都給「鎔盡」了。接下來再回憶過往兩人「岐亭把盞，水流花謝」的美好時光，並向其妻訴說自己的「鍾情」，寫來情真意切。從視覺詩學的角度來欣賞，一幕幕的畫面慢慢流動於眼前，其間有鋪陳、有敘事、有回憶、有離情、有思念，可說是林鴻獻給妻子的「愛情宣言」。寫作筆法頗似北宋詞人柳永，柳永善長調、鋪陳，詞作層層舖疊敘事，他著名的〈望海潮〉[22]即為典型的以賦為詞之作，寫都會繁華、羈旅之作。

　　這闋回首詞乍看之下，無涉此回正文，且這回回目為：「應伯爵戲啣玉臂　玳安兒密訪蜂媒」也與這闋回首詞不搭調。然而，卻迴盪上一回回末西門慶雪日在書房裡小憩，夢見李瓶兒來託言，導致「西門慶從睡夢中直哭醒來，看見簾影射入，正當日午，絲不的心中痛切。」（第 67 回）原來是一場日間「相思夢」。這回正文描寫伯爵邀西門慶上妓院找鄭愛月兒，西門慶見吳銀兒戴著「白鬏髻」，問後方知其是為瓶兒戴孝，因而道出：「前日在書房中，白日夢見他，哭的我要不的。」席間鄭愛月兒重新梳妝打扮一番出來見客，「西門慶見了，如何不愛。吃了幾鍾酒，半酣上來，因想著李瓶兒夢中之言：少貪在外夜飲。」向來眠花臥柳的西門慶，此時竟想起瓶兒昨日夢中之言，故欲上馬歸家，並對愛月兒說：「前日多謝你泡螺兒。你送了去，倒惹的我心酸了半日。當初止有過世六娘他會揀。他死了，家中再有誰會揀他！」西門慶睹「物」思人、見「物」傷情，看到「泡螺兒」便想到瓶兒，勾起對愛妾的思念。一如林鴻在「水流花謝時節」，便想起其與嬌妻「岐亭把盞」的美好時光。心中不禁反覆回味妻子的「軟語叮嚀」、「柔情婉戀」，西門慶不也惦記著瓶兒在夢中「柔情婉戀」的「軟語叮嚀」嗎？「崇禎本」無名氏在此評：「情至語，楚人心鼻。」西門慶這段話語說得如此真切，頗似林鴻和嬌妻難分難捨、情真意切之作，因此這闋詞其實是迴盪前一回西門慶的雪天「相思夢」，可謂是作者代西門慶回應瓶兒的深情之作。

　　「大官而為小詞者」的代表作，如第 78 回所引的北宋詞人歐陽修〈南歌子〉：

　　　鳳髻金泥帶，龍紋玉掌梳。去來窗下笑來扶，愛道畫眉深淺入時無？
　　　弄筆偎人久，描花試手初。等閒含笑問狂夫，笑問歡情不減舊時麼？

歐陽修官至樞密副使參知政事。詞人精細勾勒出佳人閨房內妝扮的嬌媚神情和閒適情

---

22 柳永〈望海潮〉：「東南形勝，江吳都會，錢塘自古繁華。煙柳畫橋，風簾翠幕，參差十萬人家。雲樹繞隄沙。怒濤卷霜雪，天塹無涯。市列珠璣，戶盈羅綺，競豪奢。　　重湖疊巘清嘉。有三秋桂子，十里荷花。羌管弄晴，菱歌泛夜，嘻嘻釣叟蓮娃。乘醉聽簫鼓，吟賞煙霞。異日圖將好景，歸去鳳池誇。」張夢機、張子良（選注）：《唐宋詞選注》（臺北：華正書局，2010 年），頁 85。

景。美人在秀髮上插著繫有金絲帶、雕有鳳凰飾樣的髮髻,把雕著龍形紋飾、光潤無暇的玉梳子掌在手心,嫵媚地爬梳青絲。挽手相扶到窗邊,柔聲輕問情郎剛剛所描繪的眉色深淺符合時尚嗎?女子畫眉,一手舉鏡,另一隻手勾著情郎,笑語吟吟問情郎,我倆濃情密意不減當年嗎?女子依偎在情郎身邊的嬌嗔模樣,展現出一幅佳人繪眉圖。德國萊辛說:「凡是我們在藝術作品裡發現為美的東西,並不是直接由眼睛,而是由想像力通過眼睛去發現其為美的。」[23]讀者看到歐陽修的詞作,經由想像力的無限發想,眼前出現的畫像是一幅唯美的佳人繪眉圖。可對照此回正文裡與西門慶翻雲覆雨的林太太和如意兒,似乎都欠缺詞中美人的韻味。文本甚至形容林太太是「綺閣中好色的嬌娘,深閨內施毯的菩薩。」(第69回)作者把面首眾多、「四海納賢」的林太太寫得如此不堪。一昧求性的林太太和一味索物的如意兒,都少了這份嬌態。此詞全然無涉正文,僅能視之為雅化小說裡的風月筆墨。然以純藝術欣賞的角度觀之,就詞人眼睛所及,書寫文人心境,寫出我見、我心,確是契合蕭綱「寓目寫心,因事而作」的藝術準則。

第97回引的是北宋詞人柳永的〈閨怨〉:

> 追悔當初辜深願,經年價,兩成幽怨。任越水吳山,似屏如障堪遊玩,奈獨自慵攜眼。　　賞烟花,聽絃管,徒歡娛,轉加腸斷。總時轉丹青,強拈書信頻頻看,又曾似親相見。

詞作乃柳永自敘相思之苦,後悔當年辜負了佳人,經年累月下來,雙方皆蓄積著深深的幽怨。縱使遊山玩水,湖光水色於目前,可獨自一人,怎奈美景當前,卻連擡個眼兒瞧瞧都倍覺慵懶。穿梭煙花巷弄、耳聽絲竹管絃,環顧周遭環境,氛圍如此歡娛,可我偏成了斷腸人。不時拿出佳人從前捎來的書信,穿越筆墨我倆彷彿再相會了般。詞人濃烈的離情,暗喻龐春梅對陳敬濟的相思情苦,這回正文開頭便提,已貴為守備夫人的春梅,吩咐親隨張勝尋找敬濟,歷經千辛萬苦,終於如願找到,並將之送進守備府裡。兩人一見面,雖行禮如儀,卻「敘說寒溫離別之情,彼此皆眼中垂淚。」作者引用柳永這闋詞為春梅一連串不合常理的行為作敘事鋪墊。首先,她對雪娥極盡虐待之能事,其實是為了安置敬濟入住守備府,兩人才能假姐弟之名,行夫妻之實,這回回目早已明白點出他倆是:「假弟妹暗續鸞膠　真夫婦明諧花燭」。春梅對敬濟用情甚深,雖然這闋詞是男性寫給女性的苦思之作,但作者有意強化春梅的情感元素。成了守備夫人後的春梅雖慾海難填,然卻不獨佔敬濟,甚至幫他娶了媳婦兒葛翠屏,當然這是掩人耳目的障眼法,

---

23　〔德〕萊辛(Gotthold Ephraim Lessing)(著),朱光潛(譯):《拉奧孔》(合肥:新華書局,2006年),頁44。

為了方便他們在守備府內「續鸞膠」。「鸞膠」比喻男子喪妻後再娶，又稱「續弦膠」。用以影涉龐春梅和陳敬濟再續「夫妻緣」，兩人雖無夫妻之名，卻有夫妻之實，如同柳永和他詞中歌妓的境遇。只不過柳永沒有陳敬濟在「經年價，兩成幽怨」後，得以「續鸞膠」的運氣罷了！毛文芳以為：「性別中的觀看課題，隱含著女性在視覺中有被物化的傾向。……女子在文學藝術中，經常被物化，宮體詩的傳統，深具感官之美，以詩人對女性的情欲幻想代替女性私心告白的情愛渴求。」[24]當小說正文專事描繪春梅和敬濟的情欲，無暇述及太多他們的內心世界，崇禎本《金瓶梅》徵引柳永這闋回首詞強調春梅和敬濟不單單只是情欲的渴求，他們的心底尚潛藏一份綺靡、無可替代的真實情感。

再回到「宮體詩」所提倡的「寓目寫心」之藝術準則，王筠曰：「吟詠性靈，豈惟薄伎；屬詞婉約，緣情綺靡。」[25]又，陸機《文賦》云：「詩緣情而綺靡。」[26]那麼，詩既可言男女之情，綺靡又何妨？王力堅也肯定：「緣情與體物進一步融合。緣情即寫心，體物即寓目。強調寫心緣情體現於寓目體物之中。」[27]當詞中人於「賞烟花」、「聽絃管」之際，這些「徒歡娛」的宴飲場景，只會更教詞中人「轉加腸斷」。如此揪人心弦的詩歌，展現出「宮體詩」創作的唯美藝術原則，「宮體詩」實乃以寓目所見之物，寫心所表之情的視覺美學。

文學作品中表現女性之美並非「宮體詩」和「花間詞」的專利，早於《詩經》即有歌詠女子之美，如《詩經‧衛風‧碩人》：「手如柔荑，膚如凝脂，領如蝤蠐，齒如瓠犀，螓首蛾眉，巧笑倩兮，美目盼兮。」[28]衛莊公迎娶齊莊公之女莊姜為妻，當她初到衛國時，衛人歌詠她的美麗華貴。詩歌將女性身體的每個部位，都置於放大鏡之下，宛如電影的特寫鏡頭，將女性美精細而飽滿地呈現於觀眾眼前。曹植〈美人篇〉前半首亦細細精繪佳人的體態和身段：「美女妖且閑，采桑歧路間。柔條紛冉冉，落葉何翩翩。攘袖見素手，皓腕約金環。頭上金爵釵，腰佩翠琅玕。明珠交玉體，珊瑚間木難。羅衣何飄飄，輕裾隨風還。顧盼遺光采，長嘯氣若蘭。」[29]詩歌把女性之美轉換成文字，呈現讀者眼前的是女體化身而成的藝術美，讀者宛若進行一場視覺詩學的宴饗。

24　毛文芳：《物‧性別‧觀看——明末清初文化書寫新探》（臺北：臺灣學生書局，2001 年），頁47。

25　〔隋〕姚察、〔隋〕謝炅、〔唐〕魏徵、〔唐〕姚思廉（合撰），楊家駱（主編）：《梁書‧昭明太子》（臺北：鼎文書局，1980 年），頁 170。

26　〔清〕嚴可均（校輯）：《全上古三代秦漢三國六朝文》（北京：中華書局，1991 年），頁 2013-2。

27　王力堅：〈宮體正義〉，《學術研究》（1995 年第 5 期，頁 109-112），頁 112。

28　高亨（注）：《詩經今注》（上海：上海古籍出版社，2010 年），頁 82。

29　逯欽立（輯校）：《先秦漢魏晉南北朝詩》（北京：中華書局，1983 年），頁 432。

　　詩詞的曖昧有時是另一種美的表徵，褪去朦朧外衣，袒裎相見時，反倒缺少了一份朦朧的美感，正如文言文有多種闡釋，即董仲舒《春秋繁露‧精華》所云：「詩無達詁。」[30]中國文學直到魯迅等人提倡白話文運動後，方進入我手寫我心的文學面貌。蕭綱對詩歌的重新定義——「寓目寫心」，說明了簡文帝反璞歸真的詩學觀，《金瓶梅》不也是如此嗎？它揚棄了英雄演義，摒棄了以男權為中心的思考模式，認真地回到現實生活中去尋覓題材，真正地從女性的角度出發來看待女性的處境。蕭綱提倡「寓目寫心」之文學觀——詩歌應直書我見、我感。《金瓶梅》的世界裡面對的是寫實的人生，而告子曰：「食色，性也。」[31]飲食和情欲乃人倫之大欲，人類賴以生存、繁衍之道。《金瓶梅》的作者選擇直白、赤裸的書寫策略，而「崇禎本」的作者則選擇以迥異於正文的風格重新詮釋，回首詩詞所徵引的「宮體詩」或「花間詞」之流的作品，既呼應正文的風月筆墨，又飽含視覺詩學的風格。如第 27 回回首這闋詞：

> 錦帳鴛鴦，繡衾鸞鳳。一種風流千種態：看雪肌雙瑩，玉簫暗品，鸚舌偷嘗。　　　屏掩猶斜香冷，回嬌眼，盼檀郎。道千金一刻須憐惜，早漏催銀箭，[32]星沉網戶，月轉迴廊。——〈好女兒〉

整闋詞呈現出香艷旖旎的風光。詞中「一種風流千種態」是作者回應此回「崇禎本」無名氏評點之語：「金蓮之麗情嬌致，愈出愈奇，真可謂一種風流千種態，使人玩之不能釋手，掩卷不能去心」。這是一闋充滿情欲的閨情之詞，詞作呼應了《金瓶梅》第 27 回「潘金蓮醉鬧葡萄架下」著名的風月筆墨，不同的是正文在光天化日之下，大刺刺地描寫西門慶與李瓶兒、潘金蓮在花園的性戰；回首詞則以星月為布景，情人在宇宙穹蒼的覆蓋之下共度良宵，雖直書「看雪肌雙瑩，玉簫暗品，鸚舌偷嘗」，不免有些露骨，然卻以「屏掩」一詞遮蔽袒裎相見的搬演。象徵流連不已的「銀箭」，則影指詞中「回嬌眼、盼檀郎」[33]的金蓮對西門慶的依戀。而「早漏催銀箭，星沉網戶，月轉迴廊」的

30　董仲舒謂：「詩無達詁，易無達占，春秋無達辭。」〔漢〕董仲舒（撰），賴炎元（註釋），中華文化復興運動推行委員會、國立編譯館中華叢書編審委員會主編：《春秋繁露》（臺北：臺灣商務印書館，1987 年），頁 81。

31　〔宋〕朱熹（撰）：《四書章句集注》（北京：中華書局，2003 年），頁 326。

32　「銀箭」在古典詩歌裡常帶有留戀之情的意象，如李白〈烏夜啼〉：「姑蘇臺上烏棲時，吳王宮裏醉西施。吳歌楚舞歡未畢，青山猶銜半邊日。銀箭金壺漏水多，起看秋月墮江波，東方漸高奈爾何？」〔宋〕李昉等奉勅（編），〔宋〕彭叔夏（辨證），〔清〕勞格（拾遺）：《文苑英華》（北京：中華書局，1966 年），頁 1020-1。

33　晉朝潘岳小字檀奴，因為容貌美好，風度瀟灑，為當時女性心儀的對象，後以「檀郎」為婦女對夫婿或意中人的稱呼。

詞句映在讀者眼底似乎可見兩重布景：一是，鏡頭拉近，屋內衵裎相視的兩人情話綿綿，旁邊桌上點著一根蠟燭、擺放一個漏壺，蠟淚不斷熔出，燭光恍然映照屋內，點香早已冷卻，顯示時光在不知不覺中流逝，漏壺裡滴漏的壺水催促著銀箭報時辰，提醒情人春宵一刻值千金，也預告離別時分的到來；二是，鏡頭拉遠，室外天空布滿星星，一閃一閃地好似對著情人眨眨眼，月光灑下地面，隨著時光的流逝，光影流轉於迴廊間，再度提醒時間的無情。時間是流逝的，空間是流轉的，離情若隱若現，熱烈的情人享受當下，又是那麼地教人眷戀、不捨分離，因此女子才會「回嬌眼、盼檀郎」，畫面中的佳人眼波流轉，顧盼郎君，嬌媚麗緻躍然於紙上，整闋詞洋溢著幸福愉悅的視覺美感。「詞或前景後情，或前情後景，或情景齊到，相間相融，各有其妙。」[34]這闋詞可謂「情景齊到」。

再對照回首詞和正文，二者皆有雙重布景：一是近鏡頭，翡翠軒裡西門慶與李瓶兒兩人曲盡「于飛」之樂的屋內空間；二是遠鏡頭，花園葡萄架下的開放空間，其間還夾敘了春梅和西門慶在花園內的曖昧嬉戲。詞作對應正文，只是時間不同。室外覆蓋的空間背景，一是星月芎倉，另一則為日光花園，然而葡萄架下的交歡，並沒有詞作中「道千金一刻須憐惜」的歡愉。最後是在潘金蓮「頭目森森然，莫知所之」下草草收場。這是否因作者不忍卒睹西門慶對潘金蓮施加「性暴力」[35]以示懲處，而改轅易轍以兩情相悅的詞作代之呢？本該是兩情相悅的美好性事，可當讀者眼睛定格於葡萄架下的性戰，直等到潘金蓮差點因此而喪命，才恍然大悟，原來這是西門慶對潘金蓮提出的警告。瓶兒懷孕，金蓮幾句挑釁瓶兒的話語，竟惹來西門慶的性暴力示警。而瓶兒生子後，金蓮自此失寵，第40回回首詞：

> 種就藍田玉一株，看來的的可人娛。多方珍重好支持，掌中珠。　　傞俹漫驚新態變，妖嬈偏與舊時殊。相逢一見笑成癡，少人知。——〈山花子〉

34　〔清〕劉熙載：《藝概·詞曲概》（臺北：漢京文化公司，2004年），頁114。

35　丁乃非指出：「這一回揭示了西門慶對潘金蓮的處罰（因為潘竟敢在他面前向懷了他孩子的寵妾挑釁）。而弔詭的是他處罰的方式正是透過『性』的技巧。」見丁乃非（作），蔡秀枝、吳修君（合譯）：〈鞋韃、腳帶、紅睡鞋〉，收入《中外文學》第22卷第6期（1993年11月，頁26-54），頁51。另外，胡衍南認為當潘金蓮甦醒過來，並向西門慶嬌泣時，「她還不很相信漢子施加於她身上的懲罰。倒是西門慶本人相當清楚，他絕對可以隨心所欲地，在女人身上展現他那拿手式的暴力——尤其是以『性凌虐』的形式。」見胡衍南：《飲食情色金瓶梅》（臺北：里仁書局，2004年），頁130。

「藍田玉」[36]本指美好的玉，這裡暗喻瓶兒懷孕生子，她擁有官哥兒這顆「掌中珠」而「希寵」，金蓮只能「粧丫鬟」來對西門慶示愛。正妻月娘雖也「種得藍田玉」，可在眾妻妾參觀對門喬大戶家時，卻腳偏滑了一跤後肚子疼。她在吃了劉婆子開的兩顆黑丸子藥，七八個月的男胎因此流掉了。（第 33 回）這回正文開頭便敘述月娘和王姑子討論子嗣問題，王姑子吹噓同行的薛姑子有包生子的「符藥」，月娘給了王姑子一兩銀子，盼能再次「種就藍田玉一株」。潘金蓮這邊則因抓到月娘房裡丫鬟玉簫與書童通姦的把柄，得知月娘是吃了薛姑子的「衣胞符藥」而受孕，也想取得「藥符」，並爭到「壬子日」和西門慶同房的機會以便懷孕。（第 64 回）在未懷上傳宗接代的子嗣之前，不論是妻或是妾都只能各出奇招，想法子受孕，以改變自己的命運，這已經成了她們的不歸路。金蓮「粧丫鬟」，假扮西門慶新買來會彈唱的姐兒，在未被識破前，突顯了眾妻妾不安的情緒反應。除了知情的李瓶兒外，吳月娘向大妗子冷冷地道：「俺們都是老婆當軍——充數兒罷了！」「崇禎本」無名氏在此評點道：「不妬之妬，自不能禁。」不過薑還是老的辣，月娘已經身經百戰，故冷中帶「妬」。此事卻驚動了二房和三房，「慌的孟玉樓、李嬌兒都出來看。」而一個「慌」字，說明了李嬌兒、玉樓兩人面對競爭對手新來乍到的慌張、不知所措，擔心未來家庭權利結構的改變。而金蓮這齣丫鬟變裝秀確實逗得西門慶兩度「笑的眼沒縫兒」，並「臨幸」了一夜，然而只能說金蓮是苦中作樂，取悅眾人，實則難以挽回西門慶的心，除非生子，否則大勢不妙。

　　貌美、聰慧的潘金蓮，她與西門慶可說是互為「知音」[37]，她識字、懂曲，而經常出入勾欄瓦舍的西門慶對時曲並不陌生，可家裡除了妓院出身、沒有聲音的李嬌兒外，只有金蓮是他的「知音」。第 21 回描述金蓮借著點唱《南石榴花》「佳期重會」的曲目，諷刺月娘雪夜焚香禱祝一事，家中唯有西門慶聽得出曲中深意。西門慶隔天對玉樓說：「昨日叫丫頭們平白唱『佳期重會』，我就猜是他幹的營生。」西門慶又道：「他說吳家的不是正經相會，是私下相會。恰似燒夜香，有心等著我一般。」西門慶對金蓮的個性頗為瞭解。此回卷末描寫當晚金蓮獨宿，旋即出現了一首指涉金蓮的回末詩：

　　　空庭高樓月，非復三五圓。何須照床裡，終是一人眠。

36　「藍田玉」典出《通典‧州郡典》所云：「藍田，秦舊縣，出美玉。後周閔帝置藍田郡，武市省郡。玉之美者，曰球，次曰藍。蓋以縣出玉，故名之藍田。」〔唐〕杜佑（著），王文錦等（點校）：《通典》（北京：中華書局，1988 年），頁 4509。

37　田曉菲：「金蓮吩咐四個丫鬟在酒宴上演唱《南石榴花‧佳期重會》，借此影射月娘，西門慶聽曲而知音。……西門慶也是金蓮的『知音』：金蓮吩咐家樂唱『佳期重會』，眾人都不理會，西門慶卻立刻解悟了曲中深意。」見田曉菲：《秋水堂論金瓶梅》（天津：天津人民出版社，2008 年），頁 67-68。

這首抒情詩指涉金蓮，並預告金蓮此後將經常獨守空閨，一人獨眠，甚至連死後都成了孤魂野鬼，不得安葬，得到處托夢請人幫她埋葬，最後還是她生前的丫鬟春梅為她收葬，她才得以入土為安。相對地，金蓮對西門慶的拈花惹草，每每以包容、理解的態度對待，只求知情，當然主要還是為了討漢子歡喜，西門慶就曾因此對她說：「你會這般解趣，怎教我不愛你！」（第 10 回）此外，李瓶兒死後「首七」隔天，家裡請來一班海鹽子弟班演戲文，當西門慶聽《寄真容》唱到「今生難會面，因此上寄丹青」一句，忽地想起瓶兒而淚流不已，金蓮立刻向月娘嘲諷了西門慶一番，這自是惹來月娘的不悅。月娘對瓶兒不免也懷嫉在心，只是不肯外露罷了！但這也說明金蓮識字、懂曲，能與西門慶唱和，玉樓也說金蓮是「諸般曲兒都知道，俺們卻不曉的。」西門慶本也寵愛金蓮，無奈自得知瓶兒懷孕後，對於金蓮的嫉妒心容忍度降低，不容她挑釁瓶兒，因此才會演出葡萄架下的性暴力（第 27 回）。官哥兒和喬親家聯姻時，金蓮多話，也惹來西門慶大怒，罵道：「賊淫婦，還不過去！人這裡說話，也插嘴插舌的。有你甚麼說處！」（第 41 回）故詞句「傴僂漫驚新態變，妖嬈偏與舊時殊」，暗示新歡舊愛兩樣情，寵愛的對象換了。「妖嬈」如金蓮，敵不過「掌中珠」——官哥兒，以及「母以子貴」的瓶兒，只能扮丫鬟取樂，瓶兒似乎渾然不覺其生子對金蓮所造成的威脅，金蓮面對無子的不安全感卻與日俱增。人前強顏歡笑，心中的苦悶有誰知？連她的母親潘姥姥都難以理解女兒生存的困境，母女緣薄，得不到母親的體諒，又失寵於夫婿。玉樓算是這個家裡比較能體會她立場的人，因兩人同為妾身，處境相當。差別在於：金蓮由寵而失，宛如從天堂掉到地獄，玉樓本就沒有所謂得不得寵的問題；再者，金蓮無財無勢，玉樓則有豐厚的粧奩，生活得以自主，無須倚賴西門慶。金蓮除了面對家裡的競爭對手，還得應付西門慶外面的情婦，如第 37 回回首引北宋詞人賀鑄〈薄倖〉[38]上半闋：

> 淡妝多態，更的的頻回眄睞。便認得琴心先許，與綰合歡雙帶。記華堂風月逢迎，輕顰淺笑嬌無奈。向睡鴨爐邊，翔鴛屏裡，暗把香羅偷解。——〈薄倖前〉

這是一闋閨情詞。作者引用這闋詞的上闋以影射西門慶與王六兒的關係。上闋雖是情欲回憶錄，然而賀鑄〈薄倖〉下闋筆鋒一轉，收住風月，大談情傷，雖談情傷，卻是「淡

38　「薄倖」是古時女子對意中人的一種暱稱。這闋詞「崇禎本」作者略有更動。賀鑄〈薄倖〉原詞為：「豔真多態，更的的、頻回眄睞。便認得琴心相許，欲綰合歡雙帶。記畫堂、斜月朦朧，輕顰微笑嬌無奈。便翡翠屏開，芙蓉帳掩，與把香羅偷解。　自過了收燈後，都不見、蹋青挑菜。幾回憑雙燕，丁寧深意，往來翻恨重簾礙。約何時再？正春濃酒暖，人閒晝永無聊賴。厭厭睡起，猶有花梢日在。」張夢機、張子良（選注）：《唐宋詞選注》，頁 149。

而不厭，哀而不傷。」[39]此詞上闋和下闋書寫風格迥異，上闋單寫情欲，下闋則著力情感，作者僅引上闋倒是貼合西門慶和王六兒兩人純然性交，不著情感的關係。這闋〈薄倖〉，應與該回西門慶第一次見到王六兒的回中韻文對照閱讀，作者通過西門之眼所見的王六兒：

> 淹淹潤潤，不搽脂粉，自然體態妖嬈；嬝嬝娉娉，懶染鉛華，生定精神秀麗。兩彎眉畫遠山，一對眼如秋水。檀口輕開，勾引得蜂狂蝶亂，纖腰拘束，暗帶著月意風情。若非偷期崔氏女，定然聞瑟卓文君。

回首詩的「淡妝多態」對應回中詩的「淹淹潤潤，不搽脂粉，自然體態妖嬈」；「更的的頻回眄睞」對應「一對眼如秋水」；「琴心先許」則對應「聞瑟卓文君」，這使西門慶初見時便看得「心搖目蕩，不能定止」的王六兒，後成了最得西門寵愛的偷情對象。用卓文君與司馬相如互為「知音」的典故，暗指西門慶和王六兒兩人雖談不上心靈相犀，卻皆好風月，性事上棋逢對手。該回正文中有一段頗為冗長的韻文，[40]分別以「硫黃元帥」、「銀甲將軍」之間的戰爭，描摹兩人的一番性戰，兩人除了「交戰」，毫無「交心」可言。作者主要托出王六兒在性事上的兩樁「毛病」——口交、肛交，偏巧這兩樁毛病正好「可在西門慶心坎上」。「崇禎本」在此評點：「子平云：有病方為貴。皆知王六兒之受用處在有此毛病也。」王六兒正是憑此風月本事，而深得西門之心。

然而，第81回「韓道國拐財遠遁」卻是出自王六兒的主意，故張竹坡評：「西門在日，王六兒何等奉承。乃一旦拐財遠遁，故知西門於六兒，借財圖色，而王六兒，亦借色求財。」[41]從小說正文確實得見王六兒深得西門慶的心，因為她同時結合了潘金蓮與

---

39 張夢機、張子良（選注）：《唐宋詞選注》，頁150。

40 第37回正文裡描繪兩人雲雨的韻文為：「威風迷翠榻，殺氣瑣鴛衾。珊瑚枕上施雄，翡翠帳中鬥勇。勇男見忿怒，挺身連刺黑櫻槍；女帥生嗔，拍胯著搖追命劍。一來一往，祿山曾合太真妃；一撞一動，君瑞追陪崔氏女。左右迎湊，天河織女選牛郎；上下盤旋，仙洞妖姿逢元肇。槍來牌架，崔郎相供薛瓊瓊，炮打刀迎，雙漸並連蘇小小。一個鶯聲嚦嚦，猶如武則天遇教曹；一個燕喘噓噓，好似審香達呂雉。初戰時，知槍亂刺，利劍微迎；次後來，雙炮齊發，膀胛齊湊。男兒氣急，使槍只去扎心窩；女帥心忙，開口要來吞腦袋。一個使雙炮的，往來攻打內襠兵；一個輪傍牌的，上下夾迎臍下將。一個金雞獨立，高蹺玉腿弄精神；一個枯樹盤根，倒入翎花來刺北。戰良久朦朧星眼，但動些兒麻上來；鬥多時款擺纖腰，百戰百回挨不去。散毛洞主倒上橋，放水去淹軍；烏甲將軍虛點槍，側身逃命走。臍膏落馬，須臾蹂踏肉為泥；溫緊妝杲，頃刻跌翻深澗底。大披掛七零八斷，猶如急雨打殘花；錦套頭力盡筋輸，恰似猛風飄敗葉。硫黃元帥，盔歪甲散走無門；銀甲將軍，守住老營還要命。正是：愁雲托上九重天，一塊敗兵連地滾。」

41 〔清〕張竹坡：《皋鶴堂批評明代第一奇書金瓶梅讀法》第二十三則（臺北：廣文書局，1981年），頁8。

李瓶兒的閨幃專長，滿足西門慶在性事上的多種偏好，但王六兒總於床笫之間索討財物，兩人可謂「各取所需」。然而，相較於西門大宅內，韓氏「一家人」的情感，確實是《金瓶梅》裡少有對「家」的溫馨描寫。西門大宅內，有漂亮的大花園，精緻的家具，講究的飲食，妻妾如雲，卻是「全無舉案之風，而徒多眉眼之處。」[42]西門慶與西門大姐父女倆，更是從頭到尾連一句對話都沒有。可韓氏一家人不同，第37回韓愛姐出嫁，韓道國送女兒上東京去，「丟的王六兒在家，前出後空，整哭了兩三日。」王六兒還對前往關切的馮媽媽哭訴：

> 「自從他去了，弄的這屋裡空落落的，件件的都看了我。弄的我鼻兒烏，嘴兒黑，相個人模樣？到不如他死了，扯斷腸子罷了。似這般遠離家鄉去了，你教我這心怎麼放的下來？急切要見他見，也不能勾。」說著眼酸酸的哭了。

作者描寫女兒剛出嫁，王六兒為人母親的不捨之情自然流露。後寫夫婿韓道國歸家情景：

> 老婆見他漢子來家，滿心歡喜，一面接了行李，與他拂了塵土，問他長短：「孩子到那里好麼？」這道國把往回一路的話，告訴一遍……。婦人一塊石頭方落地……。老婆如此這般，把西門慶勾搭之事，告訴一遍……。兩個又笑了一回，打發他吃了晚飯，夫妻收拾歇下。

王六兒「滿心歡喜」地迎接韓道國回家，兩人又極其輕鬆自在的家常對話。即便王六兒坦白如實地陳述她與主子西門慶偷情之事後，猶見「兩個又笑了一回」，可見夫妻倆默契十足地將之視為賺錢的門路，以整個「家」的利益為原則做考量，相互體諒，互相扶持。對於「王六兒棒槌打韓搗鬼」一事，王六兒僅對韓道國輕描：「第二的不知高低」（第38回），這「高低」意味韓二不知好歹，她唯恐西門慶看到韓二上她家門，以致壞了他們夫妻倆賺錢的門路兒，只好「棒槌打韓搗鬼」，令其被抓到衙門去等等，無非出於擔心韓二影響到他們「好容易撰錢」的「道路」，而韓道國對王六兒也頗為體諒。田曉菲就指出：「焉知不是因為韓二太窮娶不起老婆，故韓道國甘心分惠。」[43]小說第34回卷首描述韓道國在得知老婆王六兒與弟弟韓二的姦情曝光，雙雙遭押送衙門時，便立即急忙與來保商議，再跪求應伯爵去關說西門慶，並花錢賄賂衙門官員，只為趕緊救出兩人，事後也不見韓道國對此有任何怨言。再從上述夫妻倆的對話，足見韓道國、王六兒和韓二「一家人」，原本就是很有默契地分享一切「家庭資源」。

42　〔清〕張竹坡：《皋鶴堂批評明代第一奇書金瓶梅讀法》第二十四則，頁10。
43　田曉菲：《秋水堂論金瓶梅》，頁120。

　　小說最末回「韓愛姐路遇二搗鬼」，荒亂中與父母離散的韓愛姐，在尋找父母的路途上，因借宿而巧遇叔叔韓二，「兩箇抱頭相哭做一處」，韓二便攜愛姐往湖州尋父母去，由此可見叔姪間有著「家人」特有的深厚情感。再對比西門慶和西門大姐一句對話也沒有的父女關係，實遠不如韓二和韓愛姐的叔姪關係。豈知愛姐尋獲父母時，王六兒的恩客何官人已逝，家無妻小，把一個六歲女兒和幾頃水稻田地都給了王六兒。此後韓道國也去世了，王六兒就配給了小叔，種田過日，正文在此寫道：「後韓二與王六兒成其夫婦，請受何官人家業田地」，真可謂「一家一計」過生活。作者安排給王六兒一個美滿的結局，對其愛家、愛夫、愛女，甚至對小叔韓二也「愛屋及烏」，給予以高度的肯定，並向愛家的女性致意。

　　第50回回首引北宋詞人柳永〈菊花新〉：

　　　欲掩香幃論繾綣，先斂雙蛾愁夜短。催促少年郎，先去睡，鴛衾圖暖。　　須臾
　　整頓蝶蜂情，脫羅裳、恣情無限。留著帳前燈，時時看伊嬌面。——〈菊花新〉

整闋詞充滿欲望，散發出性的訊息，情意纏綿、難捨難分，描述秦樓楚館內情欲高漲的恩客和勾人心弦的妓女。詞作影寫玳安，這回裡玳安帶著琴童兒，兩人「嬉遊蝴蝶巷」。正文對玳安的情欲直接描寫不多，因當天西門慶找王六兒尋歡去了，玳安其實是值班時偷閒溜去逛「蝴蝶巷」。這回正文鋪陳西門慶未來的接班人，即經常和西門慶進出妓院的貼身小廝玳安。玳安嬉遊「蝴蝶巷」時凶神惡煞地撞進勾欄，「王八認的玳安是提刑所西門老爹家管家，便讓坐。」此時玳安已由貼身小廝晉升為管家了，身分自是比以往不同。在瓦舍內打人、罵人的囂張行徑，甚至說：「好不好拏到衙門裏去，交他且試試新夾棍著！」連說話的聲口都肖像主子西門慶。有一回官哥兒身體不適，西門慶要月娘請小兒科太醫來看孩子，月娘不依，還是請了劉婆子來收驚並開藥。西門慶得知便罵：「信那老淫婦胡針亂灸，還請小兒科太醫看纔好。既好些了，罷。若不好，拿到衙門裏去挦與老淫婦一挦子。」（第33回）兩人假公濟私、聲口肖像。除主僕兩人酷像外，亦可得知西門慶其實頗具現代醫學觀，反觀月娘迷信且迂腐，鋪陳末回月娘輕信普靜和尚「一子出家，九祖升天」之語，竟讓獨子孝哥兒出家去，自己則孤苦伶仃終老。而玳安和西門慶兩人酷似的聲口和行為，實則鋪墊下玳安日後成為西門小員外，為吳月娘所重用，並且將之易名為西門安。張竹坡回評謂：「此回特為玳安一描生面，特特為一百回對照也。」詞作影寫玳安尋花問柳的場景，預示人物未來動向。大凡小說人物經作者若有似無地鋪陳，不使人物性格前後過於矛盾，故以「草蛇灰線」之筆法，不著痕跡地表現人物心理、性格的轉變，《金瓶梅》描繪人物相當成功，尤其是著墨於現實世界裡的芸芸眾生。柳永的詞作善用以「賦」寫作的形式，直陳其事、層層鋪敘，表現都會男女歡愛的

感情生活。徐度曾記載柳永謂：「其詞雖極工緻，然多雜以鄙語，故流俗人尤喜道之。……柳氏之作，殆不復稱於文士之口，然流俗好之自若也。」一名出使明朝的西夏官員就曾向西夏王稱讚柳永道：「凡有井水飲處，即能歌柳詞。」[44]顯示柳詞影響範圍之廣之大，遍及庶民文化。柳永生前經常尋花問柳，這點頗似喜好眠花臥柳的西門慶，而回首詞則影射玳安將來也會是個不時造訪煙花巷道之徒。

「崇禎本」回首詩詞一共徵引了三闋柳詞。[45]柳詞貼近庶民生活的真實人生，映照《金瓶梅》世界裡所展現出來的人物浮世繪。若《金瓶梅》是「西門之大帳簿」[46]，崇禎本《金瓶梅》回首的「宮體詩」和「花間詞」如同《金瓶梅》裡女性的心情日記。「宮體詩」和「花間詞」從中國古典詩歌「文以載道」、「詩言志」的傳統剝離，轉而關心女性、「疼惜女性」[47]，以女性生活為書寫中心，而這個初衷恰恰貼合崇禎本《金瓶梅》作者扭轉讀者閱讀重心的意圖。「宮體詩」、「花間詞」闖入女性私人生活空間，以女性為書寫載體，描繪她們的日常生活種種，諸如：服飾、頭飾、舉止、裝扮、閨怨、幽情，甚至閨幃情趣等等。《五代詩話》提及：「古樂府《玉臺新詠》，皆六朝詞人纖艷之言，類多體狀美人容色殊麗，及言妝飾之華，眉目脣口要支手指之類。」[48]而《金瓶梅》同樣是以女性為中心的書寫策略，精細地描繪她們的日常瑣事等等，甚至有明清一代讀者認為：「《金瓶梅》，當臥錦帳繡幃中讀之。」[49]「崇禎本」回首詩詞所徵引之「宮體詩」或「花間詞」契合正文的風月筆墨，如魯迅所謂的「實亦時尚」，都是受大時代氛圍影響的文學樣貌。「宮體詩」、「花間詞」正好貼合《金瓶梅》的書寫風格，以纏綿悱惻的怨婦詩淡化正文裡妒婦的勾心鬥角，以柔美朦朧的「宮體詩」或「花間詞」淡化

44 〔清〕永瑢等（編撰）：《四庫全書總目提要・詞曲類》（上海：商務印書館，1933年），頁4419。
45 「崇禎本」作者分別於第45、50、97回引用了北宋柳永詞作。柳詞位居回首詩詞徵引數第三名，僅次於杜甫和周邦彥，勝於李清照、蘇軾、吳激和陳後主等人。上述六人作品為作者徵引數高於一首者。唐杜甫作品五首居冠，分別為第57、81、87、90、92回。北宋周邦彥作品四首位次，是第18、21、33、44回。北宋李清照是第13、25回兩首。北宋蘇軾則是第71、82回這兩首。金吳激是第79、96回這兩首。而南北朝陳後主則為第15、63回兩首。據上述統計，亦可得知作者偏愛北宋詞作。
46 〔清〕張竹坡：《皋鶴堂批評明代第一奇書金瓶梅讀法》第八十二則，頁82。
47 胡衍南認為：「繡像本《金瓶梅》早就開始珍惜女性了」、「繡像本回首詩詞牽引讀者把重心放在女性，而不是西門慶身上」，也是早《林蘭香》、《紅樓夢》一大步。胡衍南：《金瓶梅到紅樓夢——明清長篇世情小說研究》（臺北：里仁書局，2009年），頁172、176。
48 〔清〕王士禎（編著），鄭方坤（刪補）：《五代詩話》（臺北：臺灣商務印書館，1968年），頁216。
49 引自解弢：〈小說話〉，收入黃霖（編）：《金瓶梅資料彙編》（北京：中華書局，2006年），頁353。

癲狂性愛的文學呈現，回首的「宮體詩」和「花間詞」正是崇禎本《金瓶梅》將風月筆墨由俚俗轉向文雅的重要關鍵。韻文和散文，雖文體不一，表達方式迥異，視覺的詩學、朦朧的美學，引領讀者進行一場場視覺美學的宴饗，為崇禎本《金瓶梅》由俗轉雅注入重要的元素。

第二節　影射小說情節

　　《金瓶梅》須以文本整體作為閱讀標的。所謂文本整體則必須同時涵蓋散文和韻文。韻文往往必須通過讀者的聯想，發揮想像力，重新詮釋閱讀標的。本書再次強調：本書所謂的文本，皆涵蓋正文敘事和回首詩詞。「崇禎本」作者既然如此精細地佈局了回目與正文之間的相應性，因此之於回首詩詞與正文敘事之間的對應關係，必然不致疏忽這個關鍵線索。那麼，「崇禎本」回首詩詞如何影射小說情節？茲就正文和詩詞兩相對照，觀看它們如何相互呼應？又是如何相映成趣？

　　「崇禎本」作者分別以第 48、52、80、82、83 回的回首詩詞串起潘金蓮和陳敬濟兩人情感之「起」、「承」、「轉」、「合」、「分」的情節敘事。作者藉第 31、43 回這兩首回首詩詞影射西門慶和潘金蓮濃情轉淡，先鋪墊下金蓮和陳敬濟未來婚外情發展的契機，再鋪陳這段婚外情的「起」、「承」、「轉」、「合」、「分」。兩人感情「起」自第 48 回回首詞，作者撤掉男主角西門慶改以陳敬濟取而代之，暗示金蓮在失望之際，轉而移情於陳敬濟，兩人「起」的開端詩：

> 碧桃花下，紫簫吹罷。驀然一點心驚，卻把那人牽掛，向東風淚灑。東風淚灑灑，不覺暗沾羅帕，恨如天大。那冤家既是無情去，回頭看怎麼！——〈桂枝香〉

這回正文描寫金蓮手中拈著一枝「桃花兒」巧遇陳敬濟，雖男有情、女有意，但礙於家中倫理，他倆名義上是「岳母」和「女婿」的關係，花園裡調情的兩人不免「心驚」，擔心被發現，可卻暗埋情種，「牽掛」對方，因此，詞中教人「牽掛」的「那人」，已從西門慶轉移到陳敬濟身上。可此時金蓮對西門慶並未完全失望，濃濃的閨怨，在連用兩句「東風淚灑」仍舊未能止歇，強調金蓮心中的「恨如天大」。而「那冤家既是無情去」的「冤家」，自是指西門慶。「冤家」本是古人對愛人的暱稱，此乃金蓮對西門的稱呼。可自瓶兒生子後，西門慶每每只到瓶兒房裡，冷落了金蓮，金蓮面對西門慶「無情」的沮喪，卻展現出一種「回頭看怎麼」的氣概！作者以回首詩詞影寫潘金蓮對西門慶情感的轉折，以及她與陳敬濟感情發展的心境。經過一連串的挫折、沮喪、絕望過後，金蓮對西門慶的濃烈、眷戀不再，除了西門慶專寵瓶兒，無暇照顧金蓮的感受外，當然

也是因為陳敬濟的出現，讓金蓮的世界重燃色彩，敬濟成了她另覓情感之所在。西蒙·波娃認為：「女人的紅杏出牆，往往情人的誘惑成份少，反抗丈夫的成分多。」[50]女性的婚外情或許不全然是對夫婿的反抗，可就潘金蓮而言，小說描述她不滿西門慶專寵李瓶兒，失寵後心生不滿，除了情欲無所欲求，情感也無所寄託，故移情於陳敬濟。

　　第 52 回徵引唐孟浩然〈春情〉，作為金蓮和敬濟兩人關係轉折前所鋪墊的「承」之詩：

> 春樓曉日珠簾映，紅粉春粧寶鏡催。已厭交歡憐舊枕，相將遊戲繞池臺。坐時衣帶縈纖草，行處裙裾掃落梅。更道明朝不當作，相期共鬥管絃來。

同上一首影指金蓮和敬濟，第 48 回那闋詞中，依稀可見金蓮對西門慶薄情的血淚控訴，可同時和敬濟展開若有似無的不倫戀。但這回詩作裡已不復見西門慶的蹤影，金蓮則是轉被動為主動。作者微調了孟浩然〈春情〉原作兩個字。詩首原為「青樓」而非「春樓」，無從得知作者是徵引時筆誤？刊刻有誤？抑或有意為之？「青樓」可指帝王居所、富貴人家，或娼妓之家。這裡用「春樓」可說是指西門大宅院，更是配合「春情」，金蓮和敬濟的感情有如春天初綻的花朵，她那溢滿曉日的居所，春光和珠簾交相輝映，又是生氣蓬勃的一天。「紅粉」佳人指的是金蓮。「春粧寶鏡催」意味佳人清早起床想到今天又可遇見良人，快快在鏡前梳妝打扮，映襯心花怒放的喜悅。孟浩然原作為「枕席」，作者更動為「舊枕」，則暗指西門慶。而潘金蓮面對「舊枕」西門慶，在上一闋詞中金蓮已帥氣地道：「那冤家既是無情去，回頭看怎麼！」西門慶既是那麼無情，自己也無意回頭了。這回正文描述西門慶和李桂姐在「藏春塢雪洞兒」裡頭交歡，大搞不倫，名義上兩人算是父女，因為桂姐是月娘的乾女兒。接著，正文轉而描述另一對不倫戀人，即名義上應是岳母、女婿的金蓮和敬濟，作為亂倫的對照組。敬濟原和眾人在屋內，但雙眼卻睽見在花園裡摘野紫花兒的金蓮，他隨後到花園，兩人打情罵俏，敬濟連哄帶拐，騙金蓮到洞裡看「大頭蘑菇」，卻因瓶兒的出現而打散，並未得手，但也埋下兩人「相期共鬥管絃來」的偷情線索。

　　第 80 回回首徵引唐韓偓〈倚醉〉，預告此回金蓮和敬濟關係將出現重大的「轉」折：

> 倚醉無端尋舊約，卻因惆悵轉難勝。靜中樓閣深春雨，遠處簾櫳半夜燈。抱柱立時風細細，遠廊行處思騰騰。分明窗下聞裁剪，敲遍欄杆喚不應。

50　〔法〕西蒙·德·波娃（Simone de Beauvoir）（著），歐陽子、南珊、桑竹影（譯）：《第二性——女人》第二卷：處境（臺北：晨鐘出版社，1984 年），頁 137。

韓偓善宮體，詞多豔麗，然而這首詩卻是深情婉約，不見艷詞。此詩暗指敬濟和金蓮的相思情苦，遙映西門慶去世前，兩人早已互有情愫，然卻有所顧忌，每每未能得手。詩作以男性口吻書寫，帶出敬濟想念金蓮的思緒。小說裡未見敬濟和西門大姐這對夫妻有任何鶼鰈情深的描寫，可敬濟對金蓮確實如第83回回首詩所言：「如此鍾情古所稀」。西門慶一死，作者便迫不及待地引此詩敘寫陳敬濟「鍾情」金蓮，回首詩不僅迴盪前文兩人互有情鍾卻未能得手，同時延宕後文敘事。兩人姦情遭識破，雙雙被逐出家門，本欲結為夫妻，然在敬濟努力奔走籌錢贖出金蓮未果前，金蓮早已魂斷武松刀下，此詩又映照第88回回首詩得知金蓮死訊的敬濟所發出的悲慟之鳴，徵引的是北朝魏裴讓之〈有所思〉：

> 夢中雖暫見，及覺始知非。轉展不成寐，徒倚獨披衣。淒淒曉風急，腌腌月光微。空床常達旦，所思終不歸。

此乃敬濟哀悼金蓮之詩，因與第80回回首詩前後交錯呼應、相互迴盪、揪人心弦，彷若應和詩，是以本書特將第80回和第88回二詩並讀。「倚醉無端尋舊約，卻因惆悵轉難勝。」應和「夢中雖暫見，及覺始知非。」倚恃醉意進入夢鄉尋訪情人，夢裡不捨分離、不願醒來；雖然夢中短暫相見，一解相思情，醒來猛地發現卻是夢一場。「靜中樓閣深春雨，遠處簾櫳半夜燈。」對照「轉展不成寐，徒倚獨披衣。」夜深人靜，佇立樓閣，望著深深春雨，遠方隱隱約約的微弱燈火搖晃著；想要再度夢中相見，可卻翻來覆去，輾轉難眠，既然無法進入夢鄉再次相見，索性披衣起床。「抱柱立時風細細，遶廊行處思騰騰。」回應「淒淒曉風急，腌腌月光微。」倚靠著柱子，佇立於微微細雨中，連迴廊間都感染了強烈的思念情懷；拂曉風起，黎明將至，晨風吹來，淒淒告急，襯著微微幽暗的月光。「分明窗下聞裁剪，敲遍欄杆喚不應。」對應「空床常達旦，所思終不歸。」分明聽見窗內縫裁剪的聲音，可敲打欄杆卻聽不到任何的回應；孤枕獨眠空有夢，日有所思，可偏偏難再夢。兩首回首詩作皆影射敬濟對金蓮的思念，一則為金蓮生前；另一則為金蓮死後，且二詩前後交錯應和，這肯定是作者有意識為之。

第80回正文描述此時西門慶初喪，為金蓮和敬濟的情感發展帶來契機，他倆感情在此出現重大「轉」折，兩人在這回開始肆無忌憚，但又礙於眾人耳目，不敢太囂張。西門慶甫「貪欲喪命」，西門府上眾女皆成寡婦。除了吳月娘「喪偶生兒」，有子可恃外，其餘小妾皆無夫可倚、無子可恃，個人前途茫茫。月娘面對自己以及姊妹的新寡局勢，採取的因應策略竟是──防備。此回延續前回述及月娘產子，三房李嬌兒趁「月娘昏沉，房內無人，箱子開著，暗暗拿了五錠元寶，往他房裏去了。」當月娘甦醒過來，見箱子大開，便罵了丫鬟玉簫一頓，下令立刻取鎖來鎖上。此時「玉樓見月娘多心，就不肯在

他屋裏，走出對著金蓮說：『原來大姐姐恁樣的，死了漢子頭一日，就防範起人來了。』」文本裡多處可見玉樓的智慧，此時玉樓立刻警覺到月娘的防禦心，也說明了「大難來時各自飛」的現實感。再回到本回正文，月娘等人為西門慶念經送亡畢，「月娘分付把李瓶兒靈床連影擡出去，一把火燒了，將箱籠都搬到上房內堆放。妳子如意兒并迎春收在後邊答應，把綉春與了李嬌兒房內使用，將李瓶兒那邊房門，一把鎖鎖了。」月娘火燒西門慶愛妾的靈和影，其內心累積多時的憤恨可想而知。瓶兒的遺產，全歸月娘所有，連帶貼身丫鬟也一併接收，把瓶兒專寵之房，一把鎖給鎖了，將她對西門慶生前不敢發洩出來的怨恨，統統鎖在裡頭，頗有「改朝換代」之姿，如同回中詩形容：「襄王臺下水悠悠，一種相思兩樣愁。月色不知人事改，夜深還到粉墻頭。」月娘接下來的攻防戰，就是剷除異己，直到小說落幕只剩她孤零零一人收束。

　　當西門慶去世後，吳月娘開始接掌家中大權，西門家庭的紛亂不止，「潘金蓮售色赴東床」、「李嬌兒盜財歸麗院」、「韓道國拐財遠遁」、「湯來保欺主背恩」，面對這些「內憂外患」，月娘無暇顧及金蓮和敬濟偷情，第 82 回引用北宋蘇軾〈西江月〉正式宣告金蓮與敬濟「合」的開始：

> 聞道雙啣鳳帶，不妨單著鮫綃。夜香知為阿誰燒？悵望水沉烟裊。雲鬟風前綠捲，玉顏想處紅潮，莫交空負可憐宵，月下雙灣步俏。──〈西江月〉

這回正文開頭便道金蓮和敬濟每日如何「偷寒送暖」、「倚肩嘲笑」、「並坐調情」、「掐打揪摳」、互傳紙條，可這些仍不足以滿足熱戀中的兩人。一日，金蓮繡了一方「銀絲汗巾兒」，剪下一絡青絲，寫上一闋〈寄生草〉，連同一些「松柏兒」，裹在一個「紗香袋兒」裡，打窗眼內投進敬濟房內，回首詩即影指這段敘事。「鮫綃」，指絲製的手帕或手絹。金蓮親自為情郎繡了「銀絲汗巾兒」，並寫上一闋情詩，邀約敬濟深夜於「荼蘼架」下相會。這闋〈寄生草〉寫道：

> 將奴這銀絲帕并香囊寄與他。當初結下青絲髮，松柏兒要你常牽掛，淚珠兒滴寫相思話。夜深燈照的奴影兒孤，休負了夜深潛等荼蘼架。

金蓮也曾寫過一首情詩給西門慶，用的詞牌名同樣是〈寄生草〉（第 8 回），如今西門慶已成故人，眼前教她牽腸掛肚的人換成了敬濟。「鳳帶」為繡有鳳凰花飾的衣帶，雄者為「鳳」，雌者為「凰」，影射兩人的愛情，這裡的「鮫綃」指的正是金蓮所繡的「銀絲帕」。故意用「夜香知為阿誰燒？」的反問句，強調為的就是你，不是別人。點著「夜香」，望著那烟霧裊裊升起，想你想到臉兒都不自覺地因羞赧而臉紅，月下信步等待你前來相會，切莫辜負了這個可憐的春宵。回首詞映照金蓮的情詩──〈寄生草〉。自此

金蓮與敬濟不僅兩人「合」，連同春梅都「兩家打成一家」，讓敬濟「弄一得雙」，享齊人之福。

上一回敬濟甫「得雙」，這一回旋即被拆散開來，第 83 回回首詩即預告兩人未來「分」的結局：

> 如此鍾情古所稀，吁嗟好事到頭非。汪汪兩眼西風淚，猶向陽臺作雨飛。[51] 月有陰晴與圓缺，人有悲歡與會別。擁爐細語鬼神知，空把佳期為君說。

此詩預示潘金蓮和陳敬濟的感情到頭來終究一空。雖兩人的「好事」自古以來少見，然卻「到頭非」，金蓮最後死於非命，魂斷武松刀下。自秋菊向月娘告發金蓮和敬濟的姦情後，雖未抓姦在床，可月娘開始嚴守門戶，間阻他倆任何見面的機會，金蓮每天只能「汪汪兩眼」淚流滿面，兀自相思。姑且不論金蓮對敬濟的思念是出自情感、性欲、或兼而有之，詩句中「西風」一詞，化用自李清照〈醉花陰〉末句：「簾捲西風，人比黃花瘦」[52] 的意象，暗指金蓮對敬濟思念不已，以致「憔悴瘦損」。作者如此描寫：

> 潘金蓮自被秋菊泄露之後，與敬濟約一箇多月不曾相會。金蓮每日難捱，怎禁綉幃孤冷，畫閣淒涼，未免害些木邊之目，田下之心。[53] 脂粉懶勻，茶飯頓減，帶圍寬褪，懨懨瘦損，每日只是思睡，扶頭不起。

茲將正文與回首詩兩相對照，回首的七言律詩首聯：「如此鍾情古所稀，吁嗟好事到頭非」和頷聯「汪汪兩眼西風淚，猶向陽臺作雨飛」，分別蘊涵金蓮、敬濟濃烈的情感和情欲。而頸聯：「月有陰晴與圓缺，人有悲歡與會別」明顯地化用自蘇軾〈水調歌頭〉：「人有悲歡離合，月有陰晴圓缺，此事古難全。」[54] 以預示兩人未來的命運，最後尾聯：「擁爐細語鬼神知，空把佳期為君說」更武斷地直言他倆將陰陽兩隔，以「分」的結局收束。《金瓶梅》裡的女性，有著強烈的情欲和情感的糾結，尤以潘金蓮為甚。回首詩同時串連金蓮與敬濟感情發展的過程，起到了情節敘事的作用，第 80 回回首詩先預示敬濟

51　「陽臺作雨飛」象徵情欲，詩作典自宋玉〈高唐賦〉裡楚襄王與宋玉遊於雲夢之臺，襄王問宋何謂「朝雲」，宋答以「巫山之女」自謂其歷：「妾在巫山之陽，高丘之阻，旦為朝雲，暮為行雨，朝朝暮暮，陽台之下。」〔清〕嚴可均（校輯）：《全上古三代秦漢三國六朝文》（北京：中華書局，1991 年），頁 73-1。

52　李清照〈醉花陰〉：「簾捲西風，人比黃花瘦。」蓋因思念趙明誠而形容消瘦的李清照寫給夫婿的家書。象徵女子因過度思念良人而憔悴瘦損。張夢機、張子良（選注）：《唐宋詞選注》，頁 215。

53　「木邊之目，田下之心」此乃古人諺語，拆字格之字謎，指「相思」之意。

54　張夢機、張子良（選注）：《唐宋詞選注》，頁 103。

對金蓮「情有獨鍾」，第 83 回回首詩告訴讀者「如此鍾情古所稀」，可卻「空把佳期為君說」，到了第 88 回回首詩則向讀者宣告結果，即「空床常達旦，所思終不歸。」作者以五首回首詩詞影寫他倆感情的「起」、「承」、「轉」、「合」、「分」，為金蓮和敬濟的情感立小傳。崇禎本《金瓶梅》往往以回首詩詞向讀者展示小說人物最最細微綿密的情感，此為正文所未及敘事之處，卻也易為讀者所忽略。

有趣的是，回首詩詞指涉男性人物時，往往伴隨著女性人物同時出現，可見作者無時不刻地關注男性如何影響著這群女性的命運發展。「崇禎本」回首詩詞涉及陳敬濟者共三首，且皆牽連潘金蓮。陳敬濟是西門慶的女婿，但他與西門大姐感情不睦，並鎮日周旋於眾「岳母」中。他對潘金蓮真有其情，可由回首詩詞判斷出。第 85 回回首詞（詞牌名從闕）：

> 情若連環終不解，無端招引傍人怪。好事多磨成又敗，應難捱，相冷眼誰揪採。
> 鎮日愁眉和斂黛，闌干倚遍無聊賴。但願五湖明月在。權寧耐，終須還了鴛鴦債。

「情」之於敬濟而言，確實是「連環終不解」。他先娶西門大姐，但感情不睦。因楊戩事件住進西門家，卻與他名義上的「岳母」潘金蓮互生情愫。然而「好事多磨」，西門慶死後，兩人感情生溫之際，他與金蓮、春梅三人的姦情在秋菊通報下被揭發了。自此月娘下令「各處門戶，日頭半天就關了。繇是與金蓮兩箇思情又間阻了。」兩人僅能透過薛嫂代為傳遞情書，敬濟那廂「訴其間阻之事，表此肺腑之情」；金蓮這廂「敘其相思契闊之懷」。後敬濟、春梅、金蓮三人皆遭月娘逐出家門。金蓮在王婆家「待嫁」期間，敬濟奔走籌措一百兩銀子。未果之際，金蓮就已遭武松「殺嫂祭兄」了，兩人好事「成又敗」，最後落得「陳敬濟感舊祭金蓮」，彼此「還了鴛鴦債」。詞作亦鋪陳第 97 回敬濟與春梅倆「假姐弟暗續鸞膠」。再看第 86 回回首詩滿是敬濟對金蓮的真情：

> 雨打梨花倍寂寥，幾回腸斷淚珠拋。暌違一載猶三載，情緒千絲與萬條。好句每從秋裏得，離魂多自夢中消。香羅重解知何日，辜負巫山幾暮朝。

此詩對應金蓮與敬濟情感多次間隔層阻。首聯：「雨打梨花倍寂寥，幾回腸斷淚珠拋」即道出淒風苦雨之時，倍感寂寞的金蓮思念著情郎，不管哭斷幾次腸、掉了多少眼淚，都換不回敬濟在身旁。吳月娘在孫雪娥獻計下，教唆人打了陳敬濟一頓，敬濟便離開西門家。尤其月娘又發賣了春梅，更教金蓮無限悲傷。後又將潘金蓮「變賣嫁人」，金蓮與敬濟兩人一日不見如隔三秋，金蓮的相思苦楚唯有在夢中才能消解。「香羅重解」、「巫山幾暮朝」均指男女雲雨情事。當陳敬濟打聽到王婆領賣金蓮在家，花了五兩銀子才

得以見金蓮一面，敬濟對金蓮道：「咱兩個恩情難捨，拆散不開，如之奈何？……我暗地裡假名托姓，一頂轎子娶到你家去，咱兩個永遠團圓，做上個夫妻，有何不可。」金蓮回道：「只恐來遲了，別人娶了奴去，就不是你的人了。」晚明社會裡的小妾屬於主子的財產，吳月娘因其擁有宗法制度底下正房妻子所賦予的權力而擁有對其他小妾的「處分權」。自小遭「物化」的金蓮，這已經是第三次「待價而沽」了。她與敬濟「一日不見如隔三秋」，感情難分難捨。

　　正當敬濟打了一百兩銀子，並十兩謝銀到王婆家，準備娶回金蓮，未料她已遭武松殺死。事與願違，未等到「香羅重解」之日，兩人再見前已是天人永隔。當晚敬濟夢見金蓮一身素服，帶血，對他訴衷腸，教葬埋。他倆雖夢中暫見，敬濟醒來，發現卻是「南柯一夢」。此時為「三更三點」，敬濟如同回首詩所言「轉展不成寐」，此時金蓮已死，敬濟自是「所思終不歸」。作者穿插回中詩「夢中無限傷心事，獨坐空房哭到明。」正文緊接著表述金蓮託夢給春梅，卻是「南柯一夢，從睡夢中哭醒來。」敬濟和春梅都與金蓮於「夢中暫見」，這是兩人感念金蓮的夢境，如西門慶所說：「自古夢是心頭想」。春梅離開西門大宅，嫁進周守備府後一路順遂；反觀，敬濟離開西門家後一路落魄，直到遇見春梅生活方改善。「男性與女性間命運的反轉在《金瓶梅》的後二十回中便以初露端倪。」[55]陳敬濟的角色，一反西門慶做為強勢男性的代表，而是男性被弱質化的象徵。

　　「崇禎本」以回首詩詞影射小說情節的敘事策略，前論回首詩詞串連金蓮和敬濟的情感發展，接下來看回首詩詞如何替西門慶傳情予李瓶兒。小說正文中的西門慶無疑是個到處拈花惹草的男性，其實倒也吻合晚明的社會風氣，以及一夫一妻多妾社會制度底下所允許的行為，社會在乎的是男性是否功成名就，而鮮少關心男性的感情世界。第 62 回引唐劉禹錫〈懷妓〉影寫西門慶對李瓶兒的深情詩作，以映襯小說正文：

> 玉釵重合兩無緣，魚在深潭鶴在天。得意紫鸞休舞鏡，傳言青鳥罷啣牋。金盆已覆難收水，玉軫長籠不續絃。若向蘼蕪山下過，遙將紅淚灑窮泉。

詩意描寫兩人相隔兩地，好似玉釵斷裂，永無重合之時，如同魚與鶴一在深淵一在天，天地之遙何其遠？古人以飛鴿傳書，此詩用青鳥罷傳書箋，以喻音訊全無。覆水難收，琴瑟斷絃，極寫兩地相思之苦。同樣書寫男性對女性的思念，小說這回瓶兒已然回天乏術，短短半回正文敘事即狀摹西門三次慟哭瓶兒，第一次西門甫知瓶兒死，「西門慶也

55　〔美〕黃衛總（著），張蘊爽（譯）：《中華帝國晚明的欲望與小說敘述》（南京：江蘇人民出版社，2010 年），頁 96。

不顧甚麼身底下血漬，兩隻手捧著他香腮親著⋯⋯在房裡離地跳的有三尺高，大放聲號哭。」第二次是眾人將瓶兒的大體擡至大廳正寢，「西門慶在前廳，手拍著胸膛，撫屍大慟，哭了又哭，把聲都哭啞了。」第三次是瓶兒去世隔天，「西門慶啞著喉嚨只顧哭。」可知「西門慶只是平凡人，即便他作惡多端，但仍具有人情味及深情的片刻，許多論者皆曾指出這點，尤其是他對瓶兒真摯的感情常被拿來當最佳例證。」[56]對於李瓶兒之死，「西門慶大哭李瓶兒」發乎內心的真情大大感動讀者，作者大篇幅地描寫李瓶兒臨死前，西門慶的反應與內心獨白，足見人性善不全善，惡不盡惡。作者允許人性存有其模糊的灰色地帶，並非非黑即白的世界，而從回首所引之詩，更可理解作者此一觀點。第 63 回再以回首詩複沓西門慶對瓶兒的幽思：

> 香杳美人違，遙遙有所思。幽明千里隔，風月兩邊時。相對春那劇，相望景偏遲。當繇分別久，夢來還自疑。

此詩寫夢境，照見西門慶二夢李瓶兒的情節敘事，一夢在第 67 回「瓶兒夢訴幽情」，二夢在第 71 回「李瓶兒何家托夢」。瓶兒去世後，兩人天人永隔，兩地相思，只能夢中相會，瓶兒兩度托夢給西門。夢中得見那久違的佳人，風清月明，良辰美景，可人鬼不同界，陰陽「千里隔」，兩人相對，春情無限，再相望時，卻又遲疑。闊別已久，夢裡相會，仍疑似在夢中。詩作隱喻西門慶對李瓶兒的情真意切。第 65 回再度影射西門慶思念瓶兒的情詩：

> 湘皋煙草碧紛紛，淚灑東風憶細君。見說嫦娥能入月，虛疑神女解為雲。花陰畫坐聞金剪，竹裏遊春冷翠裙。留得丹青殘錦在，傷心不忍讀迴文。

這首詩徵引自元傅若金〈憶內〉，作者用以指涉西門慶喪妻之慟頗具意義，蓋因傅若金娶妻孫蕙蘭，不久其妻去世，詩人思念不已，遂作此詩以悼念亡妻。〈憶內〉正好貼合小說正文，李瓶兒是西門慶的寵妾，她病逝，西門傷心不已，而這首回首詩迴盪第 63 回瓶兒首七，一起海鹽子弟搬演「寄真容」戲文，「西門慶看唱道『今生難會面，因此上寄丹青』一句，忽想起李瓶兒病時模樣，不覺心中感觸起來，止不住眼中淚落，袖中不住取汗巾兒搵拭」。」孟玉樓說他是「覩物思人，見鞍思馬」，西門慶為李瓶兒留影的「真容」，一幅逼真的人物畫像，物在人亡，確實能勾起西門無限哀思。「迴文」典出《晉書・列女傳》：「竇滔妻蘇氏，⋯⋯。滔，苻堅時為秦州刺史，被徙流沙，蘇氏

56 李欣倫：《金瓶梅之身體感知與性別辯證──一個跨文本與漢字閱讀觀的建構》（新竹：國立中央大學中國文學研究所博士論文，2008 年），頁 264。

・149・

思之，織錦為迴文旋圖詩以贈滔。宛轉循環以讀之，詞甚悽惋，凡八百四十字，文多不錄。」[57]蘇蕙將對竇滔的思念，寫成「迴文」織在錦緞上，寄給夫婿，以表深情。「迴文」[58]乃修辭法，亦詩體之一，詩句不論順讀或倒讀皆可成文，循環不已。因此，「迴文」象徵思念不已。但另一方面，卻也提醒讀者，過去潘金蓮，就曾寫一箋「迴文」[59]情詩給西門慶以表深情和思念（第 12 回）。然而物換星移，此時西門慶「傷心不忍讀迴文」，卻是象徵西門對瓶兒思念不已的情愛，換個角度，金蓮的處境則教人不勝唏噓！

此外，小說常藉物以開展情節、串連敘事。《金瓶梅》運用大量小物件，舉凡鞋子、簾子、簪子、汗巾等等，以為「千里伏脈」[60]的敘事策略。作者介紹潘金蓮出場時，說她：「自幼生得有些姿色，纏得一雙好小腳兒，所以就叫金蓮。」提到潘金蓮每日打發武大出門賣炊餅後，「只在簾下磕瓜子兒，一逕把那一對小金蓮故露出來，勾引浮浪子弟。」金蓮故意露出小腳兒以勾引男性的浪女形象，立即生動靈現於讀者眼前。李瓶兒初登場時，「裙邊露一對紅鴛鳳嘴尖尖趫趫小腳，立在二門裡臺基上。那西門慶三不知走進門，兩下撞了箇滿懷。」（第 13 回）李瓶兒故意露出「小腳」，某種程度上勾引男性的一種手段。一回，潘金蓮彈唱琵琶與西門慶飲酒助興，「西門慶又脫下他一隻繡花鞋兒，擎在手內，放一小盃酒在內，吃鞋盃耍子。」[61]（第 6 回）清錢泳《履園叢話》卷二十三：「大凡女人之德，自以性情柔和為第一義，容貌端莊為第二義，至足之大小，本無足重輕。然元、明以來，士大夫家以至編民小戶，莫不裹足，似足之不能不裹，而為容貌之一助也。」[62]或許是那個時代「審美」角度有別於今，也或許是因女子款步似生蓮的儀態較柔媚，具異性吸引力。不過當時「纏足」的「審美觀」，卻造就了金蓮、春梅，甚至宋蕙蓮的一時之寵。第 20 回回首詞：

57　〔唐〕房玄齡等（撰），楊家駱（主編）：《晉書》（臺北：鼎文書局，1980 年），頁 2523。

58　「回文」修辭法，乃「上下兩句，詞彙大多相同，而詞序恰好相反的辭格。」見黃慶萱：《修辭學》（臺北：三民書局，1997 年），頁 515。

59　〈落梅風〉：「黃昏想，白日思，盼殺人多情不至。因他為他憔悴死，可憐也繡衾獨自。　燈將殘，人睡也，空留得半窗明月。眠心硬渾似鐵，這淒涼怎捱今夜？」

60　〔清〕張竹坡：《皋鶴堂批評明代第一奇書金瓶梅讀法》第二十六則，頁 12。

61　明陶宗儀《南村輟耕錄·金蓮盃》云：「楊鐵崖耽好聲色，每於筵間見歌兒舞女有纏足纖小者，則脫其鞋載盞以行酒，謂之金蓮盃。」明沈德符《萬曆野獲編》亦記載：「元楊鐵崖好以妓鞋纖小者行酒。……隆慶中，雲間何元朗覓得南院王賽玉紅鞋，每出以觴客，坐中多因之酩酊。」顯見元明時期，部分男性甚至以妓女足蹬之「金蓮」為酒杯飲酒的怪癖。〔明〕陶宗儀著：《南村輟耕錄》（北京：中華書局，1997 年），頁 279。〔明〕沈德符：《萬曆野獲編》卷二十三「妓鞋行酒」條，頁 600。

62　〔清〕錢泳（撰），張偉（點校）：《履園叢話》（北京：中華書局，1997 年），頁 629。

步花徑，闌干狹。防人覷，常驚嚇。荊刺抓裙釵，倒閃在荼蘼架。　　　　勾引嫩枝
咿啞，討歸路，尋空鑊，被舊家巢燕，引入窗紗。——〈歸洞仙〉

詞作對應的是小說第 23 回的正文，「步花徑，闌干狹」，指潘金蓮探得宋蕙蓮與西門慶
晚夕入住藏春塢的情報，於是她「輕移蓮步，悄悄走來竊聽。」相較於「防人覷」的宋
蕙蓮，她為與主子西門慶偷情，擔心被發現。小說形容她：「這婆娘打發月娘進內，還
在儀門首站立了一回，見無人，一溜烟往山子底下去了。」蕙蓮的「一溜烟」與金蓮的
「輕移蓮步」，對比出僕婦和主子夫人的身段大異其趣。「荊刺抓裙釵，倒閃在荼蘼架。」
則是對應潘金蓮輕移蓮步，「到角門首，推開門，遂潛身悄步而入。也不怕蒼苔冰透了
凌波，花刺抓傷了裙褶，躡跡隱身，在藏春塢月窗下站聽。」「崇批」評金蓮此舉為：
「悄悄冥冥，寫出美人行徑，自與蕙蓮之兩三步一溜烟天壤矣。」足見《金瓶梅》狀摹人
物成功之處，在於精細勾勒些微之處。「藏春塢雪洞」外的金蓮覷聽洞裡西門慶和宋蕙
蓮交歡時的對話，蕙蓮因未料潘金蓮在外竊聽，憑藉枕邊細語，一面自炫，一面力貶金
蓮，先是宋蕙蓮發話：

> 「冷合合的，睡了罷，怎的只顧端詳我的腳？你看過那小腳兒的來，相我沒雙鞋面
> 兒，那個買與我雙鞋面兒也怎的？看著人家做鞋，不能彀做！」西門慶道：「我
> 兒，不打緊，到明日替你買幾錢的各色鞋面。誰知你比你五娘腳兒還小！」婦人
> 道：「拿甚麼比他！昨日我拿他的鞋暑試了試，還套著我的鞋穿。倒也不在乎大
> 小，只是鞋樣子周正纏好。」

宋蕙蓮提醒了西門慶三件事：自己的腳兒比潘金蓮的小、也比她的周正、你要買鞋面給
我。宋蕙蓮的腳兒小且周正，略勝潘金蓮一籌，更有籌碼取媚主人，因此敢於向主子提
出買鞋面來做鞋的要求。豈知被潘金蓮在外聽見，於是氣得「拔下頭上一根銀簪兒，把
門到銷了，懊恨歸房。」對此丁乃非指出：「金蓮的第一個報復———隻銀簪子，作為
策略性（陽物）意符（「我看到，知道了」）和下注（「我接受挑戰」）———只針對蕙蓮而來，
因為只有蕙蓮注意到這符號是針對她並且代表著對敵人的警告和威脅。」[63]本讓金蓮最
為自負的「三寸金蓮」，如今卻被蕙蓮給比了下去，卻又無力改變事實，金蓮著實難以
嚥下這口氣，而除了腳丫纏得比五娘金蓮更小外，蕙蓮真的也沒有其他足以和金蓮一較
高下的籌碼了。纏小腳的審美觀，導致二女的意氣之爭。高世瑜以為：「受這種病態的

63　丁乃非（作），蔡秀枝、奚修君（合譯）：〈靰鞻、腳帶、紅睡鞋〉，收入《中外文學》第 22 卷
　　第 6 期（1993 年 11 月，頁 26-54），頁 34。

審美觀、價值觀薰陶影響,女人也常常互相比大較小,以小腳爭勝、自誇。」[64]男性追求女性纖細、小巧、陰柔之美,「這種審美觀正是由男性社會崇尚女性陰柔的心理衍生出來的。」[65]清李汝珍就曾藉其《鏡花緣》書中人物吳之和「暢談俗弊」[66],李汝珍即通過小說人物之口抨擊俗弊,批評社會上病態的「纏足」審美觀。而《金瓶梅》第 24 回宋蕙蓮為炫耀自己的腳比五娘小,刻意套著潘金蓮的鞋去「走百病」,硬是把潘金蓮「踩在腳底」,這種「將金蓮的鞋子套在外面,隱含踐踏、凌替之意,即主奴關係的顛覆。」[67]也是宋蕙蓮與潘金蓮的「金蓮」之爭。

　　小說第 1 回西門慶與潘金蓮初次偷情,回中作者植入一首香豔穠麗的「宮體詩」,其中詩句道:「肩脯上露兩灣新月」(第4回)中國古代女性纏小腳,始於何時眾說紛紜,《南史·齊本紀》記載齊東昏侯為其潘貴妃鑿金,「鑿金為蓮華以帖地,令潘妃行其上,曰:『此步步生蓮華也。』」[68]而「金蓮」乃取其「以步步生蓮一語也。」[69]小腳女子漫步生姿之態。又,「到了明代,婦女纏足風俗進入大盛時期。……是否纏足成為社會地位、貴賤等級的標誌,可見當時社會對於纏足的推崇。纏足言必三寸也是始於明代。」[70]而「玉笋」、「月樣」、「新月」、「金蓮」指的都是女子的「小腳兒」。「凌波」[71],

---

64　高世瑜:《中國古代婦女生活》(臺北:臺灣商務印書館,1998 年 12 月),頁 219。

65　同上注,頁 212。

66　《鏡花緣》第 12 回:「吾聞尊處向有婦女纏足之說,始纏之時,其女百般痛苦,撫足哀號,甚至皮腐肉敗,鮮血淋漓。當此之際,夜不成寐,食不下咽,種種疾病,由此而生。小子以為此女或有不肖,其母不忍置之於死,故以此法治之;誰知係為美觀而設,若不如此,即為不美。」〔清〕李汝珍(撰):《鏡花緣》(臺北:世界書局,1974 年),頁 42。

67　陳建華:〈欲的凝視:《金瓶梅詞話》的敘述方法、視覺與性別〉,收入王璦玲、胡曉真(編):《經典轉化與明清敘事文學》(臺北:聯經出版公司,2009 年,頁 97-127),頁 113。

68　〔唐〕李延壽(撰),楊家駱(主編):《南史》(臺北:鼎文書局,1981 年),頁 154。

69　〔明〕沈德符:《萬曆野獲編》卷二十三「婦人弓足」條,頁 598。

70　高洪興:《纏足史》(上海:上海文藝出版社,1995 年),頁 22。

71　北宋蘇東坡〈菩薩蠻〉:「塗香莫惜蓮承步,長愁羅襪凌波去;只見舞回風,都無行處蹤。偷立宮樣穩,並立雙趺困;纖妙說應難,須從掌上看。」蘇軾這闋詠足詞,據說「它是中國詩詞史上專詠纏足的第一首。」高洪興:《纏足史》,頁 16。北宋周邦彥〈瑞鶴仙〉上片:「悄郊原帶郭。行路永,客去車塵漠漠。斜陽映山落。斂餘紅、猶戀孤城欄角。凌波步弱。過短亭、何用素約?」唐圭璋:《全宋詞》(臺北:中央輿地出版社,1970 年),頁 598。北宋賀鑄〈青玉案〉:「凌波不過橫塘路,但目送、芳塵去。」張夢機、張子良(選注):《唐宋詞選注》(臺北:華正書局,2010 年),頁 142。古代女子足不出戶,終日鎖於閨閣之內,詞人只能遠望佳人風姿搖曳、纖弱動人的影離去。詞人特將「凌波」入詞句,小腳不僅止於美的象徵,更教詩人流連忘返於美人的足蹤,即便目送佳人輕踏微揚的粉塵離去已心滿意足。南宋辛棄疾〈賀新郎〉上片:「雲臥衣裳冷。看蕭然、風前月下,水邊幽影。羅襪塵生凌波去,湯沐烟江萬頃。」唐圭璋:《全宋詞》,頁 1873。賀鑄、

乃因「金蓮」而生的詩歌意象，中國古典詩詞裡經常出現「凌波」一詞，以形容女性步履輕盈、姿態飄逸、步步生蓮。「凌波」因而被視為女子柔美形象的代名詞。

元楊載《詩法家數》言：「詠物之詩，要託物以伸意。」[72]又，清劉永濟云：「詩難于詠物，詞為尤難。體認稍真，則拘而不暢；摹寫差遠，則晦而不明。」[73]崇禎本《金瓶梅》回首詩詞雖「晦而不明」，然對照正文，實有脈絡可循。第8回潘金蓮望穿秋水，盼不見西門慶的到來，脫下腳上的紅綉鞋卜「相思卦」，以〈山羊坡〉為詞牌名：

> 凌波羅襪，[74]天然生下，紅雲染就相思卦。似藕生芽，如蓮卸花，怎生纏得些兒大！柳條兒比來剛半扠。他不念咱，咱何曾不念他！倚著門兒，私下簾兒，悄呀，空教奴被兒裡叫著他那名兒罵。你怎戀烟花，不來我家！奴眉兒淡淡教誰畫？何處綠楊拴繫馬？他辜負咱，咱何曾辜負他！

豈知西門慶拋下金蓮，忙著娶孟玉樓去了。韻文即以「凌波」開唱。金蓮深知自己吸引西門慶之處，除了美貌外，就是這雙纏得小小的三寸「金蓮」，故以「紅綉鞋」卜了個「相思卦」。曲末道出金蓮對西門慶濃烈的真情，卻反遭情郎辜負，思念與怨氣交織成複雜的情緒。第82、85回都有以〈紅綉鞋〉為詞牌名寫就的韻文，第82回〈紅綉鞋〉：「假認做女婿親厚，往來和丈母歪偷，人情裡包藏鬼胡油。明講做兒女禮，暗結下燕鶯儔，他兩箇見今有。」第85回〈紅綉鞋〉：「袄廟火燒皮肉，藍橋水淹過咽喉，緊按納風聲滿南州。洗淨了終是染污，成就了倒是風流，不怎麼也是有。六姐粧次　敬濟百拜上。」上述兩闋詞，詞中雖未直陳「金蓮」、「凌波」、「綉鞋」，同樣寫「金蓮」，可不同於以〈山羊坡〉詞牌名寫西門慶和金蓮的關係，而是暗指陳敬濟和金蓮的親密關係。然卻皆以〈紅綉鞋〉詞牌寫就情感、情欲等相關題材，足見文人對「金蓮」亦不乏偏好者。明代社會對「金蓮」的崇拜，於寫實小說中顯露無遺，正文描寫西門慶收用龐春梅後，「潘金蓮自此一力擡舉他起來，不令他上鍋抹灶，只叫他在房中鋪床疊被，遞茶水，衣服首飾揀心愛的與他，纏得兩隻腳小小的。」（第10回）金蓮深知「纏足」對女性的重要，因此將她「纏得兩隻腳小小的」，在春梅日後人生轉捩點上，潘金蓮無疑做出了重大的

辛棄疾的相關詞句其實是化用自曹植〈洛神賦〉：「凌波微步，羅襪生塵」曹子建〈洛神賦〉，收入〔清〕嚴可均（校輯）：《全上古三代秦漢三國六朝文》，頁1123-1。一句而來，可見早於三國時期「凌波」一詞已被視為女子柔美形象的代名詞了。

72　〔元〕楊載《詩法家數》，收入〔清〕何文煥（輯）：《歷代詩話》，頁734。

73　劉永濟：《詞論》（臺北：源流文化公司，1982年），頁92。

74　化用自曹植〈洛神賦〉：「凌波微步，羅襪生塵。」曹子建〈洛神賦〉，收入〔清〕嚴可均（校輯）：《全上古三代秦漢三國六朝文》，頁1123-1。

貢獻。此外，西門慶初見孟玉樓時，作者以一首回中詩描繪玉樓：

> 月畫煙描，粉妝玉琢。俊龐兒不肥不瘦，俏身材難減難增。素額逗幾點微麻，天
> 然美麗；緗裙露一雙小腳，周正堪憐。行過處花香細生，坐下時淹然百媚。（第7
> 回）

「一雙小腳，周正堪憐」寫出「小腳」是相親必看者，足見纏足對當時婦女婚姻的重要性。
西門慶初與潘金蓮偷情時，「詞話本」第4回描寫潘金蓮的「小腳」，道：「只見婦人
尖尖趫趫剛三寸、恰半扠一對小小金蓮，正趫在箸邊。西門慶且不拾箸，便去他繡花鞋
頭上只一捏。」西門慶見「金蓮」而心生欲念，觸動兩人雲雨，以及接下來所引發的情
節。「繡花鞋的情欲含義是如此的明顯，即使捏鞋尖的動作，也立刻被解讀為性挑逗。」
[75]使得「三寸金蓮」與性產生連結關係，意謂某種程度的性暗示。作者對孟玉樓也有幾
乎同樣的描繪：「薛嫂見婦人立起身，就趁空兒輕輕用手掀起婦人裙子來，正露出一對
剛三寸、恰半扠、尖尖趫趫金蓮腳來，穿著雙大紅遍地金雲頭白綾高底鞋兒。西門慶看
了，滿心歡喜。」（第7回）擁有「三寸金蓮」是中國古代女性的「籌碼」，相親時必備
的好條件，也是妓女的起碼裝備，如第32回形容李桂姐的小腳兒是：「尖尖趫趫一對紅
鴛。」不獨西門慶見了小腳兒「滿心歡喜」。當月娘發賣春梅，本只要原買價十六兩，
但「周守備見了春梅，生的模樣兒比舊時越又紅又白，身段兒不短不長，一對小腳兒，
滿心歡喜，就兌出五十兩一錠元寶來。」（第86回）周守備「滿心歡喜」也是因見了「一
對小腳兒」，故出重金將之買下為妾。作為寫實小說的《金瓶梅》，文本所反映的是市
井實況，為當時社會對「三寸金蓮」的偏好。第28回和第66回回首詩詞分別出現「凌
波」一詞，第28回回首詩引明蘇平〈繡鞋詩〉：

> 幾日深閨繡得成，看來便覺可人情。一灣煖玉凌波小，兩瓣秋蓮落地輕。南陌踏
> 青春有跡，西廂立月夜無聲。看花又濕蒼苔露，晒向窗前趁晚晴。

「兩瓣秋蓮」，即指「蓮瓣」。[76]這首詠物詩，顯然是吟詠「三寸金蓮」。這回回目即精
簡點出「陳敬濟徼倖得金蓮」，直陳本回敘事重點——「金蓮」，作者耗盡半回大書特
書潘金蓮的「金蓮」，並且極盡諷刺地描述陳敬濟偶獲「金蓮」喜形於色的痞子作風。

---

75 〔美〕高彥頤（Dorothy Ko）（著），苗延威（譯）：《纏足：「金蓮崇拜」盛極而衰的演變》（南
　　京：江蘇人民出版社，2009年），頁264。

76 高彥頤：「三角形小腳，經常被比擬為『蓮瓣』或『玉笋』，因為它的形狀是從渾圓彎曲的腳跟逐
　　漸變細，終至尖銳的腳趾。」詳見〔美〕高彥頤（Dorothy Ko）（著），苗延威（譯）：《纏足：
　　「金蓮崇拜」盛極而衰的演變》，頁243。

西門慶不分青紅皂白地毒打鐵棍兒，更惹來其母一丈青心疼不捨，背後痛罵潘金蓮的風騷。「金蓮」為當時女子極為私密的貼身物，潘金蓮掉了「金蓮」，急於尋找貼身物品，無辜的鐵棍兒因為疑似窺見潘金蓮的私密處，而遭西門慶一頓毒打。朱星在〈《金瓶梅》的歷史價值〉一文中對此提出他的看法：「《金瓶梅》還反映了封建時代壓迫婦女的最壞的風尚，就是剝削階級士大夫提倡的纏小腳，所謂三寸金蓮。書名《金瓶梅》，金是潘金蓮，就是因腳小而得名。」[77]整首「咏金蓮」詩，對應前回正文敘事，田曉菲說：

> 金蓮與西門慶在葡萄架下狂歡，次日金蓮不見了一只鞋。從一只鞋子，生發出金蓮罵秋菊、秋菊與春梅在花園找鞋、在藏春塢發現了蕙蓮的一雙鞋、懲罰秋菊、吃蕙蓮的寒醋、鐵棍拾鞋、敬濟得鞋、敬濟還鞋、西門慶打鐵棍、鐵棍的娘一丈青大罵金蓮與陳敬濟、來昭與一丈青因此被發去獅子街看房子等等一系列事件。[78]

回中還有一首詠鞋詩：「郎君見妾下蘭堦，來索纖纖紅綉鞋。不管露泥藏袖裡，只言從此事堪諧。」直接點出陳敬濟由鐵棍兒處得到潘金蓮的「紅綉鞋」時心中竊喜，這雙「紅綉鞋」即預告兩人即將成雙兒的私密物。可這雙「金蓮」卻潛藏著不知的危險，這個成就他倆情欲和情感的小物件，隱含諸多的不幸將在這個家庭裡一一發生。張竹坡在第 28 回回評云：

> 此回單狀金蓮之惡，故惟以「鞋」字撥弄盡情。直至後三十回，以春梅納鞋，足完「鞋」字神理。細數凡八十個「鞋」字，如一線穿去，卻斷斷續續，遮遮掩掩。而瓶兒、玉樓、春梅身分中，莫不各有一「金蓮」，以補金蓮之「金蓮」，且補蕙蓮之「金蓮」，則金蓮至此已爛漫不堪之甚矣。

張氏從第 27 回金蓮在葡萄架下穿著「大紅鞋兒」開始，細數至第 30 回春梅在穿廊下「納鞋」完結，夾批計有八十個「鞋」字。第 28 回金蓮遺失紅睡鞋事件尚未落幕，當晚西門慶就對潘金蓮說道：「你不知，我達達一心歡喜穿紅鞋兒，看著心裡愛。」紅綉鞋所代表的感官刺激，使得西門慶為紅睡鞋著迷不已，文本中也常見西門家眾女做鞋的畫面。美國學者高彥頤認為：「書中幾場與細瑣『鞋事』有關的情節，對於女對男的挑逗、女人竭力往上爬升，以及女人間的相互競爭，都有淋漓盡致的發揮；就『金蓮崇拜』的興

77　朱星：《《金瓶梅》考證》（天津：百花文藝出版社，1981 年 12 月），頁 144。
78　田曉菲：《秋水堂論金瓶梅》，頁 88。

起，以及小說情節的發展而言，這三項互有關連的主題，都占據極為關鍵性的位置。」[79] 然而「金蓮崇拜」背後，潛藏著令人不安的描述，西門慶將宋蕙蓮死後遺留的紅繡鞋供奉在「藏春塢雪洞兒裡拜帖匣子內，攪著些字紙和香兒一處放著。」頗教人毛骨悚然。「鞋」事件，直到潘金蓮以剁刀把宋蕙蓮的鞋碎屍萬段的驚悚畫面出現，「鞋」風波方就此落幕。第 66 回回首詞引用宋徐俯〈卜算子〉：

> 胸中千種愁，挂在斜陽樹。綠葉陰陰自得春，草滿鶯啼處。　　不見凌波步，空想如簧語。門外重重疊疊山，遮不斷愁來路。——〈卜算子〉

這闋詞寫景，然景中含情，情中寓景。詞中「不見凌波步」指涉的是新亡的李瓶兒。「凌波」對應「金蓮」的意象，而這闋詞和第 28 回指涉潘金蓮失鞋、陳敬濟拾鞋的情色暗喻，反倒映襯出危險的情欲遊戲。王齊洲認為《金瓶梅》：「完全是寫實的筆法，人物形象貼近生活，作品內容則側重於對現實的觀察與思考，這一發展線索也只有聯繫明代社會的歷史發展與社會文化心理的變化，才能得出合乎邏輯的結論。」[80]《金瓶梅》對於日常生活細節、瑣碎小事的精細描寫，無意間保留了歷史，成了明代史料的參考，這或許是作者始料未及的。

　　成也「金蓮」，敗也「金蓮」，因應「金蓮」而生的「腳帶」，有時是助性的情趣用品，第 61、79 回西門慶都以王六兒的「腳帶」作為交歡時的情趣用品。可第 27 回潘金蓮和西門慶葡萄架下的一場性事，西門慶「將婦人紅綉花鞋兒摘取下來，戲把他兩條腳帶解下來，栓其雙足，吊在兩邊葡萄架兒上」，「腳帶」則成了助虐物，用來懲處金蓮對瓶兒懷子的挑釁。有時「腳帶」也是女性尋死時唾手可得的自縊工具，第 26 回宋蕙蓮「忍氣不過，尋了兩條腳帶，栓在門楹上，自縊身死。」第 26、27 回前後兩回所出現的「兩條腳帶」暗喻瓶兒和金蓮的勝負已分；金蓮和蕙蓮的競爭已然結束。但宋蕙蓮自縊身亡後，西門慶將她的鞋供在藏春塢，仍激起潘金蓮的嫉妒心。「腳帶」曾是西門慶對潘金蓮施加性暴力的懲罰道具，在宋蕙蓮身上卻成了自縊工具，而西門慶則將之用在和王六兒性交時的情趣用品。此外，值得注意的是，「腳帶」作為情趣用品後，作者描寫的並非性歡愉帶來的滿足，而是西門慶的「縱欲身亡」。「崇禎本」首回回首詩：「二八佳人體似酥，腰間仗劍斬愚夫。雖然不見人頭落，暗裡教君骨髓枯。」即已明白揭櫫二者一體兩面的象徵意象。取悅男性的「腳帶」存在恐怖的死亡意象，流竄於兩性交歡

79　〔美〕高彥頤（Dorothy Ko）（著），苗延威（譯）：《纏足：「金蓮崇拜」盛極而衰的演變》，頁 263。

80　王齊洲：《四大奇書與中國大眾文化》（武漢：湖北教育出版社，2000 年），頁 58-59。

的畫面，正如依附三寸「金蓮」而存在的「紅繡鞋」，在閨幃中取媚男性卻潛藏著暗潮洶湧、不可知的危險。《金瓶梅》以生活中的小物件——「金蓮」，作為情欲的象徵，並且巧妙地串連情節，而「崇禎本」回首詩詞則將「金蓮」包裹在「凌波」的柔美意象內，藉此影射小說情節的發展以照應正文敘事。

第三節　渲染情境氛圍

中國古典詩詞本身高度濃縮、朦朧的特質與《金瓶梅》正文直白、赤裸的風月筆墨，形成不甚協調的兩大文類並置。然而，前文已論及「崇禎本」回首詩詞指涉人物形成與正文互滲的交融作用，而詩歌「有點，有染」，有烘托環境氛圍的功能。少數指涉不明確的回首詩詞，純然作為情境氛圍渲染的藝術性效果，其意在雅化小說正文的市井語言，作為詩學的藝術觀照。

譬如第 18 回引周邦彥〈柳梢青〉以烘托金蓮與敬濟初識時，女婿一見岳母便「銷魂」。第 21 回以李師師和宋徽宗的愛情故事渲染雪天的場景。第 22 回點描宋蕙蓮「偷期蒙愛」之初，擔心被人發現的情緒。第 27 回的「花間詞」再次強調葡萄架下的情色書寫。第 33 回烘托陳敬濟「失鑰罰唱」〈山羊坡〉小曲給潘金蓮、李瓶兒等人聽。第 37 回渲染西門慶與王六兒偷情的氣氛。第 34 回複述「平白地偷寒送暖」，埋下馮媽媽暗中撮合男女私情。第 40 回暗喻李瓶兒得子希寵。第 43 回滿是女子失寵後的閨怨。第 44 回摹寫怨婦無心打扮，百無聊賴的慵懶。第 45 回烘托西門宅院美女雲集，妓女當家（二房李嬌兒昔日為妓女）。第 48 回女子抱怨「冤家」薄倖的閨怨。第 49 回渲染胡僧現身的氣氛。第 50 回藉「花間詞」點染西門慶上梁不正下梁歪，琴童、玳安步其後塵。第 52 回引孟浩然〈春情〉烘托春意與西門宅院內的春心蕩漾。第 53 回「多子宜男」點出宗法制度下「子息」的重要性。第 57 回藉杜甫〈山寺〉烘染西門慶佈施修建永福禪寺的景象。第 66 回點染李瓶兒盛極一時的喪禮過後的淒惻。第 68 回烘托女子嬌媚柔情。第 70 回反諷皇帝「聖澤」。第 75 回映照玉樓「含酸」、金蓮「潑醋」。第 78 回引歐陽修〈南歌子〉渲染西門慶的情事。第 80 回引了一首唐韓偓〈倚醉〉烘托敘事氛圍。第 82 回徵引蘇軾〈西江月〉這闋詞中的「鮫綃」，指涉潘金蓮以銀絲帕題〈寄生草〉贈與陳敬濟作為信物，烘托兩人情感日益彌堅。第 83 回喻男女好事多磨。第 84 回引明李妙惠〈金山寺壁〉，藉詩句中的「空山寺」對照「碧霞宮」。第 93 回引唐李廓〈落第〉來渲染陳敬濟離開西門家後的落魄景況。第 97 回引柳永〈閨怨〉藉詞作想像男女私情得以再續前緣。田曉菲曾就回首詩詞於「崇禎本」與「詞話本」的差異作一對照，她說：

繡像本和詞話本，在美學原則上有著深刻的差異，其最大的表現之一就在於卷首詩詞的運用。詞話本明朗直白，喜歡借卷首詩作出道德的勸戒和說教；繡像本則比較含蓄，喜歡借助卷首詩詞給予抒情性的暗示，或者對回中正文進行正面渲染，或者進行富於反諷性的對照。[81]

「崇禎本」確實擅長藉回首詩詞抒發女性人物的心境，渲染小說正文氛圍，或給予正文反諷潤飾，並且為小說中的女性傳情達意。誠如田氏所言：「對回中正文進行正面渲染」。詩詞作為渲染氛圍的作用，或許並不十分明顯，這正是中國古典詩歌向來含蓄蘊藉的本質。韓希明以為：「《金瓶梅》等作品中大量引用的詩詞與小說情節全無關係，只是一種附庸，一種裝飾，一種氣氛的點染。」[82]此語有待商榷，因為「大量引用的詩詞與小說情節全無關係」此說與事實相悖離，問題在於韓氏忽略了《金瓶梅》有兩大版本系統，「詞話本」與「崇禎本」各自引用的詩詞其實大相逕庭。誠如韓氏所謂：「氣氛的點染。」確實如此，因為詩詞本身就是典雅化的語言，朦朧化的藝術形式，藉以渲染情境氛圍。第 6 回回首詞：

> 別後誰知珠分玉剖。忘海誓山盟天共久，偶戀著山雞，輒棄鸞儔。從此蕭郎淚暗流，過秦樓幾空回首。縱新人勝舊，也應須一別，洒淚登舟。——〈懶畫眉〉

詞作為「蕭郎」以第一人稱自語：誰知咱們一別，有如珍珠碎裂、玉璧剖半，從此形同陌路。妳這負心女竟忘卻我倆曾經立下天長地久的「海誓山盟」。妳一遇到俊男便愛戀上，就忘了我們是對鸞儔鳳侶，竟拋棄我這情深意摯的「鸞儔」。如今，你曾愛戀過的「蕭郎」，也只能「淚暗流」了。每每經過「秦樓」楚館，也總是「空回首」。縱使妳的新歡勝過我這個舊愛，妳也應該道聲別離。看來我也只能「洒淚登舟」，黯然離開這個傷心地了。此詞反筆書寫西門慶拋下對潘金蓮的「海誓山盟」，聊以點染敘事氛圍，並預示下一回西門慶丟下潘金蓮，轉戀新婚燕爾的孟玉樓。

再如第 35 回指涉書童的回首詩：

> 娟娟遊冶童，結束類妖姬。揚歌倚箏瑟，艷舞逞媚姿。貴人一蠱惑，飛騎爭相追。婉孌邀恩寵，百態隨所施。

西門慶的妻妾、情人們彼此勾心鬥角、爭寵，連男寵們也不例外。書童趁得寵之際，向

81 田曉菲：《秋水堂論金瓶梅》，頁 78。
82 韓希明：〈明清市井題材小說中的詩詞與文人心態〉，《南通大學學報·社會科學版》第 22 卷第 6 期雙月刊（2006 年 11 月，頁 61-65），頁 63。

西門慶告發平安和畫童，導致他倆被西門慶掯指敲打，外加二十大板伺候。之後書童在應伯爵的要求下，向玉簫借了裝束、飾品，做女粧打扮。又為伯爵和希大獻唱南曲，他不僅喉音佳，管簫也吹得好，獲得客人一致好評，連西門慶也對他讚譽有加。此詩乃渲染書童兒「結束類妖姬」、「揚歌倚箏瑟」的氛圍。

第 41 回回首詞烘染兩家聯親，喜氣洋洋的熱鬧氣氛：

> 瀟灑佳人，風流才子，天然分付成雙。蘭堂綺席，燭影耀熒煌。　　數幅紅羅錦繡，寶粧篆、金鴨焚香。分明是，芙蕖浪裡，一對鴛鴦。──〈滿庭芳前〉

這闋詞引自南宋胡浩然〈滿庭芳〉上半闋，清《巫山艷史》第 16 回亦引用此首為回首詞。這闋詞一字不改地採錄宋胡浩然〈滿庭芳・吉序〉上闋，為一闋新婚賀詞。新婚夫妻，郎才女貌，極其登對。喜慶大廳，蘭香馥郁，宴席華麗，喜燭熒煌，交相輝映，一派歡樂景象。新房內掛著多幅的紅羅錦帳，還有刻鏤精緻華美的粧奩，鴨形金爐內焚著香，香煙冉冉，一派溫馨氣息。才子佳人分明就像，荷花池裡的一對鴛鴦。此詞指涉官哥兒與喬大戶女兒，割衫襟聯姻，烘托結親的熱鬧氛圍。話說吳月娘眾姊妹到喬大戶家作客，官哥兒與喬大戶女兒：

> 兩個你打我下兒，我打你下兒頑耍。把月娘、玉樓見了，喜歡的要不得，說道：「他兩個倒好相兩口兒。」只見吳大妗子進來，說道：「大妗子，你來瞧瞧，兩個倒相小兩口兒。」大妗子笑道：「正是。孩兒每在炕上，張手蹬腳兒的，你打我，我打你，小姻緣一對兒耍子。」

於是乎眾人進房來，吳妗子、喬大戶娘子、月娘三人一人一句談起聯姻之事，在尚舉人娘子和朱臺官娘子推波助瀾下，「眾人不繇分說，把喬大戶娘子和月娘、李瓶兒拉到前廳，兩個就割了衫襟。」兩家聯姻卻引爆了一場家庭裡「嫡庶制度」的矛盾。如此草率地決定兩家的聯姻，而這過程全然由正妻吳月娘決定，她問都沒問官哥的生母瓶兒一聲，月娘其實很享受這種「權力」──正妻得以決定庶子的婚姻決定權──為她帶來享有「特權」的成就感。身為官哥兒生母的瓶兒，在整個粗糙的聯姻過程中未發一語。瓶兒是個妾，即便此時她幾乎專寵於西門慶，然而在中國傳統宗法制度底下，瓶兒的身分仍只是個妾，她對於自己孩兒的終身大事，沒有發言權。是以，「玉樓推著李瓶兒說道：『李大姐，你怎麼說？』那李瓶兒只是笑。」全憑大房吳月娘做主──宗法制度賦予正妻的權力。「李瓶兒只是笑」，是因為她心裡很清楚，孩兒是庶出，這個社會制度並未賦予庶出生母行使孩兒婚姻的自主權。

雖說聯姻當晚雖由月娘全權做主，但瓶兒也算是出盡風頭，成為晚宴的主角之一。

席間金蓮、玉樓卻都是沒有聲音的隱形人，肇因宗法制度底下傳宗接代的壓力在作祟，唯有生下子嗣方能保障生存的空間與地位。再看生母回家後的表現：「李瓶兒見西門慶出來了，從新花枝招颭與月娘磕頭，說道：『今日孩子的事，累姐姐費心。』那月娘笑嘻嘻，也倒身還下禮去，說道：『你喜呀？』李瓶兒道：『與姐姐同喜。』磕頭畢起來。」瓶兒真會說話，真會做人，月娘也不客氣地居功。庶出孩兒的生母，不僅沒有孩兒婚姻的決定權，還得磕頭感謝正妻費心打點孩子的婚事，即便聯姻過程極為草率，因為宗法制度的正妻得以享有這份榮耀，如同小說第 57 回的描寫：

> 只見眉目稀疏，就如粉塊粧成，笑欣欣，直攛到月娘懷裡來。月娘把手接著，抱起道：「我的兒，恁的乖覺，長大來，定是聰明伶俐的。」又向那孩子說：「兒，長大起來，恁地奉養老娘哩！」李瓶兒就說：「娘說那里話。假饒兒子長成，討的一官半職，也先向上頭封贈起，那鳳冠霞帔，穩穩兒先到娘哩。」

此時吳月娘仍無子，她這句話顯然是基於試探李瓶兒的心，故發此語。瓶兒為人忠厚「語出至誠」。[83]這段對話可知，假若日後官哥兒有個一官半職，披戴「鳳冠霞帔」，受封贈者是正室夫人而非如夫人，此制乃嫡庶制度所衍生出來的規矩。妾即便是愛妾、寵姬，地位仍低於正室夫人，形成一道永遠無法跨越的鴻溝，妻與妾之間地位如此不平等，是以一夫一妻多妾的家庭才會產生諸多矛盾、紛爭、不平。「《金瓶梅》的可貴，並不僅僅在於它是第一部以家庭生活為題材的小說，而且還在於它能夠並善於通過貌似平常的家庭生活描寫，揭示出其中不平常的社會意義。」[84]這回「詞話本」的回目是：「西門慶與喬大戶結親　潘金蓮共李瓶兒鬥氣」，此將玉樓排除在這場風波之外。而「崇禎本」的回目則為：「兩孩兒聯姻共笑嬉　二佳人憤深同氣苦」，意味玉樓和金蓮兩位佳人。就回目作為精要的閱讀指引而論，「詞話本」回目中是潘金蓮與李瓶兒的兩人鬥氣，「崇禎本」則將潘金蓮與孟玉樓兩佳人對李瓶兒的嫉妒、氣憤，從兩人的戰爭增加至三人的戰場，擴大了這個家庭內部的爭端。

　　第 57 回回首詩引唐杜甫五言古詩〈山寺〉的前幾句：

> 野寺根石壁，諸龕遍崔巍。前佛不復辨，百身一莓苔。惟有古殿存，世尊亦塵埃。如聞龍象泣，足令信者哀。公為領兵徒，咄嗟檀施開。吾知多羅樹，却倚蓮花臺。

　　諸天必歡喜，鬼物無嫌猜。

詩作用以烘托這回西門慶「開緣簿千金喜捨」的氣氛。詩中描寫郊外荒野一座破敗不堪的寺廟，每個神龕都如此高俊，可從前供人們祭祀的佛像如今已難辨識，詩人所悼念的亡者之墓也布滿青苔，唯有這古殿依然存在，連佛陀都不免沾滿灰塵。「惟有古殿存，世尊亦塵埃」詩句遙映第100回的永福寺，景物依舊，最後卻人事已非。「公為領兵徒，咄嗟檀施開」則影指末回普靜法師施法超渡眾生：「這普靜老師見天下荒亂，人民遭劫，陣亡橫死者極多，發慈悲心，施廣惠力，禮白佛言，薦拔幽魂，解釋宿冤，絕去掛碍，各去超生。」於是普靜誦經、作法事，幫助死者的鬼魂脫離苦海，因此「諸天必歡喜，鬼物無嫌猜。」[85]同樣映照末回裡透過小玉之眼所見到的諸多「鬼物」，這其中當然也包括了西門慶，他投胎成為吳月娘的「墓生子」孝哥兒。

　　第57回卷首便道「永福禪寺」的來歷，這座「永福寺」是周守備府的香火院，春梅即於永福寺「逢故主」月娘等人，金蓮、敬濟、春梅死後都葬於此。有趣的是，書中出現的兩個主要寺廟，一是玉皇廟；二是永福寺。西門慶「熱結十弟兄」於玉皇廟，官哥兒出生後，西門慶為其打醮亦於玉皇廟。對比之下，凡生、「熱」者，於玉皇廟；死、「冷」者，於永福寺，又是一個「冷」、「熱」[86]對照組。這回小說正文描述永福寺長老的募款詞：「如有世間善男子、善女人以金錢喜捨莊嚴佛像者，主得桂子蘭孫，端嚴美貌，日後早登科甲，蔭子封妻之報。」西門慶一聽便心動，且凡捐助建廟者，便能得到這麼多好處，之於一個精明的商人而言，怎麼算都划算，似乎捐善款就能消解他先前的罪愆。正文寫道：「西門慶平日原是一箇撒漫使錢的漢子，又是新得官哥，心下十分歡喜，也要幹些好事，保佑孩兒。」西門慶即便為非作歹、作惡多端，但初為人父的喜悅，為保佑兒子，「也要幹些好事」，於是乎他便為孩子「喜捨」五百兩捐「永福寺」。那長者又揭開疏簿給西門慶看，永福寺起廢興建前最早期的規模：

　　規制恢弘，彷彿那給孤園黃金鋪地；雕鏤精製，依稀似祇洹舍白玉為堦。高閣摩空，旃檀氣直接九霄雲表；層基亘地，大雄殿可容千眾禪僧。兩翼巋峩，盡是琳宮紺宇；廊房潔淨，果然精勝洞天。那時鐘鼓宣揚，盡道是寰中佛國；只這緇流濟楚，卻也像塵界人天。

捐建「永福寺」就是要恢復它昔日的宏偉。若我們將「永福寺」未來的美好藍圖與回首

---

86 「冷」、「熱」之說乃張竹坡〈冷熱金針〉所提，詳見〔明〕蘭陵笑笑生（著），王汝梅、李昭恂、于鳳樹（校點）：《張竹坡批評第一奇書金瓶梅》，頁12。

詩中的「野寺」作一對照，便能理解作者反諷的意味。「永福寺」最後在作者眼底成了回首詩裡的「野寺」──埋沒於荒煙漫草中的斷垣殘壁。又如同西門宅院，西門慶在世時是如何地冠蓋雲集，後春梅「遊舊家池館」，眼底所見盡是「垣墻欹損，臺榭歪斜」，一片荒涼，最終僅存吳月娘獨守的孤寂世界。而作者嘲諷的不僅僅如此，當長老攤開這份冗長的「疏簿」給西門慶過目後，「西門慶看畢，恭恭敬敬放在桌兒上面。」讀者不禁莞爾！因為首回作者介紹西門慶出場時，說他：「不甚讀書。」大字不識得幾個的西門慶怎能「看畢」這長篇「疏簿」呢？《金瓶梅》對世情的反諷真是無所不在。

第 84 回回首詩引明李妙惠〈題金山寺壁〉：

> 一自當年拆鳳凰，至今情緒幾惶惶。蓋棺不作橫金婦，入地還從折桂郎。彭澤曉煙歸宿夢，瀟湘夜雨斷愁腸。新詩寫向空山寺，高挂雲帆過豫章。

首聯：「一自當年拆鳳凰，至今情緒幾惶惶」影射吳月娘的寡婦之身。頷聯：「蓋棺不作橫金婦，入地還從折桂郎。」指月娘對西門慶的守貞，一如張竹坡認為月娘乃「屈指不二色」之婦人。「瀟湘夜雨斷愁腸」，指傳說舜駕崩時，他的兩名妃子娥皇和女英，十分傷心，淚灑湘江畔上之竹，使竹盡成斑，後人曰之斑竹或湘竹。二妃最後投湘江自殺，而成湘水之神。此詩則反譏月娘對於西門慶之死並無太多的感傷，她最在意的其實是錢財，她也未遵照西門慶的遺囑：「我死後，你若生下一男半女，你姊妹好好待著，一處居住，休要失散了，惹人家笑話。」結果事實是，月娘自己守護著全部屬於她的家產和孩子，姊妹們歸院的歸院、被殺的被殺、改嫁的改嫁、自縊的自縊，各有各的「歸宿」。「空山寺」則對應「碧霞宮」。作者引這首女子忠貞不渝之詩，暗喻愚蠢如月娘，為表其虔誠心，竟丟下未滿周歲的孩兒，大老遠跑去泰山還願，倘非如此，怎會遇上「採花賊」殷天錫呢？「崇批」便不客氣地直指「托家援幼子與一班異心之人，而遠出燒香，月娘殊亦愚而多事。」按小說描述月娘一行人是十六日一早起程，她吩咐家人好生看家時，說：「我約莫到月盡就來家了。」也就是說月娘此行耗去半個月之久，而一路上「秋雲淡淡，寒雁淒淒，樹木凋落，景物荒涼，不勝悲愴。」把月娘此行描述得一路秋風蕭瑟。夫喪子幼，為「還願」，拋家棄子，遠行半個月，愚蠢至極，回家還炫耀自己是如何地守住貞潔，作者對蠢婦的諷刺已達到無以復加的程度。況且，當初是西門慶病重之時，所許之願：「兒夫好了，要往泰安州頂上與娘娘進香掛袍三年。」重點是，西門慶在月娘許願後隔兩天就去世了，願望並沒有實現，何來還願之有？月娘竟耗費大半個月，只為了去還一個娘娘並未幫她完成的心願。有許願，有還願，然而願望並未實現，有還願之必要嗎？可笑至極，作者以月娘的虔誠側筆書寫她的愚昧，當然更配不上這首忠貞不渝的詩作了。在此，回首詩僅作為烘托環境氛圍的作用。

第 64 回回首詩改動自明徐熥〈無題〉：

> 玉殞珠沉思悄然，明中流淚暗相憐。常圖蛺蝶花樓下，記效鴛鴦翠幕前。秖有夢魂能結雨，更無心緒學非烟。朱顏皓齒歸黃土，脈脈空尋再世緣。

佳人香消玉殞，憂愁地流淚滿面，暗自憐惜這段夫妻緣。回憶在人世間，兩人如蝴蝶般，雙雙蝶舞於花叢間，仿效鴛鴦戲水，共享魚水之歡。如今只能成為夢中魂，更無心緒效法「非烟」，唐時步非烟在年輕貌美之際就已命歸黃泉，脈脈地追尋她與情郎的「再世緣」。瓶兒去世不久，引此詩作以渲染喪家的悲傷氛圍，回敬前一回小說末了西門慶「觀戲動深悲」的情節。瓶兒對西門慶堅定的情感，借以烘托西門慶「今生難會面，因此上寄丹青」的斷腸聲。

第 77 回回首詞引明祝枝三〈望江南〉（括弧內文字為筆者所加）：

> 梅共雪，歲暮鬪新粧（林氏雪娥）。月底素華同弄色（月兒），風前輕片半含香（春梅），不比柳花狂。（寒氣逼人）　　雙雀影，堪比雪衣娘（春鴻來爵）。六出光中曾結伴（春鴻），百花頭上解尋芳（來爵），爭似兩鴛鴦（蕭瑟景象）。──〈望江南〉

括弧內乃張竹坡所注之夾批。然而筆者所見與張氏大不同。本書以為此詞寫景，詞作烘染出一片銀白世界。這回「天上分分揚揚，飄下一天瑞雪來」，西門慶踏著「亂瓊碎玉」，到勾欄裡去尋訪鄭愛月兒，後又「一路踏雪到家中」。「雪衣娘」乃白鸚鵡。「六出」[87]表雪花，因雪似花瓣分為六片，亦象徵西門慶的六房。西門慶在這回裡，不僅造訪妓女愛月兒，又勾搭上僕婦賁四娘子，加上崔本稍來苗青贈美女楚雲的消息，教西門慶恨不得立即奔去揚洲，迎娶嬌女。回中更有一詩歌頌：「聞道揚州一楚雲，偶憑青鳥語來真。不知好物都離隔，試把梅花問主人。」然而楚雲從來就不曾真的露面過，因為西門慶不久後便已離世。從回中詩可看出，作者藉楚雲傳達「蝶化莊周」，楚雲不過是「莊周夢蝶」，夢也！空也！再對照回首詩的「梅共雪」、「雙雀影」、「兩鴛鴦」，雙雙對對的佳偶形象，西門慶的六房妻妾，似乎只能「六出光中曾結伴，百花頭上解尋芳」，無法「爭似兩鴛鴦」。作者以諸多銀白意象，渲染小說裡的雪天景象，並帶出西門慶的生命即將耗竭的冷意。

「崇禎本」回首詩詞與小說正文互為滲透，相互交融，以詩歌作為渲染敘事氛圍的作

87　《酉陽雜俎》記載：「梔子，諸花少六出者，唯梔子花六出。」〔唐〕段成式：《酉陽雜俎》卷十八「廣動植」之三木篇（臺北：源流文化公司，1983 年），頁 99。

用，或許沒有特別的深意。然而，通過詩歌意境感染正文敘事，作為「氣氛的點染」，運用詩詞意象的疊加，強化重點情節、雅化市井語彙，進而生發審美效應，使之成為雅、俗兼容並蓄的「世情小說」。

　　「宮體詩」揮別中國詩歌「文以載道」、「詩言志」的傳統思維，以其時代背景造就出「宮體詩」和「花間詞」獨特的視覺詩學。雖滯色膩情、「傷於輕艷」，然卻刻畫出可觀、可聽、可觸的女體──委婉、柔媚、嬌美的佳人意象。「崇禎本」回首詩詞於「宮體詩」和「花間詞」的引用，除照應正文敘事，亦雅化小說裡諸多不堪入目的情色書寫。文人精細描繪女性世界，這些作品都有別於「詞話本」的勸誡詩詞，意即「崇禎本」回首詩詞的陰柔美與「詞話本」回首詩詞的世俗味所形成的反差，正是兩大系統版本最大的歧異。它們更是貼合崇禎本《金瓶梅》以女性為書寫中心的主題思想，飽含幽微的意蘊和情致，視覺的詩學、朦朧的美學，引領讀者進行一場場視覺美感的宴饗，為崇禎本《金瓶梅》由俗轉雅注入重要的元素，潤飾了小說正文裡過度醜化女性，甚至貶抑女性的風月筆墨。有些回首詩詞本身即已串起正文敘事，為人物立小傳。作者撿選回首詩詞，有意義地指涉小說人物、照應正文敘事，藉詩歌意象呼應重要情節，以詩情畫意暈染小說情境氛圍，「崇禎本」回首詩詞的獨特作用已不容分說。

第六章　形塑另類評點樣貌

　　本章旨在為崇禎本《金瓶梅》回首詩詞的功能做一定位。中國古典文學批評最富盛名者當屬南朝梁劉勰《文心雕龍》，詩歌批評則以梁鍾嶸《詩品》、唐司空圖《二十四品》、宋嚴羽《滄浪詩話》等為代表，此後產出諸多的詩話、詞話、書論、畫論、小說評點等等。[1]中國古典小說則以毛宗崗批《三國演義》、金聖嘆、李卓吾批《水滸傳》、李卓吾批《西遊記》、張竹坡批《金瓶梅》、脂硯齋批《紅樓夢》為小說評點之代表。其中批評《金瓶梅》者，有「崇禎本」無名氏評點者、張竹坡、文龍等人。這批《金瓶梅》的第一代讀者兼評點家並非使用抽象的文學理論展開批評，而是採「深具文化意蘊的批評形式」[2]，以小說敘事為評點依歸，對小說人物、情節描寫等來賞評文本，他們的批評擲地有聲，饒富真知灼見，使得小說並評點得以傳播迅速、廣泛，並且深入讀者內心。再者，中國古典小說裡的序、跋、回評、眉批、旁批、夾批等，均屬文學批評的一環。然而，本書以為回首詩詞乃崇禎本《金瓶梅》作者形塑另類評點的創見則是新命題的提出。本書於第二章對兩大版本系統的回首詩詞做了基本的對照，後幾章則深入剖析了「崇禎本」回首詩詞所揭示的思想主旨，藉指涉小說人物以關注女性議題，通過韻文以照應正文敘事。這都使得本書進一步證實了「崇禎本」所引用的回首詩詞，皆飽蘊作

---

[1] 譚帆：「小說評點以『注釋』為其起始，以後『注』便逐漸讓位於『評』，這一過程大致在明末基本完成。如果說，小說評點中的『注』來源於傳統史學的影響。那麼，小說評點中的『評』則是源於文人對於小說的閱讀和賞評，那種在閱讀過程中的隨手點評、點滴感悟，是小說評點中思想和藝術評論的真正起始。」譚帆：《中國小說評點研究》（上海：華東師範大學出版社，2001 年），頁 48。

[2] 林崗：「評點作為一種批評的形式，它表現了『文本中心』的傾向：批評者的批評依據文本的脈絡進行，批評者在文本的任意地方只要發現值得言說之處，即可停下來在此發表見解，問題點可大可小，視文本與批評者的識見為轉移，完全不受邏輯框架的限制。評點形式體現批評對文學文本的全面接觸、感受、領悟與評價。由於這種形式提供的廣闊空間，它不用像現代論文形式那樣，將批評對象劃分成幾個方面，必須選擇有限的角度切入文本。中國的批評傳統本來就強調『知人論世』，批評者要對批評文本和與批評文本有關的事物有全面的認識，而批評形式則提供了實現這種批評理想的有效途徑。」林崗：《明清之際小說評點學之研究》（北京：北京大學出版社，1999 年），頁 204-206。

者的創作深意，他選擇以回首詩詞切入評點——不阻斷讀者閱讀、不強勢干預評論的批評策略之下，從而形塑出有別於散文評點的韻文批評形態。那麼，他如何隱身於回首詩詞之中，並藉此蘊含其評點意識？又是怎麼藉詩歌風格所生發的審美效應以透顯其審美理想呢？且在其建構評點意義的同時，向讀者展現了什麼樣的批評取向呢？

第一節　由文學自覺顯其讀者意識

「文學自覺」指的是文學及文學創作主體意識到文學的獨立性和價值性，自覺地對文學的本質和發展規律等進行探討和認識，並促進文學按其自身的規律向前發展。文學的自覺，最重要或者說是最終的還是表現在對文學審美特性的自覺追求上。[3]晚明評點學開創了以妙探文心自命的小說話語。評點作為一種批評形態，乃批評家表達對文本細讀心得的閱讀賞評，評點也可能被批評家用於詩歌、小說、筆記上。小說、傳奇的評點在分析、術語方面都留下了時文訓練的痕跡；文人才子講究時文綿密的『文法』，在一定程度上啟發了評點家批點小說、傳奇時的「文學自覺」。[4]魏晉時期的「文學自覺」最明顯的標誌便是體現於大量文學理論和文學批評的湧現。而中國小說評點以明末清初最為繁盛，當時對「四大奇書」的評點已相當完備。且「明清之際的評點學，是有清醒批評意識的『文學自覺』」[5]，因評點家對於小說批評的建構同六朝文論家一樣，從析辨文體的文學特性切入。中國古典文學的批評著作以劉勰《文心雕龍》和鍾嶸《詩品》為雙峰代表作。《文心雕龍》體大而思精，繼承了陸機〈文賦〉：「詩緣情而綺靡，賦體物而瀏亮」[6]，以情釋辭的思維脈絡，更開創了「六觀」[7]之中國古典文學批評方法論。而《詩品‧序》曰：「嘉會寄詩以親，離群托詩以怨。」[8]鍾嶸以為詩歌應情動於衷，情發於言，進而體現「創作論、批評論合一的特色」[9]，如清章學誠所云：

3　袁行霈（主編）：《中國文學史》第二卷（北京：高等教育出版社，1999 年），頁 3-8。

4　林崗：〈論明清之際小說評點學的文學自覺〉，《文學遺產》（1998 年第 4 期），頁 95-100。又，林崗：〈明清之際小說評點考論〉，《學術研究》（1997 年第 12 期），頁 67-72。

5　林崗：《明清之際小說評點學之研究》，頁 101。

6　陸士衡〈文賦〉收入〔梁〕蕭統（編），〔唐〕李善（注）：《文選》（清同治八年（1869）武昌崇文書局重刊陽湖胡氏本），頁 766。

7　「六觀」：「一觀位體；二觀置辭；三觀通變；四觀奇正；五觀事義；六觀宮商。」〔梁〕劉勰（撰），黃叔琳（注）：《文心雕龍‧知音》（臺北：臺灣商務印書館，1968 年），頁 69。

8　〔梁〕鍾嶸：《詩品‧序》，收入〔清〕何文煥（輯）：《歷代詩話》（臺北：漢京文化公司，1983 年），頁 3。

9　林崗：《明清之際小說評點學之研究》，頁 99。

> 《詩品》之於論詩，視《文心雕龍》之於論文，皆專門名家勒為成書之初祖也。《文
> 心》體大而慮周，《詩品》思深而意遠。蓋《文心》籠罩群言，而《詩品》深從
> 六藝溯流別也。[10]

郭紹虞也比較了《詩品》和《文心雕龍》這兩部鉅著，他以為：「前者為文學的批評；後者是為文學批評的批評。」[11]可見，文學批評各有其立意所在，而文學批評的立意即來自批評家的讀者意識。美國韋恩‧布斯（Wayne C. Booth）在 1961 年出版的《小說修辭學》提出「隱含作者」的概念，「隱含作者」乃由讀者根據小說理論、美學原理而重構的作者。[12]「隱含作者」並非真實存有的作者，乃讀者想像而得，當讀者面對文本，通過閱讀而產生了讀者意識，那麼，「閱讀行為（這是一切真正的批評思維的歸宿）意味著兩個意識的結合，即讀者的意識和作者的意識的結合。」[13]讀者意識，同時也是批評意識，讀者意識即對文本的閱讀，以及閱讀行為之後的再創造。喬治‧布萊認為當讀者面對作品，通過閱讀行為，讀者和作者──一個作為「隱藏在作品深處的有意識的主體」，兩者之間開始有了一個「相毗連的意識」，這個令人感到「驚奇的意識就是批評意識：讀者意識。」[14]讀者意識既然左右著批評家的批評。那麼，「崇禎本」作者身為《金瓶梅》的第一代讀者，當他面對文本，通過閱讀行為，興起了讀者意識，因而建構了「崇禎本」回首詩詞。回首詩詞即作者對崇禎本《金瓶梅》訴諸讀者意識的再創造。並將其讀者意識體現於審美理想、文學價值，以及批評之中。

　　文學作品往往不可避免地殘存前人或當代他人的作品訊息，身為讀者之一的「崇禎本」作者通過閱讀經驗，構築了回首詩詞以傳達其批評的信念。作者低調地表示一位讀者面對原著時的發想，對文本的參與、閱讀和批評。因此，作者、讀者、批評者盡皆參與了文本，崇禎本《金瓶梅》整個閱讀批評範圍便涵蓋了正文、繡像，[15]以及回首詩詞。

10　〔清〕章學誠（著）、倉修良（編）：《文史通義‧詩話》（上海：上海古籍出版社，1993 年），頁 197。

11　郭紹虞：《中國文學批評史》（臺北：臺灣明倫書局，1974 年），頁 111。

12　Wayne C. Booth, *The Rhetoric of Fiction*, (Chicago: The University of Chicago Press, 1983), pp.264-266. 又，陳建華：〈欲的凝視：《金瓶梅詞話》的敘述方法、視覺與性別〉收入王璦玲、胡曉真（編）：《經典轉化與明清敘事文學》（臺北：聯經出版公司，2009 年，頁 97-127），頁 105。

13　〔比〕喬治‧布萊（著）、郭宏安（譯）：《批評意識》（桂林：廣西師範大學出版社，2002 年），頁 3。

14　〔比〕喬治‧布萊（著）、郭宏安（譯）：《批評意識》，頁 245-246。

15　曾鈺婷指出：「透過構圖、視角、文人畫留白傳統的進入以及新增窺視者去表現細微處的詮釋與指引閱讀，可視為另一種形式的評點參與文本。」曾鈺婷：《說圖──崇禎本金瓶梅繡像研究》（臺北：國立臺灣師範大學國文研究所碩士論文，2010 年），頁 176。

評點雖作為小說傳播的商業手段，然而文學作品能否流傳久遠，主要仍視小說本身的文學價值而定。中國小說評點是西方所沒有的批評形態，也是中國文學批評史上獨特的批評法，清初《金瓶梅》流通於市面的評點版本即有《新刻繡像批評金瓶梅》和《張竹坡批評第一奇書金瓶梅》。[16]那麼，「崇禎本」回首詩詞與人物形象的照應之間隱含著作者什麼樣的評點意識呢？崇禎本《金瓶梅》回首詩詞除作為提示人生命題的功能外，尚且衍伸言外之意。作者通過詩歌指涉、影射，暗指小說人物、暗喻小說情節，尤以抒情詩詞代女性發聲為載體。由此觀之，「崇禎本」作者的評點意識已清晰可見。Wolfgang Iser 認為作品的「空隙」（Blanks）和「留白」（Gaps）之處，須藉由讀者的想像來加以補足。[17]這就回應了前文所論，回首詩詞的指涉須通過閱讀行為，藉由讀者的自由想像以補足作品的間隙。詩歌用以批評，雖非傳統的小說評點形態。然而，中國文學早於陸機〈文賦〉即以詩歌書寫批評，著重以情釋辭的思維，並首開以詩評賦的批評形態了。而「崇禎本」作者賦予回首詩詞以評點意義，卻仍讓自己與文本保持若干距離，把文本的闡釋權交給讀者，在曖昧不明的詩詞世界裡，任憑讀者盡其所能地自由聯想，不侷限讀者閱讀想像的空間。而讀者在進行閱讀的當下，運用自己的想像力填補了文本的「留白」，使得作品更加具體化。與此同時，回首詩詞也補足了崇禎本《金瓶梅》於文學批評上的「空隙」。

小說評點作為閱讀指引的功能，倘批評家過度介入文本，必然牽絆住讀者的閱讀思維，他雖賦予文本以新的生命，卻也殲滅了讀者閱讀想像的空間。法國現象學美學理論家杜夫海納認為：

> 讀者在作品之前，作者卻在作品之中；作者與〔以〕其不在（absent）之時，方為其存在（present）之極。[18]

意即真實的作者只是讀者「想像中的作者」，是一個藏身「在作品的形象中的作者」。《金瓶梅》的作者是誰？至今學界仍未有定數，這早已是個解不開的歷史謎團，而「崇禎本」的作者，既是讀者也是批評者，因而呈現既是分身又是合體的糾結關係。批評若過

16　譚帆：《中國小說評點研究》，頁 20-25。

17　Wolfgang Iser , "The text is a whole system of such processes, and so, clearly, there must be a place within this system for the person who is to perform the reconstituting. This place is marked by the gaps in the text—it consists in the blanks which the reader is to fill in." Wolfgang Iser, *The act of reading: a theory of aesthetic response*, (Baltimore: Johns Hopkins University Press, 1980), p.169.

18　〔法〕杜夫海納（著），韓樹站（譯），陳榮生（校）：《審美經驗現象學》（北京：文化藝術出版社，1992 年），頁 37-38。

度參與文本將導致強勢干預評論之虞，倘與文本距離太遙遠又恐致過於疏離。「崇禎本」作者建構出回首詩詞批評形態——通過詩歌開放的解讀空間，還給讀者自由詮釋的主導權。相對於其他《金瓶梅》評點者的強勢介入，「崇禎本」作者首創以回首詩詞作為另類小說評點的形態，既不妨礙讀者閱讀的樂趣，也避免阻斷讀者閱讀的行進。

　　明清時期小說評點的「文人性」明顯增強，蓋因當時許多文人紛紛加入評點的隊伍，他們將觸角伸及作品藝術技巧的揭示，以及對作品內涵的掌握。對小說文本的修訂頗為普遍，尤以「四大奇書」評點為甚。誠如欣欣子所言，《金瓶梅》實「寄意於時俗」，狀摹「時俗」，作者「爰罄平日所蘊者」，描繪情節「如在目前，始終如脈絡貫通，如萬絲迎風而不亂也」，「雖市井之常談，閨房之碎語，使三尺童子聞之，如飫天漿而拔鯨牙，洞洞然易曉」。[19]是以，《金瓶梅》在離不開「人」的「世情」特質之下，關於小說人物的評點就相對重要了。崇禎本《金瓶梅》小說人物的評點可謂各有千秋。「崇禎本」回首詩詞的評點形態是創新，同時也開放給讀者更大的閱讀想像空間。「崇批」不論眉批或夾批都較為理性、簡短，並直言對世態人情的體會。張竹坡認為寫文章總歸說來即「情理」二字。[20]「張評本」讀法第四十三則道：

> 做文章，不過是「情理」二字。今做此一篇百回長文，亦只是『情理』二字。於一個人心中，討出一個人的「情理」，則一個人的傳得矣。雖前後夾雜眾人的話，而此一人開口，是此一人的情理；非其開口便得情理，由於討出這一人的情理，方開口耳。是故寫十百千人皆如寫一人，而遂洋洋乎有此一百回大書也。

他盛讚《金瓶梅》作者對於小說所塑造出來的人物能「於人情深淺中，一一討分曉」並向「人情中討結煞」，給予高度的肯定。「張評本」多感性字句、高亢言辭、縝密思維；文龍評點則明顯地以衛道者之姿，不時與張竹坡激烈對辯。他直指張竹坡為「酒醉雷公」，文龍云：「作書難，看書亦難，批書尤難。未得其真，不求其細，一味亂批，是為酒醉雷公。」（第29回回評）且文龍回評不斷出現其與張竹坡批語的筆戰。大抵文學批評要有別於前人，必須採取新的閱讀策略方能有所突破，尤其是又有張竹坡龐大的評點系統在

19　〈欣欣子序〉，收入〔明〕蘭陵笑笑生（著），梅節（校訂），陳詔、黃霖（注釋）：《金瓶梅詞話》（臺北：里仁書局，2009年），頁1-2。

20　譚兆麟認為，張竹坡強調「刻畫人物必須把握人物的『情理』說」，所謂「得情理」就是指「把握人物思想感情活動的特殊規律。」譚兆麟：《中國古代文論概要》（長沙：湖南文藝出版社，1987年），頁417-418。又，敏澤：「所謂『情理』，就是特定人物及其在特定場合下的情感和內心活動的必然性和邏輯性。這無疑是寫好人物的關鍵。」敏澤：《中國文學理論批評史》（長春：吉林教育出版社，1993年），頁1091。

先，因此文龍的批評策略即以顛覆「張評本」所建構的評點王國為手段。然而不論評點家批評的切入點為何，關於「崇禎本」的眾多評點皆已「確立了人物形象在小說鑑賞中的中心地位。」[21]小說人物形象是中國古典小說評點的重心，批評家往往將塑造成具有獨特性格的典型人物作為小說創作的中心課題。[22]從《金瓶梅》諸家批評常常可見評點家們彼此對話、論辯。本書持續聚焦於小說人物身上，並以主要人物批評為主軸，關注各家如何評點人物，批評家們如何交錯對話。首先，「崇批」對人物的批評環繞一個核心──肯定《金瓶梅》描摹人物是「人情之所必至」。（第2回）譬如：「活潑如生」（第8回）、「所以為妙」（第13回）、「妙得其情」（第59回）、「俱為摹出」（第91回），並且「寫得默默會心，最有情景」（第59回）。「崇批」的評點較為簡潔，畫面宛然，於世情的感悟中略帶嘲諷、詼諧的筆觸。張竹坡於其讀法第三十二則裡釐出主要人物清單：

> 西門是混帳惡人，吳月娘是奸險好人，玉樓是乖人，金蓮不是人，瓶兒是癡人，春梅是狂人，敬濟是浮浪小人，嬌兒是死人，雪娥是蠢人，宋蕙蓮是不識高低的人，如意兒是頂缺之人。若王六兒與林太太等，直與李桂姐一流。總是不得叫做人。而伯爵、希大輩，皆是沒有良心的人。兼之蔡太師、蔡狀元、宋御史、皆枉為人也。[23]

此為張竹坡較為慷慨激昂的批語，雖有其偏見，也顯其與「崇批」之別。且讀法第九十則寫道：「《金瓶》雖有許多好人，卻都是男人，並無一個好女人。」可張氏並未說明他所謂的「好男人」與「好女人」的標準各為何。另，「張評本」有時會以小說人物的名字大做文章，譬如：「然則金蓮，豈盡無寓意哉？蓮與芰，類也；陳，舊也，敗也；敬、莖同音。敗莖芰荷，言蓮之下場頭。故金蓮以敬濟而敗，『僥倖得金蓮』，芰莖之罪。」[24]張氏不免有些過度主觀臆測的評點。而文龍則於第18回回評對小說人物大加撻伐：

> 一個喪心病狂、任情縱慾匹夫，遇見一羣寡廉鮮恥、賣俏迎姦婦女；又有邪財以

---

21 譚帆：《中國小說評點研究》，頁125。

22 孫遜、孫菊園（編）：《中國古典小說美學資料匯粹》（上海：上海古籍出版社，1991年），頁93。

23 〔清〕張竹坡：《皋鶴堂批評明代第一奇書金瓶梅讀法》第三十二則（臺北：廣文書局，1981年），頁14。以下凡張竹坡讀法均引自此書，不再另行注釋。

24 引自〔明〕蘭陵笑笑生（著），王汝梅、李昭恂、于鳳樹（校點）：《張竹坡批評第一奇書金瓶梅・寓意說》，頁14。又，王汝梅：《張竹坡批評第一奇書金瓶梅・前言》，頁11。

濟其惡，宵小以成其惡，於是無所不為，無所不至，膽愈放而愈大，心益迷而益昏，勢愈盛而愈張，罪益積而益重。[25]

文龍並以「一輩狠毒人物，一片奸險心腸，一個淫亂人家，致使朗朗乾坤變作昏昏世界，所恃者多有幾個銅錢耳。」（第 27 回回評）文龍於第 97 回回評概括了小說中主要女性，論其色慾為：「金之淫以蕩，瓶之淫以柔，梅之淫以縱。嬌兒不能入其黨，玉樓亦不可入其黨，雪娥不配入其黨。此三人故淫婦中之翹楚者也，李瓶兒死於色昏，潘金蓮死於色殺，龐春梅死於色脫。」嚴厲抨擊西門這個暴發之戶，荒淫至此，以致天地為之變色。而「詞話本」直指小說人物最多的是第 2 回回首詩：

> 月老姻緣配未真，金蓮賣俏逞花容。只因月下星前意，惹起門旁簾外心。王媽誘
> 財施巧計，鄆哥賣菓被嫌嗔。那知後日蕭墻禍，血濺屏幃滿地紅。

概括了西門慶和潘金蓮整個通姦的過程和結局，首聯點出金蓮和武大的婚姻；頷聯指「西門慶簾下遇金蓮」；頸聯為王婆獻計，鄆哥幫忙捉姦；尾聯則預告日後武松「殺嫂祭兄」的情節。詩作淺白，容易理解，然卻指名道姓，缺乏詩歌含蓄蘊藉的特質。再看「崇禎本」第 15 回回首詩引南朝陳叔寶〈舞媚娘〉[26]：

> 樓上多嬌艷，當窗并三五。爭弄遊春陌，相邀開繡戶。轉態結紅裙，含嬌入翠羽。
> 留賓乍拂絃，托意時移柱。

陳叔寶乃南朝最後一位皇帝，人稱「陳後主」。詩作指涉西門慶的眾妻妾（此時李瓶兒尚未歸隊）「笑賞翫燈樓」的情景，並照應熱鬧繽紛的元宵節慶。佳人們個個嬌俏豔麗，款步上樓，三五成群，笑語盈盈。輕推窗牖，爭看戶外，路上人群，熙熙攘攘。翠樓內，舞者輕撒紅襟，飄然起舞，舞姿曼妙，眉色嬌媚。彈琴者拂抹絲絃，款留嘉賓，時移弦柱，寄託心意。詩作呈現一派歡樂的意象，然而陳後主筆書〈舞媚娘〉之時，是否意識到南朝亡國日近矣？作者引此詩作指涉西門女眷們樂遊佳節，實則間接影射西門家族日後將盛極而衰的凶兆。「崇禎本」作者不直陳批語，不妄下斷言，而是通過詩歌本身的

25　文龍：〈《金瓶梅》回評〉，收入黃霖（編）：《金瓶梅資料彙編》（北京：中華書局，1987 年），頁 411-512。凡文龍評點皆引自此書，不再另行注釋。

26　陳後主〈舞媚娘二首〉：「《樂苑》曰〈舞媚娘〉、〈大舞媚娘〉，竝羽調曲也。《唐書》曰：『高宗永徽末，天下歌〈舞媚娘〉。未幾，立武氏為皇后。』按陳後主已有此歌，則永徽所歌，蓋舊曲云。」〔宋〕郭茂倩（編）：《樂府詩集》卷七十三（臺北：臺灣商務印書館，1968 年），頁 838-839。

蘊涵，以及背後的衍伸意為其評點落筆。

　　此外，本書即便肯定「張評本」確實晚於「崇禎本」作者布局回首詩詞之後，但目前卻仍無強而有力的證據可證明「崇禎本」無名氏評點者與「崇禎本」作者系出同一人。然而，值得一提的是：依據本書統計，張竹坡眉批、旁批「崇禎本」回首詩詞者高達三十三首；[27]標注小說人物之人名者共計一十二首。[28]足見張竹坡早已注意到回首詩詞對正文敘事的評點作用，這讓我們更進一步確認，崇禎本《金瓶梅》回首詩詞確實已形塑出另類的評點樣貌。

　　綜觀《金瓶梅》各家評點，相較於「張評本」和文龍評點的長篇大論，「崇批」評點多屬簡潔批語，走的是簡約風，畫龍點睛式地批出現實社會裡的世態和人情。「崇批」基本繼承中國古典小說評點散見文中各情節描寫處，以夾批、眉批為主要評點形態。[29]張竹坡的評點雖不免有些過度的主觀臆測，然他「以創作一部小說的激情和嚴肅認真的態度寫下《金瓶梅》評語。」[30]不可否認地，在《金瓶梅》的接受史上，他無疑做出了極大的貢獻，以當時的時代背景，他對女性人物的評點，某種程度上已給予極大的理解和包容。而「崇禎本」回首詩詞雖具評點意義，然卻囿於韻文特性而有其侷限，故無法如散文般盡情揮灑。是以，明清諸家評點各有千秋，分別補足文本的「空隙」和「留白」，共同建構出《金瓶梅》批評史的完整版圖。

　　再者，關於小說評點的理論思考，「張評本」除傳統中國小說評點外，並以回評完整表達評點家的批評，再加上張氏的一百零八則讀法，彙整出《金瓶梅》的閱讀守則，如張竹坡讀法第五十二則所言：「《金瓶梅》不可零星看，如零星，便止看其淫處也。故必盡數日之間，一氣看完，方知作者起伏層次，貫通氣脈，為一線穿下來也。」不同

---

[27] 張竹坡於「崇禎本」回首詩詞上注有眉批或旁批者，有第 1、2、3、4、7、10、11、12、13、16、21、22、23、32、46、48、53、54、56、57、60、67、72、76、77、79、85、87、88、89、96、99、100 回，共三十三首。

[28] 張竹坡於「崇禎本」回首詩詞眉批或旁批上標注小說人名者，有第 2（金蓮、西門慶）、7（薛嫂）、10（金蓮、瓶兒）、11（桂姐）、13（瓶兒）、16（花子虛）、32（月娘、桂姐）、76（溫秀才）、77（林氏、雪娥、月兒、春梅、春鴻、來爵）、85（春梅）、89（金蓮、瓶兒）、100（西門慶、金蓮、瓶兒、月娘、春梅、玉樓、普淨）回，計一十二首。

[29] 譚帆：「小說評點形態最先發展起來的是眉批和旁批，尤以眉批更為普遍，而這正是古代文人在讀書時的一種習慣行為。它以簡潔、直截為特徵，隨感而發，隨手批抹，有著強烈的隨意性和感悟性，故而眉批是小說評點中最為輕便的形式，也是明代小說評點中運用最為普遍的形式。」譚帆：《中國小說評點研究》，頁 48。

[30] 〔明〕蘭陵笑笑生（著），王汝梅、李昭恂、于鳳樹（校點）：《張竹坡批評第一奇書金瓶梅·前言》，頁 9。

於張竹坡的藝術鑑賞論，文龍對小說評點提出理性的理論思考與實踐意義，他特別強調：

> 夫批書當置身事外而設想局中，又當心入書中而神遊象外，即評史亦有然者，推
> 之聽訟解紛，行兵治病亦何莫不然。不可過刻，亦不可過寬；不可違情，亦不可
> 悖理；總才學識不可偏廢，而心要平，氣要和，神要靜，慮要遠，人情要透，天
> 理要真，庶忽始可以落筆也。（第 18 回回評）

然而能提出理性的方法論，並不意味批評家必然實踐之，因文龍評點有時會出現心不平、氣不和、神不靜的批語。張竹坡是「寄身於翰墨，見意於篇籍。」[31]文龍則是「文人相輕，自古而然。」[32]倘說張竹坡是庶民評點的表徵，文龍可謂官家的評點代表。文龍評點會發出諸如：「蓋良人也，妻妾所仰望而終身世也。夫可棄其妻，妻不可絕其夫」（第21 回）之類過於迂腐、落後的思想，不符合時代思潮，文龍企圖瓦解張竹坡評點因而未能遂其意。不過文龍本就意在自娛，而非商業利益考量，其自云不過是：「信手加批，藉以消遣」（第 27 回回評）。文龍固囿於其思想侷限，又因意在顛覆前人，且在時空背景、官家身分等不利因素影響下，未能如張竹坡的評點受到讀者青睞。

　　無論如何，《金瓶梅》的諸家評點仍代表同一文本，在同一時代、同一文化下，不同的批評形態，以及更多元的閱讀策略。時至今日，實不宜以現代文學批評的眼光過度苛責之，因他們的評點在當時仍具進步意義，不僅讓小說得以迅速傳播，並活絡小說的「文人化」色彩。「崇禎本」作者以其文人之思形塑出獨特的評點形態，使讀者得以對回首詩詞重新詮釋，並進行再一次的閱讀賞評，此乃首開以古典詩歌作為小說評點之創舉。作者藉回首詩詞蘊含其批評意識，本就不打算讓讀者一目了然，而是希望透過讀者個人的閱讀經驗去體會、去感悟，從而深掘出屬於每位讀者個人的文學品賞。

第二節　藉詩詞風格現其審美理想

　　「文學自覺」基本體現於對文學審美的追尋，曹丕《典論·論文》：「夫文本同而末異，蓋奏議宜雅，書論宜理，銘誄尚實，詩賦欲麗。」[33]又，陸機〈文賦〉：「詩緣情而綺靡，賦體物而瀏亮。碑披文以相質，誄纏綿而悽愴。銘博約而溫潤，箴頓挫而清壯。

31　〔魏〕魏文帝（撰），〔清〕孫馮翼（輯）：《典論》（北京：中華書局，1985 年），頁 2。
32　同上注，頁 1。
33　同上注，頁 1。

頌優遊以彬蔚，論精微而朗暢。奏平徹以閒雅，說煒曄而譎誑。」[34]盡皆強調文學創作的美學追求。而文學批評不僅融入批評家的「文學自覺」，並將其對文學的審美感知和審美體驗訴諸於批評之中。弗萊於其《批評剖析》（1957年）中針對修辭批評，比較了散文和抒情詩之相異處，他認為散文的節奏是一種連續的節奏，是以語意的節奏感為主要節奏的節奏；抒情詩的節奏是一種聯想的節奏，是一種預言式的、沉思的、不規則的、基本上不連續的節奏。抒情詩的創造性體現為一種聯想的修辭過程。[35]這也呼應前文所言：詩詞需通過讀者盡其所以地自由聯想。詩歌飽蘊抒情本質，那麼「崇禎本」回首占七成比重的抒情詩詞，可謂是作者通過回首詩詞對小說人物的文學批評，以形塑其評點的審美效應。

古典小說中詩文交融者，除《紅樓夢》外，「如《西遊記》、《封神演義》、《金瓶梅》、《鏡花緣》等，雖成就不同，風格各異，在詩文融合寫法的運用上，亦頗有可觀。可以說這是中國古典小說中足以顯示民族審美心理特徵的一個重要藝術傳統。」[36]中國傳統詩歌的美感視鏡，最早如老子的美學主張：「知者不言，言者不知。」[37]晚唐詩論家司空圖《二十四詩品》謂：「不著一字，盡得風流。」[38]而不同於劉勰的「評者平理」[39]，嚴羽《滄浪詩話》主張詩應「不涉理路」、要「如空中之音，相中之色，水中之月，鏡中之象，言有盡而意無窮。」[40]他們的美學原則皆意在追尋如「詩眼」般「畫龍點睛」的藝術效果。《金瓶梅》兩大版本系統的回首詩詞相同者僅八首，各自構築出屬於自己的美學觀。「崇禎本」回首詩詞主抒情；「詞話本」主教化，一如田曉菲所言：「繡像本和詞話本，在美學原則上有著深刻差異。」[41]《金瓶梅》裡諸多的風月筆墨，造成女性形象類妓女的扭曲。「崇禎本」回首詩詞反駁了小說正文對女性形象的醜化，作者企圖扭轉小說正文裡過於袒露的敘事，因而挹注大量的抒情詩歌以雅化小說裡過度醜陋的現實世界。「崇禎本」回首抒情詩詞的引用就使得這部世情小說，因挹注更多文人的藝術品賞而更加雅化。作者將自身的審美觀融入「崇禎本」回首詩詞之中，藉由迥異於「詞話本」回首詩詞的風格以顯其審美理想，作者如斯審美思維，實則源自《詩經》

34 陸士衡〈文賦〉收入〔梁〕蕭統（編），〔唐〕李善（注）：《文選》，頁766。
35 朱立元（編）：《西方美學名著提要》（南昌：江西人民出版社，2007年），頁501。
36 郭傑：〈中國古代小說中的詩文融合傳統〉，《學術研究》（1997年第7期，頁69-73），頁73。
37 朱謙之（撰）：《老子校釋》（北京：中華書局，1984年），頁226。
38 〔唐〕司空圖：《二十四詩品》，收入〔清〕何文煥（輯）：《歷代詩話》，頁40。
39 〔梁〕劉勰（撰），黃叔琳（注）：《文心雕龍·論說》，頁54。
40 〔宋〕嚴羽：《滄浪詩話》，收入〔清〕何文煥（輯）：《歷代詩話》，頁688。
41 田曉菲：《秋水堂論金瓶梅》，頁78。

以降的抒情傳統。「崇禎本」回首詩詞作為作者審美經驗的昇華，將文學批評作品化——把小說評點轉化成詩歌的藝術形式，以詩歌形塑出審美的觀照和賞評。

詩歌不論在意象、遣詞、用典、聲律、對偶均展現對美學的追求。而詩歌本身所呈現的美感、敘寫的人稱，以及詩意的優雅與否、詩境的深遠與否等，皆關乎詩歌意蘊的表達。同樣照應正文敘事，諸家批評所體現出來的審美態度卻有天壤之別。如第3回，小說正文開頭道：「話說西門慶央王婆，一心要會那雌兒一面。」王婆為此獻上了「十分挨光計」，並與之沙盤演練，王婆道：「他若鬧將起來，我自來搭救。此事便休了，再也難成。」在此，「張評本」夾批：「妙絕。十分『光』，卻用九個『便休』描出，而一毫不板。奇絕，妙絕。」文龍回評：「挨光一回，有誇為絕妙文章者，余不覺啞然失笑。」小說後敘西門慶和潘金蓮的初會情景，金蓮「見西門慶過來，便把頭低了。」於此，「崇批」夾批：「媚致。」「張評本」夾批：「一低頭了。」在王婆串場下，兩人閒聊起，「西門慶道：『就是那日在門首叉竿打了我的？倒不知是誰家宅上娘子？』婦人分外把頭低了一低，笑道：『那日奴誤沖撞，官人休怪！』」於此，「崇批」眉批：「嬌情欲絕。」「張評本」夾批：「描婦人有心，妙甚。」小說該回在王婆借故買酒去，留下孤男寡女共處一室，此時西門慶「睃那粉頭時，三鐘酒下肚，哄動春心，又自兩箇言來語去，都有意了，只低了頭不起身」的情節下收束。由評點可見，「崇批」對於潘金蓮的偷情，基本上持較為包容的態度，跳脫道德規範的批評，將之視為「美學意義之形象」[42]。另，「張評本」該回回評道：「然則西門慶被色迷，潘金蓮亦被色迷，可懼，可思。」似乎有意呼應這回「詞話本」的回首詩：

> 色不迷人人自迷，迷他端的受他虧。精神耗散容顏淺，骨髓焦枯氣力微。犯著奸情家易散，染成色病藥難醫。古來飽暖生閒事，禍到頭來總不知。

提醒讀者小說裡的西門慶因迷上潘金蓮而「染上色病」，因此「受他虧」、「精神耗散」、「骨髓焦枯」，導致「容顏淺」、「氣力微」、「家易散」，最後「藥難醫」，禍到臨頭仍不自知，總之飽暖思淫慾，紅顏皆禍水，作者如斯警告讀者。詩作類似格言，字裡行間毫無詩意，也沒什麼美感可言，如陳東有總結「詞話本」回首詩詞提出以下的看法：

42　「崇批」經常以「淫婦人」稱呼偷情的女性，李梁淑認為：「『淫婦人』並非僅是道德形象之意義，在崇批的系統裡，早已躍升為一具美學意義之形象。……就「情」的角度來觀照，男女私情都是『天緣』、『奇緣』又，「早在晚明崇禎年間，就有一位讀者〔為〕《金瓶梅》的女性做各種審美的觀照，在《金瓶梅》的批評史上饒具意義。」李梁淑：〈論《新刻繡像批評金瓶梅》的女性人物批評〉，《中國文學研究》第15期（2001年6月），頁185、206。「天緣」乃「崇批」第48回眉批：「也是天緣。」「奇緣」則是第2回夾批：「千古奇緣，不意更有奇人作合。」

> 俗字俗詞，俗語俗句，讀起來通俗，理解下去也不困難，皆是俗情俗理俗事，有
> 的簡直俗到了「不可耐」的程度。即使是談禪論道，敘禮說仁，辨是明非，勸善
> 戒惡，也都深入淺出；至於敘事抒情，描人寫性，更是用百姓日用之事物、婦孺
> 皆知之情理來打比方。[43]

「詞話本」這篇詩作的確有些俗不可耐。作者立於旁觀者的角度，採第三人稱作者議論，以一個與故事情節不相關的第三人稱敘寫，表現出來的又是純然道德本色的訓誡，這類作品大抵較適合作為人生箴言。然而，該回「崇禎本」回首詩也呼應「崇批」的「美學意義之形象」，第3回回首詩：

> 乍對不相識，徐思似有情。盃前交一面，花底戀雙睛。俋偲驚新態，含胡問舊名。
> 影含今夜燭，心意幾交橫。

回首詩指涉潘金蓮和西門慶的初識、初會，首聯和頷聯對應前一回，頸聯和尾聯照應當回敘事。前一回小說正文描寫西門慶行經武大家門口，潘金蓮正下門簾，不巧一陣風颳來，金蓮手沒擎牢，又竿不偏不倚地敲在西門頭頂上，西門慶離開後，金蓮便心生留戀：「『倒不知此人姓甚名誰，何處居住。他若沒我情意時，臨去也不回頭七八遍了。』卻在簾子下眼巴巴的看不見那人，方纔收了簾子，關上大門，歸房去了。」（第2回）頸聯和尾聯則映照該回金蓮與西門慶初會的情景（前文已述）。詩作以第一人稱敘寫金蓮的心境，讀者眼底似可見一佳人身影立於目前，她正留戀著剛剛初見卻不相識的男子，反覆尋思男子對自己是否有情意。畫面一轉，來到他們的初會，酒杯前兩人互有曖昧，並不時偷睞對方。女子輕聲細問男子貴姓大名，燭影下的男女，湧動的情欲，詩作鋪陳緩緩流動的畫面，以及佳人低柔的聲音，最後結尾留給讀者無限的遐思。詩作以金蓮的角度敘寫她的心境，她是詩歌裡的主角，參與整首詩意裡情節的行進，一如元岑安卿〈次韓明善題推篷圖〉上所題：「無聲詩生有聲畫，吟詠工夫見揮灑。」[44]又，元張仲深《子淵詩集》六卷曰：「自知詩是有聲畫，轉看畫作無聲詩。」[45]詩中多畫意，且畫面宛然，王維雖言「詩中有畫」，詩卻是畫所未能全及者，因此錢鍾書以為：「詩歌的表現面比繪畫『更廣闊』。」[46]古典詩歌中的美人幻象，蓋因作者藉此宣揚他對「美」的信仰。[47]且

43　陳東有：《金瓶梅詩詞文化鑒析》（成都：巴蜀書社，1994年），頁5。
44　〔清〕顧嗣立（編）：《元詩選》（北京：中華書局，1987年），頁1686。
45　欒貴明（輯）：《四庫輯本別集拾遺》（北京：中華書局，1983年），頁543。
46　錢鍾書：《七綴集》（北京：三聯書店，2009年），頁57。
47　黃永武：《中國詩學：思想篇》（臺北：巨流圖書公司，1976年），頁71。

「崇禎本」這首回首詩各聯的句末「情」、「睛」、「名」、「橫」皆押ㄥ韻，以微笑嘴型發音的韻調，表現出女子內心的期待和愉悅，「聲音、韻調是中國詩的靈魂。」[48]中國古典詩歌飽涵抑揚頓挫的聲調，「有聲畫」不但牽動讀者的視覺移轉，更照見詩歌中人物的情緒，使得視覺的美感活動立於讀者目前。

　　潘金蓮和西門慶偷情前，「崇批」猶言金蓮「媚致」、「嬌情欲絕」，並未一昧詆毀，「張評本」以為金蓮有心於西門，不僅西門慶為色所迷，連金蓮也都被色所困。而「詞話本」直白表示女人是禍水，訓誡意味濃重。「崇禎本」則表現出一個佳人形象的詩境，閒雅之氣油然而生。然而，以韻文寫就的批評形態確有其侷限，無法如散文批評形式照應全文，僅能擷擇重點批評，由前文觀之，「崇禎本」回首詩詞傾向側重女性人物。

　　第 69 回小說描寫西門慶從鄭愛月兒處得知林太太「四海納賢」，又有個經常獨守空房的兒媳婦張三官娘子，西門慶設定目標要一箭雙鵰。於是，先遣文嫂疏通，不想一疏便通，原來這林太太是個「綺閣中好色的嬌娘」，林氏為鋪陳兩人後續通姦，藉故請求西門慶好生「管教」其子，但又恐自己拋頭露面，「有失先夫名節」。在此，「崇批」眉批：「名節在此，而不在彼。此輩藉口往往而然，真欲嘔死。」「張評本」夾批道：「自說妙。」文龍回評則乾脆直言：「此回令人不願看，不忍看，且不好看，不耐看，真可不必看。此作者之過也。」只此一句，別無他說。而該回「詞話本」回首詩為：

> 信手烹魚覓素音，神仙有路足登臨。掃階偶得任卿葉，彈月輕移司馬琴。桑下肯期秋有意，懷中可犯柳無心。黃昏誤入銷金帳，且犯羔兒獨自斟。[49]

此詩是「詞話本」裡屬用典多且較有文采的回首詩。首聯化用自蔡邕〈飲馬長城窟行〉[50]：「呼童烹鯉魚，中有尺素書。」整首古詩通篇思婦之辭，為愛情詩作。頷聯的「掃階偶得任卿葉」，典自「紅葉題詩」[51]的愛情故事，比喻姻緣巧合。「司馬琴」乃司馬相如琴

48　戴麗珠：《詩與畫》（臺北：聯經出版公司，1978 年），頁 7。

49　「羔兒」乃以糯米所釀製而成的酒。《本草綱目》記載：「今人所用，有糯酒、煮酒、小豆麴酒、香藥麴酒、鹿頭酒、羔兒等酒。」引自李時珍：《本草綱目》（北京：人民衛生出版社，1975 年），頁 1557。

50　蔡邕〈飲馬長城窟行〉：「青青河畔草，綿綿思遠道。遠道不可思，夙昔夢見之。夢見在我傍，忽覺在他鄉。他鄉各異縣，展轉不相見。枯桑知天風，海水知天寒。入門各自媚，誰肯相為言。客從遠方來，遺我雙鯉魚。呼童烹鯉魚，中有尺素書。長跪讀素書，書中竟何如。上有加餐食，下有長相憶。」〔清〕沈德潛（輯），王蒓父（箋註），劉鐵冷（校刊）：《古詩源箋注》（臺北：華正書局，2005 年），頁 56。

51　「紅葉：即紅葉良緣，或紅葉題詩。唐宣宗時舍人盧渥偶臨御溝，得一紅葉，上題絕句一首，乃藏於笥。及帝出宮人，許適人。其歸渥者為題葉之人。觀紅葉曰：『當時偶題，不意郎君得之。』」

挑卓文君，雙雙私奔的愛情篇章。「桑下肯期秋有意」典出《後漢書》：「浮屠不三宿桑下，不欲久生恩愛，精之至也。」[52]指對世俗的愛戀之情。「懷中可犯柳無心」，暗喻西門慶沒有柳下惠坐懷不亂的定力卻是無心之過。詩作所引之典皆與愛情、婚姻相關，可西門慶和林氏正好排除在這兩種關係之外，頗為諷刺。孟昭連即指出：「西門慶私通林太太，無非是在他眾多的妻妾、色妓、婢女中又增加了一位而已，哪裡能扯得上『任卿葉』、『司馬琴』之類呢？」[53]更何況西門慶本非柳下惠，也非「誤入銷金帳」，而是蓄意安排。更非獨飲「羔兒」酒，他與林氏雲雨前兩人對飲，以「酒為色膽」，「狂風驟雨」之後，又「復飲香醪，再勸美酌」一番。而「崇禎本」該回的回首詩則是：

> 香烟裊，羅幃錦帳風光好。風光好，金釵斜颭，鳳顛鸞倒。　　恍疑身在蓬萊島，邂逅相逢緣不小。緣不小，最開懷處，蛾眉淡掃。──〈憶秦娥〉

詞作淺白易懂，通篇狀摹性愛過程，並以第一人稱敘寫林氏雲雨之時的歡愉。詞作連用「風光好」和「緣不小」兩次「頂真」[54]修辭法，讀者宛如可感受到林氏的快意和滿足。這闋詞純粹描寫林氏和西門慶的苟合過程，以及林氏「身在蓬萊島」的「開懷」。詞作雖無一絲「情」的成分存在，這也正是「宮體詩」和「花間詞」最為人所詬病之處──乏情，[55]然卻照應小說正文。林氏和西門慶之間本就無所謂的「情」，他們的苟合純粹是追求性愛的歡愉。面首眾多，但求魚水之歡的林氏，罔顧王昭宣府「傳家節操」因她而崩塌。她既是個只要性卻乏「情」的婦女，「崇禎本」引詩自然就回歸文本，對應林氏的純欲描寫，不必硬是扯上「情」字，因林氏本就無「情」於西門慶，也就無須勉強賦

引自〔宋〕謝枋得（著），熊飛、漆身起、黃順強（校注）：《謝疊山全集校注》（上海：華東師範大學出版社，1994年），頁79。

52　〔劉宋〕范曄（撰），〔唐〕李賢等（注），〔晉〕司馬彪（補志），楊家駱（主編）：《後漢書》（臺北：鼎文書局，1981年），頁1082。

53　孟昭連：《金瓶梅詩詞解析》（長春：吉林文史出版社，1991年），頁406。

54　黃慶萱：「前一句的結尾，來作下一句的起頭，叫作『頂真』。」黃慶萱：《修辭學》（臺北：三民書局，1997年），頁499。

55　葉嘉瑩：「宮體詩中所敘寫之女性，則大多為男子目光中所見之女性，其敘寫之方式乃大多是以刻畫形貌的詠物之口吻出之。」繆鉞、葉嘉瑩：《詞學古今談》（臺北：萬卷樓圖書公司，1992年），頁458。呂正惠：「宮體詩的女人只是男人的寵物，那裡什麼都寫，從女人的身體，到身體上的飾物，到身體所居的深閨擺設，唯獨缺乏一種東西，就是：情。」呂正惠：《抒情傳統與政治現實》（臺北：大安出版社，1989年），頁42。張淑香：「由於宮體詩只著眼於女性的感官美以及其感覺性的想像與暗示，而不涉及任何情感或精神的內涵。故而其中的女性，只是一個客觀的美感對象，而有被物化、被靜態化的傾向，彷如置身於畫圖之中一樣。」張淑香：《抒情傳統的省思與探索》（臺北：大安出版社，1992年），頁155。

予抒情詩詞與之對應了。詞作表現婦女於性的主動和自主，倒是相當契合晚明社會的縱欲思潮。反觀「詞話本」還要求讀者如柳下惠坐懷不亂，似乎很難引起晚明讀者的共鳴，「崇禎本」作者看似有意拆穿其「假道學」[56]的面具。就連向來維護女性不遺餘力的「崇批」，竟難得出現「真欲嘔死」之類不屑的批語，一反平時對女性出軌的包容態度，因林氏並無「情」可言。

「崇禎本」回首詩詞引這闕乏情的「宮體詩」，以對應林氏之輩乏「情」的婦女；徵引浪漫的抒情詩歌，以映照世間有「情」的女子。「宮體詩」或「花間詞」作為指涉人物的功能，直率描繪女性形象，袒露表現女性情欲，雖難脫朱彝尊所謂：「言情之作，易流於穢」[57]的詆毀。然而詩歌的美學特質，在「其富含幽微深遠的言外之意蘊」[58]，它之所以為美，端視其是否能讓讀者生發言外之想的餘韻。相較於小說正文醜化女性的敘寫方式，同樣可以達到表現情欲的作用，「宮體詩」或「花間詞」卻同時傳遞了唯美、浪漫的詩意，況且「詩詞不但完成了充分表情達意的功能，還會給人美的感受。」[59]而詩歌發自文人自身對世情的體悟，對周遭環境的審視，對女性自我意識覺醒的理解和同情。

對照王昭宣府大廳高懸的「節義堂」朱匾與房中「羅幃錦幛」內的「風光」，把林氏的不堪，做極醜陋的描寫，在這些無情的批判之中，作者隱約透顯出對美的追尋。《金瓶梅》揚棄了傳統的美學觀，引發了小說美學觀念的變革，甯宗一指出：

> 藝術上一切化醜為美的成功之作都是遵照美的規律創作的，都是從反面體現了某種價值標準的。《金瓶梅》正是在這一點上具有了美學意義。[60]

一如法國作家雨果在劇本《克倫威爾‧序》寫道：「醜就在美的旁邊」[61]，李建中則進

---

56 「假道學」乃晚明解放思潮針對程朱理學而發的嚴厲批判。李贄於〈童心說〉直批儒家經典：「《六經》、《語》、《孟》，乃道學之口實，假人之淵藪也。」收入〔明〕李贄：《焚書》卷三（臺北：河洛圖書出版社，1974 年），頁 99。他亦揭露「假道學」的虛偽，謂其實際上是：「陽為道學，陰為富貴，被服儒雅，行若狗彘然也。」〔明〕李贄（著），張建業（主編）：《續焚書》卷二〈三教歸儒說〉（北京：社會科學文獻出版社，2000 年），頁 72。

57 〔清〕朱彝尊（輯），〔清〕王昶（續補），陸費達（總勘）：《詞綜‧發凡》（臺北：中華書局，1965 年），頁 5。

58 繆鉞、葉嘉瑩：《詞學古今談》，頁 511。

59 牛貴琥：《古代小說與詩詞》（太原：山西人民文學出版社，2005 年），頁 69。

60 甯宗一、羅德榮：《金瓶梅對小說美學的貢獻》（天津：天津社會科學院出版社，1992 年），頁 25。

61 朱光潛（譯）：《西方美學家論美與美感》（臺北：天工書局，1988 年），頁 246。

一步說明：「所謂『醜』，是作品所描繪所表現的人物及其時代之醜；而醜旁邊的美，則是這種描繪或表現中所包容所體現的作者的審美理想。」[62]《金瓶梅》敏銳地捕捉現實生活裡的內容，把現實中的『醜』，反映在小說世界裡，從而萌發了中國古典小說審美意識又一次的覺醒與變革。[63]《金瓶梅》如斯審美意識實與明代文學觀的轉變息息相關，李贄云：「穿衣吃飯，即是人倫物理；除卻穿衣吃飯，無倫物矣。世間種種皆衣與飯類耳，故舉衣與飯而世間種種自然在其中，非衣飯之外更有所謂種種絕與百姓不同者也。」[64]《金瓶梅》裡是個寫實的世界，作者細筆勾勒人物的服飾、家中的擺設，精細繪出餐餐佳餚、美食，並誇大且細膩地描摹了性，寫出了市井百姓的「穿衣吃飯」。而詩歌之美更是意在平衡現實世界裡的「醜」，對文學審美自覺地追求，化「醜」為美，將過度殘破，不美好的世界留在小說正文裡，再以詩歌之美妝點這一切，以平復讀者黯然神傷的破碎心情。藉古典、抒情的詩意，唯美、浪漫的意境，穩定讀者的情緒，安撫讀者的心情，讓回首詩詞與正文敘事取得一個互滲的平衡點，在對「醜」的批評之中，展現其審美意識和理想。批評家無須棄絕美學，「宮體詩」和「花間詞」可以美化小說裡赤裸、鄙俗的風月書寫，釋放給讀者自由聯想的空間，達到視覺隱喻的審美旨趣。

《金瓶梅》對於小說中的女性以性易物、易財，進行了無情且澈底的醜化，更加象徵了「父權」的主宰地位。[65]「崇禎本」作者通過回首詩詞，顛覆小說對女性形象的扭曲，避免讀者對女性形象的種種誤讀，如朱光潛所言：

> 在詩裡形體的醜由於把在空間中並列的部分轉化為在時間中承續的部分，就幾乎完全失去它的不愉快的效果，因此彷彿也就失其為醜了，所以它可以和其它形狀更緊密地結合在一起，去產生一種新的特殊的效果。[66]

正文裡諸多風月筆墨寫來並不具美感，然而崇禎本《金瓶梅》回首詩詞在求真、求善、求美的審美意識下，展現出不同的氣象。「崇禎本」回首詩詞雖無《詩品》和《文心雕龍》的偉大建樹，亦遠不如《滄浪詩話》的審美旨趣，卻有其自成的邏輯序列與小說正文互為滲透、交融，體現自身的審美理想和感受。誠如鍾嶸所云：「至乎吟詠情性，亦

62　李建中：《瓶中審醜：金瓶梅「色」之批判》（臺北：文史哲出版社，1992年），頁163。
63　甯宗一：〈史裡尋詩到俗世咀味——明代小說審美意識的演變〉，收入辜美高、黃霖（主編）：《明代小說面面觀：明代小說國際學術研討會論文集》（上海：學林出版社，2002年），頁1-16。
64　李贄：《焚書·答鄧石陽》卷一，頁4。
65　陳翠英：《世情小說之價值觀探論——以婚姻為定位的考察》（臺北：國立臺灣大學中國文學研究所博士論文，1995年），頁69-131。
66　朱光潛（譯）：《詩與畫的界限》（臺北：蒲公英出版社，1986年），頁137。

何貴於用事？」[67]純為抒發己胸，酖賞詩歌之美，即便不引經據典，亦不損其詩意。崇禎本《金瓶梅》回首詩詞以詩歌造境，創新古典小說的文學批評，使得這部世情小說雅、俗兼容並蓄，更增添「文人小說」的色彩，使之更契合文人的審美旨趣，並從中體現作者的審美理想。「崇禎本」作者選擇了適度的美感距離參與文本，把對文本的闡釋權交還給讀者，給予讀者大量的想像空間，從而形塑出其獨特的韻文批評。崇禎本《金瓶梅》回首詩詞的引用，乃作者將其審美理想體現於回首詩詞之中，藉由詩歌的類比意涵將其批評迂曲表出，於評點意義的建構上確有其不可忽視的修辭功能。

此外，《金瓶梅》正文裡以俚俗的文字塑造女性形象，這或可看成貼近市井生活的筆墨。然而「崇禎本」回首詩詞卻反其道而行，使《金瓶梅》不致與文人剝離，藉優美的詩歌意象重塑人物形象，將文人、士大夫階層的讀者拉回他們熟悉的詩文場域。《金瓶梅》早於晚明即已流傳於文人、士大夫之間，袁宏道自謂：「得讀《金瓶梅》，乃自董其昌處借觀。《金瓶梅》於隆、萬年間流傳士大夫階層之手，於此可見。」[68]雖然晚明資本主義經濟市場萌芽，《金瓶梅》即便作為通俗小說讀物，實著難以大眾化，因晚明讀者群傾向集中在文人、士大夫階層，一般社會大眾對通俗小說讀物的閱讀和購買能力有限。倘刊刻商基於市場考量，為鞏固這群優勢的消費市場，那麼，雅、俗分流──分屬不同審美旨趣的「崇禎本」和「詞話本」的版本選擇。又，消費市場有衛道者，也有想拆穿「假道學」面具者，各有個的主張，各有個的選擇。閱讀消費市場就因此區隔開來了，這或許是刊刻商作為市場區隔的行銷策略也未嘗不是。

第三節　從女性視角論其批評取向

中國古典詩歌有很多男性視角下的女性形象，用以寄託男性個人的理想和抱負，從屈原於《楚辭・離騷》：「惟草木之零落兮，恐美人之遲暮兮」[69]的自喻開始，藉「美人香草」[70]所呈現的詩歌意象，抒發自身的抱負。曹植的〈七哀詩〉[71]藉男女的情愛以

67　〔梁〕鍾嶸：《詩品》，收入〔清〕何文煥（輯）：《歷代詩話》，頁 4。

68　〔明〕袁宏道（著），錢伯城（箋校）：《袁宏道集箋校・董思白》（上海：上海古籍出版社，1981 年），頁 290。

69　〔宋〕洪興祖（撰），白化文等（點校）：《楚辭補注》（北京：中華書局，2000 年），頁 6。

70　「美人香草」乃中國古典詩歌中象徵忠君愛國思想的意象。袁行霈：「中國古典詩歌確實有寄託象徵的傳統，美人香草、春蘭秋菊，各有習慣的寓意。詩人有時不敢或不願把自己的政治見解明白說出，就用隱晦曲折的手法透露給讀者。」袁行霈：《中國詩歌藝術研究》（北京：北京大學出版社，1987 年），頁 129。

喻君臣之離合。梅家玲以為漢魏六朝文學，「以寫婦女相思情怨為主的『文本』，……
絕大多數皆出於男性文人之手。」[72]而本書前幾章藉「細讀」方法論賞評了「崇禎本」
的回首詩詞，發現它們大多為抒情詩詞，並藉以指涉、影射、暗喻女性的心情、心境、
困境等等，呈現思婦、怨婦、離婦的女性形象。通過「細讀」文本、自由聯想、發現其
內在邏輯，對文本進行了解讀與再閱讀，本書藉此解構、分析、賞評「崇禎本」回首詩
詞的功能。然而，依據本書統計，「崇禎本」作者喜徵引北宋詞人作品，尤好周邦彥、
柳永之詞。清真詞「妙解聲律」[73]，柳詞則善為歌辭，他們皆以女性為敘寫對象，卻屬
男性話語下的女性視角，不同於男性視角下的女性形象。「崇禎本」回首詩詞以女性抒
情和女性世界為載體，通過女性視角，在男性話語下敘寫小說中女性人物的閨怨別緒、
情感依託、生命轉折等鮮活的女性形象。

　　中國古典文學從「教化」到「抒情」傳統的回歸，由朱熹的「存天理而滅人欲」[74]，
到李贄的「童心說」、公安三袁的「性靈說」、湯顯祖的「至情論」。文人的思想逐漸
往「獨抒性靈」靠攏，而崇禎本《金瓶梅》回首詩詞亦向文人傾斜，抒情詩歌是作者對
「尊情抑理」的讚許。李贄提倡「童心說」的美學思想：

　　　　夫童心者真心也，若以童心為不可，是以真心為不可也。夫童心者，絕假純真，
　　　　最初一念之本心也。若失卻童心，便失卻真心；失卻真心，便失卻真人。人而非
　　　　真，全不復有初矣。童子者，人之初也；童心者，心之初也。[75]

李贄的「童心說」即批判「假道學」的文學觀，他以為文章皆應出於人之本心、真心，
詩文應發乎性情、順乎自然，誠如孟子所言：「大人者，不失其赤子之心者也。」[76]且
為文更無須「文必秦、漢，詩必盛唐」[77]。袁中道曾為李贄釋其著述大意，謂：「其意

---

71 曹植〈七哀詩〉：「明月照高樓，流光正徘徊。上有愁思婦，悲歎有餘哀。借問歎者誰，言是宕子妻。君行踰十年，孤妾常獨棲。君若清路塵，妾若濁水泥。浮沈各異勢，會合何時諧。願為西南風，長逝入君懷。君懷良不開，賤妾當何依。」逯欽立（輯校）：《先秦漢魏晉南北朝詩》（北京：中華書局，1983 年），頁 458-459。

72 梅家玲：《漢魏六朝文學新論：擬代與贈答篇》（臺北：里仁書局，1997 年），頁 97。

73 「邦彥妙解聲律，為詞家之冠。」引自〔清〕永瑢等（編撰）：《四庫全書總目提要》（上海：商務印書館，1933 年），頁 4429。

74 〔宋〕黎靖德（編），王星賢（點校）：《朱子語類》（北京：中華書局，1986 年），頁 6。

75 〔明〕李贄：《焚書·童心說》，頁 97。

76 〔宋〕朱熹（撰）：《四書章句集注》（北京：中華書局，2003 年），頁 292。

77 〔清〕張廷玉等（撰），楊家駱（主編）：《明史》（臺北：鼎文書局，1980 年），頁 7348。

大抵在於黜虛文，求實用；舍皮毛，見神骨；去浮理，揣人情。」[78]李贄的「童心說」深具美學內涵和美學價值，打破當時社會僵化的傳統觀念，並「瞄準假道學家之弱點——虛偽，用其『真』與『童心』奮力狙擊，給予假道學致命痛擊。」[79]當然，「童心說」也影響了清代的詩歌理論，如清袁枚曰：「若夫詩者，心之聲也，性情所流露者也。」[80]又云：「詩人者，不失其赤子之心者也。」[81]袁枚的「性靈說」同李贄的「童心說」和蕭綱的「寓目寫心」都有著異曲同工之妙，蓋皆以人之初心、人之本心為文，因而奠定了李贄於中國文學批評史上不可撼動的地位。李贄於〈讀律膚說〉進一步提出他的文學批評思想：

> 淡則無味，直則無情。宛轉有態，則容冶而不雅；沉著可思，則神傷而易弱。欲淺不得，欲深不得。拘於律則為律所制，是詩奴也。其失也卑，而五音不克諧；不受律則不成律，是詩魔也，其失也亢，而五音相奪倫。不克諧則無色，相奪倫則無聲。蓋聲色之來，發於情性，由乎自然，是可以牽合矯強而致乎？[82]

李贄論詩首重「情性」，反對雕琢，主張自然，發乎情性，無須矯飾，崇尚抒情。李贄進步的文學批評思想，強調自然為文的文學觀，同《文心雕龍》所云：「情以物牽，辭以情發。」[83]又云：「夫綴文者情動而辭發，觀文者披文以入情。」[84]皆強調「情」的文學性。晚明在李贄的影響下，公安派主張「獨抒性靈」，袁宏道曰：「獨抒性靈，不拘格套，非從自己胸臆流出，不肯下筆。有時情與境會，頃刻千言，如水東注，令人奪魂。其間有佳處，亦有疵處，佳處自不必言，即疵處亦多本色獨造詣。」[85]錢伯城於「獨抒性靈」箋道：「案性靈說來源於李贄之童心論。」[86]因此袁宏道的「本色」說，亦即李贄所謂的「本心」、「真心」之情。晚明頗受「主情論」哲學思潮的影響，正面肯定人所本有的「情」和「欲」，何心隱云：「性而味，性而色，性而聲，性而安佚，性也。

78　見《李溫陵傳》，收入〔明〕李贄：《焚書》卷首，頁 5。

79　陳清輝：《李卓吾生平及其思想研究》（臺北：文津出版社，1993 年），頁 396。

80　〔清〕袁枚：《小倉山尺牘·答何水部》，收入〔清〕袁枚（著），王英志（主編）：《袁枚全集》第五冊（南京：江蘇古籍出版社，1993 年），頁 148。

81　〔清〕袁枚：《隨園詩話》卷三（臺北：漢京文化公司，1984 年），頁 74。

82　〔明〕李贄：《焚書》，頁 133。

83　〔梁〕劉勰（撰），黃叔琳（注）：《文心雕龍·物色》，頁 62。

84　〔梁〕劉勰（撰），黃叔琳（注）：《文心雕龍·知音》，頁 69。

85　〔明〕袁宏道（著），錢伯城（箋校）：《袁宏道集箋校·敘小修詩》，頁 187。

86　同上注，頁 189。

乘乎其欲者也，而命則為之御焉。」[87]主張人欲本出自於人性，乃人類生命中不可切割的一部分。沈德符《萬曆野獲編》記載：

> 國朝士風之敝，浸淫於正統，而靡潰於成化，……至憲宗朝萬安居外，萬妃居內，士習遂大壞。萬以媚藥進御，御史倪進賢又以藥進萬，至都御史李實、給事中張善俱獻房中祕方，得從廢籍復官。以諫諍風紀之臣，爭談穢媟，一時風氣可知矣。[88]

《金瓶梅》正是在如斯社會風氣下誕生，其間的性愛書寫，不過是「實亦時尚」的風潮罷了！袁宏道於萬曆二十四年（西元1596年）寫給董其昌的信裡，稱《金瓶梅》：「雲霞滿紙，勝於枚生〈七發〉多矣。」[89]袁宏道雖指稱《金瓶梅》「雲霞滿紙」，卻仍肯定其更勝〈七發〉，可見晚明文人對情色書寫大抵持較寬容的態度。而「崇禎本」回首詩詞並不刻意迴避正文的風月筆墨，反倒徵引了三分之一強的「宮體詩」和「花間詞」與之交相輝映，折射出小說中女性「情」和「欲」的搬演，包容人性本有的情欲、人情冷熱的世態。從「崇禎本」回首詩詞崇尚抒情的基調得見，李贄的思想不僅牽動了明清時期的文學風氣，也影響了文人、士大夫的文學觀。而《金瓶梅》「崇禎本」和「詞話本」的回首詩詞即已雅、俗分流；主情者、衛道者對峙。前文以「細讀」方法論賞評「崇禎本」回首詩詞的意象、隱喻等等，在在得見作者背後的深意，實則藉詩歌以論其批評取向。小說第9回描寫潘金蓮燒了武大郎的靈，隔兩天西門慶便「一頂轎子，四個燈籠」把金蓮娶回家去了。她進門時與其他姊妹行見面禮，正文透過正妻吳月娘的眼睛狀摹金蓮的姿色：

> 吳月娘從頭看到腳，風流往下跑；從腳看到頭，風流往上流。論風流，如水晶盤內走明珠；語態度，似紅杏枝頭籠曉日。看了一回，口中不言，心內想道：「小廝每來家，只說武大怎樣一個老婆，不曾看見，不想果然生的標緻，怪不的俺那強人愛他。」

於此，「崇批」夾批道：「圓活艷麗可想。」眉批又云：「此一想若驚若妒，不獨寫月娘心事，畫金蓮美貌，而無意化作有意，且包盡從前之漏。」正文亦通過金蓮之眼敘眾妻妾容貌。而「張評本」夾批道：「蓋是把一向的月娘點出，非單描金蓮也。」回評亦論眾佳人美貌：「內將月娘眾人俱在金蓮眼中，而金蓮又重新在月娘眼中描出。文字生

87　〔明〕何心隱（著），容肇祖（整理）：《何心隱集》卷二（北京：中華書局，1981年），頁40。
88　〔明〕沈德符：《萬曆野獲編》卷二十一「士人無賴」條（北京：中華書局，1959年），頁541。
89　〔明〕袁宏道（著），錢伯城（箋校）：《袁宏道集箋校》卷六〈錦帆集之四——尺牘〉，頁289。

色之妙，全在兩邊掩映。」唯獨文龍不關注女子們的形貌，而聚焦於武松的復仇，文龍回評云：「獨是武松一口惡氣，未能出得，看者能勿快快乎？惟其快快也，方可與看《金瓶梅》。必須快快到底，方知《金瓶梅》不是淫書也。」評點家的視角不同，所觀照的視野亦不同。再看「詞話本」第 9 回的回首詩：

> 色膽如天不自由，情深意密兩綢繆。只思當日同歡愛，豈想蕭墻有後憂。只貪快樂恣悠游，英雄壯士報冤仇。天公自有安排處，勝負輸贏卒未休！

此詩改動自《水滸傳》第 26 回裡的回中詞〈鷓鴣天〉[90]，尾聯原為：「請看褒姒幽王事，血染龍泉是盡頭。」本是照應該回武松「殺嫂祭兄」的情節，但《金瓶梅》將此橋段延宕了七年，以便開展西門慶「潑天富貴」的一生，以及最後卻因「貪慾喪命」收束的人生。因此，「詞話本」將尾聯改動為：「天公自有安排處，勝負輸贏卒未休！」以照應小說的遞延敘事。作者站在衛道者的立場看待西門慶和潘金蓮的偷情事件，警告讀者萬不可貪圖一時歡愉，「蕭牆」之內必有「後憂」，武松日後勢將返鄉「報冤仇」，西門慶今日雖從武松手底逃生，可「天公自有安排」，人生的「勝負」尚未分曉。再對比「崇禎本」所引之回首詩以照見作者的批評態度，「崇禎本」此回是一首抒情詩：

> 感郎軼鳳愛，著意守香奩。歲月多忘遠，情綜任久淹。于飛期燕燕，比翼誓鶼鶼。細數從前意，時時屈指尖。

詩作映照潘金蓮嫁給西門慶之後的心境。小說上一回描述金蓮婚前遭西門慶棄置長達一個月之久，回首詞的下片以「催花陣陣玉樓風，樓上人難睡。有了人兒一箇，在眼前心裡。」來表達金蓮陷入孤立無援的的苦楚。熱戀中的她，本期待改嫁，豈知西門慶竟轉而迎娶粧奩豐厚的玉樓。而此回回首詩則照見金蓮婚後新嫁娘喜上眉梢的歡愉。過去苦等良人的歲月已遠離，如今總算開花結果，現在能終日守著心上人，從前一切的等待都是值得的。潘金蓮巧遇西門慶之後，終於擺脫先前不斷被轉賣、嚐不到愛情的滋味、婚姻無法自主的人生。武大之死，金蓮甚是罪愆，但她以為她和西門慶可以自此鳳凰「于飛」、「比翼」雙飛，這是她人生第一次主宰自己的命運，心中對於這份得來不易的愛情和婚姻甚是珍惜，殊不知更多新的磨難橫在眼前。對比「詞話本」回首詩的作者急於

---

90 原《水滸傳》回中詞〈鷓鴣天〉作：「色膽如天不自由，情深意密兩綢繆。只思當日同歡慶，豈想蕭牆有禍憂！貪快樂，恣優游，英雄壯士報冤讎。請看褒姒幽王事，血染龍泉是盡頭。」引自〔元〕施耐庵、羅貫中（著），王利器（校訂）：《插圖水滸全傳校訂本》（臺北：貫雅文化公司，1991年），頁 407。

跳出訓誡讀者,「崇禎本」回首詩卻是站在潘金蓮的立場,看待她「重獲自由」的人生,新嫁娘的雀躍,以及她未來不可知的命運。這又回應了前文所論,「崇禎本」藉回首的抒情詩詞代小說中的女性人物發聲。

　　崇禎本《金瓶梅》回首詩詞筆下的世界,總以環繞女性為主軸,從女性視角出發,其所採取的「女性形象批評」[91],明確地站在「女性立場上為以潘金蓮為代表的傳統文化中受批判的女性形象翻案,體現了鮮明的『女性形象批評』特色。」[92]王齊洲說:「《金瓶梅》對潘金蓮的態度反映了整部作品的價值取向。在《金瓶梅》裡,作者已經不再沉湎於傳統道德的夢囈中,而是直接面對人生,大膽肯定人的現實欲望和物質追求。」[93]是以,「崇禎本」回首詩詞雜揉進更多的抒情基調,藉詩歌的意象和隱喻與小說正文敘事的連結,達到觸發讀者閱讀聯想的類比意涵。從女性視角觀看父權社會,再現不同的女性形象,因而生發了作者批評意圖的實踐作用。「詞話本」回首詩詞展現出傳統的父權思維,而「崇禎本」回首詩詞則是從女性視角論其評點取向。艾倫·退特以為:

> 詩的意義就是指它的張力,即我們在詩中所能發現的全部外展(extension)和內包(intension)的有機整體。我們所獲得的最深遠的比喻意義並無損於字面表述的外延作用,或者說我們可以從字面表述開始逐步發展比喻的複雜含意:在每一步上我們可以停下來說明已理解的意義,而每一步的含意都是貫通一氣的。[94]

艾倫·退特的「張力」(tension)說,表示了詩歌語言蘊含了外延(extension)指詩歌的本意,即指稱意義;內涵(intension)則指詩歌的引申意,即眾多的暗示和聯想意義。兩者相得益彰,但韻文批評著重於詩歌語言無限豐富的內涵意義。因此,他拿掉了「外延」和「內涵」二詞的前綴 ex- 和 in-,創造出一個新詞 tension(張力),並指出詩歌的意義在於其「張力」──即讀者所能闡釋的全部意義的統一體,「張力」使得詩歌更具彈性

91　「女性形象批評」(Women's Image Criticism)意指:「在男性作家的作品中或在男性評論家評論女性作品時所運用的批評範疇中去尋找女性模式。它以從性別入手重新閱讀和評論文本為主要方法,以將文學與讀者個人生活聯繫為主要特點。以批判傳統文學,尤其是男性作家的作品中對女性的刻畫以及男性評論家對女性作品的評論為主要內容,以揭示文學作品中女性居於從屬地位的歷史、社會和文化根源為主要目的。」吳迪、徐絳雪:〈抗拒性閱讀與女性批評的建構:評凱特·米利特的《性政治》〉《婦女研究論叢》第 3 期,總第 52 期(2003 年 5 月,頁 67-72),頁 68。

92　王艷峰:《從依附到自覺──當代女性主義文學批評研究》(上海:上海交通大學出版社,2009 年),頁 29。

93　王齊洲:《四大奇書與中國大眾文化》(武漢:湖北教育出版社,2000 年),頁 98。

94　〔美〕艾倫·退特:〈論詩的張力〉,收入趙毅衡(選編):《新批評文集》(北京:中國社會科學出版社,1988 年),頁 117。

和韌度。田曉菲也曾借「張力」說提出她的看法：「繡像本的卷首詩詞則往往從曲外落筆，或者對本回內容的某一方面做出正面的評價感嘆，或者對本回內容進行反諷，因此在卷首詩詞與回目正文之間形成複雜的張力。」[95]《金瓶梅》雖「曲盡人間醜態」[96]，然而「崇禎本」卻於鄙俗不堪的浮世繪裡鑲嵌優美意象的詩歌，為文本重造詩境，將文人之思、詩歌之美滲入文本，藉詩歌的「張力」，以此充滿文學性、音樂性、藝術性的詩歌形塑其評點。

　　崇禎本《金瓶梅》回首詩詞主要針對女性人物而發的批評，在摒棄傳統父權社會對女性所施加的道德評價下，選擇以女性視角出發，在所謂的貞潔道德瑕疵上，展現對女性極大的理解與包容。姚靈犀《金瓶小札》提及：「《金瓶梅》頗膾炙於人口，皆以其淫穢不敢公然展閱，此書由《水滸傳》數回衍成，然描寫明代社會情狀，極為深刻。」[97]崇禎本《金瓶梅》以回首詩詞朦朧、典雅的面紗裹覆正文內赤裸的風月筆墨，淡化文本中淫蕩的女性形象，為這群佳人添上一絲淒美婉約的柔情。誠如陳翠英所言：「情欲並不完全被視為洪水猛獸，西門家妻妾為爭寵固權所展現的衝突紛爭，種種描述其中亦蘊涵了作者對人性的同情與瞭解。」[98]使得這部深切人情世故的寫實小說，不因其風月筆墨，而「不敢公然展閱」。德國叔本華（A. Schopenhauer）認為：「人性的揭露是藝術的最高目的，人的形體和表情是造型藝術的最主要對象，而人的行為則是詩的最主要對象。」[99]李梁淑以為：「崇批超越了對女性的道德褒貶，在女性的卑微處境中觀照她們的苦，並在生命的無奈與無常中給予最大的同情跟悲憫。」[100]而「崇禎本」回首詩詞關注的是《金瓶梅》裡大部分女性所處的共同處境，她們的心情和心境，她們的生活與情感，她們所面臨的生命困境。中國古典詩歌向來講究真情，劉勰《文心雕龍‧情采》曰：「夫鉛黛所以飾容，而盼倩生於淑姿；文采所以飾言，而辯麗本於情性，故情者文之經，辭者理之緯，經正而後緯成，理定而後辭暢，此立文之本源也。」[101]真情乃為文之所本，王國維以為：「境非獨謂景物也。情感亦人心中之一境界。故能寫真景物、真感情者，謂

95　田曉菲：《秋水堂論金瓶梅》，頁 9。

96　廿公：〈金瓶梅詞話‧跋〉，收入〔明〕蘭陵笑笑生（著），梅節（校訂），陳詔、黃霖（注釋）：《金瓶梅詞話》，頁 3。

97　姚靈犀：《瓶外巵言》（天津：天津書局，1940 年），頁 100。

98　陳翠英《世情小說之價值觀探論——以婚姻為定位的考察》（臺北：國立臺灣大學中國文學研究所博士論文，1995 年），頁 236。

99　朱光潛（譯）：《西方美學家論美與美感》，頁 235。

100　李梁淑：〈論《新刻繡像批評金瓶梅》的女性人物批評〉，《中國文學研究》第 15 期（2001 年 6 月，頁 179-208），頁 200。

101　〔梁〕劉勰（撰），黃叔琳（注）：《文心雕龍》，頁 27-28。

之有境界，否則謂之無境界。」[102]意即文學作品中任何所言、所感、所寫，皆應出自文人內心深處，依託詩歌，寄情詩歌，顏元叔說：

> 散文是抽象語言，詩是意象語言。……詩是一種多向語言，散文是一種單向語言。所謂多向語言，指語言的意圖朝多個方向投射出去。所謂單向語言，指語言的意圖朝向單個方向射出去。詩的語言，經常企圖引起最廣泛的聯想，最多樣的影射，因此是一種多向語言。[103]

詩歌讓讀者盡其所以地聯想，多面向的影射，以其多元而豐富的意象，呈現多義的語境。袁枚謂：「詩無言外之意，便同嚼蠟。」[104]然其亦言：「有寄託固妙，亦須讀者知其所寄託之意，而后覺其詩之佳。」[105]是以，文本需要讀者的參與，當批評意向不明確時，讀者的闡釋空間才得以釋放出來，由讀者補足文本的「空隙」和「留白」，使文學作品更形具體。

　　崇禎本《金瓶梅》通過回首詩詞從文體特質（韻文）、敘事策略（以女性為中心書寫）、意象隱喻（為女性困境發微）等，作為文本的詩性觀照。「崇禎本」所引用的回首詩詞以抒情為主軸，即便徵引「宮體詩」和「花間詞」之類的作品，也或多或少帶有抒情成分的詩意，且多以影射女性為主要對象，舉凡她們的心情、心境、處境、離情、愁緒等等。顯見「崇禎本」回首詩詞所關注的焦點，已從西門慶轉移到這群女性的身上。即便西門慶死後，其婿成為後二十回風月筆墨的敘寫對象，其於回首詩詞卻也同西門慶般淪為陪襯的綠葉，伴隨所指涉的女性人物出場，不再專斷為主角。足見「崇禎本」回首詩詞是認真地站在女性的角度和立場看待《金瓶梅》裡的這群女性，她們不再只是男性的玩物，而是有溫度、有情緒、有血淚、有感受的人類。因此，作者以詩歌美化這群女性，藉抒情詩詞傳遞女性觀，為她們的幽隱發微，替她們的困境發聲，把正文裡所未敘寫的心理活動隱蘊於詩歌之中。「崇禎本」回首詩詞敘寫這群女性人物的心理活動，恰與正文敘事形成兩條互為交融、滲透的閱讀線索。小說正文並非文字敘事的全部，詩詞也是小說敘事的載體，當詩歌進入文本，使得詩文互為滲透，讀者閱讀的視角隨著個人詮釋而游移其中，在關注女性議題的命題下，折射出更多對女性生命的觀照。女性主義理論家勞

---

102 王國維：《人間詞話·自編人間詞話選》〔肆〕條（上海：上海古籍出版社，2009 年），頁 121。
103 顏元叔：《文學經驗》（臺北：志文出版社，1977 年），頁 37。
104 〔清〕袁枚：《隨園詩話》卷二，頁 41。
105 〔清〕袁枚：《隨園詩話》卷五，頁 145。

拉・莫爾維說：「我們永遠無法在男性的蒼穹下另覓天空。」[106]而「崇禎本」作者卻藉回首詩詞為《金瓶梅》裡的眾多女性覓得一個小宇宙，更從女性視角出發形塑出不同面向的評點樣貌。

　　「崇禎本」作者對回首詩詞的選材偏重抒情、「宮體」，詩歌意境予人以哲思，藉其詩性美、聲律美、視覺美，反映詩學況味的同時，也體現作者的審美理想，而詩歌的審美旨趣和抒情價值，則更深化其文學自覺。「崇禎本」回首詩詞照見諸多女性視角，究其選材和選體心理，可知作者藉回首詩詞以透顯其批評取向。當讀者品賞回首詩詞，再接續閱讀小說正文，詩歌的意境進入讀者腦海，讀者閱讀小說的同時亦化身為批評者，在「賞」與「評」的交融下，與正文敘事起到了聯繫作用，這也提示讀者另一種閱讀方式。崇禎本《金瓶梅》整體百回的回首詩詞正如張竹坡所言：「總合一傳。」[107]從首回象徵財富、權勢的「豪華」、「簫箏」、「雄劍」、「寶琴」起頭，到末回看破紅塵人世的「憑誰話盡興亡事，一衲閒雲兩袖風」作結。《金瓶梅》除傳統以正文敘事為主的閱讀導向外，筆者作為《金瓶梅》的第 N 代讀者，理當享有讀者闡釋權。是以，本書重新詮釋文本，提出閱讀模式新主張：一是，以單回回首詩詞為閱讀單位——讀者可單獨閱讀各回回首詩詞並對應當回正文敘事；二是，以總體回首詩詞為閱讀單位——讀者亦可與小說百回正文做對照，視百回回首詩詞為「組詩」[108]進行閱讀。「崇禎本」回首詩詞對單一人物特寫的審美效應，及其所勾勒出來的情境，都做了相應的提示功能，可幫助讀者更加理解小說中各個女性人物的處境和立場，反倒強化文本深度，更顯其「張力」。倘說批評是一種敘事，對批評的詮釋就是一種再敘事。本書對作為「崇禎本」具評點意義的回首詩詞，進行了分析、重組、引申、闡釋等等，如同對其敘事話語的再敘事，兩種批評話語的對話、碰撞，形成敘事與再敘事的雙重關係。而崇禎本《金瓶梅》回首詩詞與正文敘事則形成兩條互為交融、滲透的閱讀線索。

106　〔美〕蘇珊・S・蘭瑟（著），黃必康（譯）：《虛構的威權——女性作家與敘述聲音》（北京：北京大學出版社，2003 年），頁 165。

107　〔清〕張竹坡：《皋鶴堂批評明代第一奇書金瓶梅讀法》第三十四則，頁 15。

108　「組詩」乃同一主題，風格接近的詩作所組合而成。中國最著名的「組詩」，名為「古詩一十九首」，《文選・雜詩・古詩一十九首》：「五言，並言古詩，蓋不知作者，或云枚乘，疑不能明也。」凡一十九首的「組詩」，內容大抵表現夫妻或好友間的離情別緒，修辭直樸自然，情感真切動人，為漢末文人對生命價值的追尋，是一組抒情詩作。收入〔梁〕蕭統：《文選》卷第二十九，頁 1。沈德潛原註：「十九首，非一人一時作，《玉臺》以中幾章為枚乘，《文心雕龍》以〈孤竹〉一篇為傅毅之詞、昭明以不知姓氏，統名為古詩，從昭明為允。」〔清〕沈德潛（輯），王莼父（箋註），劉鐵冷（校刊）：《古詩源箋注》，頁 92。

第七章　結　論

本書以「崇禎本《金瓶梅》回首詩詞功能研究」為題，奠基於前人研究成果之上，從《金瓶梅》兩大版本系統的回首詩詞切入，彙整、對照得出：「詞話本」重教化；「崇禎本」重抒情。據此進一步深究「崇禎本」如何通過回首詩詞以揭櫫其思想主旨，怎樣藉由抒情詩歌以關注女性議題，又如何使之照應正文敘事，從而形塑出另類的評點樣貌。

本書結論如下：

其一，關於「崇禎本」回首詩詞蘊涵作者的女性觀：「詞話本」回首詩詞以男性為思考重心；「崇禎本」回首詩詞則以女性為書寫中心。「崇禎本」與「詞話本」因此產生歧異，足以印證崇禎本《金瓶梅》基本閱讀重心為女性而非男性。「崇禎本」回首詩詞著重抒情意旨，迥異於「詞話本」的教化思想。「崇禎本」回首詩詞不僅肩負敘事的功能，且透過一系列的詩詞，表達女性的心境、抒發女性的幽情、描摹女性的潛意識等等，此乃作者刻意營造的情境氛圍，在在證實作者拔高崇禎本《金瓶梅》回首詩詞的抒情比重，確實為其有意之佈局，而非無意識的創作。

本書透析詩詞意象中之「象」，還原意象中之「意」，詮釋「崇禎本」回首詩詞所呈現的意「境」，是《金瓶梅》裡的女性所處的共同處「境」。「崇禎本」回首詩詞始終關注女性世界，透過詩歌的言外之意，為女性的生命困境發微、以優美的詩詞補塑女性形象，對世態人情進行反諷譏刺。《金瓶梅》從社會邊緣的弱勢位置出發，照見女性在傳統社會底下，面對一夫一妻多妾的婚姻制度，卻是無力回天的命運。「崇禎本」回首詩詞在生發其美學效應的同時，亦承載著《金瓶梅》女性們生命中巨大的困境，詩歌飽蘊作者特有的女性觀，閃動晚明文人透過文學作品關注女性議題，關懷女性的曙光。

其二，關於形塑另類評點樣貌的功能：本書通過中國小說評點與西方文學批評的對話，為崇禎本《金瓶梅》回首詩詞的功能做定位——由文學自覺顯其讀者意識、藉詩詞風格現其審美理想、從女性視角論其批評取向。「崇禎本」作者將其讀者意識藉由回首詩詞適切地傳達出來，讀者則藉闡釋「崇禎本」回首詩詞而形成再批評，此一韻文批評法的獨特性在於詩歌具備再詮釋性，即便文本不闡述其批評意識，而其評點意義自見。批評家融入己身對文本的閱讀體驗，以韻文為媒介，重新造境，讓讀者進入批評家所營造出來的意境當中，並與讀者於詩歌語境中溝通。將其評點意識通過詩歌的表面「張力」，

構想成詩歌思維的「內涵」和「外延」，使作者、讀者、批評家在詩歌意境中與小說本身產生共鳴，進而形成一個更完整、更立體的文本。

　　崇禎本《金瓶梅》作者將讀者引進一首首文人詩詞中，折射出小說人物形象，而所萌發的審美效應則透顯出其審美理想的體現。回首詩詞不僅僅作為指涉小說人物和其他功能，作者更通過回首詩詞挑戰前人的閱讀評點，突破傳統散文評點的既有模式，以韻文作為另類評點的展示，並開放批評詮釋的空間，還給讀者一個淨空的閱讀環境。「崇禎本」作者匠心獨運地力求在「世情小說」中展現其批評藝術，之於中國小說批評史具備了進步意義。明清諸家評點各有千秋，分別補足文本的「空隙」與「留白」，共同建構出《金瓶梅》批評史的完整版圖。「崇禎本」回首詩詞由「童心」、尚情、修辭到雅化。作者試圖挽回晚明過度膨脹的情欲書寫，為這部「世情小說」裹上一層朦朧雅致的詩歌意象，通過讀者個人的閱讀賞評，詮釋浮世繪的眾生相，無須直言，而「情理」已昭然若揭。是以，「崇禎本」回首詩詞形塑出另類評點的樣貌。

　　「崇禎本」作者自創或改動當代和前人作品，以評點之姿，隱身於回首詩詞，以傳達其低調的另類評點。文類不同、媒介不同、表達方式不同，傳遞出來的訊息亦不同，卻飽蘊極大的「張力」，透顯相當的批評意義。詩歌所蘊涵的「張力」調和了回首詩詞之雅與正文敘事之俗，以期達成其協調、平衡的審美理想。回首詩詞乃作者在閱讀過程中，身為讀者視野與文本視野對話的結果所形成的文學批評。崇禎本《金瓶梅》作者以其多采的筆觸映射出灰色的世情，鍛鑄成一部雅、俗兼容並蓄的「世情小說」。「崇禎本」作者的批評意識和審美理想正是《金瓶梅》由俗而雅的轉化關鍵。

　　其三，關於小說人物形象重建：明代在李贄「童心說」跳脫理學對「欲」的直接否定，幅射出晚明社會對「情」的觀照空間，作為晚明「世情小說」的《金瓶梅》，展演了紅塵世俗的寫實人生，而「崇禎本」回首詩詞則是展現出不食人間煙火的性靈世界。崇禎本《金瓶梅》回首詩詞亦向文人傾斜，挹注大量抒情元素的詩歌，即作者對「尊情抑理」的讚許。「崇禎本」作者或自創、或汲取前人原作，並施以藝術加工、潤飾。其間引用豔冶之作的「宮體詩」或「花間詞」，以吟詠女性為主，對應《金瓶梅》正文裡綢繆的情色書寫。「宮體詩」詩風綺情、濃軟豔麗；「花間詞」詞風香軟，落筆閨房。「宮體詩」和「花間詞」以燦爛的色調彩繪女性，以溫婉的筆觸書寫女性生活，雖富含情欲，卻屬無淫穢之意的視覺詩學，以此雅化風月筆墨，詩化人物形象。崇禎本《金瓶梅》通過回首詩詞的重新建置，以詩歌特有的詩性美、聲律美、視覺美，及其所蘊涵的意象、心境，替小說中的女性人物「立傳」，為人物形象重建起到了正面意義。

　　上述為全文研究成果，筆者認為本研究的整體意義與價值在於：本研究對中國古典小說與詩歌相互參酌的關係，於「金學」研究提出不同面向的新觀點，對深究中國古典

小說與韻文關係，提供另一個新的建議和參考。

　　以下為本研究所延伸出來的相關思考：

　　第一，關於研究限制。如同所有研究，本書存在著一些研究限制。本書主要研究方法論為「傳統文獻分析法」，即以「細讀」文本為根基，而每位讀者對文本的詮釋不同，就此所衍生的闡釋亦大相逕庭。本書除精讀小說文本外，尚須「細讀」並詮釋各別回首詩詞的意象、修辭、蘊涵等等，這也同精讀小說正文的闡釋般，因讀者不同而有異。譬如，A讀者認為某一回的回首詩詞承載女性的生命困境，可B讀者卻不以為然，於焉加深了論述的歧異，而導致更多的研究變數。然而，換個角度思考，質性研究本屬豐厚詮釋並嘗試賦予意義的過程，它迥異於量化研究，因而無法控制「變項組」，以求得「實驗組」的實驗結果。而質性研究高度的覺察與反思的歷程，正是其耐人尋味之處，「傳統文獻分析法」雖有其研究限制，但仍是本書最適切的研究方法。

　　第二，關於「崇禎本」回首詩詞的來源問題。有學者對「詞話本」所引用的詩詞來源做了諸多考證，尚且未能完全確定詩詞出處。就目前文獻觀之，未有研究針對「崇禎本」所引詩詞做考證功夫者。「崇禎本」的回首詩詞雖部分可查明出處，同時確知作者，然而並非全部回首詩詞皆確定引用來源。筆者無法完全掌握「崇禎本」所徵引的回首詩詞哪些是作者自創？或者襲自前人？或者引用當時社會流行的時曲？雖本書的研究範圍不在考證詩詞的來源和作者，故將這部分的研究捨去，但仍希冀明瞭其源頭。

　　第三，對於詩歌屬性的歸屬問題。幾乎每首詩詞都可視之為藝術創作，亦皆蘊含抒情元素，差別在於抒情成分的多寡，因此詩歌屬性實不易義界。筆者曾試圖將非勸世詩詞皆歸之為抒情詩詞，可有的作品既非勸誡，亦非抒情，而純粹只是敘事作用。筆者又企圖將它們分屬藝術性和功能性，然因詩歌本身大抵同時具備藝術性和功能性。在研究過程中，屢屢試圖找尋一個最完美的義界方式，卻是屢敗屢戰。最後，筆者將研究初期為釐清問題意識，在「詞話本」與「崇禎本」回首詩詞的對照統計表，簡單區隔成「勸世」和「非勸世」兩大類。「非勸世」者以「抒情詩詞」名之。正式進入研究之後，對詩歌所作的歸屬，以其主要功能類分，此詩歌分類則是筆者認為雖非完美，但最為適切。

　　第四，筆者於研究過程中，發現「崇禎本」詩詞研究甚少於「詞話本」詩詞研究。而「詞話本」的詩詞相對「崇禎本」淺白許多，就詮釋詩歌而言，「崇禎本」較「詞話本」需要更多詩學、詞學涵養以及對典故的熟悉度。以現有研究文獻，尚缺針對「崇禎本」詩詞作有系統且全面性的研究，這或可提供未來研究參考的面向。

　　上述為筆者在研究崇禎本《金瓶梅》回首詩詞的過程中，曾經思索過的相關問題，然而限於時間和學力，無法於本書中一並解決，尚待日後更進一步的研究。

徵引文獻

壹、專書

一、《金瓶梅》

〔明〕蘭陵笑笑生（著），梅節（校訂），陳詔、黃霖（注釋）：《金瓶梅詞話》，臺北：里仁書局，2009 年。

〔明〕蘭陵笑笑生（著），閻昭典、王汝梅、孫言誠、趙炳南（校點）：《新刻繡像批評金瓶梅》，香港：三聯書店，2009 年。

〔明〕蘭陵笑笑生（著），王汝梅、李昭恂、于鳳樹（校點）：《張竹坡批評第一奇書金瓶梅》，濟南：齊魯書社，1991 年。

〔清〕張竹坡：《皋鶴堂批評明代第一奇書金瓶梅讀法》，臺北：廣文書局，1981 年。

二、古籍

《重刊宋本十三經注疏附校勘記》，臺北：藝文印書館，1965 年。

〔春秋〕孫欽善（譯注），宗福邦（審閱）：《論語》，臺北：暢談國際文化，2003 年。

〔戰國〕呂不韋（著），陳奇猷（校注）：《呂氏春秋》，上海：上海古籍出版社，2002 年。

〔漢〕董仲舒（撰），賴炎元（註釋），中華文化復興運動推行委員會，國立編譯館中華叢書編審委員會主編：《春秋繁露》，臺北：臺灣商務印書館，1987 年。

〔漢〕司馬遷（撰），〔劉宋〕裴駰（集解），〔唐〕司馬貞（索隱），〔唐〕張守節（正義）：《史記》，臺北：鼎文書局，1981 年。

〔漢〕劉向（集錄）：《戰國策》，上海：上海古籍出版社，1978 年。

〔漢〕劉向（著），盧元駿（註譯），中華文化復興運動推行委員會，國立編譯館中華叢書編審委員會（主編）：《說苑》，臺北：臺灣商務印書館，1988 年。

〔漢〕揚雄（著），汪榮寶（撰），陳仲夫（點校）：《法言義疏》，北京：中華書局，1987 年。

〔漢〕劉歆：《西京雜記》，臺北：臺灣商務印書館，1979 年。

〔漢〕班固（撰），〔唐〕顏師古（注），楊家駱（主編）：《漢書》，臺北：鼎文書局，1986 年。

〔漢〕許慎（撰），〔清〕段玉裁（注），王瓊珊（編寫）：《段注說文解字》，臺北：廣文書局，1969 年。

〔魏〕魏文帝（撰），〔清〕孫馮翼（輯）：《典論》，北京：中華書局，1985 年。

〔劉宋〕范曄（撰），〔唐〕李賢等（注），〔晉〕司馬彪（補志），楊家駱（主編）：《後漢書》，臺北：鼎文書局，1981 年。

〔南朝宋〕劉義慶（著），〔南朝梁〕劉孝標（注），余嘉錫（箋疏），周祖謨等（整理）：《世說

新語箋疏》，上海：上海古籍出版社，1996 年。

〔梁〕劉勰（撰），黃叔琳（注）：《文心雕龍》，臺北：臺灣商務印書館，1968 年。

〔梁〕鍾嶸：《詩品》，收入〔清〕何文煥（輯）：《歷代詩話》，臺北：漢京文化公司，1983 年。

〔梁〕蕭統：《文選》，清同治八年（1869）武昌崇文書局重刊陽湖胡氏本。

〔梁〕蕭統（編），〔唐〕李善（注）：《文選》，上海：上海古籍出版社，1986 年。

〔梁〕蕭綱（著）：《梁簡文帝集》，清光緒己卯夏（1879）信述堂重刻。

〔後魏〕賈思勰（著），繆啟愉（校釋），繆桂龍（參校）：《齊民要術校釋》，北京：農業出版社，1982 年。

〔隋〕姚察、〔隋〕謝炅、〔唐〕魏徵、〔唐〕姚思廉（合撰），楊家駱（主編）：《梁書》，臺北：鼎文書局，1980 年。

〔唐〕房玄齡等（撰），楊家駱（主編）：《晉書》，臺北：鼎文書局，1980 年。

〔唐〕魏徵等（撰），楊家駱（主編）：《隋書》，臺北：鼎文書局，1980 年。

〔唐〕李世民等（著）：《全唐詩》，臺北：藝文印書館，1960 年。

〔唐〕李世民等（著），〔清〕清聖祖（御纂）：《全唐詩》，臺北：宏業書局，1982 年。

〔唐〕李延壽（撰），楊家駱（主編）：《南史》，臺北：鼎文書局，1981 年。

〔唐〕杜佑（著），王文錦等（點校）：《通典》，北京：中華書局，1988 年。

〔唐〕段成式：《酉陽雜俎》，臺北：源流文化公司，1983 年。

〔唐〕司空圖：《二十四詩品》，收入〔清〕何文煥（輯）：《歷代詩話》，臺北：漢京文化公司，1983 年。

〔後蜀〕趙崇祚（編）：《花間集》，臺北：世界書局，1962 年。

〔宋〕李昉等奉勅（編）：《太平廣記》，北京：中華書局，1961 年。

〔宋〕李昉等奉勅（編），〔宋〕彭叔夏（辨證），〔清〕勞格（拾遺）：《文苑英華》，北京：中華書局，1966 年。

〔宋〕李昉等奉敕（編）：《太平御覽》，臺北：臺灣商務印書館，1975 年。

〔宋〕歐陽修：《六一詩話》，收入〔清〕何文煥（輯）：《歷代詩話》，臺北：漢京文化公司，1983 年。

〔宋〕司馬光：《溫公續詩話》，收入〔清〕何文煥（輯）：《歷代詩話》，臺北：漢京文化公司，1983 年。

〔宋〕郭熙：〈林泉高致〉，收入《中國畫論類編》，臺北：華正書局，1984 年。

〔宋〕蘇軾：《東坡題跋》，臺北：臺灣商務印書館，1965 年。

〔宋〕郭茂倩（編）：《樂府詩集》，臺北：臺灣商務印書館，1968 年。

〔宋〕魏泰（撰），李裕民（點校）：《東軒筆錄》，北京：中華書局，1983 年。

〔宋〕李清照：《李清照集》，臺北：河洛圖書出版社，1975 年。

〔宋〕洪興祖（撰），白化文等（點校）：《楚辭補注》，北京：中華書局，2000 年。

〔宋〕孟元老（撰），鄧之誠（注）：《東京夢華錄注》，香港：商務印書館，1961 年。

〔宋〕張表臣：《珊瑚鉤詩話》，收入〔清〕何文煥（輯）：《歷代詩話》，臺北：漢京文化公司，1983 年。

〔宋〕朱熹（撰）：《四書章句集注》，北京：中華書局，2003 年。

〔宋〕吳曾（撰）：《能改齋漫錄》，北京：中華書局，1985 年。

〔宋〕謝枋得（著），熊飛、漆身起、黃順強（校注）：《謝疊山全集校注》，上海：華東師範大學出版社，1994 年。

〔宋〕黎靖德（編），王星賢（點校）：《朱子語類》，北京：中華書局，1986 年。

〔宋〕張炎（撰）：《詞源》，收入唐圭璋：《詞話叢編》，臺北：新文豐出版公司，1988 年。

〔宋〕嚴羽：《滄浪詩話》，收入〔清〕何文煥（輯）：《歷代詩話》，臺北：漢京文化公司，1983 年。

〔宋〕尹覺：〈題坦庵詞〉，收入施蟄存（主編）：《詞籍序跋萃編》，北京：中國社會科學院出版社，1994 年。

〔元〕劉祁（撰），崔文印（點校）：《歸潛志》，北京：中華書局，1997 年。

〔元〕王實甫（撰）：《西廂記》，臺北：里仁書局，1981 年。

〔元〕楊載《詩法家數》，收入〔清〕何文煥（輯）：《歷代詩話》，臺北：漢京文化公司，1983 年。

〔元〕施耐庵、羅貫中（著），王利器（校訂）：《插圖水滸全傳校訂本》，臺北：貫雅文化公司，1991 年。

〔明〕陶宗儀：《南村輟耕錄》，北京：中華書局，1997 年。

〔明〕羅貫中（編著），〔清〕毛宗崗（批評），饒彬（校訂）：《三國演義》，臺北：三民書局，1989 年。

〔明〕白雲觀長春真人（編纂）：《正統道藏》，臺北：新文豐出版公司，1985 年。

〔明〕李開先（著），卜鍵（箋校）：《李開先全集》，北京：文化藝術出版社，2004 年。

〔明〕吳承恩（著），陳先行、包於飛（校點）：《李卓吾評點西遊記》，上海：上海古籍出版社，1994 年。

〔明〕何心隱：《何心隱集》，北京：中華書局，1960 年。

〔明〕李贄：《焚書》，臺北：河洛圖書出版社，1974 年。

〔明〕李贄（著），張建業（主編）：《續焚書》，北京：社會科學文獻出版社，2000 年。

〔明〕王圻（撰）：《明萬曆續文獻通考》，臺北：文海出版社，1979 年。

〔明〕袁宏道（著），錢伯城（箋校）：《袁宏道集箋校》，上海：上海古籍出版社，1981 年。

〔明〕袁中道：《遊居柿錄》，臺北：臺北書局，1956 年。

〔明〕馮夢龍（著），楊軍等（點評）：《馮夢龍三大異書》，長春：長春出版社，2004 年。

〔明〕沈德符：《萬曆野獲編》，北京：中華書局，2007 年。

〔明〕金聖嘆：《金聖嘆全集》，臺北：長安出版社，1986 年。

〔明〕汪天錫（輯）：《官箴集要》，明嘉靖十四年刊本。

〔清〕劉體仁（撰）：《七頌堂詞繹》，收入唐圭璋：《詞話叢編》，臺北：新文豐出版公司，1988 年。

〔清〕朱彝尊（輯），〔清〕王昶（續補），陸費達（總勘）：《詞綜》，臺北：中華書局，1965 年。

〔清〕王士禎（編著），鄭方坤（刪補）：《五代詩話》，臺北：臺灣商務印書館，1968 年。

〔清〕劉廷璣（撰），張守謙（點校）：《在園雜志》，北京：中華書局，2007 年。

〔清〕顧嗣立（編）：《元詩選》，北京：中華書局，1987 年。

〔清〕張廷玉等（撰），楊家駱（主編）：《明史》，臺北：鼎文書局，1980 年。

〔清〕沈德潛（輯），王蒓父（箋註），劉鐵冷（校刊）：《古詩源箋注》，臺北：華正書局，2005年。

〔清〕袁枚（著），王英志（主編）：《袁枚全集》，南京：江蘇古籍出版社，1993年。

〔清〕袁枚：《隨園詩話》，收入〔清〕何文煥（輯）：《歷代詩話》，臺北：漢京文化公司，1983年。

〔清〕曹雪芹、高鶚（著），馮其庸（校注）：《彩畫本紅樓夢校注》，臺北：里仁書局，2003年。

〔清〕永瑢等（編撰）：《四庫全書總目提要》，上海：商務印書館，1933年。

〔清〕錢泳（撰），張偉（點校）：《履園叢話》，北京：中華書局，1997年。

〔清〕嚴可均（校輯）：《全上古三代秦漢三國六朝文》，北京：中華書局，1991年。

〔清〕李汝珍（撰）：《鏡花緣》，臺北：世界書局，1974年。

〔清〕周濟（輯）：《宋四家詞選》（影印滂喜齋刊本），臺北：廣文書局，1962年。

〔清〕劉熙載：《藝概》，臺北：漢京文化公司，2004年。

〔清〕王先謙（撰）：《莊子集解》，北京：中華書局，1987年。

〔清〕高步瀛：《唐宋詩舉要》，臺北：里仁書局，2009年。

〔清〕郭慶藩（撰），王孝魚（點校）：《莊子集釋》，北京：中華書局，1995年。

〔清〕王幼華：《古今詞論》，收入唐圭璋編：《詞話叢編》，臺北：新文豐出版公司，1988年。

三、近人著作（依姓氏筆畫順序排列）

(一)中文部分

中國金瓶梅學會：《金瓶梅研究》第九輯，濟南：齊魯書社，2009年。

王寅虎：《中國古代婚姻》，臺北：臺灣商務印書館，1998年。

中華書局編輯部（編）：《宋元方志叢刊》，北京：中華書局，1990年。

孔繁華：《金瓶梅的女性世界》，鄭州：中州古籍出版社，1991年。

方正耀：《明清人情小說研究》，上海：華東師範大學出版社，1986年。

方正耀（著）、郭豫適（審訂）：《中國小說批評史略》，北京：中國社會科學出版社，1990年。

毛文芳：《物・性別・觀看——明末清初文化書寫新探》，臺北：臺灣學生書局，2001年。

牛貴琥：《古代小說與詩詞》，太原：山西人民文學出版社，2005年。

王汝梅：《金瓶梅探索》，長春：吉林大學出版社，1990年。

王國維：《人間詞話》，上海：上海古籍出版社，2009年。

王齊洲：《四大奇書與中國大眾文化》，武漢：湖北教育出版社，2000年。

王璦玲、胡曉真（編）：《經典轉化與明清敘事文學》，臺北：聯經出版公司，2009年。

王艷峰：《從依附到自覺——當代女性主義文學批評研究》，上海：上海交通大學出版社，2009年。

田曉菲：《秋水堂論金瓶梅》，天津：天津人民出版社，2008年。

石昌渝、尹恭弘：《金瓶梅人物譜》，南京：江蘇古籍出版社，1988年。

石鐘揚：《人性的倒影：金瓶梅人物與晚明中國》，西安：陝西人民出版社，2008年。

朱一玄（編）：《明清小說資料選編》，濟南：齊魯書社，1990年。

朱一玄（編）：《金瓶梅資料彙編》，天津：南開大學出版社，2004年。

朱立元（編）：《西方美學名著提要》，南昌：江西人民出版社，2007年。

朱光潛（撰），正中書局編委會（編）：《詩論》，臺北：正中書局，1970年。

朱星：《金瓶梅考證》，天津：百花文藝出版社，1981年。

朱謙之（撰）：《老子校釋》，北京：中華書局，1984年。

江蘇省社會科學院明清小說研究中心文學研究所（編）：《中國通俗小說總目題要》，北京：中國文聯出版公司，1997年。

舟揮帆：《譯注評析金瓶梅詩選》，長沙：湖南文藝出版社，1992年。

吳世昌（著），吳令華（編）：《詩詞論叢》，北京：北京出版社，2000年。

吳存存：《明清社會性愛風氣》，北京：人民文學出版社，2000年。

吳唅、鄭振鐸：《論金瓶梅》，北京：朝花美術出版社，1962年。

呂正惠：《抒情傳統與政治現實》，臺北：大安出版社，1989年。

李甲孚：《中國古代的婦女生活》，臺北：黎明文化公司，1973年。

李志艷：《中國古典小說敘事話語的詩性特徵——以四大名著敘事話語中的詩歌為例》，成都：巴蜀書社，2009年。

李建中：《瓶中審醜：金瓶梅「色」之批判》，臺北：文史哲出版社，1992年。

周中明：《金瓶梅藝術論》，臺北：里仁書局，2001年。

周鈞韜：《金瓶梅新探》，天津：百花文藝出版社，1987年。

周鈞韜（編）：《金瓶梅資料續編（1919-1949）》，北京：北京大學出版社，1992年。

孟昭連：《金瓶梅詩詞解析》，長春：吉林文史出版社，1991年。

林辰：《古代小說與詩詞》，瀋陽：遼寧教育出版社，1993年。

林崗：《明清之際小說評點學之研究》，北京：北京大學出版社，1999年。

牧惠：《金瓶風月話》，臺北：遠流出版公司，1989年。

侯忠義、王汝梅（編）：《金瓶梅資料滙編》，北京：北京大學出版社，1985年。

姚奠中：《姚奠中論文選集》，太原：山西人民出版社，1988年。

姚奠中（主編）：《元好問全集》，太原：山西人民出版社，1990年。

姚靈犀：《瓶外卮言》，天津：天津書局，1940年。

胡衍南：《飲食情色金瓶梅》，臺北：里仁書局，2004年。

胡衍南：《金瓶梅到紅樓夢——明清長篇世情小說研究》，臺北：里仁書局，2009年。

胡經之：《文藝美學》，北京：北京大學出版社，1989年。

唐圭璋：《全宋詞》，臺北：中央興地出版社，1970年。

唐圭璋（主編）、鍾振振（副主編）：《金元明清詞鑒賞辭典》，臺北：新地文學出版社，1992年。

夏志清：《中國古典小說》，南京：江蘇文藝出版社，2008年。

孫述宇：《金瓶梅的藝術》，臺北：時報文化公司，1985年。

孫楷第：《中國通俗小說書目》，臺北：木鐸出版社，1983年。

孫遜（主編）：《金瓶梅鑒賞辭典》，上海：漢語大詞典出版社，2005年。

孫遜、孫菊園（編）：《中國古典小說美學資料匯粹》，上海：上海古籍出版社，1991年。

徐君慧：《從金瓶梅到紅樓夢》，南寧：廣西人民出版社，2007年。

皋于厚：《明清小說的文化審視》，北京：學苑出版社，2004年。

袁珂（校注）：《山海經校注》，上海：上海古籍出版社，1980年。

袁行霈：《中國詩歌藝術研究》，北京：北京大學出版社，1987 年。

袁行霈（主編）：《中國文學史》，北京：高等教育出版社，1999 年。

高世瑜：《中國古代婦女生活》，臺北：臺灣商務印書館，1998 年。

高亨（注）：《詩經今注》，上海：上海古籍出版社，2010 年。

高洪興：《纏足史》，上海：上海文藝出版社，1995 年。

高越峰：《金瓶梅人物藝術論》，濟南：齊魯書社，1989 年。

康正果：《女權主義與文學》，北京：中國社會科學出版社，1994 年。

張京媛（主編）：《當代女性主義文學批評》，北京：北京大學出版社，1995 年。

張淑香：《抒情傳統的省思與探索》，臺北：大安出版社，1992 年。

張葉敏：《金瓶梅的藝術美》，北京：教育科學出版社，1992 年。

張夢機、張子良（選注）：《唐宋詞選注》，臺北：華正書局，2010 年。

敏澤：《中國文學理論批評史》，長春：吉林教育出版社，1993 年。

梅家玲：《漢魏六朝文學新論：擬代與贈答篇》，臺北：里仁書局，1997 年。

盛寧：《二十世紀美國文論》，臺北：淑馨出版社，1994 年。

盛源、北嬰（編）：《名家解讀金瓶梅》，濟南：山東人民出版社，1998 年。

許麗芳：《古典短篇小說之韻文》，臺北：里仁書局，2001 年。

郭紹虞（編選）：《清詩話續編》，臺北：木鐸出版社，1977 年。

郭紹虞：《中國文學批評史》，臺北：臺灣明倫書局，1974 年。

陳世驤：《陳世驤文存》，臺北：志文出版社，1975 年。

陳東有：《金瓶梅文化研究》，臺北：貫雅文化公司，1992 年。

陳東有：《金瓶梅詩詞文化鑒析》，成都：巴蜀書社，1994 年。

陳益源：《古典小說與情色文學》，臺北：里仁書局，2001 年。

陳清輝：《李卓吾生平及其思想研究》，臺北：文津出版社，1993 年。

陳慶浩（編著）：《新編石頭記脂硯齋評語輯校》，臺北：聯經出版公司，1986 年。

陸侃如、馮沅君：《中國詩史》，濟南：山東大學出版社，2009 年。

黃永武：《中國詩學：思想篇》，臺北：巨流圖書公司，1976 年。

黃永武：《中國詩學：鑑賞篇》，臺北：巨流圖書公司，1976 年。

黃暉：《論衡校釋》，北京：中華書局，1990。

黃慶萱：《修辭學》，臺北：三民書局，1997 年。

黃霖（著），王運熙、顧易生（主編）：《近代文學批評史》，上海：上海古籍出版社，1993 年。

黃霖（編）：《金瓶梅資料彙編》，北京：中華書局，2006 年。

黃霖、吳敢、趙杰（主編）：《金瓶梅與清河——第七屆國際金瓶梅學術討論會論文集》，長春：吉林大學出版社，2010 年。

黃霖、杜明德（主編）：《金瓶梅與臨清——第六屆國際金瓶梅學術討論會論文集》，濟南：齊魯書社，2008 年。

黃霖：《中國小說研究史》，杭州：浙江古籍出版社，2002 年。

黃霖：《金瓶梅考論》，瀋陽：遼寧人民出版社，1989 年。

黃霖：《黃霖說金瓶梅》，臺北：大地出版社，2007 年。

甯宗一、羅德榮：《金瓶梅對小說美學的貢獻》，天津：天津社會科學院出版社，1992 年。

逯欽立（輯校）：《先秦漢魏晉南北朝詩》，北京：中華書局，1983 年。

楊鴻儒：《細述金瓶梅》，北京：東方出版社，2007 年。

趙一凡等（主編）：《西方文論關鍵詞》，北京：外語教學與研究出版社，2009 年。

劉大杰：《中國文學史》，臺北：華正書局，1977 年。

劉永濟：《詞論》，臺北：源流文化公司，1982 年。

劉勇強：《中國古代小說史敘論》，北京：北京大學出版社，2007 年。

劉輝：《金瓶梅成書與版本研究》，瀋陽：遼寧人民出版社，1986 年。

劉輝：《金瓶梅論集》，臺北：貫雅文化公司，1992 年。

蔡敦勇：《金瓶梅戲曲品探》，南京：江蘇文藝出版社，1989 年。

鄭振鐸等（著），胡文彬、張慶善（選編）：《論金瓶梅》，北京：文化藝術出版社，1984 年。

鄭振鐸：《插圖本中國俗文學史》，北京：北京工業大學出版社，2009 年。

魯迅：《中國小說史略》，臺北：五南圖書公司，2009 年。

諶兆麟：《中國古代文論概要》，長沙：湖南文藝出版社，1987 年。

錢鍾書：《七綴集》，北京：三聯書店，2009 年。

霍現俊：《金瓶梅藝術論要》，天津：天津古籍出版社，2010 年。

戴麗珠：《詩與畫》，臺北：聯經出版公司，1978 年。

繆鉞、葉嘉瑩：《詞學古今談》，臺北：萬卷樓圖書公司，1992 年。

顏元叔：《文學經驗》，臺北：志文出版社，1977 年。

藝文印書館（編輯）：《歲時習俗資料彙編》，臺北：藝文印書館，1970 年。

譚帆：《中國小說評點研究》，上海：華東師範大學出版社，2001 年。

饒宗頤（初纂），張璋（總纂）：《全明詞》，北京：中華書局，2004 年。

欒貴明（輯）：《四庫輯本別集拾遺》，北京：中華書局，1983 年。

(二)外文中譯

朱光潛（譯）：《詩與畫的界限》，臺北：蒲公英出版社，1986 年。

朱光潛（譯）：《西方美學家論美與美感》，臺北：天工書局，1988 年。

黃霖、王國安（編譯）：《日本研究金瓶梅論文集》，濟南：齊魯書社，1989 年。

〔比〕喬治‧布萊（著）、郭宏安（譯）：《批評意識》，桂林：廣西師範大學出版社，2002 年。

〔法〕米‧杜夫海納（著），韓樹站（譯），陳榮生（校）：《審美經驗現象學》，北京：文化藝術出版社，1992 年。

〔法〕西蒙‧德‧波娃（Simone de Beauvoir）（著），歐陽子、南珊、桑竹影（譯）：《第二性——女人》，臺北：晨鐘出版社，1984 年。

〔英〕佛斯特（E. M. Forster）（著），李文彬（譯）：《小說面面觀》，臺北：志文出版社，1973 年。

〔美〕浦安迪：《中國敘事學》，北京：北京大學出版社，1996 年。

〔美〕浦安迪（著），沈亨壽（譯）：《明代小說四大奇書》，北京：三聯書店，2006 年。

〔美〕高彥頤（Dorothy Ko）（著），苗延威（譯）：《纏足：「金蓮崇拜」盛極而衰的演變》，南京：江蘇人民出版社，2009 年。

〔美〕馬克夢（Keith McMahon）（著），王維東、楊彩霞（譯）：《吝嗇鬼‧潑婦‧一夫多妻者：十

八世紀中國小說中的性與男女關係》，北京：人民文學出版社，2001 年。

〔美〕黃衛總（著），張蘊爽（譯）：《中華帝國晚明的欲望與小說敘述》，南京：江蘇人民出版社，2010 年。

〔美〕蘇珊·S·蘭瑟（著），黃必康（譯）：《虛構的威權——女性作家與敘述聲音》，北京：北京大學出版社，2003 年。

〔美〕馬斯洛（Masiow）（著），劉燁（編譯）：《馬斯洛的智慧》，臺北：正展出版公司，2006 年。

〔荷蘭〕高羅佩（著），楊權（譯）：《祕戲圖考——附論漢代至清代的中國性生活》，廣州：廣東人民出版社，1998 年。

〔德〕中共中央馬克思恩格斯列寧斯大林著作編譯局（編）：《馬克思恩格斯選集》，北京：人民出版社，1977 年。

〔德〕萊辛（Gotthold Ephraim Lessing）（著），朱光潛（譯）：《拉奧孔》，合肥：新華書局，2006 年。

〔德〕Wolfgang Iser（著），霍桂桓、李寶彥（譯）：《審美過程研究——閱讀活動：審美響應理論》，北京：中國人民大學出版社，1988 年。

(三)西文原文

Martin W. Huang, *Desire and Fictional Narrative in Late Imperial China*, Cambridge: Harvard University Asia Center, 2001.

Wayne C. Booth, *The Rhetoric of Fiction*, Chicago: The University of Chicago Press, 1983.

Wolfgang Iser, *The act of reading: a theory of aesthetic response*, Baltimore: Johns Hopkins University Press, 1980.

貳、期刊學報論文（依姓氏筆畫順序排列）

一、中文部分

牛貴琥：〈略談古代通俗小說中詩詞之弊端〉，《廈門教育學院學報》第 8 卷第 2 期，2005 年 6 月，頁 8-14、23。

王力堅：〈宮體正義〉，《學術研究》1995 年第 5 期，頁 109-112。

王汝梅：〈《金瓶梅》繡像評改本：華夏小說美學史上的里程碑〉，《吉林大學社會科學學報》第 47 卷第 6 期，2007 年 11 月，頁 131-137。

王年双：〈從詩歌在《金瓶梅詞話》中的運用看小說的發展〉，收入《中國詩學會議論文集》，彰化師大國文系出版，1992 年 9 月。

宋莉華：〈明清小說評點的廣告意識及其傳播功能〉，《北方論叢》2000 年第 2 期，總第 160 期，頁 63-67。

李梁淑：〈論《新刻繡像批評金瓶梅》的女性人物批評〉，《中國文學研究》第 15 期，2001 年 6 月，頁 179-208。

周進芳：〈詩詞韻語在古典小說中的多維敘事功能〉，《明清小說研究》2003 年第 3 期，總第 69 期，頁 26-37。

孟昭連：〈崇禎本《金瓶梅》詩詞來源新考〉，《廈門教育學院學報》第 8 卷第 2 期，2005 年 6 月，頁 24-28、33。

林崗：〈明清之際小說評點考論〉，《學術研究》1997 年第 12 期，頁 67-72。

林崗：〈論明清之際小說評點學的文學自覺〉，《文學遺產》1998 年第 4 期，頁 95-100。

胡衍南：〈《金瓶梅》非「淫書」辨〉，《淡江中文學報》，2003 年第 9 期，頁 169-192。

胡衍南：〈兩部《金瓶梅》——詞話本與繡像本對照研究〉，《中國學術年刊》第 29 期，2007 年 3 月，頁 115-144。

孫遜：〈論《金瓶梅》的思想意義〉（原載《上海師範學報》1980 年第 3 期），收入吳晗、鄭振鐸等（著），胡文彬、張慶善（選編）：《論金瓶梅》，北京：文化藝術出版社，1984 年 12 月，頁 170-185。

徐朔方：〈再論《金瓶梅》〉，《明清小說研究》，2002 年第 4 期，總第 66 期，頁 114-120。

張家英：〈由《金瓶梅》回前詩看作者〉，《學習探索》，1991 年第 3 期，頁 115-120。

陳建華：〈欲的凝視：《金瓶梅詞話》的敘述方法、視覺與性別〉，收入王瑗玲、胡曉真（編）：《經典轉化與明清敘事文學》，臺北：聯經出版公司，2009 年 8 月，頁 97-127。

陳益源、傅想容：〈《金瓶梅詞話》徵引詩詞考辨〉，《昆明學院學報》第 5 期，總 32 期，2010 年 9 月，頁 57-63。

程毅中：〈《金瓶梅》與話本〉，《金瓶梅研究》第二輯，南京：江蘇古籍出版社，1991 年 7 月，頁 25-32。

黃霖：〈《金瓶梅》詞話本與崇禎本刊印的幾個問題〉，《河南大學學報（社會科學版）》第 46 卷第 1 期，2006 年 1 月，頁 2-9。

甯宗一：〈史裡尋詩到俗世咀味——明代小說審美意識的演變〉，收入辜美高、黃霖（主編）：《明代小說面面觀：明代小說國際學術研討會論文集》，上海：學林出版社，2002 年 9 月，頁 1-16。

董國炎：〈論小說韻文的價值與類別〉，《明清小說研究》，2005 年第 3 期，總第 77 期，頁 4-15。

趙景深：〈《金瓶梅詞話》與曲子〉，收入吳晗、鄭振鐸（等著），胡文彬、張慶善（選編）：《論金瓶梅》，北京：文化藝術出版社，1984 年 12 月。

劉輝：〈文龍及其批評《金瓶梅》〉，收入劉輝：《金瓶梅成書與版本研究》，瀋陽：遼寧人民出版社，1986 年 6 月，頁 169-183。

潘慎：〈《金瓶梅》的詩詞創作和它的作者〉，《太原大學學報》，2002 年 3 月，第 3 卷第 1 期，總第 9 期，頁 13-20。

鄭振鐸：〈談《金瓶梅詞話》〉（原載《文學》創刊號，北京生活書店，1933 年 7 月），收入周鈞韜（編）：《金瓶梅資料續編（1919-1949）》，北京：北京大學出版社，1992 年 5 月，頁 74-90。

盧興基：〈中國十六世紀的社會與《金瓶梅》的悲劇主題——論《金瓶梅》之二〉，收入中國金瓶梅學會（編）：《金瓶梅研究》第一輯，南京：江蘇古籍出版社，1990 年 9 月，頁 213-234。

韓希明：〈明清市井題材小說中的詩詞與文人心態〉，《南通大學學報．社會科學版》第 22 卷第 6 期雙月刊，2006 年 11 月，頁 61-65。

謬鉞：〈論金初詞人吳激〉，原載《四川大學學報》1989 年四期，收入謬鉞、葉佳瑩：《詞學古今談》，臺北：萬卷樓圖書公司，1992 年 10 月，頁 123-134。

譚楚子：〈孰更疏離女性主義視角：《金瓶梅》乎？抑《紅樓夢》乎？〉，收入中國金瓶梅學會：《金瓶梅研究》第九輯，濟南：齊魯書社，2009 年 3 月，頁 142-164。

龔霞：〈崇禎本《金瓶梅》回前詩來源補考〉，《明清小說研究》，2013 年第 1 期，總第 107 期，

頁 66-73。

二、外文中譯

丁乃非（作），蔡秀枝、奚修君（合譯）：〈鞦韆、腳帶、紅睡鞋〉，收入《中外文學》第 22 卷第 6 期，1993 年 11 月，頁 26-54。

梅祖麟、高友工（著），黃宣範（譯）：〈論唐詩的語法、用字與意象〉，收入《中外文學》第 1 卷第 10 期，1973 年 3 月，頁 30-63。

〔日〕寺村政男：〈《金瓶梅》從詞話本到改訂本的轉變〉，收入黃霖、王國安（編譯）：《日本研究金瓶梅論文集》，濟南：齊魯書社，1989 年 10 月，頁 226-243。

〔日〕荒木猛：〈關於崇禎本《金瓶梅》各回的篇頭詩詞〉，中國金瓶梅學會（編），《金瓶梅研究》第四輯，南京：江蘇古籍出版社，1993 年 7 月，頁 204-221。

〔美〕艾倫‧退特：〈論詩的張力〉，收入趙毅衡（選編）：《新批評文集》，北京：中國社會科學出版社，1988 年 4 月。

〔美〕馬克夢：〈《金瓶梅》與明清小說對一夫多妻制之異議〉，收入中國金瓶梅學會（編）：《金瓶梅研究》第二輯，南京：江蘇古籍出版社，1991 年 7 月，頁 134-135。

〔美〕浦安迪：〈瑕中之瑜——論崇禎本《金瓶梅》的評注〉，收入徐朔方（編選校閱），沈亨壽（翻譯）：《金瓶梅西方論文集》，上海：上海古籍出版社，1987 年 7 月，頁 297-315。

〔美〕韓南（Patrick Hanan）：〈《金瓶梅》探源〉徐朔方譯自《大亞細亞》雜誌，新十卷第一輯，1963 年，收入徐朔方（編選校閱），沈亨壽（翻譯）：《金瓶梅西方論文集》，上海：上海古籍出版社，1987 年 7 月，頁 1-48。

三、西文原文

Patrick Hanan, "*Sources of the Chin P'ing Mei*," Asia Major, New Series Vol. X,Part I, 1963.

Xiaofei Tian, "*Illusion and Illumination: A New Poetics of Seeing in Liang Dynasty Court Literature*", Harvard Journal of Asiatic Studies, Vol. 65, No. 1 (Jun., 2005), pp. 7-56.

參、學位論文（依畢業年限順序排列）

陳翠英：《世情小說之價值觀探論——以婚姻為定位的考察》，臺北：國立臺灣大學中國文學研究所博士論文，1995 年。

李梁淑：《金瓶梅詮評史研究——以萬曆到民初為範圍》，臺北：國立臺灣大學中國文學研究所博士論文，2002 年。

李欣倫：《金瓶梅之身體感知與性別辯證———個跨文本與漢字閱讀觀的建構》，新竹：國立中央大學中國文學研究所博士論文，2008 年。

傅想容：《金瓶梅詞話之詩詞研究》，臺南：國立成功大學中國文學研究所碩士論文，2008 年。

曾鈺婷：《說圖——崇禎本金瓶梅繡像研究》，臺北：國立臺灣師範大學國文研究所碩士論文，2010 年。

洪鈴惠：《張竹坡皋鶴堂批評第一奇書金瓶梅評點研究》，臺北：國立臺灣師範大學國文研究所碩士論文，2012 年。

附錄：《金瓶梅》兩大版本系統之回目暨回首詩詞對照表

〔明〕蘭陵笑笑生（著），梅節（校訂），陳詔、黃霖（注釋）：《金瓶梅詞話》，臺北：里仁書局，2009 年。

〔明〕蘭陵笑笑生（著），閻昭典、王汝梅等（校點）：《新刻繡像批評金瓶梅》，香港：三聯書店，2009 年。

注：為忠於原文，本表格所引用之《金瓶梅》文本，不以現代漢語文字為準。

《金瓶梅詞話》（詞話本）	《新刻繡像批評金瓶梅》（崇禎本）
第一回　　景陽崗武松打虎 　　　　　潘金蓮嫌夫賣風月 詞曰： 丈夫隻手把吳鉤，欲斬萬人頭。 如何鐵石，打成心性，卻為花柔？ 請看項籍并劉季，一怒使人愁。 只因撞著，虞姬戚氏，豪傑都休。	第一回　　西門慶熱結十弟兄 　　　　　武二郎冷遇親哥嫂 詩曰： 豪華去後行人絕，簫箏不響歌喉咽。 雄劍無威光彩沉，寶琴零落金星滅。 玉階寂寞墜秋露，月照當時歌舞處。 當時歌舞人不回，化為今日西陵灰。 又詩曰： 二八佳人體似酥，腰間仗劍斬愚夫。 雖然不見人頭落，暗裡教君骨髓枯。
第二回　　西門慶簾下遇金蓮 　　　　　王婆子貪賄說風情 月老姻緣配未真，金蓮賣俏逞花容。 只因月下星前意，惹起門旁簾外心。 王媽誘財施巧計，鄆哥賣菓被嫌嗔。 那知後日蕭墻禍，血濺屏幃滿地紅。	第二回　　俏潘娘簾下勾情 　　　　　老王婆茶坊說技 詞曰： 芙蓉面，冰雪肌，生來娉婷年已笄。嬝嬝倚門餘。梅花半含蕊，似開還閉。初見簾邊，羞澀還留住；再過樓頭，欵接多歡喜。行也宜，立也宜，坐也宜，偎傍更相宜。——〈孝順歌〉
第三回　　王婆定十件挨光計 　　　　　西門慶茶房戲金蓮	第三回　　定挨光王婆受賄 　　　　　設圈套浪子私挑

	詩曰：
色不迷人人自迷，迷他端的受他虧。 精神耗散容顏淺，骨髓焦枯氣力微。 犯著奸情家易散，染成色病藥難醫。 古來飽暖生閑事，禍到頭來總不知。	乍對不相識，徐思似有情。 盃前交一面，花底戀雙睛。 傞俹驚新態，含胡問舊名。 影含今夜燭，心意幾交橫。
第四回　淫婦背武大偷奸 　　　　鄆哥不憤鬧茶肆	第四回　赴巫山潘氏幽歡 　　　　鬧茶坊鄆哥義憤 詩曰：
酒色多能誤國邦，由來美色喪忠良。 紂因妲己宗祀失，吳為西施社稷亡。 自愛青春行處樂，豈知紅粉笑中槍。 西門貪戀金蓮色，內失家麋外趕獐。	璇閨綉戶斜光入，千金女兒倚門立。 橫波美目雖後來，羅襪遙遙不相及。 聞道今年初避人，珊珊鏡掛長隨身。 願得侍兒為道意，後堂羅帳一相親。
第五回　鄆哥幫捉罵王婆 　　　　淫婦藥酖武大郎	第五回　捉奸情鄆哥定計 　　　　飲鴆藥武大遭殃 詩曰：
參透風流二字禪，好姻緣是惡姻緣。 痴心做處人人愛，冷眼觀時個個嫌。 野草閑花休採折，貞姿勁質自安然。 山妻稚子家常飯，不害相思不損錢。	參透風流二字禪，好姻緣是惡姻緣。 痴心做處人人愛，冷眼觀時箇箇嫌。 野草閑花休採折，真姿勁質自安然。 山妻稚子家常飯，不害相思不損錢。
第六回　西門慶買囑何九 　　　　王婆打酒遇大雨	第六回　何九受賄瞞天 　　　　王婆幫閑遇雨 詞曰：
可怪狂夫戀野花，因貪淫色受波喳。 亡身喪命皆因此，破業傾家總為他。 半晌風流有何益，一般滋味不須誇。 一朝禍起蕭牆內，虧殺王婆先做牙。	別後誰知珠分玉剖。忘海誓山盟天共久，偶戀著山雞，輒棄鸞儔。從此蕭郎淚暗流，過秦樓幾空回首。縱新人勝舊，也應須一別，洒淚登舟。——〈懶畫眉〉
第七回　薛嫂兒說娶孟玉樓 　　　　楊姑娘氣罵張四舅	第七回　薛媒婆說娶孟三兒 　　　　楊姑娘氣罵張四舅 詩曰：
我做媒人實無能，全憑兩腿走殷勤。 唇槍慣把鰥男配，舌劍能調烈女心。 利市花紅頭上帶，喜筵餅錠袖中撑。 只有一件不堪處，半是成人半敗人。	我做媒人實自能，全憑兩腿走慇懃。 唇槍慣把鰥男配，舌劍能調烈女心。 利市花常頭上帶，喜筵餅錠袖中撑。 只有一件不堪處，半是成人半敗人。
第八回　潘金蓮永夜盼西門慶 　　　　燒夫靈和尚聽淫聲	第八回　盼情郎佳人占鬼卦 　　　　燒夫靈和尚聽淫聲

靜悄房櫳獨自猜，鴛鴦失伴信音乖。 臂上粉香猶未泯，床頭楸面暗塵埋。 芳容消瘦虛鸞鏡，雲鬢鬆鬆墜玉釵。 駿驥不來勞望眼，空餘鴛枕泪盈腮。	詞曰： 紅曙卷窗紗，睡起半拖羅袂。何似等閑睡起， 到日高還未。 催花陣陣玉樓風，樓上人難 睡。有了人兒一箇，在眼前心裡。
第九回　　西門慶計娶潘金蓮 　　　　　武都頭誤打李外傳 色膽如天不自由，情深意密兩綢繆。 只思當日同歡愛，豈想簫墻有後憂。 只貪快樂恣悠游，英雄壯士報冤仇。 天公自有安排處，勝負輸贏卒未休！	第九回　　西門慶偷娶潘金蓮 　　　　　武都頭悞打李皂隸 詩曰： 感郎軏夙愛，著意守香奩。 歲月多忘遠，情綜任久淹。 于飛期燕燕，比翼誓鶼鶼。 細數從前意，時時屈指尖。
第十回　　武二充配孟州道 　　　　　妻妾宴賞芙蓉亭 朝看瑜伽經，暮誦消灾咒。 種瓜須得瓜，種豆須得豆。 經咒本無心，冤結如何究？ 地獄與天堂，作者還自受。	第十回　　義士充配孟州道 　　　　　妻妾酖賞芙蓉亭 詞曰： 八月中秋，涼飆微逗，芙蓉卻是花時候。誰家 姊妹鬥新粧，園林散步頻携手。 折得花 枝，寶瓶隨後，歸來酖賞全憑酒。三盃酩酊破 愁城，醒時愁緒應還又。——〈踏莎行〉
第十一回　　潘金蓮激打孫雪娥 　　　　　　西門慶梳籠李桂姐 婦人嫉妒非常，浪子落魄無賴。 一聽巧語花言，不顧新歡舊愛。 出逢紅袖相牽，又把風情別賣。 果然寒食元宵，誰不幫興幫敗！	第十一回　　潘金蓮激打孫雪娥 　　　　　　西門慶梳籠李桂姐 詩曰： 六街簫鼓正喧闐，初月今朝一線添。 睡去烏衣驚玉剪，鬥來宵燭渾朱簾。 香銷染處紅餘白，翠黛攢來苦未甜。 阿姐當年曾似此，從他戲汝不須嫌。
第十二回　　潘金蓮私僕受辱 　　　　　　劉理星魘勝貪財 堪笑西門暴富，有錢便是主顧。 一家歪斯胡纏，那討綱常禮數！ 狎客日日來往，紅粉夜夜陪宿。 不是常久夫妻，也算春風一度。	第十二回　　潘金蓮私僕受辱 　　　　　　劉理星魘勝求財 詩曰： 可憐獨立樹，枝輕根亦搖。 雖為露所浥，復為風所飄。 錦衾褻不開，端坐夜及朝。 是妾愁成瘦，非君重細腰。
第十三回　　李瓶兒隔墻密約 　　　　　　迎春女窺隙偷光	第十三回　　李瓶姐墻頭密約 　　　　　　迎春兒隙底私窺

人生雖未有十全，處世規模要放寬！ 好歹但看君子語，是非休聽小人言。 徒將世俗能歡戲，也畏人心似隔山。 寄語知音女娘道，莫將苦處語為甜。	詞曰： 繡面芙蓉一笑開，斜飛寶鴨襯香腮。眼波纔動被人猜。　一面風情深有韵，半箋嬌恨寄幽懷。月移花影約重來。——〈山花子〉
第十四回　　花子虛因氣喪身 　　　　　　李瓶兒送奸赴會	第十四回　　花子虛因氣喪身 　　　　　　李瓶兒迎奸赴會 詩曰： 眼意心期未即休，不堪拈弄玉搔頭。 春回笑臉花含媚，黛蹙娥眉柳帶愁。 粉暈桃腮思伉儷，寒生蘭室盼綢繆。 何如得遂相如意，不讓文君咏白頭。
眼意心期未即休，不堪拈弄玉搔頭。 春回笑臉花含媚，淺蹙蛾眉柳帶愁。 粉暈桃腮思伉儷，寒生蘭室盼綢繆。 何時得遂相如志，不讓文君咏白頭。	
第十五回　　佳人笑賞玩燈樓 　　　　　　狎客幫嫖麗春院	第十五回　　佳人笑賞翫燈樓 　　　　　　狎客幫嫖麗春院 詩曰： 樓上多嬌艷，當窗并三五。 爭弄遊春陌，相邀開繡戶。 轉態結紅裙，含嬌入翠羽。 留賓乍拂絃，托意時移柱。
日墜西山月出東，百年光景似飄蓬。 點頭纔羨朱顏子，轉眼翻為白髮翁。 易老韶華休浪度，掀天富貴等雲空。 不如且討紅裙趣，依翠偎紅院宇中。	
第十六回　　西門慶謀財娶婦 　　　　　　應伯爵慶喜追歡	第十六回　　西門慶擇吉佳期 　　　　　　應伯爵追歡喜慶 詩曰： 傾城傾國莫相疑，巫水巫雲夢亦痴。 紅粉情多銷駿骨，金蘭誼薄惜蛾眉。 溫柔鄉裡精神健，窈窕風前意態奇。 村子不知春寂寂，千金此夕故踟躕。
傾城傾國莫相疑，<u>巫水巫雲</u>夢亦痴。 紅粉情多銷駿骨，金蘭誼薄惜蛾眉。 溫柔鄉裡精神健，窈窕風前意態奇。 村子不知春寂寂，千金此夕故踟躕。	
第十七回　　宇給事劾倒楊提督 　　　　　　李瓶兒招贅蔣竹山	第十七回　　宇給事劾倒楊提督 　　　　　　李瓶兒許嫁蔣竹山 詩曰： 早知君愛歇，本自無容妒； 誰使恩情深，今來反相誤。 愁眠羅帳曉，泣坐金閨暮； 獨有夢中魂，猶言意如故。
記得書齋乍會時，雲踪雨迹少人知。 晚來鸞鳳棲雙枕，剔盡銀燈半吐輝。 思往事，夢魂迷，今宵幸得效于飛。	
第十八回　　來保上東京幹事 　　　　　　陳經濟花園管工	第十八回　　賂相府西門脫禍 　　　　　　見嬌娘敬濟銷魂

	詞曰：
堪嘆人心毒似蛇，誰知天眼轉如車。 去年妄取東鄰物，今日還歸北舍家。 無義錢財湯潑雪，儻來田地水推沙。 若將奸狡為活計，恰似朝雲與暮霞。	有個人人，海棠標韵，飛燕輕盈。酒暈潮紅，羞蛾一笑生春。　為伊無限傷心，更說甚巫山楚雲！斗帳香銷，紗窗月冷，著意溫存。 ——〈柳梢青〉
第十九回　　草裡蛇邏打蔣竹山 　　　　　　李瓶兒情感西門慶 花開不擇貧家地，月照山河處處明。 世間只有人心歹，百事還教天養人。 痴聾瘖啞家豪富，伶俐聰明卻受貧！ 年月日時該載定，算來由命不由人。	第十九回　　草裡蛇邏打蔣竹山 　　　　　　李瓶兒情感西門慶 詩曰： 人靡不有初，想君能終之。 別來歷年歲，舊恩何可期。 重新而忘故，君子所猶譏。 寄身雖在遠，豈忘君須臾。 既厚不為薄，想君時見思。
第二十回　　孟玉樓義勸吳月娘 　　　　　　西門慶大鬧麗春院 在世為人保七旬，何勞日夜弄精神？ 世事到頭終有悔，浮華過眼恐非真。 貧窮富貴天之命，得失榮華隙裡塵。 不如且放開懷樂，莫使蒼然兩鬢侵。	第二十回　　傻幫閒趨奉鬧華筵 　　　　　　痴子弟爭鋒毀花院 詞曰： 步花徑，闌干狹。防人覷，常驚嚇。荊刺抓裙釵，倒閃在荼蘼架。　勾引嫩枝咿啞，討歸路，尋空罅，被舊家巢燕，引入窗紗。——〈歸洞仙〉
第二十一回　　吳月娘掃雪烹茶 　　　　　　　應伯爵替花勾使 脉脉傷心只自言，好姻緣化惡姻緣。 回頭恨罵章臺柳，赧面羞看玉井蓮。 只為春光輕易泄，遂教鸞鳳等閑遷。 誰人為挽天河水，一洗前非共往愆。	第二十一回　　吳月娘掃雪烹茶 　　　　　　　應伯爵替花邀酒 詞曰： 並刀如水，吳鹽勝雪，纖手破新橙。錦幄初溫，獸煙不斷，相對坐調笙。 低聲問向誰行宿，城上已三更。馬滑霜濃，不如休去，直自少人行。——〈少年遊〉
第二十二回　　西門慶私淫來旺婦 　　　　　　　春梅正色罵李銘 巧厭多勞拙厭閑，善嫌懦弱惡嫌頑； 富遭嫉妒貧遭辱，勤怕貪圖儉怕慳。 觸事不分皆笑拙，見機而作又疑奸； 思量那件合人意，為人難做做人難！	第二十二回　　蕙蓮兒偷期蒙愛 　　　　　　　春梅姐正色閑邪 詞曰： 今宵何夕？月痕初照。等閒間一見猶難，平白地兩邊湊巧。向燈前見他，向燈前見他，一似夢中來到。何曾心料，他怕人瞧。驚臉兒紅還白，熱心兒火樣燒。——〈桂枝香〉

第二十三回　玉簫觀風賽月房 　　　金蓮竊聽藏春塢 行動不思天理，施為怎合成規！ 徇情縱意任奸欺，仗勢慢人尊己。 出則錦衣駿馬，歸時越女吳姬。 休將金玉作根基，但恐莫逃興廢。	第二十三回　賭棋枰瓶兒輸鈔 　　　覷藏春潘氏潛踪 詞曰： 心中難自泄，暗裡深深謝。未必娘行，恁地能賢哲。衷腸怎好和君說？　說不願丫頭，願做官人的侍妾。他堅牢望我情真切。豈想風波，果應了他心料者。──〈梧桐樹〉
第二十四回　經濟元夜戲嬌姿 　　　惠祥怒詈來旺婦 銀燭高燒酒乍醺，當筵且喜笑聲頻。 蠻腰細舞章臺柳，檀口輕歌上苑春。 香氣拂衣來有意，翠花落地卻無聲。 不因一點風流趣，安得韓生醉後醒。	第二十四回　敬濟元夜戲嬌姿 　　　惠祥怒詈來旺婦 詩曰： 銀燭高燒酒乍醺，當筵且喜笑聲頻。 蠻腰細舞章臺柳，素口輕歌上苑春。 香氣拂衣來有意，翠花落地拾無聲。 不因一點風流趣，安得韓生醉後醒。
第二十五回　雪娥透露蝶蜂情 　　　來旺醉謗西門慶 名家臺柳綻群芳，搖曳鞦韆鬭艷妝。 曉日暖添新錦綉，春風和靄舊門墻。 玉砌蘭芽幾雙美，絳紗簾幕一枝良。 堪笑家糜養家禍，閨門自此壞綱常。	第二十五回　吳月娘春晝鞦韆 　　　來旺兒醉中謗訕 詞曰： 蹴罷鞦韆，起來整頓纖纖手。露濃花瘦，薄汗輕衣透。　見客入來，襪劃金釵溜。和羞走，倚門迴首，卻把青梅嗅。──〈點絳唇〉
第二十六回　來旺兒遞解徐州 　　　宋蕙蓮含羞自縊 閑居慎勿說無妨，纔說無妨便有妨。 爭先徑路機關惡，退後語言滋味長； 爽口物多終作疾，快心事過必為殃！ 與其病後能求藥，不若病前能預防。	第二十六回　來旺兒遞解徐州 　　　宋蕙蓮含羞自縊 詩曰： 與君形影分吳越，玉枕經年對離別。 登臺北望烟雨深，回身哭向天邊月。 又： 夜深悶到戟門邊，却繞行廊又獨眠。 閨中只是空相憶，魂歸漠漠魄歸泉。
第二十七回　李瓶兒私語翡翠軒 　　　潘金蓮醉鬧葡萄架 頭上青天自怙欺，害人性命霸人妻。 須知奸惡千般計，要使人家一命危。	第二十七回　李瓶兒私語翡翠軒 　　　潘金蓮醉鬧葡萄架 詞曰： 錦帳鴛鴦，繡衾鸞鳳。一種風流千種態：看雪肌雙瑩，玉簫暗品，鸚舌偷嘗。　屏掩猶斜

淫孀從來由濁富，貪嗔轉念是慈悲。 天公尚且含生育，何況人心恣妄為。	香冷，回嬌眼，盼檀郎。道千金一刻須憐惜，早漏催銀箭，星沉網戶，月轉迴廊。——〈好女兒〉
第二十八回　　陳敬濟因鞋戲金蓮 　　　　　西門慶怒打鐵棍兒 風波境界立身難，處世規模要放寬。 萬事盡從忙裡錯，此心須向靜中安。 路當平處行更穩，人有常情耐久看。 直到始終無悔吝，纔生枝節便多端。	第二十八回　　陳敬濟徼倖得金蓮 　　　　　西門慶糊塗打鉄棍 詩曰： 幾日深閨繡得成，看來便覺可人情。 一灣煖玉凌波小，兩瓣秋蓮落地輕。 南陌踏青春有跡，西廂立月夜無聲。 看花又濕蒼苔露，晒向窗前趁晚晴。
第二十九回　　吳神仙貴賤相人 　　　　　潘金蓮蘭湯午戰 百年秋月與春花，展放眉頭莫自嗟！ 吟幾首詩消世慮，酌二杯酒度韶華； 閑敲棋子心情樂，悶撥瑤琴興趣賒。 人事與時俱不管，且將詩酒作生涯。	第二十九回　　吳神仙冰鑑定終身 　　　　　潘金蓮蘭湯邀午戰 詞曰： 新涼睡起，蘭湯試浴郎偷戲。去曾嗔怒，來便生歡喜。　　奴道無心，郎道奴如此。情如水，易開難斷，若箇知生死。——〈點絳唇〉
第三十回　　　來保押送生辰擔 　　　　　西門慶生子喜加官 得失榮枯總是閑，機關用盡也徒然！ 人心不足蛇吞象，世事到頭螳捕蟬。 無藥可延卿相壽，有錢難買子孫賢。 家常守分隨緣過，便是逍遙自在仙。	第三十回　　　蔡太師擅恩錫爵 　　　　　西門慶生子加官 詞曰： 十千日日索花奴，白馬驕駝馮子都。今年新拜執金吾。　　侵幔露桃初結子，妬花嬌鳥忽嗦雛。閨中姊妹半愁娛。——〈浣溪沙〉
第三十一回　　琴童藏壺戲玉簫 　　　　　西門慶開宴吃喜酒 家富自然身貴，逢人必讓居先。 貧寒敢仰上官憐？彼此都看錢面。 婚嫁專尋勢要，通財邀結豪英。 不知興廢在心田，只靠眼前知見。	第三十一回　　琴童兒藏壺搆釁 　　　　　西門慶開宴為歡 詩曰： 幽情憐獨夜，花事復相催。 欲使春心醉，先教玉友來。 濃香猶帶膩，紅暈漸分腮。 莫醒沉酣恨，朝雲逐夢回。
第三十二回　　李桂姐拜娘認女 　　　　　應伯爵打諢趨時 常言富者貴之基，財旺生官眾所知。	第三十二回　　李桂姐趨炎認女 　　　　　潘金蓮懷嫉驚兒 詩曰： 牛馬鳴上風，聲應在同類。

延攬宦途陪邀引，夤緣權要入遷推。 姻連黨惡人皆懼，勢倚豪強孰敢欺！ 好把炎炎思寂寂，豈容人力敵天時。	小人非一流，要呼各相比。 吹彼壎與篪，翁翁騁志意。 願遊廣漠鄉，舉手謝時輩。
第三十三回　　陳經濟失鑰罰唱 　　　　韓道國縱婦爭鋒 人生雖未有前知，富貴功名豈力為。 枉將財帛為根蒂，豈容人力敵天時。 世俗炎涼空過眼，塵氛離合漫忘機。 君子行藏須用舍，不開眉笑待何如。	第三十三回　　陳敬濟失鑰罰唱 　　　　韓道國縱婦爭鋒 詞曰： 衣染鶯黃，愛停板駐拍，勸酒持觴。 低鬟蟬影動，私語口脂香。　　簷滴露、竹風 涼，拚劇飲琳琅。夜漸深籠燈就月，仔細端相。 ——〈意難忘前〉
第三十四回　　書童兒因寵攬事 　　　　平安兒含恨戳舌 自恃官豪放意為，休將喜怒作公私。 貪財不顧綱常壞，好色全忘義理虧。 狎客盜名求勢利，狂奴乖飲弄奸欺。 欲占後世興衰理，今日施為可類知。	第三十四回　　獻芳樽內室乞恩 　　　　受私賄後庭說事 詞曰： 成吳越，怎禁他巧言相鬥諜。平白地送暖偷 寒，平白地送暖偷寒，猛可的搬唇弄舌。水晶 丸不住撒，蘸剛鍬一味撅。——〈川撥棹〉
第三十五回　　西門慶挾恨責平安 　　　　書童兒妝旦勸狎客 莫入州衙與縣衙，勸君勤謹作生涯。 池塘積水須防旱，買賣辛勤足養家。 教子教孫要教義，栽桑栽棗莫栽花。 閑是閑非休要管，渴飲清泉悶煮茶。	第三十五回　　西門慶為男寵報仇 　　　　書童兒作女粧媚客 詩曰： 娟娟遊冶童，結束類妖姬。 揚歌倚箏瑟，艷舞逞媚姿。 貴人一蠱惑，飛騎爭相追。 婉變邀恩寵，百態隨所施。
第三十六回　　翟謙寄書尋女子 　　　　西門慶結交蔡狀元 富川遙望劍江西，一片孤雲對夕暉。 有淚應投烟樹斷，無書堪寄雁鱗稀。 問安已負三千里，流落空懷十二時。 海闊天高都是念，憑誰為我說歸期！	第三十六回　　翟管家寄書尋女子 　　　　蔡狀元留飲借盤纏 詩曰： 既傷千里目，還驚遠去魂。 豈不憚跋涉？深懷國士恩。 季布無一諾，侯嬴重一言。 人生感意氣，黃金何足論。
第三十七回　　馮媽媽說嫁韓氏女 　　　　西門慶包占王六兒 吳舣輕舸更遲遲，別酒重斟惜解携。	第三十七回　　馮媽媽說嫁韓愛姐 　　　　西門慶包占王六兒 詞曰： 淡妝多態，更的的頻回盼睞。便認得琴心先

滄海侵愁光蕩漾，亂山凝恨色高低。 君馳蕙楫情何極，我憑闌干日向西。 咫尺烟波幾多地，不須懷抱重凄凄。	許，與綰合歡雙帶。記華堂風月逢迎，輕噸淺笑嫣無奈。向睡鴨爐邊，翔鸞屏裡，暗把香羅偷解。——〈薄倖前〉
第三十八回　西門慶夾打二搗鬼 　　　　　潘金蓮雪夜弄琵琶	第三十八回　王六兒棒槌打搗鬼 　　　　　潘金蓮雪夜弄琵琶 詞曰：
麗質溫柔更老成，玉壺明月適人情。 輕回玉臉花含媚，淺蹙蛾眉雲鬢鬆。 勾引蜂狂桃蕊綻，潛牽蝶亂柳腰新。 令人心地常相憶，莫學章臺贈淡情。	銀箏宛轉，促柱調弦，聲遶梁間。巧作秦聲獨自憐。指輕妍，風迴雪旋，緩揚清曲，響奪鈞天。說甚麼別鶴烏啼，試按「羅敷陌上」篇，休按「羅敷陌上」篇。——〈綿搭絮〉
第三十九回　西門慶玉皇廟打醮 　　　　　吳月娘聽尼僧說經	第三十九回　寄法名官哥穿道服 　　　　　散生日敬濟拜冤家 詩曰：
漢武清齋夜築壇，自斟明水醮仙官。 殿前玉女移香案，雲際金人捧露盤。 絳節幾時還入夢，碧桃何處更驂鸞？ 茂陵烟雨埋弓劍，石馬無聲蔓草寒。	漢武清齋夜築壇，自斟明水醮仙官。 殿前玉女移香案，雲際金人捧露盤。 絳節幾時還入夢？碧桃何處更驂鸞？ 茂陵烟雨埋弓劍，石馬無聲蔓草寒。
第四十回　　抱孩童瓶兒希寵 　　　　　妝丫鬟金蓮市愛	第四十回　　抱孩童瓶兒希寵 　　　　　粧丫鬟金蓮市愛 詞曰：
善事雖好做，無心近不得。你若做好事，別人分不得。經卷積如山，無緣看不得。財錢過壁堆，臨危將不得。靈前好供奉，起來吃不得。兒孫雖滿堂，死來替不得。	種就藍田玉一株，看來的的可人娛。多方珍重好支持，掌中珠。　　傞俹漫驚新態變，妖嬈偏與舊時殊。相逢一見笑成癡，少人知。——〈山花子〉
第四十一回　西門慶與喬大戶結親 　　　　　潘金蓮共李瓶兒鬪氣	第四十一回　兩孩兒聯姻共笑嬉 　　　　　二佳人憤深同氣苦 詞曰：
富貴雙全世業隆，聯翩朱紫一門中。 官高位重如王導，家盛財豐比石崇。 畫燭錦幃消夜月，綺羅紅粉醉春風。 朝歡暮樂年年事，豈肯潛心任始終。	瀟洒佳人，風流才子，天然分付成雙。蘭堂綺席，燭影耀熒煌。　　數幅紅羅錦繡，寶粧籙、金鴨焚香。分明是，芙蕖浪裡，一對鴛鴦。——〈滿庭芳前〉
第四十二回　豪家攔門玩烟火 　　　　　貴客高樓醉賞燈	第四十二回　逞豪華門前放烟火 　　　　　賞元宵樓上醉花燈 詩曰：
星月當空萬燭燒，人間天上兩元宵。	星月當空萬燭燒，人間天上兩元宵。

樂和春奏聲偏好，人蹈夜歸馬亦嬌。 易老韶光休浪度，最公白髮不相饒。 千金博得斯須刻，吩咐誰更仔細敲。	樂和春奏聲偏好，人蹈衣歸馬亦嬌。 易老韶光休浪度，最公白髮不相饒。 千金博得斯須刻，分付誰更仔細敲。
第四十三回　　為失金西門慶罵金蓮 　　　　　因結親月娘會喬太太 細推今古事堪愁，貴賤同歸土一丘。 漢武玉堂人豈在，石家金谷水空流！ 光陰自旦還將暮，草木從春又到秋。 閑事與時俱不了，且將暫入醉鄉游。	第四十三回　　爭寵愛金蓮惹氣 　　　　　賣富貴吳月攀親 詞曰： 情懷增悵望，新歡易失，往事難猜。問籬邊黃菊，知為誰開？謾道愁須滯酒，酒未醒、愁已先回。憑欄久，金波漸轉，白露點蒼苔。——〈滿庭芳後〉
第四十四回　　吳月娘留宿李桂姐 　　　　　西門慶醉揪夏花兒 窮途日日困泥沙，上苑年年好物華。 荊棘不當車馬道，管弦長奏綺羅家； 王孫草上悠揚蝶，少女風前爛漫花。 懶出任從游子笑，入門還是舊生涯。	第四十四回　　避馬房侍女偷金 　　　　　下象棋佳人消夜 詞曰： 畫日移陰，攬衣起、春幃睡足。臨寶鑑、綠鬢繚亂，未斂裝束。蝶粉蜂黃渾褪了，枕痕一線紅生玉。背畫闌、脈脈悄無言，尋棋局。——〈滿江紅前〉
第四十五回　　桂姐央留夏花兒 　　　　　月娘含怒罵玳安 佳名號作百花王，幻出冰肌異眾芳。 映日妖嬈呈素艷，隨風冷淡散清香。 玉容每妒啼妝女，雪臉渾如傅粉郎。 檀板金樽歌勝賞，何誇魏紫與姚黃。	第四十五回　　應伯爵勸當銅鑼 　　　　　李瓶兒解衣銀姐 詞曰： 徘徊。相期酒會，三千朱履，十二金釵。雅俗熙熙，下車成宴盡春臺。好雍容、東山妓女，堪笑傲、北海樽罍。且追陪。鳳池歸去，那更重來！——〈玉蝴蝶後〉
第四十六回　　元夜游行遇雪雨 　　　　　妻妾笑卜龜兒卦 帝里元宵，風光好，勝仙島蓬萊。 玉塵飛動，車喝綉轂，月照樓臺。 三宮此夕歡諧，金蓮萬盞，撒向天街。 迓鼓通宵，華燈競起，五夜齊開。	第四十六回　　元夜遊行遇雪雨 　　　　　妻妾戲笑卜龜兒 詞曰： 小市東門欲雪天，眾中依約見神仙。藍黃香畫貼金蟬。　飲散黃昏人草草，醉容無語立門前。馬嘶塵哄一街烟。——〈浪淘沙〉
第四十七回　　王六兒說事圖財 　　　　　西門慶受贓枉法 風擁狂瀾浪正顛，孤舟斜泊抱愁眠。	第四十七回　　苗青貪財害主 　　　　　西門枉法受贓 詩曰： 懷璧身堪罪，償金跡未明。

離鴻叫徹寒雲外，驛鼓清分旅夢邊。 詩思有添池草綠，河船無約晚潮升。 憑虛細數誰知己，惟有故人月在天。	龍蛇一失路，虎豹屢相驚。 暫遣虞羅急，終知漢法平。 須憑魯連箭，為汝謝聊成。
第四十八回　　曾御史參劾提刑官 　　　　　　蔡太師奏行七件事 格言： 知危識險，終無羅網之門； 譽善薦賢，自有安身之地。 施恩布德，乃後代之榮昌； 懷妒藏奸，為終身之禍患。 損人利己，終非遠大之圖； 害眾成家，豈是長久之計？ 改名異體，皆因巧語而生； 訟起傷財，蓋為不仁之召。	第四十八回　　弄私情戲贈一枝桃 　　　　　　走捷徑探歸七件事 詞曰： 碧桃花下，紫簫吹罷。驀然一點心驚，卻把那人牽掛，向東風淚洒。東風淚灑灑，不覺暗沾羅帕，恨如天大。那冤家既是無情去，回頭看怎麼！——〈桂枝香〉
第四十九回　　西門慶迎請宋巡按 　　　　　　永福寺餞行遇胡僧 寬性寬懷過幾年，人死人生在眼前。 隨高隨下隨緣過，或長或短莫埋怨； 自有自無休嘆息，家貧家富總由天。 平生衣祿隨緣度，一日清閑一日仙。	第四十九回　　請巡按屈體求榮 　　　　　　遇胡僧現身施藥 詩曰： 雅集無兼客，高情洽二難。 一尊傾智海，八斗擅吟壇。 話到如生旭，霜來恐不寒。 為行王舍乞，玄屑帶雲餐。
第五十回　　琴童潛聽燕鶯歡 　　　　　玳安嬉游蝴蝶巷 天與胭脂點絳唇，東風滿面笑欣欣。 芳心自是歡情足，醉臉常含喜氣新。 傾國有情偏惱客，向陽無語笑撩人。 紅塵多少愁眉者，好入花林結近鄰。	第五十回　　琴童潛聽燕鶯歡 　　　　　玳安嬉遊蝴蝶巷 詞曰： 欲掩香幃論繾綣，先斂雙蛾愁夜短。催促少年郎，先去睡，鴛衾圖暖。 須臾整頓蝶蜂情，脫羅裳、恣情無限。留著帳前燈，時時看伊嬌面。——〈菊花新〉
第五十一回　　月娘聽演金剛科 　　　　　　桂姐躲在西門宅 羞看鸞鏡惜朱顏，手托香腮懶去眠。 瘦損纖腰寬翠帶，泪流粉面落金鈿。 薄倖惱人愁切切，芳心撩亂恨綿綿。 何時借得東風便，刮得檀郎到枕邊。	第五十一回　　打貓兒金蓮品玉 　　　　　　鬬葉子敬濟輸金 詩曰： 羞看鸞鏡惜朱顏，手托香腮懶去眠。 瘦損纖腰寬翠帶，淚流粉面落金鈿。 薄倖惱人愁切切，芳心撩亂恨綿綿。 何時借得東風便，刮得檀郎到枕邊。

第五十二回　　應伯爵山洞戲春嬌 　　　　　　潘金蓮花園看蘑菇 海棠深院雨初收，苔徑無風蝶自由。 百結丁香誇美麗，三眠楊柳弄輕柔； 小桃酒膩紅尤淺，芳草寒餘綠漸稠。 寂寂珠簾歸燕子，子規啼處一春愁。	第五十二回　　應伯爵山洞戲春嬌 　　　　　　潘金蓮花園調愛婿 詩曰： 春樓曉日珠簾映，紅粉春粧寶鏡催。 已厭交歡憐舊枕，相將遊戲繞池臺。 坐時衣帶縈纖草，行處裙裾掃落梅。 更道明朝不當作，相期共鬥管絃來。
第五十三回　　吳月娘承歡求子息 　　　　　　李瓶兒酬願保兒童 人生有子萬事足，身後無兒總是空。 產下龍媒須保護，欲求麟種貴陰功！ 禱神且急酬心願，服藥還教暖子宮。 父母好將人事盡，其間造化聽蒼穹。	第五十三回　　潘金蓮驚散幽歡 　　　　　　吳月娘拜求子息 詞曰： 小院閒階玉砌，墻隈半簇蘭芽。一庭萱草石榴花，多子宜男愛插。　　休使風吹雨打，老天好為藏遮。莫教變作杜鵑花，粉褪紅銷香罷。 ——〈應天長〉
第五十四回　　應伯爵郊園會諸友 　　　　　　任醫官豪家看病症 來日陰晴未可商，常言極樂起憂惶。 浪游年少耽紅陌，薄命嬌娥怨綠窗。 乍入杏村沽美酒，還從橘井問奇方。 人生多少悲歡事，幾度春風幾度霜。	第五十四回　　應伯爵隔花戲金釧 　　　　　　任醫官垂帳診瓶兒 詞曰： 美酒斗十千，更對花前。芳樽肯放手中閒？起舞酬花花不語，似解人憐。 不醉莫言還，請看枝間。已飄零一片減嬋娟。花落明年猶自好，可惜朱顏。——〈浪陶沙〉
第五十五回　　西門慶東京慶壽旦 　　　　　　苗員外揚州送歌童 千歲蟠桃帶露攜，攜來黃閣祝期頤。 八仙下降稱觴日，七鳳團花織錦時。 六合五溪輸賀軸，四夷三島獻珍奇。 羲和莫遣兩丸速，願壽中朝帝者師。	第五十五回　　西門慶兩番慶壽旦 　　　　　　苗員外一諾送歌童 詞曰： 師表方眷遇，魚水君臣，須信從來少。寶運當千，佳辰餘五，嵩嶽誕生元老。帝遣阜安宗社，人仰雍容廊廟。願歲歲共祝眉壽，壽比山高。 ——〈喜遷鶯後〉
第五十六回　　西門慶周濟常時節 　　　　　　應伯爵舉薦水秀才 斗積黃金侈素封，蓬蓬莊蝶夢魂中。 曾聞郿塢光難駐，不道銅山運可窮。 此日分羹推鮑子，當年沉水笑龐公。 悠悠末路誰知己，惟有夫君尚古風。	第五十六回　　西門慶捐金助朋友 　　　　　　常峙節得鈔傲妻兒 詩曰： 清河豪士天下奇，意氣相投山可移。 濟人不惜千金諾，狂飲寧辭百夜期。 雕盤綺食會眾客，吳歌趙舞香風吹。 堂中亦有三千士，他日酬恩知是誰？

第五十七回　　道長老募修永福寺 　　　　　　薛姑子勸捨陀羅經 本性圓明道自通，翻身跳出網羅中。 修成禪那非容易，煉就無生豈俗同。 清濁幾番隨運轉，避開數劫任西東。 逍遙萬億年無計，一點神光永注空。	第五十七回　　開緣簿千金喜捨 　　　　　　戲雕欄一笑回嗔 詩曰： 野寺根石壁，諸龕遍崔巍。 前佛不復辨，百身一莓苔。 惟有古殿存，世尊亦塵埃。 如聞龍象泣，足令信者哀。 公為領兵徒，咄嗟檀施開。 吾知多羅樹，却倚蓮花臺。 諸天必歡喜，鬼物無嫌猜。
第五十八回　　懷妒忌金蓮打秋菊 　　　　　　乞臘肉磨鏡叟訴冤 繡幃寂寂思懨懨，萬種新愁日夜添。 一雁叫群秋度塞，亂蛩吟苦月當簷。 藍橋失路悲紅綫，金屋無人下翠簾。 何似湘江江上竹，至今猶被淚痕沾。	第五十八回　　潘金蓮打狗傷人 　　　　　　孟玉樓周貧磨鏡 詞曰： 愁旋釋，還似織；淚暗拭，又偷滴。 嗔怒著丫頭，強開懷，也只是恨懷千疊。拚則 而今已拚了，忘只怎生便忘得！又還倚欄杆， 試重聽消息。——〈帝臺春後〉
第五十九回　　西門慶摔死雪獅子 　　　　　　李瓶兒痛哭官哥兒 日落水流西復東，春風不盡折何窮。 巫娥廟裡低含雨，宋玉門前斜帶風。 莫將榆莢共爭翠，深感杏花相映紅。 灞上漢南千萬樹，幾人游宦別離中。	第五十九回　　西門慶露陽驚愛月 　　　　　　李瓶兒睹物哭官哥 詩曰： 楓葉初丹槲葉黃，河陽愁鬢恰新霜。 鬼門徒憶空回首，泉路憑誰說斷腸？ 路杏雲迷愁漠漠，珠沉玉殞事茫茫。 惟有淚珠能結雨，盡傾東海恨無疆。
第六十回　　李瓶兒因暗氣惹病 　　　　　西門慶立緞鋪開張 赤繩緣盡再難期，造化無端敢恨誰！ 殘淚驚秋和葉落，斷魂隨月到窗遲。 金風拂面思兒處，玉燭成灰墮淚時。 任是肝腸如鐵石，不生悲也自生悲。	第六十回　　李瓶兒病纏死孽 　　　　　西門慶官作生涯 詞曰： 倦睡懨懨生怕起，如痴如醉如慵，半垂半捲舊 簾櫳。眼穿芳草綠，淚襯落花紅。　追憶當 年魂夢斷，為雲為雨為風。淒淒樓上數歸鴻。 悲淚三兩陣，哀緒萬千重。——〈臨江仙〉
第六十一回　　韓道國筵請西門慶 　　　　　　李瓶兒苦痛宴重陽 去年九日愁何限，重上心來益斷腸。	第六十一回　　西門慶乘醉燒陰戶 　　　　　　李瓶兒帶病宴重陽 詞曰： 蛩聲泣露驚秋枕，淚濕鴛鴦錦。獨臥玉肌涼，

秋色夕陽俱淡薄，泪痕離思共淒涼。 征鴻有隊全無信，黃菊無情卻有香。 自覺近來消瘦了，頻將鸞鏡照容光。	殘更與恨長。　　陰風翻翠幌，雨溢燈花暗。 畢竟不成眠，鴉啼金井寒。——〈菩薩蠻〉
第六十二回　　潘道士解禳祭燈壇 　　　　　　西門慶大哭李瓶兒 行藏虛實自家知，禍福因由更問誰？ 善惡到頭終有報，只爭來早與來遲！ 閑中點檢平生事，靜裡思量日所為。 常把一心行正道，自然天理不相虧。	第六十二回　　潘道士法遣黃巾士 　　　　　　西門慶大哭李瓶兒 詩曰： 玉釵重合兩無緣，魚在深潭鶴在天。 得意紫鸞休舞鏡，傳言青鳥罷啣牋。 金盆已覆難收水，玉軫長籠不續絃。 若向蘼蕪山下過，遙將紅淚灑窮泉。
第六十三回　　親朋祭奠開筵宴 　　　　　　西門慶觀戲感李瓶 十二瑤臺七寶欄，瓊花落後再開難！ 龍鬚煮藥醫無效，熊膽為丸曬未乾。 蓉帳夜愁紅燭冷，紙窗秋暮翠衾寒。 應憐失伴孤飛雁，霜落風高一影單。	第六十三回　　韓畫士傳真作遺愛 　　　　　　西門慶觀戲動深悲 詩曰： 香杳美人違，遙遙有所思。 幽明千里隔，風月兩邊時。 相對春那劇，相望景偏遲。 當緣分別久，夢來還自疑。
第六十四回　　玉簫跪央潘金蓮 　　　　　　合衙官祭富室娘 著人情思覺初闌，試把鮫綃仔細看。 到老春蠶絲乃盡，成灰蠟燭淚初乾。 鸞交鳳友驚風散，軟玉嬌香異世間。 兩字風流誇未了，雞鳴殘月五更寒。	第六十四回　　玉簫跪受三章約 　　　　　　書童私挂一帆風 詩曰： 玉殞珠沉思悄然，明中流淚暗相憐。 常圖蛺蝶花樓下，記效鴛鴦翠幕前。 秪有夢魂能結雨，更無心緒學非烟。 朱顏皓齒歸黃土，脈脈空尋再世緣。
第六十五回　　吳道官迎殯頒真容 　　　　　　宋御史結豪請六黃 齊眉相見喜柔和，誰料參商發浩歌。 殘月雲邊懸破鏡，流光機上擲飛梭； 愁隨草色春深茂，苦入蓮心夜幾何。 試問流乾多少淚，楓林秋色一般多。	第六十五回　　願同穴一時喪禮盛 　　　　　　守孤靈半夜口脂香 詩曰： 湘皋烟草碧紛紛，淚洒東風憶細君。 見說嫦娥能入月，虛疑神女解為雲。 花陰晝坐閒金剪，竹裏遊春冷翠裙。 留得丹青殘錦在，傷心不忍讀迴文。
第六十六回　　翟管家寄書致賻 　　　　　　黃真人煉度薦亡 八面明窗次第開，佇看環珮下瑤臺。	第六十六回　　翟管家寄書致賻 　　　　　　黃真人發牒薦亡 詞曰： 胸中千種愁，挂在斜陽樹。綠葉陰陰自得春，

閨門春色連新柳，嶺角寒香帶早梅。 影動花梢明月上，風敲竹徑故人來。 佳人留下鴛鴦錦，都付東君仔細裁。	草滿鶯啼處。　　不見凌波步，空想如簧語。 門外重重叠叠山，遮不斷愁來路。——〈卜筭 子〉
第六十七回　　西門慶書房賞雪 　　　　　　李瓶兒夢訴幽情 終日思卿不見卿，數聲寒角未堪聞。 匣中破鏡收殘月，篋裡餘衣斂斷雲。 寒雀撼枝栖不定，征鴻斷字嘆離群。 玉釵敲斷心難碎，想像傷心記未真。	第六十七回　　西門慶書房賞雪 　　　　　　李瓶兒夢訴幽情 詞曰： 朔風天，瓊瑤地。凍色連波，波上寒煙砌。山 隱彤雲雲接水，衰草無情，想在彤雲內。　　黯 香魂，追苦意。夜夜除非，好夢留人睡。殘月 高樓休獨倚，酒入愁腸，化作相思淚。——〈蘇 幕遮〉
第六十八回　　鄭月兒賣俏透密意 　　　　　　玳安殷勤尋文嫂 雪壓殘紅一夜凋，曉來簾外正飄飄。 數枝翠葉空相對，萬片香魂不可招。 長樂夢回春寂寂，武陵人去水迢迢。 欲將玉笛傳遺恨，翻被東風透綺寮。	第六十八回　　應伯爵戲唧玉臂 　　　　　　玳安兒密訪蜂媒 詞曰： 鍾情太甚，到老也無休歇。月露烟雲都是態， 況與玉人明說。軟語叮嚀，柔情婉戀，鎔盡肝 腸鐵。岐亭把盞，水流花謝時節。——〈翠雲 吟半〉
第六十九回　　文嫂通情林太太 　　　　　　王三官中詐求奸 信手烹魚覓素音，神仙有路足登臨。 掃階偶得任卿葉，彈月輕移司馬琴。 桑下肯期秋有意，懷中可犯柳無心。 黃昏誤入銷金帳，且犯羔兒獨自斟。	第六十九回　　招宣府初調林太太 　　　　　　麗春院驚走王三官 詞曰： 香烟裊，羅幃錦帳風光好。風光好，金釵斜軃， 鳳顛鸞倒。　　恍疑身在蓬萊島，邂逅相逢緣 不小。緣不小，最開懷處，蛾眉淡掃。——〈憶 秦娥〉
第七十回　　西門慶工完升級 　　　　　群僚庭參朱太尉 昨夜西風鼓角喧，曉來降凍怯寒氈。 茫茫一片渾無地，浩浩四方俱是天！ 綺壁淒涼宜未守，霸陵豪傑且停鞭。 陽春有腳恩如海，願借餘溫到客邊。	第七十回　　老太監引酌朝房 　　　　　二提刑庭參太尉 詩曰： 帝曰簡才能，旌賢在股肱。 文章體一變，禮樂道逾弘。 芸閣英華入，賓門鵷鷺登。 恩筵過所望，聖澤實超恆。
第七十一回　　李瓶兒何千戶家托夢 　　　　　　提刑官引奏朝儀	第七十一回　　李瓶兒何家托夢 　　　　　　提刑官引奏朝儀 詞曰：

暫時罷鼓膝間琴，閒把遺編閱古今。 常歎賢君務勤儉，深悲庸主事荒淫； 致平端自親賢哲，稔亂無非近佞臣。 說破興亡多少事，高山流水有知音。	花事闌珊芳草歇，客裡風光，又過些時節。小院黃昏人憶別，淚痕點點成紅血。咫尺江山分楚越，目斷神驚，只道芳魂絕。夢破五更心欲折，角聲吹落梅花月。——〈蝶戀花〉
第七十二回　　王三官拜西門慶為義父 　　　　　　應伯爵替李銘釋冤 寒暑相推春復秋，他鄉故國兩悠悠。 清清行李風霜苦，蹇蹇王臣涕淚流。 風波浪裡任浮沉，逢花遇酒且寬愁。 蝸名蠅利何時盡，幾向青童笑白頭。	第七十二回　　潘金蓮摳打如意兒 　　　　　　王三官義拜西門慶 詞曰： 掉臂叠肩情態，炎涼冷煖紛紜。興來閣竪長兒孫，石女須教有孕。　　莫使一朝勢謝，親生不若他生。爹爹媽媽向何親？掇轉窟臀不認。——〈勝長天〉
第七十三回　　潘金蓮不憤憶吹簫 　　　　　　郁大姐夜唱鬧五更 巧厭多勞拙厭閑，善嫌懦弱惡嫌頑； 富遭嫉妒貧遭賤，勤日貪婪儉又慳。 觸目不分皆笑蠢，見機而作又疑奸。 思量那件合人意，為人難做做人難。	第七十三回　　潘金蓮不憤憶吹簫 　　　　　　西門慶新試白綾帶 詞曰： 喚多情，憶多情，誰把多情喚我名？喚名人可憎。　　為多情，轉多情，死向多情心不平。休教情重輕。——〈長相思〉
第七十四回　　宋御史索求八仙鼎 　　　　　　吳月娘聽宣黃氏卷 昔年南去得娛賓，願遜階前共好春。 蟻泛羽觴蠻酒膩，風唧瑤句蜀箋新； 花憐游騎紅隨轡，草戀征車碧繞輪。 別後青青鄭南陌，不知風月屬何人。	第七十四回　　潘金蓮香腮偎玉 　　　　　　薛姑子佛口談經 詩曰： 富貴如朝露，交游似聚沙。不如竹窗裏，對卷自趺跏。靜慮同聆偈，清神旋煮茶。惟憂曉雞唱，塵裡事如麻。
第七十五回　　春梅毀罵申二姐 　　　　　　玉簫愬言潘金蓮 萬里新墳盡少年，修行莫待鬢毛斑。 死生事大宜須覺，地獄時常非等閑。 道業未成何所賴，人身一失幾時還。 前程暗黑路途險，十二時中自著肩。	第七十五回　　因抱恙玉姐含酸 　　　　　　為護短金蓮潑醋 詩曰： 雙雙蛺蝶繞花溪，半是山南半水西。故院有情風月亂，美人多怨雨雲迷。頻開檀口言如織，漫托香腮醉似泥。莫道佳人太命薄，一鶯啼罷一鶯啼。
第七十六回　　孟玉樓解慍吳月娘 　　　　　　西門慶斥逐溫葵軒	第七十六回　　春梅姐嬌撒西門慶 　　　　　　畫童兒哭躲溫葵軒

動靜謀為要三思，莫將煩惱自招之。 人生世上風波險，一日風波十二時。	詩曰： 相勸頻攜金粟杯，莫將閒事繫柔懷。 年年只是人依舊，處處何曾花不開？ 歌詠且添詩酒興，醉酣還命管絃來。 尊前百事皆如昨，簡點惟無溫秀才。
第七十七回　　西門慶踏雪訪愛月 　　　　　　賁四嫂倚牖盼佳期 飛彈參差拂早梅，強欺寒色尚低回。 風憐薄媚留香與，月令深情借艷開。 梁殿得非肖帝瑞，齊宮應是玉兒媒。 不知謝客離腸醒，臨水應添萬恨來。	第七十七回　　西門慶踏雪訪愛月 　　　　　　賁四嫂帶水戰情郎 詞曰： 梅共雪，歲暮鬭新粧。月底素華同弄色，風前輕片半含香，不比柳花狂。　　雙雀影，堪比雪衣娘。六出光中曾結伴，百花頭上解尋芳，爭似兩鴛鴦。——〈望江南〉
第七十八回　　西門慶兩戰林太太 　　　　　　吳月娘玩燈請藍氏 黃鐘應律好風催，陰伏陽生淑歲回。 葵影便移長至日，梅花先趁大寒開。 八神表日佔和歲，六管吹葭動細灰。 已有岸傍迎臘柳，參差又欲領春來。	第七十八回　　林太太鴛幃再戰 　　　　　　如意兒莖露獨嘗 詞曰： 鳳髻金泥帶，龍紋玉掌梳。去來窗下笑來扶，愛道畫眉深淺入時無？　　弄筆偎人久，描花試手初。等閒含笑問狂夫，笑問歡情不減舊時麼？
第七十九回　　西門慶貪欲得病 　　　　　　吳月娘墓生產子 仁者難逢思有常，閑居慎勿恃無傷。 爭先徑路機關惡，退後語言滋味長。 爽口物多終作病，快心事過必為殃。 與其病後能求藥，不若病前能預防。	第七十九回　　西門慶貪慾喪命 　　　　　　吳月娘喪偶生兒 詞曰： 人生南北如岐路，世事悠悠等風絮，造化弄人無定據。飜來覆去，倒橫直豎，眼見都如許。到如今空嗟前事，功名富貴何須慕，坎止流行隨所寓。玉堂金馬，竹籬茅舍，總是傷心處。——〈青玉案〉
第八十回　　陳經濟竊玉偷香 　　　　　李嬌兒盜財歸院 詞曰： 寺廢僧居少，橋塌客過稀； 家貧奴婢懶，官滿吏民欺； 水淺魚難住，林疏鳥不栖， 世情看冷煖，人面逐高低。	第八十回　　潘金蓮售色赴東床 　　　　　李嬌兒盜財歸麗院 詩曰： 倚醉無端尋舊約，卻因悃悵轉難勝。 靜中樓閣深春雨，遠處簾櫳半夜燈。 抱柱立時風細細，遶廊行處思騰騰。 分明窗下聞裁剪，敲遍欄杆喚不應。

第八十一回　　韓道國拐財倚勢 　　　　　　湯來保欺主背恩 萬事從天莫強尋，天公報應自分明。 貪淫縱意奸人婦，背主侵財被不仁。 莫道身亡人弄鬼，由來勢敗僕忘恩。 堪嘆西門成甚業，贏得奸徒富半生。	第八十一回　　韓道國拐財遠遁 　　　　　　湯來保欺主背恩 詩曰： 燕入非傍舍，鷗歸祇故池。 斷橋無復板，臥柳自生枝。 遂有山陽作，多慚鮑叔知。 素交零落盡，白首淚雙垂。
第八十二回　　潘金蓮月夜偷期 　　　　　　陳經濟晝樓雙美 記得書齋乍會時，雲踪雨迹少人知。 晚來鸞鳳栖雙枕，剔盡銀燈半吐輝。 思往事，夢魂迷。今宵喜得效于飛。 顛鸞倒鳳無窮樂，從此雙雙永不離。	第八十二回　　陳敬濟弄一得雙 　　　　　　潘金蓮熱心冷面 詞曰： 聞道雙啣鳳帶，不妨單著鮫綃。夜香知為阿誰 燒？恨望水沉烟梟。雲鬖風前綠捲，玉顏想處 紅潮，莫交空負可憐宵，月下雙灣步俏。—— 〈西江月〉
第八十三回　　秋菊含恨泄幽情 　　　　　　春梅寄柬諧佳會 堪笑西門慶識未通，惹將桃李笑春風。 滿床錦被藏賊睡，三頓珍羞養大蟲。 愛物只圖夫婦好，貪財常把丈人坑。 更有一件堪觀處，穿房入屋弄乾坤。	第八十三回　　秋菊含恨泄幽情 　　　　　　春梅寄柬諧佳會 詩曰： 如此鍾情古所稀，吁嗟好事到頭非。 汪汪兩眼西風淚，猶向陽臺作雨飛。 月有陰晴與圓缺，人有悲歡與會別。 擁爐細語鬼神知，空把佳期為君說。
第八十四回　　吳月娘大鬧碧霞宮 　　　　　　宋公明義釋清風寨 冬夏長青不世情，乾坤妙化屬生成。 清標不染塵埃氣，貞操惟持泉石盟。 凡節通靈無并品，孤霜醸味有餘馨。 世人欲問長生術，到底芳姿益壽齡。	第八十四回　　吳月娘大鬧碧霞宮 　　　　　　普静師化緣雪澗洞 詩曰： 一自當年拆鳳凰，至今情緒幾惶惶。 蓋棺不作橫金婦，入地還從折桂郎。 彭澤曉烟歸宿夢，瀟湘夜雨斷愁腸。 新詩寫向空山寺，高挂雲帆過豫章。
第八十五回　　月娘識破金蓮奸情 　　　　　　薛嫂月夜賣春梅 人家養女甚無聊，倒踏來家更不合。 口稱爹媽虛情意，權當為兒假做作。 入戶只嫌恩愛少，出門翻作怨仇多。 若有一些不到處，一日一場罵老婆。	第八十五回　　吳月娘識破姦情 　　　　　　春梅姐不垂別淚 詞曰： 情若連環終不解，無端招引傍人怪。好事多磨 成又敗，應難捱，相冷眼誰揪採。　　鎮日愁 眉和斂黛，闌干倚遍無聊賴。但願五湖明月 在。權寧耐，終須還了鴛鴦債。

第八十六回　　雪娥唆打陳經濟 　　　　　王婆售利嫁金蓮 人生雖未有十全，處事規模要放寬。 好事但看君子語，是非休聽小人言。 但看世俗如幻戲，也畏人心似隔山。 寄與知音女娘道，莫將苦處認為甜。	第八十六回　　雪娥唆打陳敬濟 　　　　　金蓮解渴王潮兒 詩曰： 雨打梨花倍寂寥，幾回腸斷淚珠拋。 睽違一載猶三載，情緒千絲與萬條。 好句每從秋裏得，離魂多自夢中消。 香羅重解知何日，辜負巫山幾暮朝。
第八十七回　　王婆子貪財受報 　　　　　武都頭殺嫂祭兄 平生作善天加福，若是剛強定禍殃。 舌為柔和終不損，齒因堅硬必遭傷。 杏桃秋到多零落，松柏冬深愈翠蒼。 善惡到頭終有報，高飛遠走也難藏。	第八十七回　　王婆子貪財忘禍 　　　　　武頭殺嫂祭兄 詩曰： 悠悠嗟我里，世亂各東西。 存者問消息，死者為塵泥。 賤子家既敗，壯士歸來時。 行久見空巷，日暮氣慘淒。 但逢狐與狸，豎毛怒裂眥。 我有鐲鏤劍，對此吐長霓。
第八十八回　　潘金蓮托夢守禦府 　　　　　吳月娘布施募緣僧 上臨之以天鑒，下察之以地祇； 明有王法相制，暗有鬼神相隨。 忠直可存於心，喜怒戒之在氣； 為不節而亡家，因不廉而失位。 勸君自警平生，可笑可驚可畏！	第八十八回　　陳敬濟感舊祭金蓮 　　　　　龐大姐埋屍托張勝 詩曰： 夢中雖暫見，及覺始知非。 轉展不成寐，徒倚獨披衣。 淒淒曉風急，腌腌月光微。 空床常達旦，所思終不歸。
第八十九回　　清明節寡婦上新墳 　　　　　吳月娘誤入永福寺 風拂煙籠錦旆揚，太平時節日初長。 多添壯士英雄膽，善解羈人愁悶腸。 三尺繞垂楊柳岸，一竿斜插杏花旁。 男兒未遂平生志，且樂高歌入醉鄉。	第八十九回　　清明節寡婦上新墳 　　　　　永福寺夫人逢故主 詞曰： 佳人命薄，嘆絕代紅粉，幾多黃土。豈是老天渾不管，好惡隨人自取。既賦嬌容，又全慧性，卻遣輕歸去。不平如此，問天天更不語。　可惜國色天香，隨時飛謝，埋沒今如許。借問繁華何處在？多少樓臺歌舞，紫陌春遊，綠窗晚坐，姊妹嬌眉嫵。人生失意，從來無問今古。 ——〈翠樓吟〉

第九十回　　來旺盜拐孫雪娥 　　　　雪娥官賣守備府 花開花落開又落，錦衣布衣更換著。 豪家未必常富貴，貧人未必常寂寞。 扶人未必上青天，推人未必填溝壑。 勸君凡事莫怨天，天意與人無厚薄。	第九十回　　來旺盜拐孫雪娥 　　　　雪娥受辱守備府 詩曰： 菟絲附蓬麻，引蔓原不長。失身與狂夫，不如棄道傍。暮夜為儂好，席不暖儂床。昏來晨一別，無乃太匆忙。行將濱死地，浼痛迫中腸。
第九十一回　　孟玉樓愛嫁李衙內 　　　　李衙內怒打玉簪兒 百歲光陰疾似飛，其間花景不多時。 秋凝白露螿蟲泣，春老黃昏杜宇啼。 富貴繁華身上孽，功名事迹目中魈。 一場春夢由人做，自有青天報不欺。	第九十一回　　孟玉樓愛嫁李衙內 　　　　李衙內怒打玉簪兒 詩曰： 簟展湘紋浪欲生，幽懷自感夢難成。 倚床剩覺添風味，開戶羞將待月明。 擬倩蜂媒傳密意，難將螢火照離情。 遙憐織女佳期近，時看銀河幾曲橫。
第九十二回　　陳經濟被陷嚴州府 　　　　吳月娘大鬧授官廳 暑往寒來春復秋，夕陽西下水東流。 雖然富貴皆由命，運去貧窮亦有由。 事遇機關須進步，人逢得意早回頭。 將軍戰馬今何在，野草閑花滿地愁。	第九十二回　　陳敬濟被陷嚴州府 　　　　吳月娘大鬧授官廳 詩曰： 猛虎馮其威，往往遭急縛。 雷吼徒咆哮，枝撐已在脚。 忽看皮寢處，無復晴閃爍。 人有甚于斯，足以勸元惡。
第九十三回　　王杏庵仗義賙貧 　　　　任道士因財惹禍 誰道人生運不通，吉凶禍福并肩行。 只因風月將身陷，未許人心直似針。 自課官途無枉屈，豈知天道不昭明。 早知成敗皆由命，信步而行暗黑中。	第九十三回　　王杏菴義恤貧兒 　　　　金道士變淫少弟 詩曰： 階前潛制淚，眾裡自嫌身。 氣味如中酒，情懷似別人。 煖風張樂席，晴日看花塵。 盡是添愁處，深居乞過春。
第九十四回　　劉二醉毆陳經濟 　　　　酒家店雪娥為娼 花開不擇貧家地，月照山河到處明。 世間只有人心歹，萬事還教天養人。 癡聾暗瘂家豪富，伶俐聰明卻受貧。 年月日時該載定，筭來由命不由人。	第九十四回　　大酒樓劉二撒潑 　　　　酒家店雪娥為娼 詩曰： 骨肉傷殘產業荒，一身何忍去歸娼。 淚垂玉筯辭官舍，步蹴金蓮入教坊。 覽鏡自憐傾國色，向人初學倚門粧。 春來雨露寬如海，嫁得劉郎勝阮郎。

第九十五回　　平安偷盜假當物 　　　　　　　薛嫂喬計說人情	第九十五回　　玳安兒竊玉成婚 　　　　　　　吳典恩負心被辱
有福莫享盡，福盡身貧窮； 有勢莫倚盡，勢盡冤相逢。 福宜常自惜，勢宜常自恭。 人間勢與福，有始多無終。	詩曰： 寺廢僧居少，橋灘客過稀。 家貧奴負主，官懦吏相欺。 水淺魚難住，林稀鳥不棲。 人情皆若此，徒堪悲復悽。
第九十六回　　春梅游玩舊家池館 　　　　　　　守備使張勝尋經濟	第九十六回　　春梅姐遊舊家池館 　　　　　　　楊光彥作當面豺狼
裡虛外實費張羅，待客酬人使用多。 馬死奴逃難宴集，臺傾樓倒罷笙歌。 租田稅店歸舊主，玩好金珠托賣婆。 欲向富家權借用，當人開口奈羞何。	詞曰： 人生千古傷心事，還唱〈後庭花〉。舊時王謝，堂前燕子，飛向誰家？　　恍然一夢，仙肌勝雪，宮鬢堆鴉。江州司馬，青衫淚濕，想在天涯。——〈青衫濕〉
第九十七回　　經濟守禦府用事 　　　　　　　薛嫂賣花說姻親	第九十七回　　假弟妹暗續鸞膠 　　　　　　　真夫婦明諧花燭
在世為人保七旬，何勞日夜弄精神。 世事到頭終有盡，浮華過眼恐非真。 貧窮富貴天之命，得失榮枯隙裡塵。 不如且放開懷樂，莫待無常鬼使侵。	詞曰： 追悔當初辜深願，經年價，兩成幽怨。任越水吳山，似屏如障堪遊玩，奈獨自慵擡眼。　　賞烟花，聽絃管，徒歡娛，轉加腸斷。總時轉丹青，強拈書信頻頻看，又曾似親相見。
第九十八回　　陳敬濟臨清開大店 　　　　　　　韓愛姐翠館遇情郎	第九十八回　　陳敬濟臨清逢舊識 　　　　　　　韓愛姐翠館遇情郎
心安茅屋穩，性定菜根香。 世味薄方好，人情淡最長。 因人成事業，避難遇豪強。 今日崢嶸貴，他年身必殃。	詩曰： 教坊脂粉洗鉛華，一片閑心對落花。 舊曲聽來猶有恨，故園歸去已無家。 雲鬢半挽臨粧鏡，兩淚空流濕絳紗。 今日相逢白司馬，樽前重與訴琵琶。
第九十九回　　劉二醉罵王六兒 　　　　　　　張勝忿殺陳敬濟	第九十九回　　劉二醉罵王六兒 　　　　　　　張勝竊聽陳敬濟
格言 一切諸煩惱，皆從不忍生。 見機而耐性，妙悟生光明。 佛語戒無論，儒書貴莫爭， 好個快活路，只是少人行。	詞曰： 白雲山，紅葉樹，閱盡興亡，一似朝還暮。多少夕陽芳草渡，潮落潮生，還送人來去。阮公途，楊子路，九折羊腸，曾把車輪誤。記得寒蕪嘶馬處，翠管銀箏，夜夜歌樓曙。——〈蘇幕遮〉

第一百回　　韓愛姐湖州尋父 　　　　　普靜師薦拔群冤	第一百回　　韓愛姐路遇二搗鬼 　　　　　普靜師幻度孝哥兒
格言 人生切莫恃英雄，術業精粗自不同。 猛虎尚然遭惡獸，毒蛇猶自怕蜈蚣。 七擒孟獲奇諸葛，兩困雲長羨呂蒙。 珍重李安真智士，高飛逃出是非門。	詩曰： 舊日豪華事已空，銀屏金屋夢魂中。 黃蘆晚日空殘壘，碧草寒烟鎖故宮。 隧道魚燈油欲盡，粧臺鸞鏡匣長封。 憑誰話盡興亡事，一衲閒雲兩袖風。

後　記

　　本書乃由筆者的學位論文修訂增補而得，基本維持原貌。一來，筆者已為《崇禎本》回首詩詞的功能做一明確的定位。二來，學界或許對此尚有爭議，然已形成個人論點，也算是自成一家之言。因此呈現原貌，保留對話空間，藉由出版提出相關討論，接受學界更嚴格的檢視，祈請　先進批評賜教！

　　本書得以出版，完全歸功於玉惠的指導教授──胡衍南老師。先生賜予玉惠諸多學習機會，皆非三言兩語能道盡，由衷感激先生的栽培。先生兩度帶玉惠到杭州。其一，參加中華基金會所舉辦的學術交流。其二，赴浙江大學發表論文。滿心珍惜這些拓展學術視野的機會，對於先生的用心引導，真的滿懷感恩。倘非先生，沒有今日的玉惠。

　　臺灣師大李志宏老師與此書關係匪淺，遠從研究計畫審查之初，直至論文口試。修養極佳的志宏老師每每寬容建言，提出具體可行的修改意見，教玉惠銘感五內。另一位口試委員國北教大陳葆文老師的肯定和鼓勵，於此書的修改功不可沒。臺灣師大的鍾宗憲老師帶玉惠前往首爾發表論文，對玉惠有諸多啟發。詞選林佳蓉老師與詩選徐國能老師是玉惠完成這跨文體研究的重要關鍵，謹向老師獻上誠摯敬意。

　　「天下第一大系」──臺灣師大國文系，一個溫馨的大家庭。學識、涵養兼備的老師們，讓上課本身就是一種享受！培養學生蒐集資料的功夫、速讀的能力、寫作的功力、論辯的思維，讓寫論文也是一種享受，享受歷經寫不出的苦悶階段而後產出論文的成就感。謝謝臺灣師大國文系的師長。

　　此外，成大陳益源老師主辦 2012 年《金瓶梅》國際學術會議於臺灣的臺北、嘉義、臺南盛大舉行。玉惠負責接待海外學者們，因而得以伺機就教各地的金學專家。特別是香港的梅節老師和師母，吉林大學王汝梅教授隔年特地捎來相關資料，適得補充遺闕，在此致謝。

　　雙親和手足的支持，永遠是最沒有聲音的精神支柱。感謝爸媽的養育，謝謝您們沒有同一般鄉下農夫對待女兒的方式。您們願意讓女兒受教育、看看嘉南平原以外的世界。即便您們內心惶惶不安，仍包容女兒愛冒險、喜歡挑戰的性格。

　　甫獲聘臺灣致理技術學院通識教育中心國文講師一職，感謝各級教評委員的青睞，給予玉惠教學相長的機會。未來仍將兢兢業業，勉力於教學和學習，希冀教與學永相長。

　　臺灣學生書局陳蕙文編輯於出版過程默默耕耘，謝謝蕙文編輯的辛勞付出。

　　最末，謹以此書向　恩師——胡衍南老師致敬！

林玉惠　書於臺灣新北市

2013 年 8 月 1 日

國家圖書館出版品預行編目資料

崇禎本《金瓶梅》回首詩詞功能研究

林玉惠著. – 初版. – 臺北市：臺灣學生，2014.09
面；公分（金學叢書第 1 輯；第 9 冊）

ISBN 978-957-15-1624-0 (精裝)

1. 金瓶梅 2. 研究考訂

857.48   103011446

崇禎本《金瓶梅》回首詩詞功能研究

著　作　者：林　　　　　玉　　　　　惠
主　　　編：吳　敢　、　胡　衍　南　、　霍　現　俊
出　版　者：臺　灣　學　生　書　局　有　限　公　司
發　行　人：楊　　　　　雲　　　　　龍
發　行　所：臺　灣　學　生　書　局　有　限　公　司
　　　　　　臺北市和平東路一段七十五巷十一號
　　　　　　郵 政 劃 撥 帳 號：00024668
　　　　　　電　話：（02）23928185
　　　　　　傳　眞：（02）23928105
　　　　　　E-mail：student.book@msa.hinet.net
　　　　　　http://www.studentbook.com.tw

定價：精裝 16 冊不分售
　　　新臺幣 20000 元

二　〇　一　四　年　九　月　初　版

金學叢書 第一輯